- BEYZA ALKOÇ -

SINIR

İNDİGO KİTAP

SINIR

Beyza Alkoç

Baskı: Ağustos 2020
ISBN: 978-605-2361-58-0
Yayınevi Sertifika No: 31594

Editör: Büşra Kanoğlu
Kapak Tasarımı: Yasin Öksüz

Baskı
My Matbaacılık San. ve Tic. Ltd. Şti.
Maltepe Mah. Yılanlı Ayazma Sok. No: 8 Kat: 2 Zeytinburnu / İstanbul
Tel: 0 (212) 674 85 28
Sertifika No: 47939

indigo yay

İNDİGO YAY. DAĞ. PAZ. REK. LTD. ŞTİ.
Tozkoparan Mah. General Ali Rıza Gürcan Cad. Metropol Center A
No: 31 İç Kapı No: 54 Güngören / İstanbul
Tel: 0 (212) 438 17 83 • Fax: 0 (212) 438 17 84
www.indigokitap.com • info@indigokitap.com

İNDİGO YAY Bir İndigo Kitap Yayın Dağ. Paz. Rek. Ltd. Şti. markasıdır.

- BEYZA ALKOÇ -

SINIR

İ N D İ G O   K İ T A P

Giriş

Mavi kuş günlerden bir gün, bir kafesten alınmış, başka bir kafese konmuş. Mavi kuş, beni kafesten aldılar, beni özgür bırakacaklar diye düşünmüş. Mavi kuş özgürlük istemiş. Kendisini büyük aile kafesinden alıp sıkıca tutan adamın koca parmakları arasından kaçabileceğini, belki de kendi isteğiyle serbest bırakılacağını düşünmüş. Görüş alanına kırmızı bir kafes girdiğinde ise korkuyla kaçmaya çalışmış. Kafesinden çıkarılmış, başka bir kafese konmuş. Mavi kuşun özgürlüğü bu kadarmış. Mavi kuşun özgürlüğü, bir kafesten alınıp başka bir kafese konulana kadarmış... Ailesinin yanından ayırılıp tek başına bir kafese konuluncaya kadar...

Mavi kuş aylarca beklemiş, aylarca özgür olacağı günü beklemiş. Özgürlük öyle çekiciymiş ki yaratıcısına yalvarmış, "Beni özgür bırak, istersen öldür, ama önce özgür bırak." demiş. Çünkü özgürlük önemliymiş. Hareket edebilen bir canlının hiçbir yere gidememesi fazlasıyla üzücüymüş. Mavi kuş hareket edebiliyormuş ama mavi kuş hiçbir yere gidemiyormuş. Çünkü o, gökyüzünün kuşu değilmiş. O artık kırmızı kafesin mavi kuşuymuş. Kafesinin rengine bile mutlu olamamış mavi kuş. Ben maviyim, demiş. *Bari beni mavi kafese kapatsaydınız...* Çünkü bizi özgürlüğümüzden alıkoyan hep bizden bir parçadır. İşte aynen böyle düşünmüş mavi kuş. Sonra bir gün vakit gelmiş.

Sevimli bir kız çocuğu kırmızı kafesinin kapağını açmış, onu salıvermiş. Mavi kuş kafesin kapağına kanadını çarpmış çıkarken, ama umursamamış. Çünkü bir kez olsun özgür olmak istemiş. Çıkmış kafesten, uçmuş, uçmuş, sonra düşmüş. Rüzgârın salladığı denizin korkunç sularına düşmüş. Ama korkmamış hiç. Çünkü özgürmüş, birkaç saniyeliğine de olsa, ölene kadar özgür yaşamış Mavi kuş...

Bu hikâyedeki mavi kuş benim, sevgilim.
Hareket edebiliyorum, ama hiçbir yere gidemiyorum.
Sen de benim kafesimsin.
Senden giderken sana çarpıp yaralanacağım günü bekliyorum.
Çünkü biliyorum,
Sen beni yaraladığında,
İşte ben ancak o gün özgür olacağım.
Şimdi beni özgür bırak,
İstersen öldür,
Ama önce özgür bırak...

Beyza Alkoç

Mavi kuş ve kafesinin hikâyesi...

"Yürümek istiyorsam
kendime bir asfalt dökmek zorundayım..."

Önsöz / Teşekkür

Her hikâyenin aynı zamanda bir de yola çıkış hikâyesi vardır. İnsanlar her zaman anlatılan, okunulan ve dinlenilen hikâyelere odaklanır. Onlar için önemli olan yazılandır, önemli olan okuduklarıdır, gördükleridir, duyduklarıdır. Önemli olan asla ortada olan hikâyenin ardındaki olmaz. Oysa bütün hikâyelerin başlangıç kapısının ardında bir hikâye daha vardır. Bu zamana kadar çok fazla yazdım. Klasik bir cümle olduğunu biliyorum ama yazı yazmayı öğrendiğim ilk andan beri yazıyorum. Yazı yazmayı sınıfımda en geç öğrenen ben olmuştum, bunu hatırlıyorum. Çünkü hiçbir zaman yazı yazmayı bilmeme gerek duyacağıma ikna edememiştim kendimi. En geç ben öğrendim, ama şunu da biliyorum, en geç ben bırakacağım. Hayatım boyunca yazdım. Aklıma ne gelse yazdım. Ne görsem yazdım, ne duysam yazdım. Başıma gelen her şeyi yazdım.

Sadece yazarken değil, yaşarken de pes etmemi gerektirecek çok an oldu. Ama gariptir ki aklımda hep geçmişin bir sahnesi vardı beni ayakta tutan. Basit, ufacık bir an, ilkokul öğretmenimin anneme, "Öyle bir noktaya gelecek ki geldiği noktaya çok şaşıracaksınız." deyişi. Ne zaman düşecek gibi olsam aklıma bu cümle gelir. Bir bildiği olmalı diyerek hep ayakta kalmaya çalıştım. Herkesi hayata bağlayan insanlar vardır ve ben bu satırları beni hayata bağlayanlara teşekkür etmek için yazıyorum. Ne gariptir ki teşekkürümü bile yazarak ediyorum.

Devam edemiyorum dediğimde bile elimi tutan, bana açtıkları her yolu yarım bırakmama rağmen pes etmeden yine yol açan, beni dünyaya getirdikleri yetmezmiş gibi bir de beni dünyada tutan, bana kim ne derse desin önemli olanın içimde konuşan o ses olduğunu öğreten, bana sahip olduğum her şeyi veren, sahip olmadığım her şeyi vermek isteyen aileme teşekkür ederim. Bir insan geriye dönüp baktığında hep elini tutan eller görmek istiyor geçmişinde. Benim ellerim hiç boş kalmadı. Hep yanımdalardı, hepsi, her biri hep yanımdaydı ve hayatım boyunca kendimi şanslı saydığım tek konu bu. Bu yüzden mümkünü olsa sayfalarca teşekkür ederim. Kopyala yapıştır bile yapmam tek tek ellerimle "teşekkürler" yazarım. Çünkü en çok onlara teşekkür ederim.

Sonra bana hayatımın en zor dönemini atlatmamda yardımcı olan Hakan Mengüç'e, yanımda olan olamayan bütün arkadaşlarıma, beni okuyan ve ben yazdıkça okuyacağını söyleyen okurlarıma, her saniyemi şarkı dinleyerek geçirdiğimi bilen, "kulağında tam bana göre bir şarkı olan" o şarkıyı bana dinletemediği için üzülen herkese teşekkür ederim. Bana hayallerimi dinleyip "bunlar sadece birer hayal" diyen eski bir arkadaşıma teşekkür etmek istiyorum, o cümle öyle kırmıştı ki beni hayallerimi gerçekleştirmem için bir adım attırdı bana. Onlar hayaldi evet, ben onların hayal olduğunu biliyordum ve onları gerçekleştirmemin sebebi de buydu.

Hayatıma girmiş herkes çok değerli oldu benim için. Hepsiyle ilgili yazmışlığım var. En yakın arkadaşım dediklerimin ardından yazdım, birine değer verdim yazdım, hayal kırıklığına uğradım yazdım, mutlu oldum yazdım, mutsuz oldum yazdım, birine karar verdim onu yazdım, ondan vazgeçtim yine yazdım, bekledi-

ğimi yazdım, başladığımı yazdım, bitirdiğimi yazdım, her şeyi yazdım... Şimdi hayatımda uğruna yazdıklarımdan kim var, bakıyorum, öyle çok azı var ki. Göz göre göre, bile isteye kaybettiklerim oldu, beni kaybedenler de oldu, ardından pişman olduklarım da oldu, gitsin diye kapıyı açıp ayakkabılarını önüne bıraktıklarım da oldu. Şu an hayatımda olmayanlar için pişman mıyım, hayır. Ben neye sahipsem bununla mutluyum şimdi. Kim yanımdaysa, kim yanımda olamadan kalbimdeyse mutluyum onlarla.

Hep bir şarkı sözü uğruna bekledim ben. Bana hayatım boyunca hep yaşamaya devam etmem ve beklemem söylendi. Ben de hep aynı şarkının aynı cümlesini dinleye dinleye bekledim, şark diyordu ki "Her şey anını bekler." Sırf bu yüzden, her şey anını bekler diye bekledim. Bugünün gelmesini, bu satırları yazmayı, kitabımı elime almayı, sayfalarını imzalamayı bekledim. O gün geldi, şu an bu satırları yazıyorum, önsöz her zaman kitabın bitişidir aslında ve ben Sınır'ı bitiriyorum. Size tek bir tavsiyem var. Hiçbir şeye, hiç kimseye tutulup kalmayın. İstediğiniz her şeyin dibine kadar gidin, alabiliyorsanız alın ama adım ata ata dibine kadar gitmenize rağmen size dönmeyen hiçbir şeyi, hiç kimseyi hayatınızda tutmayın, beklemeyin.

Beklenilecek çok daha güzel şeyler olduğunu keşfetmek için başınızı kaldırmanız gerekiyor. Ben çok bekledim, neyi beklerken başımı kaldırdıysam daha güzelini keşfettim. Bazen beklediğiniz günler olur, beklediğiniz aylar. Her seferinde çok daha güzeli dışarıda bir yerde bekliyordur sizi. Kendinize bir gün seçin, olmadı bir ay seçin, koyun onu önünüze bekleyin... Ben Eylül'ü seçtim. Uğruna şiirler yazılacak bir ay Eylül. Ve ben şimdi onu bekliyorum. Hayatıma şiirleri yazılacak günler getirsin diye, soluyabileceğim derin derin nefesler getirsin bana diye, mutlu günleri getirsin diye, onu getirsin diye... Çünkü her şey anını bekler, öyle inandırmışım ki kendimi. Anınızı bekleyin, sadece bunu söyleyebiliyorum. Olmuyor diye üzüldüğünüz her şey sadece zamanını bekliyor. Ve ben hayatıma girmiş, hayatımdan gitmiş, hayatımda kalmış, hayatıma girecek herkese binlerce kez teşekkür ediyorum. Son olarak, beni bu zamana kadar okuyanlar Lou Salome tutkumu bilir. Ona teşekkür ederek onun bir cümlesiyle sizi kitabımla, Nehir'le, Bora'yla baş başa bırakıyorum... Demişti ki Lou Salome, "Dünya sana hediye sunmaz. Bir yaşam istiyorsan çal onu." Bu cümleyi alın, hayatınızın duvarına asın. Çünkü dünya size hediye sunmaz, bir yaşam istiyorsanız çalın onu...

1. Bölüm
Vücudunun Her Milimiyle...

Tam üç yıl önce geçirdiği kaza sonucunda hayata küsen, inşaat firması N&D'nin sahibi Kenan Erdem'in biricik kızı Nehir Erdem, tüm bunalımını ve umutsuzluklarını da yanına alarak kaza geçirdikten tam iki ay sonra İngiltere'ye gitti. Tedavi için gittiği söylenen Nehir Erdem, aksine, herkesten uzaklaşmak için terk etmişti ülkesini. Kenan Erdem ve eşi Nihal Erdem kızları onları yanında istemediği için, belki yalnız kalmak ona iyi gelir düşüncesiyle izin vermişlerdi Nehir'in İngiltere'ye, halasının yanına gitmesine. Zamanla tek dertleri Nehir olmaz oldu. Kenan Bey'in işleri zincirleme bir kazaya sürüklendi sanki. Tek tek kaybettiği ihale dosyaları ardı ardına gelince, şirket tepetaklak oldu. Son günlerini yaşayan N&D için tek bir şans vardı: Yeni bir ortaklık.

Tüm bunlar yaşanırken İstanbul'un bir diğer ucunda, hükmünü sürdüren yılların krallığı olarak nitelendirilen Karahanlı Şirketleri'nin başındaki Ahmet Karahanlı, çocuğuna üzülen bir diğer babaydı. Oğlu Bora Karahanlı'nın iş dışında yaşadığı sorumsuz, duygusuz hayat her gün gazetelerdeydi. Yaşı 30'a dayanmış olan Bora'nın evlenmesini istiyordu artık babası. Evlenmesini ve bir şekilde eve bağlanmasını. Sorumluluk almadığı sürece, her gece yatağına başka bir kadın almaktan vazgeçmeyeceği belliydi. Bu yüzden ya şehir hayatına alışmamış küçük bir gelinle evlendirecekti onu ya da hasta bir kızla. Sorunsuz biriyle evlendirdiği müddetçe yeterli sorumluluğu alabileceğini düşünmüyordu. Ve haklıydı da, Bora'nın en yakın arkadaşının babası haklı bulmuştu Ahmet Karahanlı'yı. Ve ona şöyle demişti: "N&D'den Kenan Bey'i bilirsin... Kızı üç yıl önce sakat kalıp İngiltere'ye gitmişti. Adamların derdi yetmezmiş gibi şimdi bir de şirketleri iflas aşamasında. İflasları kurtaran temel yol ortaklıktır hani... Kızının tedaviden yorulup geri döndüğünü duydum. Bir düşün derim, hem senin oğlanı adam eder hem babasının hayatını kurtarır kızcağız. Belki bu hengâmede kendisi bile iyileşir. Ne dersin?"

Her şey bu fikirle başladı. Fikir mantıklıydı, Ahmet Bey uygulamaya o an karar vermişti. Yemekten çıkar çıkmaz Kenan Erdem'le bir görüşme ayarlanmasını istedi. Ertesi gün, bizzat evine gidecekti görüşmeye. Kızı görmek istiyordu...

Tavsiye, istek, plan... Yan yana sıralanmış üç basit kelime. Oysa bu üç kelime iki insanın hayatını öyle derinden etkileyecekti ki bu satırlar yazılırken var olan hiçbir şey bu satırlar yazıldıktan sonra aynı kalmayacaktı. Kendini yıllar önce buz gibi bir kışta donmuş, artık akmayan bir nehir olarak gören Nehir Karahanlı'nın hayatı, onu donduran soğuk kadar buz gibi bir adam olan Bora Karahanlı'nın hayatı ve çevrelerinde kim varsa herkesin sıradan hayatı değişecekti. Çünkü evet, bu bir planın başlangıcıydı. Büyük, insanı yolundan çeviren bir planın başlangıcı...

(Nehir'in Anlatımıyla)

"Anne?" diye mırıldandım odamdan çıkmak üzere olan anneme bakarak. Tekerlekli sandalyemi biraz öne doğru sürüp ona yaklaştım, "Babam nerede? Onunla konuşmak istiyordum da..." Geldiğimden beri morali bozuk olan babamla konuşmak istiyordum. Bir derdi vardı. Belli. Ama neydi?

"Baban çalışma odasında hayatım, bir tanıdığı var yanında. Görüşme yapıyorlar."

"Tanıdığı mı? Anladım..." Annem odamdan çıkarken bir süreliğine kaşlarımı çattım. Babam hiçbir zaman evde yapmazdı işle alakalı görüşmelerini. Ciddi, garip bir şeyler vardı bu işin içinde. Merakıma yenik düşüp annemin ardından koridora çıktım tekerlekli sandalyemle. Koridor boyunca ilerleyip koridorun en sonunda, babamın odasının hemen önünde durdum. İçeriden ikna sesleri geliyordu.

"Haksız mıyım Kenan Bey? Şirketinizin durumu herkesin dilinde..." Adamın söylediğine anlam vermeye çalıştım bir an. Şirketin durumu da neydi? Neyi vardı şirketin?

"Haklısınız. Ama sizin söylediğiniz yolla çözmeyeceğim. İflas edeceksem ederim, ama söylediğinizin olması imkânsız!"

"Hadi ama!" diyerek girdi söze adam, "Kötü bir şeyden bahsetmiyorum. Ortak olacağız ve şirketiniz kurtulacak."

Şirketin bu kadar kötü bir durumda olduğunu bilmiyordum. O şirket babamın her şeyiydi. Maddi kaynaktan da fazla, babasının yadigârıydı ona. N&D'yi kaybedemezdi. Kaybetse ölürdü...

"Oraya kadar sorun yok. Sorun olan şey şartınız!" Adam şirketlerimizi birleştirmek istiyordu ve bir şartı vardı anladığım kadarıyla, ne kadar büyük bir şartı olabilirdi ki?

"Şartım kimseyi kötü etkilemeyecek. Ne kızınızı, ne oğlumu..." Şaşkınlıkla kapıya yaklaştım. Benden bahsediyorlardı. Şart benimle alakalıydı! Ama ne?

"Kızımın oğlunuzla evlenmesini istiyorsunuz Ahmet Bey! Oğlunuz, Bora Karahanlı, magazin sayfalarından düşmüyor. Bunu kızıma nasıl yapabilirim? Tamam... O şirket benim gözbebeğim. Babamın bana armağanı, babamın hatırasını taşıyor. Şirketi kaybettiğimde babamı da kaybedeceğim, hatırası gidecek ellerimin arasından. Belki bunu atlatamayacağım. Ama iç buhranımı yaşamak istemediğim için kızımın hayatını mahvedemem."

Şok içinde dinledim söylediklerini. Adam babamın şirketini kurtarmak için beni oğluyla evlendirmek istiyordu. Magazin sayfalarının gözbebeği Bora Karahanlı'yla... Her gece başka bir kadınla olan o aptalla... Yıllar önce bir partide karşılaşmıştık onunla. Onun düzenlediği bir partiydi ve yaşım küçük diye içeri alınmamı engellemişti. "İçeride aklının hayalinin almayacağı şeyler yapacağız ufaklık, yaşın gelince seni de bekle*riz. Şimdi git, masalını dinle ve uyu. Bu masal sana göre değil."* Bana bunu söyleyen adamın babası o adamla evlenmemi istiyordu şimdi. Ben hâlâ küçüktüm ve bana göre olmayan bir masalda yer almamı istiyordu bizzat kendi babası. Güldüm. Üzülecek bir durum değildi. Belli ki normal bir evlilik olmayacaktı. Ben sakattım, o çapkın. Odanın kapısını açıp içeri girdim ikisinin de şok içinde bakışları beni bulduğunda.

"Ben kabul ediyorum." dedim en cesur tonumda, "Evleneceğim ve şirket iflas etmeyecek."

Günlerce süren tartışmalar, annemin geceler boyu ağlayışları, babamın çektiği restler sonucunda en sonunda ikisi de istemeye istemeye buruk bir ikna içindelerdi. Bora Karahanlı'yla evlenecek, şirketi kurtaracaktım. Bu zamana kadar hiçbir yararımın dokunmadığı anne ve babama bir yararım dokunacaktı. Korkum, endişem yoktu, çünkü söylüyordum ya, normal bir evlilik olmayacaktı bu. Benden hiçbir beklentisi olamazdı. Burada ve İngiltere'de olduğu gibi odamda oturup kitap okuyacaktım bütün gün. Zaten babasının bu evliliği neden istediğini de anlamamıştım ya neyse. İki şirket arasındaki ortaklığın resmiyetini kazandırmak için tutulan avukattan aldığım bilgiye göre Bora Karahanlı benim aksime şiddetle karşı çıkmıştı bu işe. Ama adam çapkın olmasının yanı sıra işine âşıktı ve babası onu işiyle tehdit etmişti. Benimle evlenmezse işten atılacaktı, evlenirse ise hisse sahibi olacaktı. Ancak bu şekilde ikna oldu ve ikna olana kadar hiç görüşmedik. Bugün, burada, nikâhımızın kıyılacağı büyük salonumuzda tanışacaktık ilk defa. Annemin zorla giydirdiği kısa beyaz elbisemle, kenarlarına dalga geçer gibi güller taktıkları tekerlekli sandalyeme oturmuş bekliyordum. Kızıl, gür saçlarımı salmıştım toplamak yerine. Zorla yapılan hafif bir makyaj yeterli olmuştu. Nikâhta Bora'nın ailesi ve benimkiler dışında kimse olmayacaktı. Ben Bora'nın da gelmeyeceğinden korkuyordum. Yerine başkasını yollayabilirdi. Gerçi umurumda değildi. Evlilik bir şekilde gerçekleşsin, şirketler birleşsin ve ne hali varsa görsündü.

"Geldiler!" Hizmetçiler koşturarak kapıya giderlerken istifimi bozmadan bekledim nikâh masasının hemen yanında. Salona önce beklemediğim bir şekilde sarışın bir ufaklık girdi. Şaşkınlıkla baktım elindeki bebeğiyle bana gülerek yaklaşan miniğe. Beş yaşında olmalıydı.

"Nehir!" Koşturarak yanıma geldi ve bana bebeğini uzattı. Kimdi bu? Bora'nın bir de çocuğu mu vardı yoksa?

"Merhaba..." dedim tereddütle, "Sen... Bora'nın..." O sırada bebeğini almamı daha fazla bekleyemeyip kucağıma bıraktı.

"Ben abimin kardeşiyim!"

Kendimi tutamayıp kıkırdayarak kucağımdaki bebeği aldım. Bir kardeşi olduğunu bilmiyordum. Varsa bile bu kadar sevimli olması mucize gibiydi. Gülerek başımı kaldırdığımda mucizenin diğer adını gördüm. Sevimsiz, duygusuz, umursamaz, yakışıklı varis Bora Karahanlı. Kapıda durmuş nefretle bana bakıyordu. Yüzümü düşürüp omuz silktim gayriihtiyari. Küçük kız koşarak abisinin elini tuttu ve onu tam önüme getirdi. Bana bakışlarındaki nefret milim azalmazken elini uzattığını gördüm. Elini sıkmamı beklemiyordu herhalde? Böyle nefretle bakan birinin elini sıkamazdım.

"Ben Bora." Sesi öyle tok, öyle karakterli ve öyle ciddiydi ki yutkundum. Elini sıkmazsam eliyle yüzümü dağıtabilecek gibiydi resmen. Umursamadım. Birden uzanıp kucağımda duran elimi tuttu, kaldırdı ve elini sıkıyormuşum pozisyonuna getirdi. Şaşkınlıkla baktım yaptığı terbiyesizliğe.

"İngiltere'den geldiğin için bilmiyorsun belli ki ama burada, Türkiye'de, birisi sana elini uzattığı zaman, o eli sıkarsın... ufaklık." Elimi birkaç saniye sonra bıraktığında hâlâ şok içindeydim. Zorla elimi sıkmıştı. Zorla... Küstah!

"Özellikle de bu kişi Bora Karahanlı'ysa, değil mi?" diye sordum dalga geçer gibi. Başını salladı ciddiyetini bozmadan.

"Dersine iyi çalışmışsın ufaklık." Bir kez daha ufaklık kelimesini eklemesi sinirlerimi öyle bozmuştu ki arkasını dönüp birkaç adım attığında bağırdım.

"20 yaşındayım ben! Çocuk değilim!" Sinir bozucu bir şekilde gülerek döndü bana.

"Ben seni daha büyük sanıyordum. Ne diyeyim şimdi? Bebek mi?" Aptal! Başımdan aşağı kaynar sular dökülmüş gibi sinirliyim. Bu... bu... kendisini ne sanıyor! Benden sadece 8 yaş büyük! Biri bana bıçak versin. Aynı sinir bozuculukla güldüm. Şimdi sinirleri bozulan o olacaktı.

"Karıcığım demeye ne dersin? Malum, evleniyoruz... Hah." Gülüşü solup yerini ciddiyete bıraktığında sevinçle gülümsedim. Sinirlerini bozmuştum. Bora Karahanlı'nın gülüşünü soldurmuştum!

"Bunun için akşamı beklemen gerekecek." dedi ve ben anlam vermeye çalıştığım sırada devam etti, "Yani önce tam olarak, her şeyinle, karım olman gerek." Şok içinde kaşlarımı çattım. Tam olarak derken?

"Tam olarak?" Gözleri alaycı bir ifadeyle göğüslerimde dolaşırken rahatsız oldum. Ne demek istediği belliydi. Bana göz kırptıktan sonra son cümlesini söyledi sinir bozucu bir hazla, "Bedeninin her milimiyle ufaklık. Her ufak milimiyle!"

2. Bölüm
Senden Nefret Ediyorum

"Evet, hazırsanız başlayalım." Nikâh memurunun sabırsız isteğiyle Bora'ya baktım. O ise bana bakmak yerine masaya doğru ilerliyordu. Gözümü anneme çevirdim, gözleri dolu dolu yanıma geldi, tekerlekli sandalyemi iterek Bora'nın yanına yerleştirdi beni. Nikâh masamda bile oturduğum sandalye bu lanet tekerlekli sandalyeydi. Umutsuzca anneme, babama, Bora'nın anne ve babasına baktım. Hepsi mutsuz görünüyordu. Tek gülen Bora'nın minik kardeşiydi... Asya Karahanlı.

"Belediyemize yaptığınız başvuruda, evlenmenize hiçbir mani görülmemiştir. Eğer kimsenin itirazı yoksa nikâhınıza geçiyorum." Nikâh şahitlerimiz olan, iki hizmetçimize baktım, acıyarak bakıyorlardı bana. Başıma gelecek şeylerin kötü olacağını düşündüklerine emindim. Daha ne kadar kötü bir hayat yaşayabilirdim?

"Siz, Kenan Erdem ve Nihal Erdem'in kızı, Nehir Erdem... Bora Karahanlı'yla evlenmeyi kabul ediyor musunuz?"

Ona baktım soran gözlerle. Neden baktığımı bilmiyordum, bir şey söylemesini bekliyordum. Ama yüzüme bakmıyordu bile. Ona doğru eğildim.

"Senden nefret ediyorum." diye fısıldadım sadece onun duyabileceği bir şekilde, nikâh memuruna dönüp ekledim, "Evet!" Bora'nın sırıttığını gördüm o sırada. Ondan nefret etmem hoşuna gitmişti sanki.

"Siz, Ahmet Karahanlı ve Selda Karahanlı'nın oğlu, Bora Karahanlı... Nehir Erdem'le evlenmeyi kabul ediyor musunuz?" Bana gülerek baktığını hissediyordum.

"Hem de tüm kalbimle!" dedikten sonra bana doğru eğildi ve fısıldadı, "Senden nefret ediyorum ufaklık..."

"Peki ya siz şahitler, onaylıyor musunuz?" Acaba şahitler de bize dönüp 'Sizden nefret ediyoruz!' diyecekler miydi? Kendi kendime sebepsizce gülüp onlara baktım. Onayladılar anında. İmzalar atıldı takibinde...

"O zaman ben de sizi, Şişli Belediyesi'nin bana verdiği yetkiye dayanarak karı koca ilan ediyorum. Hayırlı olsun! Gelini öpebilirsiniz."

"Asıl gelin beni öpebilir..." diye mırıldanarak ayağa kalktı Bora. Sinirle gözlerimi devirdim ve nikâh memurunun uzattığı nikâh defterini aldım. Tam o sırada çıkıp gitmek için ayağa kalktığını sandığım Bora'nın bana doğru eğildiğini gördüm. Ellerini tekerlekli sandalyeme dayamış, beklentiyle bakıyordu bana.

"Ne?" diye fısıldadım. Tek kaşını kaldırdı.

"İznin var işte. Beni öpebilirsin Pelin. Çok şanslısın!" Kaşlarımı çattım. Pelin mi? Aptal. İsmimi unutmuş.

"İsmini bilmediğin birine dudaklarını teslim edecek olman ne büyük acı. Yazık." Gülerek baktı bana. Bu gülme daha çok dalga geçme gülmesiydi. Kravatını biraz gevşettikten sonra bana yaklaştı. Gülerek dudaklarını dudaklarıma değdirdi. Ah... Dudaklarını değil... Dilini... Kusacak gibi geri çektim kendimi. O kadar kötü değildi. Midemi bulandıran beni etkilemiş olmasıydı. Evet, kahretsin ki bu öpüş beni etkilemişti. İçimin titrediğini hissediyordum. En kısa zamanda kendime olan bu ihanetimden dolayı kendimi cezalandırmalıydım!

"İsminin bir önemi olsaydı, bu şekilde evlenmezdik minik..." Gözlerimi gözlerine diktim. Benimle bu şekilde konuşmaya devam ettiği sürece ben de onunla dalga geçecektim. Ama şu an kendimi hazır hissetmiyordum. Dudaklarım hâlâ ıslak, içim hâlâ titriyordu... Cevap verebilecek hâlde değildim. Doğrulup tebrikleri kabul ederken öylece bakıyordum ona. Herkesin tebrikini kabul ettikten sonra bana döndü.

"Etkilendiğini bu kadar belli etmemeye alışmalısın. Bu öpüşme, sadece bir başlangıçtı. İşte sana bu yüzden ufaklık diyorum... Hiçbir şeyden haberin yok." Göz kırparak ceketinin düğmesini açtığında konuşabilecek durumda değildim.

"Ben... o yüzden değil... biz... yani..." Keyifle güldü ve hiçbir şey söylemeden, beni daha fazla dinlemeden yanımdan uzaklaştı. Babasının yanına gitti. Ciddi bir şeyler söylüyordu. Hisseler hakkında konuştuğuna emindim.

"Nehir! Abimin ayağına bastın mı?" Asya'nın sorusuna sinir bozukluğuyla güldüm. Sakat birine sorulabilecek en kötü soruyu sormuştu. Ama hassas zamanlarımı atlatmıştım, bu soruya, özellikle de dört beş yaşındaki birinden gelen bu soruya ağlayacak değildim.

"Basamadım... bazı teknik aksaklıklardan dolayı." Kafa karışıklığıyla baktı bana ellerimi tutup.

"Anlamadım ama olsun. Siz şimdi mutlu mu olacaksınız?" Bu kız insana mutluluk veriyordu. Bora Karahanlı'nın bu kadar duygusuzluğa rağmen kardeşini sevmesine şaşmamalıydı.

"Eee, umarım... Önemli olan senin mutlu olman! Sen mutlu ol. Tamam mı?" Kollarını kocaman açtı.

"Bu kadar mutlu olacağım hem de! Biliyor musun, sizin eviniz de bu kadar büyük!" Bizim evimiz mi?

"Bizim... evimiz mi var?" Başını salladı heyecanla.

"Babam aldı! Siz bizimle yaşamayacaksınız diye üzüldüm. Ama çok güzel bir bahçesi var! Size gelip oynayabilir miyim? Köpek de alacak mısınız?" Demek Ahmet Karahanlı oğluyla ayrı bir evde yaşamamı istiyordu. Bu adamın amacını anlamasam da bir şekilde dediklerine uymak zorunda olduğumu biliyordum.

"Tabii ki oynayabilirsin! Köpek konusunu abinle konuşmalısın... Ben bir şey diyemem..." Ağzı açık bir şekilde koşturarak yanımdan ayrıldı ve Bora'nın yanına gitti. Pantolonunu çekiştirerek aşağıya doğru eğilmesini sağladı ve hevesle anlatmaya başladı. Bora da aynı hevesle dinliyordu onu.

"Kızım... eşyaların hazır... araba da geldi..." Annemin ağlamaklı sesiyle birlikte gözlerimi onlardan ayırıp anneme baktım.

"Araba mı?"

"Evet. Sizi havaalanına bırakacak olan araba." Havaalanı? Benim hiçbir şeyden haberim olmayacaktı, değil mi?

"Nereye gidiyoruz?"

"Ahmet Bey ayarlamış, balayına gidiyorsunuz. Paris'e!" Paris... Bora Karahanlı'yla birlikte Paris'te yalnız mı kalacaktım? Muhtemelen beni uçakta terk edip giderdi.

"Demek öyle..." dedim usulca düşüncelerimi bir kenara atıp, "Tamam... madem öyle..." Diyebilecek başka bir şeyim yoktu zaten. Ne deniyorsa o olacaktı.

"Bora, Nehir! Araba sizi bekliyor." Ahmet Bey'in sesiyle birlikte başımı sallayıp Bora'ya baktım. Bana baktığını gördüm o sırada. Anında gözlerini kaçırıp babasına baktı. Hiç kimseyle vedalaşmadan yerde duran çantalarımızı aldı ve evden çıktı. İnsan beni de alırdı, değil mi? Aptal. Annem tekerlekli sandalyemi iterek dışarı çıkardı beni. Bora çoktan arabanın arka koltuğuna yerleşmişti bile.

"Kızım, kendine iyi bak!" Ağlayan anneme sıkı sıkı sarıldım. Ardından babamla vedalaştım ve arabaya baktım çaresizce. Ben şimdi bu arabaya nasıl binecektim?

"Abi!" diye bağırdı Asya arabaya doğru. Bora kafasını arabadan uzatınca babama baktım. Alnındaki teri siliyordu.

"Efendim Asya?"

"Abi çok unutkansın! Nehir'i unuttun!" Asya neşeyle gülücükler saçarken Bora Karahanlı, birkaç saniyelik düşünmenin ardından arabadan indi. Ağır adımlarla bana yaklaştı.

"Yaşasın! Abim Nehir'i kucağına alacak! Yaşasın!" İstemeye istemeye baktım Bora'ya. Beni kucağına almak istemiyordu. Bunu ona zorla yaptıracak değildim. Ben de çok hevesliydim sanki ona.

"Şoför Bey!" diye seslendim kapıyı açan şoföre doğru. Adam itaatkâr bir şekilde bana bakınca Bora'nın da şaşkınlıkla beni izlediğini gördüm.

"Beni arabaya bindirebilir misiniz?" Duygusuz, kas yığını, yakışıklılıkta sınır tanımayan aptal varis, şok içinde kalmıştı.

Başını kaldırıp dik durmaya çalıştı. Bunu beklemediği belliydi. Şoför bana doğru bir adım attığında eliyle durdurdu onu. Hiçbir şey söylemeden tek adımda bana yaklaştı, tek bir hamlede beni kucağına aldı. Arabanın etrafını dolaşıp arka koltuğa oturmam için eğildi, beni koltuğa bırakırken sinirle baktı yüzüme.

"Bir daha sakın böyle bir şey yapma Nehir. Sakın!" En azından ismimi doğru söylemişti. Demek ki ismimi doğru söylemesi için bana kızması gerekiyordu. Bundan kolay ne vardı? Kızdırırdık biz de...

3. Bölüm
Gözlerini Kapat Ufaklık...

"Efendim?" Bora Karahanlı, arabaya bindiğimizden beri ilk kez konuştu. Bana değil, telefona doğru oldu bu sessizliği bozması elbette. Benimle konuşmasını beklemiyordum. Çünkü bindiğimizden beri olabildiğince ciddi bir şekilde yolu izliyordu. Muhtemelen şoförün beni kucağına almasını istememe kızmıştı. Bu zamana kadar aldığım bütün adap eğitimlerini bir kenara bırakıp telefon konuşmasını dinlemek için belli belirsiz eğildim.

"Bu akşam olmaz..." dedi boğazını temizleyerek, "Yurtdışına çıkacağım. Bir iş toplantısı için." Bir iş toplantısı? Şeytan diyor ki telefondakinin duyabileceği şekilde 'Kocacığım yatağı ısıttım, seni bekliyorum!' diye bağır. Ama ölmek istemiyorum şeytan, bil bunu.

"Döndüğümüzde seni arayacağım. Telefonun yine kapalı olursa, yine başkasını ararım, aklında bulunsun." İlişkide son nokta! Bütün modern Amerikan çiftlerini geçmişler resmen. Ne demek seni bulamazsam başkasını ararım, ne demek? Üstelik yanında karısı varken söylüyor bunları. O kadar yıl İngiltere'de kaldım, böyle rahatlık görmedim. Bir de laf ederler zavallı insanlara ne rahat millet diye. Siz daha Bora Karahanlı'yla tanışmamışsınız.

"Tamam, uzatma. Meşgulüm şu an, bir ihale görüşmesine girmek üzereyim. Kapatıyorum." Bir saniye bile beklemeden kapattı telefonu. Telefondaki kadının telefonu sinirle duvara fırlattığını tahmin edebiliyordum. İnsan bir hoşça kal derdi...

"Bence iki milyon dolarla giriş yapmalıyız..." diye mırıldandım yüzüne bakmadan. Şaşkınlıkla kaşlarını çattığını yan gözle görebiliyordum.

"Ne saçmalıyorsun?"

"İhale görüşmesindeyiz ya hani. İhale için iki milyon dolar teklif yapmalıyız diyorum!" Belli belirsiz dudağının kenarında bir yükselme fark ettim. Gülmesine izin vermeyip başını dikleştirdi.

"Türkiye'deyiz. Teklifi dolar olarak yazarsan, dosyanın altına gülücük çizip geri yollarlar." Derin bir nefes aldım. Tamam. Laf koymak denebilirdi buna. Bu konudaki yeteneği gözden kaçırılacak gibi değildi. Ama olsun! Ben de onun kadar iyi olabilirdim...

"Ben... uzun zamandır... İngiltere'de... yaşadığım için..." diye toparlamaya çalıştığım sırada sunduğu yarışma programındaki yarışmacı sorduğu soruya verilebilecek en saçma cevabı vermiş sunucular gibi umutsuzca baktı yüzüme.

"İngiltere'de dolar değil sterlin kullanıldığını biliyorsun değil mi?" Başımı salladım çaresizce. Cevap vermeme gerek yoktu. Yeterince rezil olmuştum. Ağzımı bir kez daha açarsam, kötü olacaktı benim için. Havaalanına giriş yaptığımızda, şoför birkaç ikna konuşmasıyla bizi direkt uçakların yer aldığı bölmeye götürdü. Uçağın inmiş merdivenlerinden çıkan insanlara baktım üzüntüyle bir nefes aldığımda. Hepsi yürüyerek çıkıyordu, tekerlekli sandalyeyle çıkmak canımı sıkacaktı. Ama alışmıştım buna bile. Başıma bir şey gelmişti, buna katlanmak zorundaydım.

"Sen valizlerimizi götür." Bora şoföre emir verip arabadan indi ve bana baktı düşünür gibi. O da tekerlekli sandalyeyle çıkacağım için rezil olacağımı düşünüyordu kesin. Gerçi bunu sesli söyleseydim bunun rezil olmamak olduğunu söyleyerek kim bilir daha başka neler derdi... Bir süre düşündükten sonra eğildi, ellerinden birini bacaklarımın altına, diğerini belime yerleştirip sıkıca tutarak kucağına aldı beni. Gözlerim tekerlekli sandalyemi arıyordu arabadan Bora'nın kucağında çıktığımda. Bora kucağında benimle uçağa doğru yürüdüğünde şaşkınlıkla baktım sert yüzüne.

"Ne yapıyorsun? Tekerlekli sandalyem araban..." derken sözümü kesti.

"Gözlerini kapat." Kaşlarımı çattım şok içinde.

"Ne?"

"Gözlerini kapat..." Emredip ekledi, "Çünkü uyuyorsun. Ve ben seni uyandırmak istemediğim için kucağımda taşıyorum." Anlam vermeye çalışıyordum ama tek yaptığım saf gibi karmakarışık bir yüzle bakmaktı onun yüzüne.

"Anlamıyorum Bora, neden?" Bir an durdu ve gözlerini gözlerime çevirdi.

"Oradan tekerlekli sandalyeyle geçmek istemediğini ikimiz de çok iyi biliyoruz." Haklıydı. Bunu nasıl anladığını anlamamın imkânı yoktu, ama anlamıştı ve sesimi çıkarmayacaktım...

"Teşekkür ederim..." diye fısıldadım sakince. Başını salladı.

"Şimdi gözlerini kapat ufaklık. İyi uykular..." Söylediğini yapıp gözlerimi kapattım ve başımı sert göğsüne yasladım. Ne olursa olsan, biraz önce yaptığı konuşmayı bile göz önüne alsak, içinde garip ama iyi bir insan yattığı gerçeğini kapatamayacaktı hiçbir şey. O ne kadar kötü görünmeye çalışırsa çalışsın, içinde bir yerlerde minik kız kardeşi Asya Karahanlı'nın kalbinin bir benzeri atıyordu. Sevinin kızlar! Magazin köşelerinin vazgeçilmezi duygusuz kas yığını seksi Bora Karahanlı'nın bir kalbi var! Ve bir şey var olduktan sonra onu devreye sokmak çok da zor olmasa gerek... ha?

"Bu arada," diye mırıldandım gözlerimi açmadan, "ihaleye dolar yazmak bizi daha zengin gösterir gibi gelmişti." Güldüğünü duydum hafifçe.

"Fazlasıyla zengin görünüyoruz zaten. Endişelenme."

"Ama!.." diye bir itiraz cümlesine başlayacağım anda "şşş" diyerek susturdu beni.

"Uyurken konuşanı çok gördüm, ama uyurken münazara yapanı ilk defa görüyorum. Ooo, seninle işimiz var bizim!" Sebepsizce güldüm söylediğine. Gerçekten sebebini bilmiyordum. Sadece son cümlesi çok hoşuma gitmişti. Seninle işimiz var bizim... Böyle dediğine göre beni uçakta terk edip gitmezdi herhalde değil mi? Yok yok, gitmezdi...

4. Bölüm
İyi Eğlenceler!

Gözlerimi açtığımda kendimi arabada buldum. Arabanın arka koltuğuna uzanmış, uyuyordum. Yaşanan her şey gözümün önünden geçti kısaca. Uçağa binene kadar Bora'nın kucağında gerçekten uyuyakalmıştım. Bir ara uyanıp Bora'ya baktığımda ciddi bir şekilde tabletine baktığını gördüm, ardından uyumaya devam ettim. Şimdi de buradayım. Arabada. Paris'te...

"En azından geldiğimizi haber verebilirdin Karahanlı! Balayını uyuyarak tamamlayacaktım neredeyse." diye söylenip tutunarak uzandığım yerden doğruldum, bacaklarımı iterek indirdim ve ön koltukta, şoförün yanında oturan Bora Karahanlı'ya baktım. Yüzüme bakmıyordu bile.

"Bazı şeyleri uyurken de olsa yaşamana izin verecektim oysa ki." Sinirle baktım yüzüne o yüzüme bile bakmazken. Hava az da olsa kararmaya başlamıştı, araba oldukça yavaş gidiyordu ve dışarıdan gelen Fransızca ezgileri duymak insana iyi hissettiriyordu.

"Hissetmezdim nasıl olsa. Belden aşağım hissetmiyor. Tecavüze en elverişli insanım yani! İyi düşünmüşsün. Hah." Sinirle omuz silkip arkama yaslandım. Gerçekten ne kadar sinirli olduğumu tahmin edebileceğini sanmıyordum. Gerçekten bu hâldeki bir insanla sevişebileceğini mi söylüyordu! Hem de haber vermeden. Arkasına doğru dönüp bana baktı öfkeyle kaşlarını çatarak.

"Uyumaya devam etsen iyi olacak. Uyanınca saçmalıyorsun." Gözlerimi devirmekle yetindim. O uyu deyince uyuyacak, uyan deyince uyanacaktım sanki. Kendini ne sanıyorsa. Alt tarafı... Bora Karahanlı.

Çok değil, beş dakika geçmişti ki araba durdu. Arabanın beyaz tenli, sivri burunlu genç şoförü Bora'ya döndü ve Fransızca bir şeyler söyledi dışarıyı göstererek. Bora da başını salladı ve arabanın kapısını açıp aşağıya indi. Ardından benim kapımı açtı ve bana doğru uzandı. Beni tek hamlede kucağına aldığında ondan yeterince uzak durmaya çalışıyordum.

"Şu kollarını boynuma saracak mısın, yoksa kucağımdan düşmek birinci tercihin mi?" Sinirle tek elimi omzuna attım. Atmasaydım gerçekten düşecektim. Başımı yüzünden çevirip arkaya baktım. Şoför elinde valizler ve tekerlekli sandalyemle peşimizden geliyordu.

Otele girdiğimizde, resepsiyondaki adam Fransızca bir şeyler söylerken şoför koşarak geldi ve resepsiyonistle konuşmaya başladı Bora tereddüt etmeden asansöre binerken. Muhtemelen bu şoförü babası tutmuştu ve her şeyle ilgilenmesini istemişti?

Asansöre bindiğimizde sadece ikimiz vardık ve bu son derece rahatsız ediciydi. İster istemez dar, lüks asansörde ona yakın durmak, erkek olduğunu her yerden belli eden sert kokusunu duymak zorunda kalmıştım. Gözlerimi kaçırmak için elimden geleni yapıyordum. O ise hiçbir şeyi umursamıyormuş gibi direkt olarak öne, dimdik bir şekilde bakıyordu.

"Odanın anahtarı?"

"Oda çoktan ayarlandı. Fransız şoför havaalanına geldiğinde anahtarı bana teslim etti, sorun yok." Başımı salladım asansörün kapısı açılırken. Kapıdan Bora'nın kucağında çıktım ve koridor boyunca ilerledik. Koridorun en sonundaki odanın önünde durduk, Bora cebinden hiç de zorlanmadan çıkardığı oda kartını kapıya okuttu. Anahtar bekliyordum... Olsun, kart daha havalı hissettiriyordu. Odanın kapısı açılınca birlikte içeri girdik. Bora, ayağıyla kapıyı arkamızdan kapattı ve nihayet odaya göz atma fırsatı buldum. Geniş, oldukça lüks bir odaydı. Kırmızı-kahverengi tonlar ağırlıktaydı ve tam bir balayı süitiydi. Aşk evliliği yapmış olsaydık gerçekten güzel şeyler yaşanabilirdi. Ama malum, gerçek hiç de öyle değildi...

Bora beni dikkatle yatağa yatırdıktan sonra doğruldu ve aynı merakla odaya baktı kısaca. Hoşuna gittiği belliydi, ama sıkılmış görünüyordu. Gözlerimi duvardaki dans eden iki âşık tablosuna diktim... Arjantin tangosundan alıntı bir çizim olduğuna emindim. Kadının kırmızı elbisesi odaya ait gibiydi sanki...

"Tabloyu sevdin mi?" Bora ilgisizce sorunca başımı salladım.

"Hı hı. Eee... sen... sever misin... böyle şeyleri?" Gülerek döndü bana gözlerini devirerek.

"Sana soru sordum diye bana soru sormak zorunda değilsin. Merak etmediğin fazlasıyla belli ufaklık." Haklıydı. Zorla sormuştum. Ama bunu anlamasına imkân yoktu! Ne bileyim, çok inandırıcıydım.

"Birbirimizle konuşmazsak bu odada vakit geçmez..." dedim umutsuzca. Sebebim mantıklıydı. Onun da beni anlayacağını biliyordum. Onaylar gibi hafifçe başını salladıktan sonra uzun parmaklarını gür saçlarının arasından geçirdi. Küllü kumral... Saçlarının rengi buydu.

"Merak etme. Çok kalmayacağım. Banyo yapıp, üstümü değiştirip çıkacağım. Sen istediğin gibi vakit geçirebilirsin. Oda senin!" Şaşkınlıkla baktım ona. Ne demek oda benim?

"Sen... sen... nereye?" Şaşkınlığıma hafifçe güldü.

"Ben bugün evlendim!" dedi haberim yokmuş gibi.

"Biliyorum, gördüm. Eee?"

"Yani, bir gerdek gecesini hak ettim." Rahatsız olmuşum gibi boğazımı temizleyip arkama yaslandım. Sorumla ne alakası olduğunu gerçekten anlayamamıştım.

"Eee?" diye sordum tekrar.

"Ve bu geceyi senden alamayacağıma göre..." Bir an hayal kırıklığı içinde donakaldım. Söylemeye çalıştığı şeyi anlamıştım. Ah... İçimde bir huzursuzluk vardı. Umursamamam gerekmiyor muydu?

"Başka bir kadına gideceksin..." Başını sağa sola salladı olumsuz anlamında.

"Bora Karahanlı hiçbir kadına gitmez çocuk. Öğrensen iyi olur. Başka bir kadın bana gelecek. Böyle söylemek daha doğru!" Harika. Daha evliliğimin ilk gününde aldatılacaktım. Tamam, bir saniye. Umursamıyor olacağıma dair söz vermiştim kendime. Normal bir evlilik olmadığını biliyordum ve onun ne kadar çapkın olduğunu da biliyordum. Bunun başıma geleceğini de tahmin etmiştim. Bu yüzden umursamıyor olmalıyım. Ama... garip... garip geliyor.

"Baksana bana," dedi eliyle yüzümü kendi yüzüne çevirirken, "sinirlendin mi sen?" Yüzümü geri çekip elinden kurtuldum.

"Sadece... çocuk demene sinirlendim. Çocuk değilim ben. Onun dışında bir sorun yok. İstediğinle istediğin kadar seviş. Umurumda bile değil Karahanlı." Dalga geçer gibi gülümsedi ayağa kalktığında.

"Benim gözümde bir çocuksun. Madem umurunda değil, gönül rahatlığıyla gideceğim o zaman! Ben banyoya giriyorum şimdi. Dua et de ben çıkana kadar kıyafetlerim gelmiş olsun. Yoksa üzgünüm ama beni yarı çıplak görmek zorunda kalacaksın. Ve bu, senin için iyi olmayacak..." Sinirle gözlerimi devirdim o banyoya girerken. Sakinleşmeye çalışıyordum. Nasıl bu kadar küstah olabilirdi! Ah... Tamam. Sakin ol Nehir. Böyle olacağını biliyordun... Sadece... başa çıkmak zor. Anlatabiliyor muyum? Karşımda istediği gibi konuşup istediği gibi davranabiliyor ve ben öylece seyrediyorum. Zor olan bu ama bu daha başlangıç. Ben böyle bir yola girdim ve kim bilir daha neler yaşayacağım... Bu daha başlangıç... sadece... başlangıç...

"Bu arada," diye mırıldandı Bora Karahanlı banyonun kapısından çıplak omuzlarıyla kafasını uzatıp, "sen de gelmek ister misin? Banyo sıcak!" Sinirle yanımda duran yastığı kafasına fırlattığımda eğlenerek banyoya dönmüştü bile. Aptal. APTAL!

Komodinde duran kumandayı bir uzanmayla alıp televizyonu açtıktan sonra kanallarda gezinmeye başladım. Her kanal birbirine benzeyen dizilerle doluydu. Ufak bir dolaşmadan sonra Cartoon Network'te durdum. En sevdiğim çizgi film Camp Lazlo vardı ve şu an için bu, mutlu olmam için yeterli bir sebepti. Arkama yaslanıp huzurla izlemeye başladım. Yaklaşık on dakika sonra banyonun kapısı açıldı. Gözlerimi televizyondan ayırmadım ama aklım banyonun kapısındaydı. Fransız şoför eşyaları hangi akla hizmetse hâlâ getirmemişti! Banyodan gelen buhar ve mis gibi kokuyla birlikte içimde garip bir enerji hissettim. Yutkundum, gözlerimi televizyondan ayıramazdım ama gözbebeklerim yer değiştirmek için çıldırıyorlardı. Kaçamak da olsa bir bakış atmaya karar verdim. Gözlerimi hızlıca üstüne çevirip tekrar televizyona dönecektim. Ama... gözlerim... takılı kaldı... Bora Karahanlı tam karşımda durmuş, banyonun kapısını kapatmakla meşguldü. Beline bağladığı havlu malum yerlerini görmemi engelliyor olsa da kaslı vücudu ortadaydı. Üstündeki su damlaları kaslarından kayarken içimden bir ses su damlası olmak istediğini söyleyince sinirle nefesimi verdim. Ancak o zaman dikkatini çektim, havlusunu düzeltirken kaşlarını kaldırarak baktı bana. Ona bakmadığımı görünce gülerek kafasını televizyona çevirdi.

"Çizgi film ha? Tam tahmin ettiğim gibi." Keyifle koluna saatini takarken gözlerimi devirdim.

"İçeride bunu mu düşünüyordun? Şu an ne izliyor olduğumu... Umarım porno izlediğimi düşünüp korkmamışsındır." Yüzüme bakmadan omuz silkip çekmeceden çıkardığı küçük havluyla hacimli saçlarını kurulamaya başladı. Vücudu fazla erkeksiydi... ve fazla kaslı...

"Korkmadım. Yaş kilidi oluyor bu uydularda. Çocuklar için."

"Asıl o yüzden korkman gerekiyordu. Çocuk değilim ben." Gülerek bir kez daha kafasını kaldırdı ve kaşlarıyla televizyonu işaret etti.

"Çizgi film izlemem benim çocuk olduğumu göstermez. Bunu çocukluk olarak görmen senin yaşlı olduğunu gösterir!" Başını salladı onaylar gibi. Şaşkınlıkla baktım onaylamasına. Kurulama işlemi bitmişti ve yatağa doğru birkaç adım attı.

Tam önümde, televizyonu görmemi engeller bir şekilde durdu. Kasları gözlerimin önündeydi... Güdülerim uzanıp dokunmak istiyordu, kendimi tuttum. Tutmalıydım. Bana doğru eğildi ve gözlerine bakmamı sağladı görüş mesafeme gözlerini sokarak.

"Ben sana baktığımda bir çocuk görüyorum..." dedi elini yanağımda dolaştırırken, "ama senin bana baktığın zaman bir ihtiyar gördüğünü sanmıyorum. Ne dersin? Haksız mıyım?" Sinirle kafamı çektim ve elinden kurtuldum. Gözlerine bakmayacaktım. Bakarsam haklı olduğunu söylerdim.

"Ben... sana... yani... ben sana bakmıyorum!" Sonunda cümlemi toparlayabildiğimde gözlerim kaslarında dolaşıyordu ve bu beni yalancı durumuna düşürüyordu. İçimden öfkeyle söylendim kendime. Aptal ben! Bakma işte.

"Bir dahaki sefere bir yalan söyleyeceğin zaman bundan gözlerini de haberdar et. Zira gözlerin söylediklerine hiç de uymuyor." Keyifle doğrulup çalan kapıya doğru ilerlerken sinirimden yanımdaki yastığı sıkıyordum. Söylediklerine cevap verebileceğim zamanlar da gelecekti... eminim.

Kapıdaki Fransız şoförden eşyaları alıp odanın ortasına yığınca televizyona döndüm. Valizden kendisi için birkaç kıyafet çıkarıp banyoya girdi. Önümde giyinecek değildi elbette. Bunun şakasını bile yapamazdı. Sadece beş dakika sonra kahverengi ince kumaşlı bir gömlek, siyah bir pantolonla çıktı banyodan. Havlusunu aynalı komodinin üstüne bırakıp aynanın karşısında kendisine birkaç saniye baktıktan sonra bana döndü.

"Ben gidiyorum. Bir ihtiyacın olursa..." derken sözünü kestim.

"Bir ihtiyacım yok ve olmayacak da." Başını salladı.

"Tamam. Ben gidip kendi ihtiyaçlarımı halletmeye bakayım. Sana iyi seyirler ufaklık. Ve iyi eğlenceler!" Cevap vermedim. O da cevap beklemiyordu belli ki. Direkt çıkıp gitti odadan. Ben ise içimde büyük bir öfke yumağıyla tıkılı kaldım bu odaya. Nasıl giderdi? Anlamıyorum... İlk gecemizde... nasıl giderdi? Ah. Aramızda bir şey geçmesine zaten izin vermeyecektim. Ama... nasıl giderdi?

5. Bölüm
Karım

Bora odadan çıkalı on dakika olmuştu ki kapı çaldı. Nasıl olsa açma imkânım olmadığı için umursamadım. Ne kadar önemli biri gelmiş olabilirdi ki? Bora gelseydi kapıyı çalmak gibi bir salaklık yapmazdı açamayacağımın bilincinde olarak. Kendi kendime omuz silkip televizyona döndüm. Camp Lazlo bitmiş, Şirinler başlamıştı. Ve hâlâ sıkılmadan izliyordum. Sıkılmam mümkün değildi...

Yaklaşık on dakikalık bir çizgi film izleme seansımın ardından bu sefer kapının önünden gelen sesler işittim. Kumandaya uzanıp televizyonun sesini kıstım ve merakla eğildim. Birkaç saniyelik uğraştan sonra kapı açıldı ve içeriye tüm ağırlığıyla Bora Karahanlı girdi. Kaşları endişeyle havaya kalkmış, bana bakıyordu. Belli belirsiz bir nefes alıp kapıya döndü.

"Geçebilirsiniz..." Söylediği anlaşılmayacağı için eliyle de odaya geçmesini işaret edince şüpheye düştüm. Birlikte olacağı kadını buraya getirmemiştir değil mi? Yatakta tam yanımda sevişiyorlarmış filan... Ben de tezahürat yapardım. Beline kuvvet gibisinden. Gerçi, düşünmek bile istemiyorum.

Bora'nın arkasından tekerlekli masasıyla odaya gelen servis görevlisini görünce şaşkınlıkla baktım. Tekerlekli masa bir ton yemekle doluydu. Gözlerimi sorar gibi Bora Karahanlı'ya çevirdim. Elleri belinde, oda servisine bakıyordu. Adam masayı ulaşabileceğim şekilde yanıma yerleştirince Bora, cebinden çıkardığı yüzlüğü adama uzattı. Türkiye'ye gelirse harcardı... Gerçi, bu paraları çevirebiliyorlar değil mi? Salak ben.

Oda servisi odadan çıktığında hâlâ Bora'ya bakıyordum soran gözlerle. Kapanan kapının ardından bana döndü nihayet. Bir an odada olduğumu hatırlamayacağından endişelenmeye başlamıştım.

"Sen... neden geldin?" Gözleriyle masayı işaret etti.

"Sana yemek yollamıştım. Ama kapıyı açmamışsın. O yüzden geldim." Kendi kendime güldüm. İşini yarım bırakıp da mı gelmişti acaba? Tüh. Yazık oldu.

"Üzgünüm. Kapıyı açmak için yürüyebilmem gerekiyor. Ben de yalnızca koşabiliyorum." Kendimle dalga geçmeme sinirlenmiş gibi gözlerini devirip eliyle çenesindeki sakalları kaşıdı.

"Bir an, durumunu unutmuşum... Eee, tuvalete gitmek ister misin? Sonra sorun olmasın?" Başımı hayır anlamında sallayıp masayı biraz daha kendime çektim. Bu yemekler bana bir hafta yeterdi. Acaba Bora Karahanlı odaya bir hafta boyunca uğramayacak mıydı?

"Hayır. İyiyim ben. Git artık. Kadınlar bekletilmeye gelmez! Kaçar valla. Benden söylemesi..." Yüzüne bakmadan tavsiyemi verip kendi tavsiyeme güldüm ve tabağımdan aldığım bir dilim patatesi ağzıma attım.

"Gidiyorum. Bir ihtiyacın olursa..."

"Olmayacak!" Birkaç saniye bir şey söylememi bekler gibi başımda dikildikten sonra nihayet odadan çıktı. Televizyonun sesini açıp yemeğime döndüm. Sadece beş saniye sonra kapı tekrar açıldı ve Bora Karahanlı'nın kafası göründü. Kafasını içeri doğru uzatmış bana bakıyordu.

"Telefon numaram sende vardı değil mi?" Gözlerimi devirdim.

"Evet. Beni merak etmen ne hoş!" Kendi kendime kıkırdayıp yüzüne baktığımda gayet ciddi görünüyordu. Hem ciddi hem beni merak ediyor. Bari gül be adam!

"Seni merak etmiyorum çocuk. Başına bir iş gelirse, aynı iş benim de başıma gelecek. Eminim ve buna hiç mi hiç niyetim yok!"

"Tamam, anladım..." Bozulduğumu belli etmemek için gözlerimi televizyona çevirdim ve Şirine'nin ağaca asılı kalmış görüntüsüne gülmeye zorladım kendimi.

"Yani... kendine iyi bak..." Başımı salladım ve kapıyı kapatıp odadan çıkmasını izledim yan gözle. Tekrar gelip bir şey daha söylemesini beklemiyor değildim. Ama gelmedi. Saatler geçti, ben çizgi filmlerimi izleyip bir haftalık yemek yemeye devam ettim. Ama o gelmedi... En sonunda uyuya kaldığımda kapının açıldığını duyar gibi oldum. Gözlerimi sıktım. Uyuyordum ve uyanmamalıydım. Uyanırsam yine onunla konuşmak zorunda kalacaktım. Ve inanın bana, ne kadar gülsem de onunla konuşmak hoşuma gitmiyordu.

"Ah..." diye mırıldandı şaşırmış gibi, "Sünger Bob!" Ufak bir kahkaha attığında sarhoş olduğunu anladım. Sesi garip çıkıyordu, kelimeleri üstüne basa basa, ağzını yaya yaya söylüyordu... Yatağın yan tarafında bir ağırlık hissettiğimde yanıma yattığını anladım. Televizyon hâlâ açıktı ve Sünger Bob'un "denizaltına özgürlük!" diye kızgınca söylendiğini duydum. Bora Karahanlı hemen ardından bir kez daha güldü.

"Karım Sünger Bob izliyor... Karım... Sünger... neydi yaa? Şimdi söylemiştim sanki..." Bir kez daha ağzını yaya yaya konuştuktan sonra bulamadığı kelime yüzünden kendisine güldü. Kaç şişe içmişti bu? Konuştukça keskin içki kokusu burnuma kadar geliyordu ve bana karım diye hitap etmişti... unutma...

"Biliyor musun..." diye mırıldandı daha da garip bir sesle. Sesi kesik kesik geliyordu. Ben hiçbir tepki vermeyince devam etti. "Bu zamana kadar hiçbir kadının yanına yatmadım. Ya üstlerinde oldum... ya altlarında... ama işim bittiğinde hiçbirinin yanına yatmadım. Kalkıp gittim. Yalvaranlar oldu biraz daha kalmam için. İnanabiliyor musun? Sırf yanlarında yatayım diye yalvaranlar oldu... Hah... Omuz silktim onlara. Şimdiki durumuma bak? Yanımda yatmak için her şeylerini verebilecek yüzlerce kadın varken ben bir çocuğun yanında yatıyorum. Yanında yatmamı istemeyecek tek insanın... karımın..."

6. Bölüm
Aşk Oyunu...

Sabah gözlerimi açmadan önce üstümde hissettiğim ağırlıkla birlikte şok içinde kaskatı kesildim. Üstümde -hatta tam göğüslerimin üstünde- büyük bir ağırlık hissediyordum. Ağır ağır gözlerimi açtığımda yaşadığım şok iki katına çıktı. Bora Karahanlı'nın kaslı kollarından biri göğüslerimin üstündeydi! Aman... Tanrım!

Kolunu itmeye çalıştım. Ama mümkünü yoktu. Zira kolları kocaman ve kaslıydı. O kolu oradan kaldırmak için ya Bora'nın iradesi ya da ağır yük taşımaya elverişli bir vinç gerekiyordu. Vinç yoktu. İrade sağlanabilirdi ama...

"Uyan!" diye fısıldadım nefes nefese. Göğüs kafesim eziliyordu!

"Hıı..." gibi bir ses çıkarıp yutkundu.

"Uyan diyorum Karahanlı! Ölüyorum!"

"Beş dakika daha..." Şok içinde kafamı ona doğru çevirdim. Resmen mışıl mışıl uyuyor ve beş dakika daha istiyordu! Yok artık.

"Uyan ve kolunu göğüslerimin üstünden çek Bora Karahanlı! SINIRı geçtin!" Anında gözlerini açıp aynı şokla baktı bana. Ardından gözlerini göğüslerimin üstündeki koluna çevirdi.

"Be... ben... özür dilerim... uyurken..." Kolunu göğüslerimin üstünden ağır ağır çekerken kolunun her milimi, ardından elleri göğüslerime değdi. Korkmayın, çıplak değildim. Buna rağmen elinin göğüslerimde dolaşması içimde garip bir hissin doğmasına sebep olmuştu. Buna uyarılmak deniyordu. Öyleyse kesinlikle, feci bir uyarı yemiştim.

"Umarım bir daha olmaz. Göğüs kafesim kırılacak sandım. İkinci bir acıya katlanamazdım." Sırtüstü hâle gelip tek elini başının altına koydu ve tavana dikti gözlerini. Cevap vermeyince başımı ona doğru çevirdim. Bakmıyordu bile.

"Dün gecen kötü geçti herhalde. Hmm... ne deniyor ona... iktidarsızlık mı yaşadın?" Kendi kendime güldüğümde o hâlâ gayet ciddiydi. Doğrulmaya çalıştım mümkün olmadığını bile bile. Oldukça öfkeli göründüğünü gördüm yalnızca. Benim yerime o doğrulup yere attığı gömleğini üstüne geçirdi.

"Çok sinirlisin..." diye mırıldandım, "Sorun ne?" Gömleğinin düğmelerini iliklerken arkası dönük bir hâlde cevap verdi.

"Sorun bilmediğin konular hakkında yorum yapıp durman." Gözlerimi devirip kendimi yatağa attım. Kollarımı başımın altına aldım. Bilmediğim konularmış...

"Bilmediğimi bilip bilmeden bilmediğimi söylemen daha sinir bozucu." Karmakarışık cümlemi anında çözümleyip devreye girdi.

"Bak ufaklık, bu işler senin bir erkekle en büyük yakınlaşman olan doktorculuğa benzemez. Bilmeden konuşmayacaksın." Sevimsizce gülümsedim.

"Doktorculuk mu?" Soğuk kahkaham odanın dört duvarında yankılandı.

"Evet. Doktorculuk." Neşeyle kaşlarımı kaldırdım.

"Biz ona daha çok cerrahçılık diyorduk..." Şaşkınlıkla durdu birkaç saniye. Bana baktı anlam vermek ister gibi.

"Yani sen..." deyince başımı salladım.

"Her şeyi yaşadım. Her şeyi biliyorum Bay İktidarsız." Sinirle gülüp başını sağa sola salladı. Hiçbir şey söylemeden tuvalete doğru ilerledi. Tuvalete girdikten sadece iki saniye sonra kapıyı açıp kafasını uzattı.

"O dediğin gibi bir sorunum yok çocuk. Eğer inanmıyorsan gösterebilirim." Bu sefer keyifle gülen oydu. Kapıya dün akşam olduğu gibi bir kez daha yastık fırlattığımda kapıyı çoktan kapatmıştı. En büyük kozu buydu değil mi? Özel bölgelerini gösterebilecek olmak! Hah. Aptal.

"Bu arada!" diyerek bir kez daha kafasını uzattı tuvalet kapısından. Sinirle ona baktığımda gülerek konuşmaya devam etti. "Haber veremedim, üzgünüm. Tuvalete girdim de. Buradan istediğin bir şey var mı?" Sinirle elime geçen diğer yastığı da kapıya fırlattım nefes nefese. Çok oluyordu. Benimle uğraşmayı eğlencesi hâline getirmişti. Ama bu böyle gitmezdi. O benimle dalga geçiyorsa ben de onunla dalga geçerdim...

Tuvaletten çıktığında yüzünü kuruluyordu. Aynı anda televizyonu da açıp yatağın ucuna oturdu ve saçlarını kurulamaya devam etti.

"Akşam neden yanıma yattın?"

"Sarhoştum." diye yanıtladı kısaca yüzüme bile bakmadan.

"Geçerli bir sebep değil bu. Yine de, özür dileyecek misin?"

"Hayır." Cevabı yine kısa, sade, öz ve tekti. Ah, hâlâ yüzüme bakmıyordu, unutmayalım.

"Özür dilemeyeceksin yani?"

"Hayır."

"Dileyecek misin?"

"Hayır." Sinirle yüzüne bakmayı devam ettiğim sırada kendi kendine sırıttı. Birkaç saniye sırıttıktan sonra hiç bozmadan bana döndü.

"Seni sinirlendirmek ne kadar eğlenceli biliyor musun? Biraz daha soru sormalısın ve ben de, biraz daha hayır demeliyim. Nasıl fikir?" Yüzümü buruşturdum tiksinircesine.

"İğrenç. Dilemezsen dileme. Hem sen her sabah gıcık mı olacaksın böyle?" Bakışlarını tekrar televizyona çevirdi.

"Her sabah yanında olacağımı nereden çıkardın?" Saçlarımı kaşıdım. Cidden. Bunu nereden çıkardıysam...

"Yani... aynı evde yaşayacağız... o yüzden..."

"Sabahları çok erken evden çıkıp şirkete gideceğim. O yüzden heveslenme, her sabah beni göremeyeceksin. Bugünlerin tadını çıkar. Hem sen niye uyandırdın beni? Ben uyurken doya doya yüzümü izleseydin." Öfkeli bir bakış daha attım ona. Ne kendini beğenmiş bir adamdı bu böyle. Bir de magazin haberlerini yalanlarlar. Ne yalanı yaa?! Basbayağı egoist çapkının teki bu!

Cevap aradığım sırada çalan telefonunu komodinden alıp açtı. Kulağına dayayıp ayağa kalktı ve cama doğru ilerledi. Perdeyi aralayıp konuşmaya başladı. Konuşması kısa sürdü. İyi bir haber almamış gibiydi...

"Bir sorun mu var Karahanlı?" diye sordum resmi bir sesle.

"Arayan babamdı... Bu sabahki gazetelerde sahte evlilik yaptığımıza dair bir söylenti yazılmış. Babam bunun itibar açısından iyi olmadığını düşünüyor..."

"Eee? Yalanlayalım."

"Yalanlayalım demekle olmuyor. Kanıt lazım." Gözlerimi devirdim sıkıntıyla.

"Eh ne yapalım, gidip önlerinde öpüşelim mi?"

"Sayılır..." deyip kestirip atınca şok içinde bakakaldım.

"Ha?" Açıklamak için telefonunu cebine atıp bana döndü.

"Birkaç Türk gazeteci ayarlamak lazım buradan. Sonra da bulunduğumuz yerin onlara ulaşmasını sağlamalıyız... sonrası malum... yeni evli âşık pozları vereceğiz. Bir nevi kısacık bir oyun."

Bir oyun daha mı? Ah... Bu seferki aşk da içeriyor... Harika.

7. Bölüm
Aşk Yapmak

Bora Karahanlı, ben ve tekerlekli sandalyem. Otelden çıkmış, Anatole Caddesi'ne doğru ilerliyoruz. Kendisinden beklenmeyen bir şekilde tekerlekli sandalyemi itiyor. Ki bu beni şaşkına çevirse de belli etmiyorum ve etmeyeceğim de. Onu havaya sokmaya niyetim yok.

"Nerede olacaklar?" diye mırıldandım başımı hafifçe kaldırdığımda. Bir süre şaşkınlıkla bakakaldım. Çünkü kafamı kaldırdığımda Bora Karahanlı'yla göz göze geldik. Gözleri yoldu değil... bendeydi. Belki soru soracağımı hissetmiştir.

"Kim nerede olacak?" Kimden bahsettiğimi çok iyi bildiğine emindim. Sanki kafası karışmış gibiydi.

"Ayarladığın gazeteciler işte..." Anlamış gibi başını sallayıp kafasını yola çevirdi.

"Eyfel'in tam karşısında. Biz de Eyfel Kulesi'ni izleyen âşıklar olacağız." Fazlasıyla eğilip yüzünü yüzüme yaklaştırdı. Kulağıma doğru fısıldadı, "El ele, göz göze... dudak dudağa..." Korkuyla yüzümü yüzünden uzaklaştırıp ona baktım. Gülüyordu aptal. Doğrulup hiçbir şey olmamış gibi etrafa bakınarak yürümeye devam etti. Kalbim nasıl hızlı atıyor ya... Ölecektim!

Nihayet tek kelime daha etmeden Eyfel'e ulaştığımızda kalbim hâlâ çok hızlı atıyordu. Mantıklı bir atış hızı vardı aslında. Birazdan genç kızların sevgilisi Bora Karahanlı'yla yakınlaşmak zorunda kalacaktım. Keşke genç kızlar o an belirip Bora'yı elimden alsalardı. Bana zarar vermeden ama... tamam mı? Yok.

"Gelmişler..." diye mırıldandı Bora tekerlekli sandalyemi Eyfel'in tam önündeki çimenli yerde durdurup beni kendisine çevirirken. Boğazımı temizleyip hafif bir beklentiyle baktım ona. Ne yapacağını çok merak ediyordum. Ay... kalbim çıkacak ya... cidden bak.

Bana birkaç saniye baktıktan sonra beklemediğim bir şekilde dizlerinin üstüne çöktü. Dizlerini, pantolonunun kirlenmesini umursamadan çimlerin üstüne koydu. Ben şaşkınlıkla onu izlediğim sırada kucağımdaki ellerimi kavradı elleriyle. Yavaşça uzanıp ellerinin arasında ellerime... bir öpücük kondurdu. Nefes nefeseydim. Garip bir gerçeklik hissediyordum bu oyunda. Ellerime bir öpücük kondurduğu sırada gözleri gözlerimdeydi. O kadar tutku dolu, şefkatli bakıyordu ki çok farklı hissediyordum. Çok farklı...

"Bora..." diye fısıldadım, "Yetmez mi bu kadar?" Hafifçe gülümseyip ellerimi yavaş yavaş indirdi, kucağıma bıraktı. Ardından tek eliyle uzanıp hafif dokunuşlarla yüzüme düşen bir tutam saçımı ağır ağır, yüzümü okşayarak itip kulağımın arkasına yerleştirdi. Yaramaz eli, saçımı arkaya atmama rağmen yüzümden ayrılmamıştı. Parmakları ağır ağır yanağımda dolaşıyordu. Her dokunuş kalbimi tekletiyordu resmen. Kendimi o kadar çok kaptırmıştım ki etraf kararmıştı sanki. Sanki sadece Bora vardı. Eli yavaş yavaş boynuma indi, gömleğimin açık düğmesinden görünen köprücük kemiğime... Ardından uzaklaştı. Bir süre öylece yüzüme baktı sadece. Ben de şaşkınlık içinde yüzüne bakıyordum. Şaka gibiydi... o kadar gerçekti ki... inanmak üzereydim.

Ayağa kalktı, tek elini tekerlekli sandalyemin tek koluna dayayıp dikkatlice, ağır ağır bana yaklaştı. Yüzü, yüzüme yaklaştıkça nefesini tenimde hissediyordum. Elimde olmadan ben de yüzüne nefesimi veriyordum, çünkü nefes nefeseydim ve kalbimi kontrol edebilecek iradeye sahip değildim o an.

"Bu..." diye fısıldadı yüzüme doğru. İyice yaklaştığında bir kez daha fısıldadı, "hiçbir zaman..." Dudağını nihayet dudaklarıma bastırdığında ölmek üzereydim. Dudakları, dudaklarımı bulmuştu. Üst dudağımı iki dudağı arasında kilitlediği, tek elini belime koyduğu sırada ne yapacağımı bilemez bir haldeydim. Dudaklarını dudaklarıma bastırırken, üst dudağımın tadına varırken her şeyiyle hissediyordum onu. Hiç beklemediğim, hiç bitmesini istemediğim bir anda uzaklaştı benden. Tek taraflı gülümseyerek baktı yüzüme, alnını alnıma dayadı ve yarım bıraktığı cümlesine fısıldayarak devam etti. "...unutamayacağın bir öpücük."

Öyle sarsılmış, öyle garip bir elektrikle kavuruluyordum ki ne olduğunu anlayamadım bile. Beni öptü... beni öptü... beni öptü... Kalbim, beynim, ellerim, gözlerim, dudaklarım, nefesim, hiçbir bölgem kendinde değil şu an. İliklerime kadar etkilendim. İliklerime kadar titriyorum. O ise bana göre o kadar deneyimliydi ki kolayca atlattı ve doğruldu. Sırıtarak gazetecilere döndü. Çektiklerini kontrol ettikten sonra tekrar bana döndü alaycı bir gülümsemeyle. Gözlerim gözlerine yalvarır bir şekilde bakıyordu. Bir öpücük daha istiyordum. Belki bin tane daha. Tek bildiğim şuydu, istiyordum...

Bora kontrollü bir şekilde bir kez daha tekerlekli sandalyemin başına geçip beni Eyfel'in tersi yönüne götürmeye başladığında hâlâ öpüşmenin etkisinden kurtulabilmiş değildim. Hâlâ atlatamamıştım... Hâlâ. Ve atlatabileceğimi de sanmıyordum. Magazin forumlarında bahsedildiği kadar varmış resmen. Adam bir öpüşmeyle mahvetti beni. Resmen dönüp, gömleğinden tutup üstüme doğru çekecek ve dudaklarına yapışacağım şimdi. Yok, yok. Yapmamalıyım. Ona doğru döndüğümde yüzünde bir sırıtmayla ilerlediğini gördüm.

"Anlaşmamızda bu yoktu Karahanlı." diye fısıldadım. Tek kaşını kaldırarak bana baktı.

"Ne yoktu?"

"Öpüşmemize müsaade etmiştim. Tamam... ama üst dudağımı dudaklarının arasında hapsetmen neydi?" Keyifle daha fazla sırıtıp tekerlekli sandalyemi sürmeyi yavaşlattı.

"O dediğin, benim olmazsa olmazım. Prensip olarak yapıyorum onu ben. Başka türlü öpmemi bekleyemezdin."

"Öpmek değildi o!" dedim sertçe.

"Neydi o halde?" Sakinliği beni delirtiyordu. Ya insan biraz sinirli, biraz coşkulu olurdu ya! Bu ne sakinlik!

"O... o... resmen... dudağımı emmekti!" Keyifle bir kahkaha atıp yüzüme baktığında utançtan ölmek üzereydim. Kafamı başka yöne çevirip onu görmemeye çalıştım. En iyisi öne doğru bakmamdı. Hem boyun fıtığım olmasını da istemezdim...

"Tamam. Dudağını emdim. Sorun ne?" Keyifle sesini duydukça sinirlerim tavan yapıyordu. Ne demek sorun ne!

"Bak!" dedim, "Bunu insanlar yalnızca âşık oldukları insanlara yaparlar. Çünkü bu şeyin başlangıcı gibidir..."

"Neyin?"

"Şey işte! Sevişmenin." Kahkahası Fransa sokaklarını inletirken yerimde duramıyordum sinirden. Küstah! Ukala!

"Tamam da sorun ne? Hâlâ açıklamadın." A-ah! Deli mi ne! Hâlâ sorun ne diyor! Adama resmen bana tecavüz ettin dedim, hâlâ sorun ne diyor!

"Sorun şu ki... resmen bir sevişme başlangıcı yaptın! Ve insanlar âşık oldukları insanlarla sevişirler! Sen bana âşık mısın?" Gülerek tek kaşını havaya kaldırdı ve onaylamaz bir ifadeyle baktı yüzüme.

"Aşk mı? Senin geldiğin yerde sana aşksız sevişmek olmaz dediler galiba. Üzgünüm, ama öyle çocuk işleriyle ilgilenmiyorum ufaklık. Ben hobi olarak sevişiyorum."

Sevişmenin İngilizce karşılığının ne olduğunu bildiğime şükrettim o an. Nihayet laf sokma bayrağını devralabilecektim. Duruşumu dikleştirip bir kez daha döndüm ona.

"Benim geldiğim yerde... senin sevişmek dediğinin adı 'aşk yapmak' olarak geçiyor, Bay Aşktan Korkan."

8. Bölüm
Bu Tür Sutyenler

Otele geleli yaklaşık iki saat oldu. Bora Karahanlı beni odaya bıraktı, yatağıma yatırdı, oda servisinden benim için bir meyve tabağı istedi ve oda servisinin gelmesini bekledikten sonra odadan çıktı. Gidiş o gidiş işte. İki saattir yok. Gerçekten merak etmiyorum. Yani gerçekten umurumda değil, bu konuda yemin edebilirim. Sadece sinirlerim bozuk. Gidip gidip duruyor! Hayır yani madem gidecek o zaman neden hâlâ buradayız da İstanbul'da değiliz? Benim odada tek başıma habire bir şeyler yiyip durmam Karahanlı ailesine ne sağlıyor? Tek başıma aldığım her lokma onlara binlerce dolar olarak mı geri dönüyor? OLAY NE!

Odanın kapısı açılınca merakla kucağımdaki tabağı komodine bırakıp öne doğru eğildim ve kapıyı görmeye çalıştım. Göremiyordum ki. Yetişemiyordum oraya kadar. Kendimi zorladığım birkaç saniyenin sonunda Bora Karahanlı göz hizama girdi. Ben kapıyı görememiştim ama o odanın içine doğru ilerliyordu. Resmen basılmış gibi hissettim kendimi... Çünkü onu görebilmek için fazlasıyla eğilmiştim ve o beni bu şekilde yakalamıştı. Tüm o umursamaz tavırlarım çöpe mi gitti? AH...

"Güvenlik kamerasına frikik mi veriyordun?" Bora Karahanlı kendinden emin bir ciddilikte sorusunu sorup tam karşımdaki lacivert koltuğa yerleşince karışık düşüncelerle baktım ona.

"Ne frikiği?" Gözleriyle göğüslerimi işaret edince ağır ağır kafamı kendime doğru çevirdim ve... ha! Resmen öyle bir eğilmişim ki tişörtümün içinden ayaklarım bile görünecek gibiydi! Ellerimi anında göğüslerimin üstüne koyup telaş içinde doğruldum ve Bora'ya baktım. Tek kaşı havada süzüyordu beni.

"Ben... yanlışlıkla... öyle... yani... bilerek yapıyor filan değildim yani. Hah. Gerçekten bilerek yaptığımı düşünemezsin!" Başını salladı göz kırparak.

"Tabii ki bilerek yapmadın. Göğüslerin o kadar küçükken onları bilerek göstereceğine ihtimal vermiyorum. Yerinde olsam onları saklayabildiğim kadar saklardım. Ki eminim sen de elinden geleni yapıyorsundur." Tamam. Şu an... iyi hissetmiyorum. Yüzüm yanıyor. Birdenbire bademciklerim şişti. Yutkunamıyorum. Gözlerim acıyor ve nefes alamıyorum. Bora Karahanlı bana öyle bir laf soktu ki... Ya bak, bunu söylemiş olamaz! Oldu da söyledi, ben karşısında tebeşir ağacı yutmuşum gibi oturuyor olamam! Hani nerede hazırcevap Nehir? Bir şey söyle... öyle bir şey söyle ki aynı etkiyi onda da yarat!

"Aynen." Ne? Bir saniye, bir saniye... ne! Ne dedim ben öyle? Aynen mi dedim? Adam beni aşağıladı, benimle dalga geçti ve ben ona aynı şekilde karşılık vermeye karar verdikten sonra ona dönüp hüzünle "aynen" mi dedim? Allah kahretsin beni. Beni Allah kahretsin. Gerçekten.

"Akşam yemeğini odaya söyleyeyim istersen. Ben bara ineceğim. Aç değilim." Tamam, bak sinirlerin bozuldu Nehir ama hâlâ bir şeyler yapabilirsin. Mesela... buldum. Bu adam seninle dalga geçti, seni aşağıladı ve sen bu adamın bu gece bu odayı terk etmesine izin vermeyeceksin! Bu gece başka bir kadına gidemeyecek! Anladın mı?

"Olur. Bu arada, sen bara inmeden önce valizimi ve küçük çantamı yatağa, yanıma koyabilir misin? Birkaç şeye ihtiyacım var da... Üstümü değiştireceğim." Planım kafamda hazırdı ve zor olmayacaktı.

Bora Karahanlı oturduğu yerden kalkıp sesini çıkarmadan tek hamlede valizimi ve çantamı kavradığı gibi tam yanıma yerleştirdi. Başımı sallayıp valizimin fermuarını açtım Bora doğrulup derin ve oldukça sesli bir nefes alırken.

"Bu arada oda kartını oda servisine verirsen sevinirim. Kapıyı açamıyorum. Biliyorsun..." Tekrar başını salladı başımda dikilirken.

"Tek başına üstünü değiştirebilecek misin bari?" Hah. Planım için fazlasıyla yerinde bir soru. Bekle bakalım Karahanlı. Küçük göğüslü senin babandır!

"Deneyeceğim. Sen bara in. Problem etme beni. Dediğin gibi oda servisine kartı verirsen problem olmayacaktır. Ama söyle de hemen gelmesin... Bir on dakika yeterli olur." Başını sallayıp birkaç saniye daha bakışlarını üstümden almadan bekledikten sonra kapıya yöneldi. Çıkar çıkmaz hızla valizi açtım. Olabildiğinde el çabukluğuyla aradığım sutyeni buldum. Bilindik siyah dantelli seksi sutyenler... desteklisinden! Hayat kurtaracak, benden söylemesi.

Tişörtümü, ardından babaanne sutyenimi çıkarıp yanıma attım ve çabucak üstüme geçirdim yeni sutyenimi. Aman Tanrım! Bu göğüsler benim olamaz! Resmen iki kat büyüdü! Gerçekten! Gözlerime inanamıyorum. Göğüs düşkünü erkeklere döndüm iki saniyede. Tamam ya, kaptırma kendini. Şimdi yapman gerekeni biliyorsun...

Valizden mavi gecelik takımı çıkardım. Gecelik takımım kısa şort ve dantelli mavi askılıdan oluşuyordu. Onları kucağıma bırakıp yanıma bıraktığım biraz önce çıkardığım tişörtümü üstüme geçirdim ve yine biraz önce çıkardığım krem rengi desteksiz sutyenimi valizin içine tıktım. Hazırım! Vay canına. O kadar farklı hissediyorum ki. Duruşum dikleşti resmen. Şu göğüslere bak kızım! Haha! Şimdi tek yapmam gereken oda servisinin gelmesini beklemek. On dakikaya gelmesi lazım.

Yarım saat. Evet. Resmen yarım saat geçti ve odanın kapısında ancak tıkırtılar duyuyorum. Kapı açıldı, içeri oda servisi elemanı yemeklerle dolu bir tekerlekli masayla girdi ve ben göğüslü ama çok sinirliyim.

"Here's your meal lady."* Adam bozuk İngilizcesiyle konuşup masayı tam yanıma bırakınca ona döndüm.

"Thanks. Can i ask you a question?"**

"Of course."***

"Why did you come so late? I wanted my husband to tell you that you can come here in a few mins? And it's been centuries..."****

---

* Yemeğiniz burada bayan.

** Teşekkürler. Size bir soru sorabilir miyim?

*** Tabii ki.

**** Neden bu kadar geç kaldınız? Kocamdan size birkaç dakika sonra gelebileceğinizi söylemesini istemiştim. Neredeyse asırlar oldu...

"Oh, your husband told me that i'm not allowed to come here -your room- less than half an hour?"*

"What? Oh... okay... Thanks again."**

Şok içindeydim. Oda servisindeki adama resmen yarım saatten önce odaya gitme demiş. Ki ben ona on dakika yeterli olur demiştim. Ama dur, şaşkınlığına yenilip planını unutma Nehir! Adama döndüm üzgün bir suratla.

"Can you... can you find and tell my husband that i'm in a difficult situation. I really feel so terrible! And i need him..."*** Sesimi olduğunca titretmeye çabalıyordum.

"Oh! Of course! I'll do it as fast as i can! If it's something that i can help..."****

"No! I... i need him..."*****

Oda servisi odayı hızla terk ettiği anda kendimi üzülmeye zorladım. Bitmiş, harabe bir şekilde görünmek zorundaydım. Gözlerimden bir iki damla yaş akarken yüzümün kızardığına emindim. Ellerimi sıkıyordum ve avuçlarımın içi yanmaya başlamıştı. Kendi çabalarımla titreyen elimi masada duran bir bardak suya uzattım. Bile bile, suyun yarısını tişörtümün üstüne döküp sahte bir sinir bozukluğuyla bardağı yere attım ve yüzümü ellerimle kapattım. İyi bir oyuncu olabilirdim. Harika.

---

* Ah, eşiniz bana odanıza yarım saatten önce gitmememi söyledi yalnız.

** Ne? Ah. Tamam. Tekrar teşekkürler.

*** Şey... kocamı bulup ona zor bir durumda olduğumu söyleyebilir misiniz? Gerçekten iğrenç hissediyorum. Ona ihtiyacım var...

**** Ah! Tabii ki! Yapabildiğim hızda yapacağım. Eğer benim de yardım edebileceğim bir şeyse...

***** Hayır! Benim... benim ona ihtiyacım var...

Kapı yaklaşık iki dakika sonra kabaca açıldı ve içeri resmen bir rüzgârla birlikte telaşlı ayak sesleri girdi. Ellerimi yüzümden çekmeye niyetim yoktu. Kapı sertçe kapanıp da Bora Karahanlı'nın kokusunu odanın içine yayılmış bir şekilde hissettiğimde kendimi daha çok ağlamaya zorladım.

"Nehir!" Sesi öyle telaşlı, öyle korkmuş çıkıyordu ki gülecektim. Ellerimi yüzümden çekip yüzüne baktım en acınası halde. Korkuyla bakıyordu. Yüzümün halini görünce daha çok telaşlandı. Anında yanıma yaklaşıp yere düşen bardağa, ıslak tişörtüme ve bana baktı...

"Ne oldu burada!" Gözlerimi gözlerinden kaçırdım. Elleri belinde ciddi bir endişeyle beni izliyordu.

"Tam üstümü değiştirecektim... belime bir ağrı girdi... ben... üstümü..." Kendimi tutamayıp tekrar ağlamaya başlamışım gibi yaptığımda Bora Karahanlı ağır ağır yaklaştı bana. Bacaklarımın yanına oturdu. Ellerini uzatıp ellerimi yüzümden çekti ve yüzümü yüzüne çevirdi eliyle.

"Ben üstümü bile değiştiremedim..." dedim ağlayarak. Gözlerini anlayışla kapatıp derin bir nefes aldı. Açtığından daha dik duruyordu ve bana acıyarak değil, üzülerek bakıyordu. Ellerini yavaş yavaş yüzümden indirdi. Elleri ıslak tişörtümün üstünden indi ve tişörtümü ucundan tuttu iki eliyle. Ben ne yapacağını merakla beklerken ıslak tişörtüm karnıma değince irkilip geri çekildim.

"Korkma..." diye fısıldadı Bora Karahanlı ben harap bir şekilde kaşlarımı çattığımda. Tişörtümü uçlarından çıkarıp planıma uygun şekilde yukarı doğru kaldırdı. Beni soyuyordu. Bu kadar çabuk. Sesimi bile çıkarmadan kollarımı havaya kaldırdım. Ağır ağır üstümdekini çıkardı ve yatağın üstüne bıraktı.

Olabildiğince dik ama üzgün durmaya çalıştım. Harabe ve büyük göğüslü görünmeliydim. Başarmıştım da. Gözleri, göğüslerimde takılı kalmıştı...

"Ne giyecektin?" dediğinde sesi kısık çıkıyordu. Başımı öne eğdim utançla. Elimi uzatıp askılı ve dantelli mavi gecelik üstüme dokundum. Uzanıp onu aldı ve eğik başımdan geçirdi. Kollarımı elleriyle tek tek askılarından çıkarıp askılıyı üstüme giydirdi. Elleri askılı tişörtümden bedenime değiyordu ve bu beni titretmeye yetiyordu. Uzanıp mavi şortumu alacağım sırada beklemediğim bir şekilde üstüme doğru eğildi. Kollarını belime doğru sarınca şok içinde kaldım. Bana... Bana sarılıyor muydu? Bir dakika... Elleri sırtımda dolaşıyor ve... sutyenimin kopçasını mı açtı o? Ne yapıyor? Aman Tanrım! Sutyenimin kopçasını açtı! Ağır ağır benden ayrılıp askısız sutyenimi almak için elini tişörtümün içine soktu. Karnımda dolaşan eli sutyenimi bir hamlede çekip çıkardı. Ben şok içinde ağlamayı, rol yapmayı bırakmış onu izliyordum. Destekli sutyenime bakmadan valizin içine fırlattı onu.

"Bu tür sutyenler bel ağrısına sebep olur diye duymuştum. Göğüslerin oldukları boyutta, oldukları diklikte kalmaları en sağlıklısı." Boğazını temizleyip ayağa kalktığında ağzım bir karış açıktı. Rezil oldum. Allah'ım... Rezil oldum!

9. Bölüm
Sımsıkı

"Sen..." diye mırıldandım hâlâ oynayabilecek tek bir taşım varmış gibi, "sen... benimle sutyenlerim hakkında nasıl konuşabilirsin?" Harika. Hesap soruyorum. Mükemmel plan. Aptalsın Nehir. Aptal ve basitsin!

"Seninle sutyenlerin hakkında konuşmuyordum." dedi eliyle valize fırlattığı sutyenimi gösterirken ve ekledi, "Sutyenlerinle senin hakkında konuşuyordum." Ha! Küstah! Buna nasıl cüret eder? Bunu nasıl söyler bana?

"Ne dediğinin farkında mısın Karahanlı?" Gülerek ellerini havaya kaldırdı kaşları saçlarına değerken.

"Özür dilerim. Ağır geldi sanırım." Başımı sağa sola doğru salladım gururla. Onun söylediği hiçbir şey bana ağır gelemezdi. Söyledikleri bana aksine, gaz veriyordu.

"Hayır. Ağır gelen şey sözlerin değil. Durumumla dalga geçmen." Kaşlarını çattı iki saniyeliğine. Bora Karahanlı bana kaş çatıyor. Ben Bora Karahanlı'ya kaş çattırıyorum. Ah, ne gurur verici. Ne hoş.

"Durumunla dalga geçmem?" Başımı salladım anında. Şaşırmış gibiydi.

"Evet. Sana ihtiyacım oldu, seni çağırdım. Buraya geldiğinde ağlamaktan ölmek üzereydim ve ilk fırsatta dalga geçtin benimle." Söylediklerime inanamıyormuş gibi kaşlarını daha çok çattı. Alnında gamze mi var onun? Yok ya, o kadar da değildir.

"Seninle dalga geçmedim. Sadece beni etkilemek için tüm bunlara gerek yoktu ufaklık. Ufaksın, ufak kal. Oldu mu?" Gözlerimi devirdim anlamazdan gelerek. Yüzümde haksızlığa uğramışlık ifadesi vardı her ne kadar haksızlığa uğramamış olsam ve Bora Karahanlı köküne kadar haklı olsa da.

"Sen," dedim bastıra bastıra, "benimle dalga geçtin ve kendini bana affettirmek zorundasın!" Başını salladı beklemediğim bir itaatkârlıkla.

"Tamam. Ne istiyorsun? Soyunmaya başlayalım mı?" Sevişmek istediğimi sanıyor. O kim ki ben onunla sevişmek isteyeceğim. Kim ki o! Kim yani!

"Bu gece yeterince soyundum Karahanlı."

"Öyleyse ne istiyorsun benden?" Parlak zekâma gülümseyerek selam çaktım.

"İçki!" İnanamaz gibi hafifçe gülüp kaşlarını bir kez daha çatınca keyifle kıkırdadım.

"İçki derken?" Her zamanki toplantı arası ses tonunu takındı. Bu, ciddiyete bürünecek kadar şaşkın olduğunu gösteriyor. Onu ciddiyete bürüdüm. Aferin kızım!

"Alkol." diye açıklamaya çalıştım, "%20lik malt içeceği... Nasıl desem, üzüm suyu? Anlamadın mı?" Onunla dalga geçmek güzeldi. Yüzündeki onaylamaz bakışlar çok daha güzeldi.

"Yaşın tutmuyor." Kaşlarını havaya kaldırıp teklifimi reddettikten sonra derin bir nefes alıp tam arkasındaki koltuğa yerleşti. Onu dinlemek yerine uzandım ve hemen yanımdaki komodinde duran telefonu aldım. Servisi tuşlayıp telefonu kulağıma dayadım Bora'nın onaylamaz bakışlarının altında. Üstelik yaşım fazlasıyla tutuyordu.

"Çocuk!" diyerek söylenmeye başladı Bora ben oda servisinin telefonu açmasını beklerken. "Sen ve ben, bir çift olarak, oturup içki içemeyiz. Anla bunu." Telefon hâlâ çalıyordu. Sinirle ona döndüm.

"Neden?"

"Çünkü sen çocuksun! Ve ben oldukça zararlıyım. Ayıkken bile. Sarhoş olduğum bir ortamda bulunman senin için iyi olmaz."

"Ne gibi?" diyerek öne doğru eğildim, "Ne yaparsın mesela?" Parmakları saçlarının arasında dolaşıyordu. Cevap düşündüğü sırada telefon açıldı.

"Excuse me for the late answer ma'am. How can i help you?"*

"Oh, it's ok. Uhm, i want two bottles of vodka and something to drink it with. Like cherry juice..."**

"Okay. You'll have them in a few mins. Have fun!"***

"Thanks. I'm waiting."****

Bora bunu gerçekten yapıyor olduğuma inanmıyormuş gibi çenesini eline yaslamış, kolunu da dizine yaslamış bir şekilde bana bakıyordu uslu uslu. Hep sen mi eğleneceksin Karahanlı? Bırak da biraz ben eğleneyim! Sonuçta balayına geldik. Haha!

---

* Geç cevap için özür dilerim, bayan. Size nasıl yardımcı olabilirim?

** Ah, sorun değil. Ben iki şişe votka ve birlikte içmek için bir şey daha istiyorum. Vişne suyu gibi...

*** Tamamdır. Birkaç dakika içinde gelecekler. İyi eğlenceler!

**** Teşekkürler. Bekliyorum.

"Sipariş ettim." diye mırıldandım yapmacık bir sevimlilikle. Dalga geçmek için devam ettim, "Şimdi bir de erkek bulmanı istiyorum bana!" Doğru duyup duymadığından emin olmak için hafifçe kulağını bana doğru döndürdü. Bunu söylemese miydim acaba? Kötü bakıyor ciddi ciddi.

"Ne dedin?" diye sorunca tereddüt ettim. Sesi de bir ciddileşti.

"Yani... şaka... heh..." Öfkeli gözlerini gözlerimden ayırmadan artı olarak hiç kıpırdatmadan bana bakmayı sürdürüyordu.

"İyi ki şaka," dedi yutkunarak, "yoksa kötü olacaktı." Arkasına geri yaslanınca rahatladım. Öldürmeyecekti. Oh.

"Kapı çalıyor." diye kekeledim kurtuluşumun ikinci göstergesi olarak.

Bora Karahanlı, gözlerini üstümden zar zor ayırıp ayağa kalktığında istemsizce tüm vücuduna baktım. Daha içmeden sarhoş olmuş gibi cesurca inceledim vücudunu. Bunu planlı olarak ya da istekli olarak ya da en fazla hayallerim sonucunda yapmamıştım. Bunu yapmıştım, çünkü birden bunu yapmak istemiştim. Birden, en çabuk şekillisinden.

"Thanks man."

Vay. Bora Karahanlı iyice alıştı İngilizce konuşmaya. Tam bir Türk erkeği olduğunu bilmesem içinde bir yerlerde bir İngiliz, ne bileyim, bir Amerikan yatıyor sanacağım da zor işte. Koridor boyunca ilerlediğini ayak seslerinden duyduğum an öne doğru eğildim. Tekerlekli masayı iterek soktu içeri. Üstünde çerezlerle birlikte iki şişe votka ve iki kutu vişne suyu vardı. İki kutuya gerek yoktu. Bora Karahanlı sek içerdi ki. Hah.

Bora şarap kadehlerinden birinin yarısına kadar vişne suyu doldurduktan sonra içine üç-dört damla votka damlatıp bana uzattı. Dalga geçiyormuş gibi baktım yüzüne.

"Komik mi? Ben eğlenmiyorum ama." diye söylenip uzandım ve votka şişesini kaptım. Biraz daha uzanıp elindeki yarısı vişne suyuyla dolu olan kadehin diğer yarısını votkayla doldurdum Karahanlı beni onaylamaz bir şekilde izlerken.

Yaklaşık on dakika daha aynı şekilde geçti. Ben kafama göre votka içiyordum, o bir yudum bile içmemişti. İçtikçe kendimi bir garip hissediyordum. Resmen vücuduma ateş basıyordu. Bora da yatağın diğer köşesinde oturmuş benim kendi kendime gülmemi izliyordu.

"Biliyorsun mu?" diye başladım konuşmaya yamuk ağızla, "Zenciler çok tatlı!" Başını salladı.

"Nereden çıktı şimdi bu?" Kızıyor muydu ya? Deli mi ne.

"Çünkü... ahah... çünkü... hani... hahahaha!" Gülmekten konuşamıyordum ki. Bir söyleyebilsem çok komik olacaktı ve belki o da gülecekti ama gülmekten konuşamıyordum işte!

"Çünkü ne?"

"Bir şey diyeceğim!" Sorusuna cevap vermeden konuyu değiştirdim. Kafam fikirlerle dolmuştu.

"Bence en güzel meslek hımm, bilmiyorum ya." Sanki böyle bir soru sorulmuş gibi aklıma hiçbir meslek gelmeyince sinirle arkama yaslandım.

"Sana sence en güzel meslek ne demedim. Farkındasın değil mi? Yeterince içmedin mi sen?" Elimdeki kadehi almak için uzandığında söylenmeye başladım kadehi sıkıca tutarak.

"Uzak dur benden! Gerçekten bana dokunulmasından nefret ediyorum. Bu yüzden en kötü meslek masöristlik! Hah!" Bora, kendisinden beklemediğim bir şekilde sinir bozukluğuyla güldü.

"Öyle bir meslek yok." Yok mu yaa? Hangi meslek? Ne mesleği? Meslek de nereden çıktı? O ne demek?

"Bir dakika ya, ne mesleği kafamı karıştırdın yine. Ne yapmaya çalışıyorsun, bıktım artık, yeter." Artık söylediklerime gülüyordu. Bu kadar komik mi konuşuyordum? Yine de gülmesi beni daha çok konuşmaya teşvik ediyordu. Yaklaşık bir on dakika benim saçmalayarak içmeye devam etmem ve onun gülmeleriyle geçti.

On dakika sonunda artık karşımda oturmuyor, yanımda uzanıyordu. Ben hâlâ konuşuyordum. Şimdi söylediklerimi kısaca özetleme aşamasına geçmiştim.

"Bak şimdi baştan söyleyeceğim ama sen de aklında tutacaksın tamam mı?"

"Ta-mam. Söyle bakalım." Uslu CEO. Hani... uslu çocuk derler ya... hani... boş verin!

"Şimdi, en sevmediğim meslek masöristlik, en sevmediğim renk pembe, en sevmediğim kız ilkokuldaki Ceren, en sevmediğim hayali karakter Gargamel, en sevmediğim dans halay gibi olan danslar..." derken yüzüme baktı garip garip.

"Halay gibi olan danslar derken?" O ne ya?

"Ben öyle bir şey demedim." Kendi kendine bir kez daha gülüp bakışlarını benden ayırdı.

"Tamam."

"Kafamı karıştırdın Karahanlı! Senden nefret ediyorum! Baştan alıyorum... en sevmediğim meslek masöristlik, en sevmediğim renk pembe, en sevmediğim kız ilkokuldaki Ceren, en sevmediğim hayali karakter Gargamel, en sevmediğim dans halay gibi olan danslar, en sevmediğim araba arkasında koltuk olmayan araba, en sevmediğim yemek yok, en sevmediğim... en... en sevmediğim durum..."

Birdenbire vücudumdaki bütün duyguların tek bir noktada toplanışını hissettim. Beynim ve gözlerimde. Gözlerimin dolduğu ana şahit oldum. Gözlerim acı içinde yanmaya başladığında beynimin içinde bir şeylerin yanlış gittiğini hissediyordum. Bir şeyler garip ve yanlış gidiyordu. Gitmemeliydi, ama gidiyordu. Sağ gözümden ilk damla aktığında resmiyet kazandı olay... ağlıyordum.

"Evet?" diyerek bana döndü Bora ben ağlamaya başladığımda. Birden şok içinde kaşlarını çatıp doğruldu. Elini çeneme götürüp yüzümü kendisine çevirdi ve dikkatle baktı. Hiçbir şekilde ağlıyor musun demeden, nedenini sormadan devam ettirdi oyunumu.

"En sevmediğin durumu söylüyordun." Fısıltıyla ekledi, "Söyle..." Burnumu çektim. Gözyaşlarımı tutamıyordum. Kendimde değil gibiydi. Bilincim kararmıştı. Aklımda tek bir şey vardı.

"En sevmediğim durum... yürüyemiyor olmam..." Sakat kaldığımdan beri ilk defa çıkıyordu bu cümle ağzımdan. İlk defa yürümeyi özlediğimi hissediyordum. İlk defa itiraf ediyordum bunu. Öylesine ağlıyordum ki ölecek gibi. Öylesine üzülüyordum ki kalbim canı varmış da ölecekmiş gibi... Ne olduğunu anlamadığım sırada başımı izinsizce Bora Karahanlı'nın göğsüne yasladım. Bunu neden yaptığımı bilmiyordum. Sadece birine sarılmaya ihtiyacım vardı ve o tam yanımda duruyordu. Şaşkınlığı atlatmaya çalışan tek insan ben değildim. O da şaşkındı. Bir süre kolları sarmadı bile beni. İstenmeyen üçüncü bir kişi gibi tek başıma sarıldım ona. Sonra garip bir şey oldu. Ağlamamdan, ona sarılmamdan daha garip bir şey... Onun beni kollarıyla sarması. Sıkıca, güven verircesine...

Yanlış duymadınız. Bora Karahanlı bana sarılıyordu. Bana huzur dolu, sımsıkı bir sarılma veriyordu.

10. Bölüm
Seni

Kolları beni sımsıkı sarmaya devam ettiğinden bir şeyler mırıldandığını duydum.

"Ben... hâlinden memnun olduğunu sanıyordum..." Başını omzundan ayırmadan sağa sola doğru salladım. Bunu nasıl düşünebilirdi? Gerçi tamam. Haksızlık etmeyeceğim. Fazlasıyla halimden memnun görünüyordum.

"Değildim... Ben hiçbir zaman göründüğüm gibi olmam. Mutlu görünüyorsam, mutsuzumdur. Mutsuz görünüyorsam belki de mutluyumdur." Dikkatlice beni kendisinden ayırıp yüzüme baktı. Yüzüm gözyaşlarıyla ıslanmıştı.

"O zaman şu an mutluluktan ölüyorsun. Çünkü mutsuzluktan ölüyor gibi görünüyorsun?" Omzuna vurdum.

"Bu gerçek!" dedim karnımda bir sızı varmış gibi. Hafifçe güldükten sonra anında ciddileşip boğazını temizledi ve beni dikkatlice yatağa yatırdı. Eliyle ıslak yüzüme yapışmış saçlarımı temizledi ve öylece yüzüme baktı.

"Biliyor musun..." diye mırıldandı garip bir ilgiyle, "bana kendimi garip hissettiriyorsun."

"Sana da mı?" Bu herkesin söylediği bir şeydi. Onlara hep

garip hissettirirmişim. Aslında olay çok basit. Ben sakatım ve bana acıyorlar. Hissettikleri garip şey bu. Bora Karahanlı da aynısını hissediyor olmalı. Hoş, onun için birine acımak gerçekten garip. O daha çok acımasız bir dev gibi duruyor hayata karşı.

"Sadece bana." diye düzeltti sorumu, "Başka kimseye garip hissettirmiyorsun. Orada bir anlaşalım?" Başımı salladım.

"Hissettiriyorum."

"Hissettirmiyormuşsun gibi davranmaya ne dersin?" Hoşuma gidecek bir şey söylemişti. Garip bir şekilde güldüm nedensizce.

"Peki. Eee, anlat bakalım. Nasıl bir his? Daha önce kimseye garip hissettirmediğim için bilmiyorum!" Omuz silkti etrafıma dağılmış sutyenleri ve diğer eşyaları valize tıkarken.

"Bunu sana anlatacak değilim."

"O zaman neden söyledin? Anlatmayacağın bir şeyi... neden söyledin?"

"Anlatacaktım. Sonra baktım ki artık ağlamıyorsun, vazgeçtim." Öfkeyle doğruldum.

"Beni kandırdın!" dedim gözyaşlarımı yeniden hazırladığımda, "Ağlamayı keseyim diye kafamı karıştıracak bir konu attın önüme! Bu yüzden ağlamıyorum!" Valizi tek hamlede yataktan indirdi ve yanıma oturdu. Gözleri yeniden dolan gözlerime bakıyordu. Derin derin nefesler alırken öylesine yoga yapıyormuş gibi görünmediğini söylersem yalan olurdu. Yoga mı yapıyor cidden?

"Hayatımda bir kez..." diye girdi cümleye. Ama devamını getirebilmek nasıl zorsa öylece bakıyordu yüzüme.

"Hayatında bir kez?"

"Hayatımda yalnızca bir kez bir sorumluluk verildi bana... İlkokulda, öğretmen gelmemişti ve müdür yardımcısı beni sınıfı susturmakla, konuşanları yazmakla görevlendirmişti. Öyle garip bir şey hissetmiştim ki. İlk defa birisi bana güveniyordu. İlk defa bir sorumluluk verilmişti bana. Hayatımda ilk defa bana denmişti ki, bu sınıf sana emanet. Sen sorumlusun. Sana ait bir süreliğine... Kendimi dünyanın en güçlü insanı hissettiğimi hatırlıyorum. Sanki vücudumda garip bir enerji dolaşıyordu. Kırmızı, sıcak, güven verici bir enerji. Aynı sorumluluk hissini yaşayabilmek için yıllarca bekledim. Hep o günü, o anı hatırlayıp durdum. Sonra sen geldin karşıma. Babam bana dedi ki... babam bana dedi ki, 'bak oğlum, bu kız sana muhtaç. Onun yanında olacaksın, ona iyi bakacaksın...' Seni aşağılamak için, muhtaç durumda göstermek için söylemiyorum, yemin ederim. O an hayatımda uzun süre sonra ilk defa aynı hissi bir kez daha hissettim. Sen biraz önce, burada, bana sarıldığında..."

Devam edemiyordu. Anlattıklarını öyle hissettirici bir şekilde anlatmıştı ve anlatırken öyle hissetmişti ki devam edemiyordu.

"Ben sana sarıldığımda?" diye sordum merakla. Ne diyecekti?

"Sen biraz önce, burada, bana sarıldığında... o an sen benim sorumluluğum oldun." Bora Karahanlı, bu zamana kadarki züppe zırvalıklarını bir kenara bırakmış öyle düzgün konuşuyordu ki neredeyse ağlayacaktım. Bana, resmen, onun sorumluluğu olduğumu söylemişti. Ben onun sorumluluğuydum. Onun sorumluluğu... Bunca yıldır o kadından öbürüne giden, hiçbirine karşı bir şey hissetmeyen, kadınlara değer bile vermeyen Bora Karahanlı şimdi bir kadına sen benim sorumluluğumsun diyordu. Sonra bana döndü, gülmeye başladı kıpkırmızı yüzüme bakıp.

"Sen biraz önce sarhoş değil miydin? Ne çabuk ayıldın?" Dolmuş gözlerim kontrolsüzce bir kez daha akmaya başladığında kahkahası büyüdü. Tüm bunların o lanet içki yüzünden olduğunun o da farkındaydı.

"Çok duygulandım." diye mırıldandım gözyaşlarımın arasından. Gülüyordu. Nasıl güzel gülüyordu! Ah.

"Ben sana bir fincan kahve getirmelerini söyleyeyim..." diyerek telefona uzandığında deli cesaretiyle uzanıp kolunu tuttum ve Bora Karahanlı'yı üstüme doğru çektim.

"Hayır! Ayılmak istemiyorum. Ben..."

"Ne istiyorsun?" diye sordu tane tane, yüzü neredeyse yüzüme değecekken.

"Belki de seni istiyorumdur Karahanlı." Tek kaşını kaldırdı.

"Öyle mi?" Başımı salladım.

"Öyle mi?" diye sordum sorusunu yineleyerek. Güldü.

"Kahve içip ayılman çok daha mantıklı bir seçim olur Bayan Karahanlı." dediği anda durakladım. Şok içinde durakladı. Ne demişti o? Bana... Bayan Karahanlı mı demişti? Söylediği anda o da şok içinde kaldı ve üstümden doğrulmaya kalktı. Anında uzanıp bir kez daha çektim onu üstüme.

"Hayır, Bay Karahanlı..." dedim fısıltıyla, "Kahve istemiyorum. Seni istiyorum."

11. Bölüm
Bora Karahanlı'yı Kıskandırma Planı

Sarhoş nefesim dudaklarımın arasından çıkıp Bora Karahanlı'nın yüzüne çarptığında Bora zor durumda gibi görünüyordu. Onu oldukça zor durumda bıraktığım belliydi. Her türlü dişiye ilgi duyabileceğine emin olduğum için onu baştan çıkarmış olmam beni şaşırtmıyordu. Bana bile ilgi duyabilirdi. Ben bile onu zor durumda bırakabilirdim ve bırakmıştım.

"Beni istediğini biliyorum çocuk. Herkes beni ister." Üstümden ağır ağır doğrulup gömleğini düzeltti.

"Tamam işte, bildiğine göre sorun yok. Sevişebiliriz." Gözlerini devirip gülmeye çalışarak ayağa kalktı. Benden olabildiğince uzak durmaya çalıştığı belliydi. Camın önüne geçip pencerenin odaya dönük mermerine yaslandı.

"Sorun var. Sarhoşsun ve yaşın tutmuyor." Bu sefer gözlerini deviren ben oldum.

"Sarhoş olabilirim! Ama yaşım tutuyor. Evet, ilkinde yaşım tutmuyordu. Ama..." diye kıkırdadığım sırada yüzünün şeklinin değiştiğini gördüm.

"Yalanlara başladık..." diye sordu sinir bozucu derecede bozuk bir sesle.

"Ben yalan söylemem Bora Karahanlı. Ben şaka yaparım ve bu da şakalarımdan biriydi." Elimi votkalı vişne suyuma uzatıyordum ki yanımda duran tekerlekli masayı tek harekette yanımdan uzaklaştırdı. Doğal olarak votkalı vişne suyumda gitmiş oldu. Bu-hak-sız-lık!

"Çocuk, sen kimseyle sevişmedin. Kabullen bunu. Bunu söyleyerek her ne yapmaya çalışıyorsan boşuna uğraşma. Ben bu oyunlara gelmem." Tek kaşımı kaldırdım Bora kollarını göğsünde birleştirdiğinde.

"Bir şey yapmaya çalışmıyorum." Başını salladı inanmadığını belli eden bir yapmacıklıkla.

"Oldukça planlı bir çalışma yürütüyorsun bu konuda. Görmediğimi sanıyorsan yanılıyorsun. Bu konularda yeni olduğunu bu kadar belli etme." Omuz silktim yattığım yerde. Kendini ne kadar büyük görüyor ya, sanki bizim işimiz gücümüz yok onu etkilemek için planlı çalışmalar yürüteceğiz! Yok artık!

"Ne yapmaya çalışıyormuşum peki? Onu da söyle de bileyim." Kollarını göğsünden uzaklaştırdı, bana doğru ilerledi ve tam yatağın başında durdu. Derin bir nefes alıp gözlerimin içine baktığında kollarını iki yanıma dayamıştı bile.

"Beni kıskandırmaya çalışıyorsun." Ahahah! Ne! Hiç güleceğim yoktu. Gerçekten ne saçmalıyor?

"Evet, tabii, çünkü ben sana köle olan o kadınlardan biriyim. Değil mi? Yoksa kıskanıyor musun?" Tek kaşı özgüvenle havaya kalktı. Bir kez daha derin bir nefes alıp kollarını yanlarımdan çekti ve doğruldu.

"Kendine kadın demek için yaşın fazla küçük değil mi senin?" Bir kez daha yaş konusunu açarsa göğüslerimi gözler önüne serip onu tahrik etmeye çabalayacağım. Yapacağım bunu.

"Sorumu es geçtin. Kıskanıyor musun diye sormuştum." Tek kaşı havaya kalktığında tek eli cebine gitti.

"Ben kimseyi kıskanmam ufaklık. Emin ol seni kıskanacağım bir gün de olmayacak. Şimdi, bara ineceğim. İstediğin bir şey var mı?" Beni kıskanmayacağına dair öyle emin konuşuyordu ki içimde garip bir enerji hissettim.

"Yani beni asla, ufacık bile kıskanmazsın, öyle mi?" Başını salladı.

"Öyle." İçimden belli belirsiz güldüm. Yeni bir planım vardı. Bu seferki planımın amacı, Bora Karahanlı'nın beni kıskanmasını sağlamaktı ve bunu çok rahat bir şekilde yapacaktım.

"Yok," dedim, "bir ihtiyacım yok. Ne zaman gelirsin?"

"Bir saate..." Başımı salladım. Bora Karahanlı üstüne ceketini geçirip odadan çıktığı an harekete geçtim. Odanın telefonuna uzandım ve resepsiyonun tuşlarını çevirdim. Planım hazırdı, yolda otelin broşürünü incelerken bu otelin bir psikoloğu olduğunu öğrenmiştim. Seans istediğimiz takdirde haftada bir kez olmak üzere ücretsiz bir saatlik seans alabiliyorduk. Ve seanslar Fransızca ya da istendiği takdirde İngilizce geçebiliyordu. Ve müjdeli haber! Broşürde bir de psikoloğun fotoğrafı vardı. Yakışıklı bir Fransız erkeği. Bora Karahanlı bu odadan çıktığında beni bu odada tek başıma bırakarak ve kıskançlık duyguları yerlerde olarak çıkmıştı. Ama şimdi, döndüğünde durum çok daha farklı olacaktı.

Çünkü döndüğünde odada iki kişiyi bulacaktı.

Ve kıskançlıktan deliye dönecekti.

12. Bölüm
Bora Karahanlı Kasırgası

Kulağımı telefona dayayıp yattığım yerden konuşmaya çalıştım. Telefon üçüncü çalışında açıldı ve tanıdık resepsiyonist sesi konuşmayı başladı.

"Hi. How can i help you?" (Merhaba. Size nasıl yardımcı olabilirim?) Boğazımı temizledim.

"Hello. I wanna use your psychology service, like right now, if it's possible of course." (Merhaba. Ben psikoloji servisinizden yararlanmak istiyorum, mümkünse hemen şimdi."

"Is it an emergency, ma'am?" (Acil bir durum mu var, bayan?)

"Yeah. I... i feel... like i can't breathe... i'm feeling so depressed right now! And i'm alone in my room and so worried. My room keys are with you btw, my husband gave them you if you remember..." (Evet. Ben... ben... nefes alamıyormuşum gibi hissediyorum... çok depresif hissediyorum şu an! Ve odamda yalnızım, çok endişeliyim. Eşim odanın anahtarlarını size vermişti bu arada, hatırlarsanız...)

"Oh, i remember, of course. Do you want me to send your husband to your room?" (Ah, hatırlıyorum, tabii ki. Eşinizi odanıza yollamamı ister misiniz?)

"No! All i want is talk to a psychologist. Only he/she can understand me. Cause i'm really in a terrible situation right now. Will you help me or?"(Hayır! Tek istediğim bir psikologla konuşmak. Beni yalnızca o anlayabilir. Çünkü ben gerçekten şu an korkunç bir durumdayım. Bana yardım edecek misiniz etmeyecek misiniz?)

"Of course i will, ma'am. Wait, try to stay calm and i'm sending him to your room in a few mins." (Tabii ki yardım edeceğim, bayan. Bekleyin, sakinleşmeye çalışın ve onu birkaç dakika içinde odanıza yolluyorum.)

"Thanks." (Teşekkürler.)

Telefonu kapatıp komodine bıraktım ve doğrulmaya çalıştım. Arkamdaki yastığa yaslandım ve oturur halde beklemeye başladım. Yaklaşık on dakika sonra kapı açıldı, içeri oldukça yakışıklı ama Bora'ya göre oldukça ufak tefek kıvırcık saçlı bir Fransız erkeği girdi. Gülümseyerek elini uzattı bana. Elini sıktım ve yanımdaki koltuğa oturuşunu izledim.

"My name is Guillamo. And yours?" (İsmim Guillamo. Ve sizin isminiz?)

"I'm Nehir. And thanks for coming without thinking about the time." (Ben de Nehir. Ve saati düşünmeden geldiğiniz için teşekkür ederim.)

"I'm a doctor. Remember?" (Ben bir doktorum. Hatırladınız mı?) Adam gülerek konuşunca ben de gülümsedim ve kapıya göz attım. Karahanlı yaklaşık yarım saat sonra burada olurdu. Şimdi yalandan bir dert uydurmam ve konuşmam gerekiyordu.

Yaklaşık kırk dakika kadar hayatımdaki bütün sorunları anlatıp durdum. Bacaklarımın durumundan başladım, çocukluğumda yaşadığım tartışmalara kadar anlattım. Sonunda konuşacak bir şey bulamadığım sırada odanın kapısı açıldı. Kapı yavaşça sonuna kadar açıldı ve kapandı.

"Ben geldim." Bora Karahanlı'nın sert sesi odaya kendisinden önce ulaştığında duruşumu dikleştirdim ve tepkisini görmek için koridorun sonuna baktım. Bora koridorun sonuna ulaştığında gözleri elindeki telefonunun üstündeydi.

"Hoş geldin. Biz de konuşuyorduk..." Birden 'biz' deyişimi duyduğu an bir saniyeliğine durdu.

"Siz?" diyerek şok içinde başını kaldırdığında zevkle nefes aldım. Yüzündeki bu ifade, her şeye değerdi! Resmen gördüklerine inanamıyor gibi. Resmen şokta.

"Kim bu adam?" Gülümsedim. Hadi bakalım Bora Karahanlı. Göster kendini!

"Hi. I'm psychologist Guillamo Cotil. And you?" (Selam. Ben psikolog Guillamo Cotil. Ve siz?)

"Ne işin var senin burada?" Aman Tanrım! İngilizce bile konuşmuyor! Bayağı adama Türkçe hesap soruyor.

"What? Sir i'm sorry if i..." (Ne? Beyefendi eğer ben...) derken Bora adamcağızın sözünü kesti.

"Ne işin var burada? Anahtarı nereden aldın da geldin sen?" Doktor çaresizce bana döndü.

"Nehir, if you explain him the situation then i'll be really grateful." (Nehir, ona durumu açıklayabilirsen gerçekten minnettar olurum.)

"Ya sana bir şey diyoruz! Benimle konuşsana sen! Ne işin var, neden buradasın?"

"Bora adam seni anlamıyor! İngilizce konuş!"

"Sen sus seninle sonra konuşacağız. Sen de çık git buradan!" Bora Karahanlı kabaca adama kapıyı gösterince zavallı adam kalktığı gibi kapıya yöneldi.

"I will write a report to my boss about you!" (Patronuma sizinle ilgili rapor yazacağım!)

"Kime rapor yazıyorsun, buranın ortağı benim zaten bana mı yazacaksın rapor?" Ellerimle yüzümü kapattım utancımdan. Adamla resmen Türkçe tartışmaya çalıştı. Resmen rezillik! İngilizce bildiğine de eminim, adamın İngilizce söylediği şeylere sinirinden Türkçe cevap veriyor.

"Hayır kime neyin raporunu yazıyorsun sen? Bana baksana, sana bir şey diyoruz!"

Adam kapıdan çıkar çıkmaz kapı sertçe kapandı ve Bora Karahanlı bana döndü.

"Açıklamanı dinliyorum."

13. Bölüm
Bora Karahanlı Kuralları

"Açıklamanı dinliyorum." Gözlerimi devirdim derin bir sıkıntıyla. Tamam, planım işe yaramıştı evet ama psikoloğun bunları yaşamasına hiç mi hiç gerek yoktu! Adamın psikolojisini bozduk. Ciddi ciddi bozduk.

"Adamın psikolojisi bozuldu..." diye mırıldandım ortamı yumuşatmak için ama Bora gülmedi bile. Oldukça ciddi, oldukça öfkeli görünüyordu.

"Açıklamanı dinliyorum dedim küçük."

"Ne gibi bir açıklama bekliyorsun Karahanlı? Açıklama gerektiren bir durum yok. Kendimi kötü hissettim ve otelin psikoloğunu çağırdım. Bu kadar basit." Kollarını göğsünde birleştirdi.

"Peki bir düşün bakalım. Sen otelin psikoloğuyla mı evlisin yoksa benimle mi? Bir saniye düşün bakalım." Düşündüm. Ciddi ciddi düşündüm. Bora'yla evliydim.

"Seninle evliyim ama sen bir psikolog değilsin. Sana her şeyi anlatamam." Omuz silktim.

"Sana yapabileceklerini ve yapamayacaklarını söyleyeyim. Odamıza kimseyi alamazsın ve bana her şeyi anlatabilirsin. Bu kadar basit." Ben de onun yaptığı gibi kollarımı göğsümde birleştirdim.

"Odamıza kimseyi almamı istemiyorsan odamızdan gitme. Anladın mı?" Öfkeyle kaşlarını çattı.

"Ben odamızdan her gittiğimde odaya birini alacaksan işimiz var." Sanki iki gündür başka kadınlara giden o değilmiş gibi...

"Kusura bakma, senin yaptığın gibi ben de onlar için başka oda tutmalıyım sanırım." Bora çok daha öfkeli bir yüz ifadesi takındığı an yutkundum. Fazla mı olmuştu bu?

"Haddini aşıyorsun Nehir." Birkaç saniyeliğine donakaldım. Bana ilk defa mı ismimle hitap etti ben mi yanlış duydum?

"Yalan mı söyledim? Her gün başka kadına gitmiyor musun?" Yüzüme baktı. Ne söyleyeceğini düşünmeden önce benim yüzümdeki ifadeyi incelemek istediği belliydi.

"Gidiyorum."

"Eee, o zaman?"

"Sadece benim başka kadınlara gidiyor olmam seni ilgilendirmiyor." Harika. O beni ilgilendirmiyor ama ben onu ilgilendiriyorum. Çok adil bir durum.

"O zaman benim de odaya birini almam, özellikle de bir psikoloğu almam, seni ilgilendirmiyor. Hatta şimdi arayıp birini daha..." deyip telefona uzandığım sırada tam yanımda bitmesi ve telefonu elimden aldığı gibi kapatması bir oldu.

"Sen beni anlayamadın galiba ufaklık ya da ben anlatamadım." Taviz vermemek için başımı dikleştirdim.

"Sen anlatamadın." dedim.

"O zaman iyi dinle küçük, bu evliliğin muhtaç olan tarafı sensin. Babanın şirketi batmasın diye benimle evlendin, bu yüzden bu evlilikte Bora Karahanlı kuralları geçer güzelim! Bir, sen benim dışımda kimseyle görüşemezsin; iki, ben senin dışında istediğim herkesle görüşebilirim. Bu kadar basit. Şimdi beni anladın mı, yoksa tekrar edeyim mi?"

Boğazımda oluşan yumruyu yutkunarak yok etmeye çalıştım. Bu ağırdı. Bu söylediği şey... Çok ağırdı. Bana yaptığı muamele, bu duyduklarım... kaldırabileceğim gibi değildi. Hem de hiç. Yeşil gözlerimi masmavi gözlerine diktim.

"Gerek yok," dedim, "yeterince anladım."

Ama içimden bir ses intikam konuşmasını yapmaya başlamıştı bile. Bir gün gelecek... benim dışımda kimseyle görüşmek istemeyeceksin Bora Karahanlı diyordu içimdeki ses. Ve haklıydı. Aynen öyle olacaktı. Aynen... öyle...

14. Bölüm
Türkçeyi mi Unuttun

Beynimin içi Bora'nın bana söylediği bir cümleyle doluydu. Muhtaç olan tarafın ben olduğumu söylemişti bana. Muhtaç olan taraf bendim... Bu evliliğin muhtaç olan tarafı bendim. O da üstün olan tarafıydı. Kızmaya hakkım yoktu. Çünkü haklıydı... Lanet olsun ki, kahretsin ki haklıydı işte. Yürüyemiyordum bile, neyin üstün tarafı olmaktan bahsedebilirdim ki? Tuvalete gitmek istesem gidebilir miydim tek başıma? Kalkmak istesem, camdan dışarıyı seyretmek istesem yapabilir miydim onsuz? Yapamazdım.

"Ben yatacağım." diye mırıldandı gömleğinin düğmelerini açarken. Başımı salladığımda konuşmaya devam etti.

"Gel seni tuvalete götüreyim yatmadan önce." Boğazımda büyük bir engel vardı ve bu engel yutkunmamı da nefes almamı da engelliyor gibiydi. Annemi istiyordum. Burada olmayı değil annemin yanında olmayı istiyordum... Buraya kadar her şey güzeldi, evet, ama birden bana ona muhtaç olduğumu öyle hissettirmişti ki ölene kadar ağlamak istiyordum.

"Gerek yok," dedim, "tuvalete kendim gidebilirim." Bora'nın bakışlarını bir süre üstümde hissetim. Mavi gözleri üstümde dolaştı beklentiyle. Söylediğime bozulduğu belliydi.

"Küçük olduğunu bu kadar belli etme. Biraz olgun ol, durumunu kabullen ve yardım etmeme izin ver." Olgun olmaktan bahsedene bakın. Gerçekten sen çok olgunsun Bora Karahanlı, en olgun sensin. Daha biraz önce Fransız adamla Türkçe tartışmaya çalışan da bendim zaten.

"Senden yardım istemiyorum." Tek kaşı havaya kalktığında gömleğinin düğmelerini açmış ve gömleğini çıkarmıştı. Kaslı vücudu gözümün önündeyken yutkunmamam elde değildi.

"Fransız olmadığım için benden yardım istemiyor olman gerçekten gözlerimi yaşartıyor. Ne yapmalıyım benden yardım istemen için, Fransız vatandaşlığına mı geçeyim?" Gözlerimi devirdim. Sinirlenince sadece Türkçe konuşarak ne kadar Fransız olabilirsin ki Bora Karahanlı...

"Tuvalete kendim gidebilirken neden senden yardım isteyeyim?"

"Tamam," dedi kaşlarını kaldırıp başını sallayarak, "git o zaman. Bekliyorum." Harika. Gerçekten, tamam deyip uyumasını bekliyordum ama olmadı. Ciddi anlamda harika.

"Şu an... gitmek istemiyorum..."

"Çünkü gidemiyorsun."

"Hayır!" dedim sinirle. Şu an bir mucize olsaydı ve yürümeye başlasaydım, birden şok olsaydı, yüzündeki o şok ifadesini görebilseydim... Ah!

"Buraya geldiğimizden beri tuvalete girmedin, banyo yapmadın, bir şekilde benden yardım istemeni bekliyorum. Ama sen su bile istemiyorsun benden. Sana..." Sinirden yutkundu. Birden birkaç kelime daha söyleyecek gibi oldu ama devam edemedi.

"Şimdi de Türkçeyi mi unuttun sinirden?" Omuzlarını gergince kaldırarak gerinmeye çalıştı. Şu durumda ne kadar seksi olduğunu bilseydi İngilizceyi, Türkçeyi bırakın direkt ağzını açma eyleminin nasıl yapıldığını da unuturdu.

"Sana 'sen bana sarıldığında benim sorumluluğum oldun' dediğimi hatırlamıyor musun? Sen benim sorumluluğum oldun. Ve ben sorumluluğumu..." Ve Türkçeyi bir kez daha unutur. Bora'yı yavaş yavaş kaybediyoruz. Kendi kendime sinirden gülerek elimle ağzımı kapattım.

"Gülme!" diye uyardı, "Ve ben sorumluluğumu en iyi şekilde yerine getirmek istiyorum. Bu yüzden, şu an bir karar verdim."

"Neymiş o kararın?"

"Benimle banyoya geliyorsun. Tuvalet ve banyo vakti." Kaşlarımı şaşkınlıkla çattığımda Bora Karahanlı çoktan bana doğru yürüyordu bile.

"Ne banyosu ne tuvaleti?" Şaşkınlıkla bağırdığımda çoktan başımda dikiliyordu. Eğilerek beni ben itiraz bile edemeden kucağına aldı!

"Açıklattırma şimdi bana. Sanki bilmiyorsun ufaklık." Resmen beni banyoya götürüyor! Şaka mı bu?

"Bırak beni! Dediğin hiçbir şeyi yapmayacağım! Çıkarmayacağım kıyafetlerimi!" Gözlerini devirdi.

"Zaten burada değil, banyoda çıkaracaksın. Ama eğer çok istiyorsan şimdiden başla." Şok içinde tek bir kelime bile edemeden yüzüne baktığımda güldü.

"Ne oldu ufaklık?" dedi kendinden emin bir tavırla, "Türkçeyi mi unuttun?

15. Bölüm
Benim Gibi Kokuyorsun Ufaklık

"Bırak beni! Dediğin hiçbir şeyi yapmayacağım! Çıkarmayacağım kıyafetlerimi!" Gözlerini devirdi.

"Zaten burada değil, banyoda çıkaracaksın. Ama eğer çok istiyorsan şimdiden başla." Şok içinde tek bir kelime bile edemeden yüzüne baktığımda güldü.

"Ne oldu ufaklık?" dedi kendinden emin bir tavırla, "Türkçeyi mi unuttun?"

Kucağında çırpındığım sırada banyoya girmiştik bile. Banyonun ışığı biz girer girmez kendiliğinden yandığı gibi Bora ayağıyla kapıyı iterek kapattı ve beni dikkatlice büyük lacivert küvete yerleştirdi.

"Tamam Karahanlı! Sen çık, ben halledeceğim. Cidden!" dedim telaşla. Ama onun çıkmaya niyeti olmadığı gayet belliydi. Uzanıp üstümdeki askılı mavi pijama üstünü çıkarmak için kaldırdı ama ben kollarımı kaldırmıyordum.

"Kollarını kaldırman gerektiğinin farkındasın değil mi ufaklık?" Kendimi sızlanarak geri çektiğimde beni sırtımdan tuttu ve tek eliyle kolumu tutarak tişörtün askısından çıkardı. Diğerine de aynı işlemi yapmasını öfkeyle izliyordum. Tişörtü kolaylıkla başımdan çıkarıp yere attığında gözlerinin göğüslerimde dolaştığını gördüm.

"Sutyenimi çıkarma." dedim direterek. Omuz silkti.

"Bu zamana kadar sutyenle yıkanan birini görmedim ufaklık. Ve emin ol, bu zamana kadar bir sürü kadınla banyo yaptım... Yeterli tecrübeye sahibim." Elleri altımdaki mavi şortuma uzanınca elini ittim ama mücadele şansım yoktu. Öyle güçlüydü ki bacaklarını hareket ettiremeyen birinin onu engellemesi mümkün değildi. Şortu öylece bacaklarımdan çıkarıp yere fırlattı. Sırada iç çamaşırlarım vardı. Bırak, onlar da içimde kalsınlar be adam! Bu durumda bile espri yaptığıma göre delirmiş olmalıyım...

Eli bana doğru uzanınca korkuyla sutyenimi tuttum. Ama eli beklemediğim bir şekilde bana değil çeşmeye gitti. Çeşmeyi açıp da yukarıdan üstüme su gelmeye başlayınca şaşkınlıkla ona baktım.

"Ama..." dedim, "İç çamaşırlarım?" Şimdi onları unutmuşum deyip çıkarırsa şaşırmam. Ah ya! Neden hatırlattım ki?

"İç çamaşırlarını sen istemeden çıkarmam. O kadar da değil." Dengesiz adam! Kaşlarımı çattım şaşkınlıkla.

"Ama... biraz önce sutyeniyle banyo yapan birini görmedim demiştin?" Başını salladı suyu ayarlarken.

"İlk kez göreceğim. Çok heyecanlıyım." İçimde garip bir umut hissettim. Şu umutlandığım duruma bakın ya, resmen zorla evlendirildiğim adam bana zorla banyo yaptırırken beni tamamen değil de yarım soydu diye umutlandım. Sinirle gözlerimi devirip kaderime razı olarak arkama yaslandım. Bora suyu ayarladıktan sonra su başlığını tam başıma gelecek şekilde ayarladı. Islanmaya başladığımda gözüm ister istemez ince sutyenime kaydı. Şimdiden ıslanmıştı ve göğüs uçlarım belli oluyordu. Harika, çıkarsam daha az görünecekti göğüs uçlarım! Saçmalama Nehir.

"Bugün banyo yaparken yanlışlıkla senin şampuanını kullanmışım." dedi Bora şampuanları karıştırırken, "Bu yüzden sen de benim şampuanımı kullanmak zorundasın. Ödeşeceğiz." Artık her şeye razıydım. Bir an önce bitmesi için başımı salladım.

"Olur." Siyah şişeli lüks şampuanını bana doğru sallayıp sırıtarak yaklaştı ve saçlarıma biraz şampuan sıktıktan sonra... ne yapıyor o ya! Şampuan şişesini tamamen boşalttı resmen!

"Bora ne yapıyorsun? Bütün şişeyi sıktın kafama." Tereddütle geri çekildi.

"Senin saçların uzun diye çok sıkayım dedim. Az sıkmam mı gerekiyordu?" Gözlerimi devirdim elimi saçlarıma dokundurduğumda. Saçlarımda sudan çok şampuan var!

"Ya kendine ne kadar sıkıyorsan bana da o kadar sıkacaktın işte!"

"Bir dahakine öyle yaparım tamam?" Şaşkınlıkla baktım yüzüne gözlerimi kırpa kırpa.

"Bir dahakine?" Saçlarımı köpürtmeye başladığında sorumu umursamıyor gibiydi.

"Evet. Bir daha banyo yapmayı düşünmüyor musun? Bir tür banyo orucuna filan mı başlıyorsun? Ya da bu banyoyu hayatının zirvesi ilan edip zirvede bırakmak için bir daha yıkanmamayı mı planlıyorsun?" Sinirle yüzüne bakmaya çalıştığımda gözüme kaçan şampuanla birlikte elimi gözüme götürdüm.

"Tabii ki banyo yapacağım ama tek başıma! Ya da başkasının yardımıyla... senin değil." Gözümü temizlemeye çalışıyordum ki Bora elini uzatıp elimi tuttu.

"Ne oldu gözüne?" Omuz silktim. Çok umurunda sanki.

"Şampuan kaçtı. Senin yüzünden." Onaylamaz bir tavırla başını salladıktan sonra eliyle gözümü silip yüzümü suya doğru tuttu. Gözlerimi kapatıp yüzümün ve saçlarımın iyice temizlenmesine izin verdim. Gözlerimi açtığımda Bora'yı eline aldığı banyo lifiyle karşımda görünce korkmadığımı söylesem yalan olur. Şimdi... vücudumu mu... yıkayacak?

"Ben yapabilirim!" diye sızlansam da banyo lifine duş jelini damlatıp banyo lifini omuzlarıma yerleştirmişti bile. Çaresizce gözlerimi kapattım ve kâbusun bitmesini beklemeye başladım. Omuzlarımı, kollarımı, kollarımın altını, sutyenimin izin verdiği kadarıyla göğüslerimi, karnımı ağır ağır bastırmamaya özen göstererek lifledikten sonra sıra bacaklarıma geldi.

"Bacaklarını biraz aralarsan..." Tam bir sevişme cümlesi değil mi? İstemeye istemeye ellerimle bacaklarımı çekiştirerek araladım ve ellerinden birini sol bacağıma koyduğunu gördüm. Ardından gözlerimi oraya odakladığımda sıktığı duş jelini eliyle bacaklarıma bulaştırdığını gördüm. Gözlerimi yeniden sımsıkı kapattım. Yutkundum. Ellerini bacaklarımda hissetmiyordum teknik olarak, ama ellerinin bacaklarımda olduğunu bilmek... Hayır! Toparlan kızım! Ellerinin bacaklarımda olması beni etkilemiyordu... Etkilemiyordu... Hayır! Etkilemeyecekti! Etkilememeliydi. Ama etkiliyordu.

"Ellerini..." dedim titreyen sesimle, "Lif yerine kullanmazsan sevinirim." Bora da kendini zor tutuyormuş gibi boğazını temizledi. Birden gözlerimi açma ihtiyacı hissettim. Gözlerimi açtığımda Bora'nın duvara baktığını fark ettim. Bacaklarıma değil, duvara bakıyordu. İster istemez güldüm. Ellerini çekip bacaklarımı hızla lifledikten sonra lifi küvetin diğer kenarına bıraktı. Ve tüm bunları yaparken gözleri bacaklarıma bir kez bile değmedi! Doğrulup tekrar suyu açtı. Suyu saçlarımdan başlayıp bütün vücuduma son kez tuttuktan sonra derin bir nefes aldı. Otelin pembe havlularından birini sırtıma doğru sardıktan sonra eğildi ve beni tek harekette kucağına aldı. Durup öylece yeşil gözlerime bakarken ben de onun mavi gözlerine baktım bilerek ve isteyerek. Derin bir nefes aldı saçlarıma doğru.

"Benim gibi kokuyorsun ufaklık." dedi. Onun şampuanını kullandığım için bu doğaldı. Gülümsedim. O da benim şampuanımı kullanmıştı. Ona doğru uzanarak saçlarını kokladım belli belirsiz.

"Sen de benim gibi kokuyorsun Karahanlı."

16. Bölüm
Bora Karahanlı Yardımı

Bora beni banyodan çıkardıktan ve yatağa uzanmamı sağladıktan sonra valizi tek hareketiyle kaldırıp yatağa bıraktı ve fermuarını açtı. İçinden kendime yeşil şortumu ve yeşil askılı pijama üstümü çıkarıp valizi Bora'ya doğru ittim. Bora valizi kapatıp yere koyduktan sonra beklentiyle bana baktı. Ne beklediğini çok iyi biliyordum. Yardım istememi bekliyordu. Bu sefer içimden bir ses onu mutlu etmek istedi. Kendi kendime gülümsedim.

"Su verir misin?" diye sordum yapmacık olmamaya çalışarak. Bu, birinci yardım isteme cümlemdi! Bora anında mini buzdolabından çıkardığı su şişesini aldı, komodindeki bardağı yarıya kadar onunla doldurdu. Neden yarım bardak su koyduğuna kaşlarım çatılı bakıyordum ki soğuk suyu buzdolabına koyup bardağın kalanını ılık suyla doldurdu. Şaşkınlıkla bakakaldım. Bora Karahanlı beni düşündüğü için soğuk ve sıcak arası bir bardak su mu hazırladı bana? Ben şaşkınlıkla ona baktığım sırada Bora bana yaklaştı, suyu bana uzattı. Uzanıp elindeki bir bardak suyu aldım ve gözlerim onun üstündeyken ağır ağır içtim. Hâlâ ayakta ve yardıma hazır bekliyordu. Biraz önce söylediği gibi, ondan yardım istememi istiyordu, çünkü bana 'Sen benim sorumluluğumsun.' demişti, 'Sen benim sorumluluğumsun ve ben sorumluluğumu en iyi şekilde yerine getirmek istiyorum.'

Boğazımı temizledim. Şu an ondan yardım isteyebileceğim bir konu daha var mıydı? Bir daha mı su isteseydim? Sonra sabaha kadar tuvalete götürmesini isterdim. Sonra da çok tuvalete gittim diye acıkırdım ve yemek getirmesini isterdim. Sonra da bana soda bulmasını söylerdim. Sonra soda beni yine acıktırırdı ve yine yemek isterdim, sonra yine soda ve sonra... Ah, ondan bu şekilde sonsuza kadar yardım isteyebilirdim! Ama daha basit bir yolu vardı.

"Bana..." dedim, "Bunları... giymemde yardımcı olur musun?" Gözleri mi parladı onun? Koskoca iş adamı Bora Karahanlı, bütün o sert görünüşünün altında bana geldi, sen benim sorumluluğumsun dedi, benden yardım iste dedi, ben de tuttum ona beni giydir dedim!

"İnsanlara... bir şeyleri yaparken yardım etmeyi sevmem ufaklık." Kaşlarımı çattım. Yutkundum. Belki de fazla geldi isteğim. Tamam, beni yıkadı, bana su da verdi, ama giydirmeyi kendine mi yediremedi? Ah keşke hiç söylemeseydim. Saçmaladım.

"Tamam, ben kendim gi..." derken sözümü kesti.

"Sana onları giymende yardımcı olmam. Sana onları giydiririm. Ben. Kendim." Tamam. İşte bana yutkunmak için iyi bir neden daha. Bora Karahanlı bütün sertliğiyle karşımda durmuş, ben yardımcı olmam diyor. Yardımcı olmam kendim yaparım diyor. İnsanlar işlerinde nasıl zirveye çıkarlar görün bakın. Ama konumuz ke-sin-lik-le bu değil! Konumuz şu ki şimdi beni giydirecek. Eğer kabul edersem, beni giydirecek. Banyo yaptırması daha iyiydi! Çünkü en azından banyo yaptırırken ellerini değil lifi kullanıyordu. Beni banyo lifiyle giydirmesini istesem çok mu saçma olur? Ne yapacağımı düşündüğüm sırada başım benden izinsiz bir şekilde sallandı. Resmen kendi kararım olmadan başımı evet der gibi aşağı yukarı salladım! Bora bana doğru bir adım attı ve tam yanımda durup yatağa oturdu, bacaklarımın yanına... Elimdeki askılı tişörtü aldı ve başımdan aşağı geçirdi. Çabuk bitmesi için kollarımı kaldırdım.

"Kollarını kaldırmayı öğrenmişsin." Gözlerimi devirdim. Şu an bile laf mı sokacaktı?

"Zaten biliyordum."

"Bildiklerini göstermen gerektiğini fark etmen çok hoş." Bir göz devirme daha çaktım ona. Ah, hadi ama Karahanlı, giydir de bitsin şu işkence! Askılıyı kollarımdan geçirip aşağı doğru çekmeye başladı. Aşağı doğru çekerken elleri tişörtün içinde kaldığı için elleri karnıma değiyordu ve bu beni... oldukça rahatsız etmiyordu. Etmiyordu mu? Ediyordu. Türkçem karıştı. Tişörtü tam anlamıyla giymiş olduğumda elleri hâlâ karnımdaydı. Tedirginlikle baktım yüzüne.

"Bora Karahanlı. Ellerin karnımda kaldı!" Başını salladığında ellerini çekmek yerine gözlerini gözlerime dikti. Masmavi gözlerinin yeşil gözlerimle buluşması... Kalbimi tekletecek bir durum olabilirdi, ama beynim karnımdaki ellerine konsantreydi.

"Biliyorum," dedi, "karnını... ısıtıyorum..." Yutkundum. Bundan zevk mi alıyordu? Elinin karnımda olması ona zevk mi veriyordu?

"Üşümüyorum." Tek kaşı havaya kalktı ve oyunbozanlıkla gülümsedi.

"Pekâlâ, öyleyse sen kaybettin." Ellerini karnımdan çekti ve burnunu çekerek elimdeki şortu aldı. Karnımda büyük bir boşluk hissediyordum. İnanın bana, ne kadar rahatsız edici olursa olsun o büyük ellerin üstünüzde dolaşması karnınıza kelebekler yerleştirmekten başka bir şey yapmıyordu. Düşünsenize şimdi 'Ne olur ellerini karnıma geri ver!' diye yalvarıyormuşum. Gerçekten. Yapmamalıyım, değil mi? *Bana ellerini ver, hayat seni sevi... neyse.*

"Uzatmaya gerek olduğunu sanmıyorum Karahanlı. Banyoda olduğun gibi, uslu uslu giydir ve uyu. Tamam?" Göz kırptıktan sonra elindeki minik yeşil şortumu açtı ve ayaklarımdan geçirdi.

"Banyoda durum farklıydı. Seni oraya zorla götürdüm. Oysa şimdi, isteyen taraf sensin. Bu yüzden, içimden bir ses uslu durmasam bile... sorun olmaz diyor..." derken eli şortu çekerken bacaklarıma değiyordu ki anlamsızca baktım ona. Hissetmiyorum diye banyoda bacaklarım için lif yerine ellerini kullanmaya çalıştığını çok iyi hatırlıyordum ve şimdi de aynısının olmasına izin verecek değildim.

"Sorun olur Karahanlı. Ayrıca hani sen bu işlerin uzmanıydın! Çok yavaşsın." dediğim anda söylediğime karşılık olarak şortumu hızla çekti ve kalçalarımın altına kadar getirdi. Elleri uzandı, kalçalarımı tuttu, kalçalarımı hafifçe kaldırdı ve şortu belimin hemen altına kadar geçirdi. Hâlâ hiçbir şey hissetmiyordum ama kalbim duracak gibiydi. Bu çok garip değil miydi? Birisi size dokunduğunda, hissetmediğiniz bir yere dokunduğunda kalbiniz neden böyle hızlı atardı?

"Tamam," dedi anlamadığım bir şekilde nefes nefese, "uyuyabilirsin. Ben... bir ara ineyim tekrar..." Şaşkınlıkla baktım ona. Saat 2'yi geçiyordu ve daha biraz önce uyuyacağını söylemişti!

"Uyuyacaktın?" Omuz silkti. Alnındaki teri sildi ve gömleğini alıp üstüne geçirdi.

"Uykum kaçtı. Sen uyu. Sabah görüşürüz. Ha bu arada, sana söylemedim."

"Neyi?" Gömleğinin düğmelerini ilikleyip başını kaldırdı ve ceketini üstüne geçirirken bana baktı.

"Yarın akşam dönüyoruz." Şaşkınlıkla baktım yüzüne.

"Nereye?"

"İstanbul'a. Evimiz bizi bekliyor ufaklık."

17. Bölüm
Bora Karahanlı Sarhoşken

Bora odadan çıkarken ışığı da kapattığı için uyumaktan başka çarem kalmamıştı. Zorla da olsa belimi hareket ettirip yatağa uzandım ve başımı yastığa dayadım. Derin bir nefes aldım ve camdan gelen ışıklara bakarak gözlerimi kırpıştırdım. Dışarıdan eğlence sesleri geliyordu.

Dışarıda bir hayat vardı, dışarıda insanlar, hayvanlar, arabalar, bisikletler, motosikletler ve onlar gibi hareket eden birçok şey vardı. Benim gibi olmayan birçok şey... Yer değiştirebilen, bir yerlere ulaşabilen birçok canlı cansız varlık.

İç çektim. Tek elim ağır ağır sol bacağıma gitti. Gün gelecekti de ben de yürüyebilecek miydim? Koşabilecek miydim? Oturup kalkabilecek miydim? Çocukluğumda olduğu gibi dans edebilecek miydim? Nedense gözlerimin dolduğunu hissettim. Beni engelleyen bir durumumun olması her zaman olmasa da ara ara canımı yakıyordu işte.

Mesela... Of Allah kahretsin, bunları anlatmamam gerekiyor size. Ama mesela... ben biraz önce içimden ufacık da olsa bir hayal kurmuştum. Bora beni yıkamıştı, üstümü değiştirmişti, sonra da birlikte yatıp uyuyacaktık. Hayalim buydu ve lanet olsun ki bu hayalimin sebebini bilmiyordum. Sadece her şey huzurlu olacak gibi gelmişti bir anlığına. Onunla uyumak... çok huzurlu olacaktı. Sonra Karahanlı yine bozdu her şeyi. Uyumaktan vazgeçti, birden çıktı gitti odadan. Kim bilir kime gitti. Ben bunları düşünmemeliyim, biliyorum. Ama anlayın beni işte!

Sus Nehir ya. Saçmalıyorsun. Yat uyu... Gözlerimi sımsıkı kapattım. Öyle çok sıktım ki gözlerimi, bir an fizyolojik olarak ufak bir acı bile hissettim. Dışarıdan gelen hafif Fransız müziği sesinin bende uyandırdığı romantik duygulardan kurtulmak istiyordum ki telefonum çaldı. Kolumu uzatıp komodinden telefonumu aldım. Ekrana bakarken gözlerim kamaştığı için bir süre üstünde yazan ismi bile okuyamadım. Sonra elimle ekranın ışığının birazını kestim ve ekrana baktım.

Nazlı'm Arıyor

Şaşkınlıkla kaşlarımı çattım. Ah. Ben Nazlı'ya evlendiğimi haber vermedim! Değil mi? Aman Tanrım! Durun açıklayayım, Nazlı en yakın arkadaşım. Ama üç aydır İtalya'da olduğu için doğru düzgün görüşüp konuşamıyorduk. Ve bu yüzden olsa gerek, evlenirken aklıma bile gelmedi!

"Alo, Nazlı'm!"

"Bana Nazlı'm deme Nehir." Kahretsin ya! Başkasından öğrenmiş kesin!

"Ama ben sana Nazlı diyemem ki! Nazlı'msın sen benim!" Ben nasıl haber vermem ya? Bir insan en yakın arkadaşına evlendiğini nasıl haber vermez? Bu, bir gelinin evleneceğini damada haber vermemesi gibi bir olay. Benim evleneceğimi bilmek Bora'dan çok Nazlı'nın hakkıydı. Her şeyimizi paylaşıyoruz birbirimizle. Beni öldürecek!

"Tabii canım, elbette Nazlı'nım. Ben bunları yemem Nehir Hanım! Ne zaman haber verecektin?"

"Neyi?" dedim anlamamışım gibi.

"Evlendiğini! İkiniz de emekli olduğunuzda, torunlarınız olduğunda filan mı haber verecektin? Torunlarının sünnet davetiyesini aldığımda mı haberim olacaktı?" Bora ve benim torunlarımız? Torun olması için çocuk olması gerekiyor. Çocuk olması için sevişmek gerekiyor. Sevişmek için... neyse.

"Nazlı'm bak bilmediğin şeyler var. Bu evlilik..."

"Silah zoruyla mı evlendirdiler? Bu yüzden mi haberim yok?"

"Hayır yani..."

"Sana haber vermeden mi evlenmiş adam seninle? Bu yüzden mi haber veremedin?"

"Ya hayır..."

"Hamile misin? Utandın mı bana söylemeye?"

"Tabii ki hayır..."

"Benim eski sevgililerimden biriyle evlendin de o yüzden mi söylemedin?"

"Ne eski sevgi..."

"Adam 100 yaşında filan mı, bu yüzden mi çekindin söylemeye?"

"100 yaşında değ..."

"Kızım ne o zaman? Sattılar mı seni bu adama ne? Ne olmuş da en yakın arkadaşına haber vermemiş olabilirsin?" Sinirle iç çektim. Kızmakta haklı, ama bir sabretse açıklayacağım zaten şu an!

"Formalite." diye mırıldandım. Telefonda birkaç saniyelik bir sessizlik oldu.

"Ne formalitesi? Neyin formalitesi?" Sesi şok içinde geliyordu. Arkasından gelen seslerden kalabalık bir yerde olduğunu anladım.

"Babamın işleri kötüye gidiyordu. Bir şekilde iyi bir şirketle ortak olması gerekiyordu. Bora'nın, yani evlendiğim adamın babası da oğlunu evlendirmek istiyordu işte. Ortak olmak şartıyla evlendik." Nazlı'nın sinirle nefes aldığını ve konuşmakta tereddüt ettiğini fark ettim.

"Nehir..." diye mırıldandı, "Senin o babanın ağzına..." derken sözünü kestim anında şok içinde.

"Saçmalama Nazlı ya! O istemedi. Ben zorladım. Babamdan niye bu kadar nefret ediyorsun sen? O benim babam!" Yattığım yerde yana doğru dönerek bakışlarımı cama doğru çevirdim. Dışarıdaki Fransız melodileri susmak bilmiyordu.

"Ben senin baban olsam kilitlerdim seni odaya evlendirmezdim! Ama o maşallah dünden razıymış. Kızının formalite evlilik yapmasına izin vermek ne ya! Kim bu Bora? Soyadını ver bana." Soyadını ver bana deyişi öyle tehditkâr ki şimdi bayılacağım. Resmen Bora'yı her şeyiyle araştıracak! Resmen.

"Karahanlı."

"NE!" Kesik bir nefes ve resmen acı bir çığlık. Bu tepkiyi bekliyordum.

"Abartma Nazlı. O kadar da kötü değil."

"Abartma mı? Sen iyi misin Nehir? Seni tutup yürüyen cehennemle evlendirmişler! Adam magazin dünyasının bir numaralı çapkını be! Kızım Türkiye'de adamın elinden geçmeyen bir sen bir ben kalmıştık! Şimdi tek kaldım!" Nazlı'ya aldırmayın. O hep böyle konuşur.

"Tek değilsin," dedim banyo ve giydirme olaylarını yok sayarak, "eli hâlâ bana da değmedi."

Nazlı bir kez daha şok oldu. Ağzından "ha?" der gibi bir ses çıktı ve hâlâ cevap yok.

"Nasıl eli değmedi? Hiç mi?"

"Hiç."

"Ama... yani?"

"Aması, yanisi filan yok işte Nazlı. Bana dokunmuyor. Büyük ihtimalle ilgilendiği kadınlar kategorisinde değilim. Yürüyemiyorum biliyorsun." Yutkundum. Böyle düşündüğümü ben de şu an öğreniyordum.

"Ahaha Nehir saçmalama ya. Sen yüz versen, şöyle biraz çekici olsan üstüne atlar." Üstümdeki kıyafetlere göz attım. Askılı mavi tişört ve mavi mini şortumla oldukça çekici göründüğümü sanıyordum.

"Elimden geldiğince çekici giyiniyorum..." dediğimde sözümü kesti.

"Bir dakika, bir dakika! Çekici mi giyiniyorsun? Sen bu adamı etkilemek istiyorsun!"

Birdenbire otomatik olarak başımı salladığımda şaşırdım! Gerçekten öyle!

"Yani... onu... herkes... etkilemek ister... Ama etkileyemiyorum. Etkilenmiyor benden. Sürekli başka kadınlara gidiyor. Şu anda bile başkasının yanında mesela."

"Onun ben ağzına sı..." derken anında susturdum.

"Dur Nazlı ya bir küfür etme! O da haklı. Sonuçta adamın ihtiyaçları var ve benimle karşılayamaz. Buna ben de izin vermem."

"Tabii ki izin vermeyeceksin ve tabii ki seninle karşılamayacak ama siz evlisiniz ve boşanana kadar senden başka kimseye bakmamalı. Bu bir sorun. Bu, sadık olmama sorunu. Ve bu sorunu kim çözer biliyor musun?" Kaşlarımı çattım. Yine bir plan yaptığı sesindeki ben-çok-zekiyim-allah-kahretmesin-ya tonundan belliydi.

"Kim?"

"Biz! Sen ve ben! Bebeğim, sen hiçbir şey için endişelenme. Ben dün İstanbul'a döndüm. Gelir gelmez bana haber ver. Evlendiğini duyunca her ne kadar kızsam da İtalya'dan bazı küçük hediyeler alıp da geldim senin için. Bazı... seksi... iç çamaşırları... ve başka seksi şeyler..." Ağzım bir karış açık, şok içinde kalakaldım anında! Ah ya! İşte ben büyük ihtimalle bu yüzden Nazlı'ya haber vermeyecektim evlendiğimi!

"Saçmalama Nazlı! Onları tabii ki giymeyeceğim!"

"Onları tabii ki giyeceksin Nehir! Kapatıyorum şimdi, itiraz istemiyorum. Geldiğinde mesaj atmazsan evini bulur ve yakarım. Tamam? Uyu şimdi. İyi geceler bebeğim! Ateşli gecelere hazır ol! Öpücükler!" Nazlı telefonu yüzüme kapatınca sıkıntıyla nefes verip telefonu komodine koydum. Yatağa tekrar yatıp gözlerimi tavana diktim.

Nazlı planı yapmıştı. Bora'nın benden hoşlanmasını sağlamaya niyetliydi belli ki. Ama bunun olma ihtimali bile yoktu. Onun aldığı saçma iç çamaşırlarını giyecek değildim. Değil mi?

Odanın kapısı açılıp da içeri tanıdık parfüm kokusu girince anında gözlerimi kapattım. İşinin bu kadar çabuk bittiğini şaşırmıştım açıkçası. Koskoca Bora Karahanlı bir kerecik doyuma ulaşmakla mı yetinmişti? Vay be. Gözlerimi iyice sıktım ki birdenbire açılıp beni rezil etmesinler. Üstümdeki pikeye sarıldım. Uyuyormuşum gibi görünmek için elimden geleni yaptım. Bora Karahanlı, ağır ayak seslerinin ardından bir süre sessizce durdu. Odanın bir yerinde durduğunu hissedebiliyordum. Çıkan ufak hışırtı seslerinden anlaşılan gömlek düğmelerini açtığıydı. Sonunda düğmeleri açtı ve yine bir hışırtı sesiyle gömleğini üstünden çıkardı. Daha sonra yatakta bir kıpırdanma hissettim. Karahanlı yavaşça yatağa uzandı. Sonra doğruldu. Ne yaptığını hissetmeye çalışıyordum. Ama gözlerim kapalıyken anlamam mümkün değildi.

"Nehir..." diye fısıldadı. Sesinden sarhoş olduğu oldukça belliydi. Ben de sesimi çıkarmadım. Uyuyordum. Uyuyanlar konuşmazdı!

"Uyuyor musun?" Uyuyanların konuşamayacağını biri Bora'ya da söylesin!

"Uyuyorsun. Biliyor musun..." dedi ve birden nefesini kulağımın dibinde hissettiğimde beni izlediğini, üstüme doğru eğildiğini anladım, ben şok içinde nefesimi tuttuğumda fısıldayarak devam etti cümlesine, "...ben sarhoşken sen çok güzel görünüyorsun."

18. Bölüm
Bora Karahanlı'dan Güzel Haberler Saati!

(Bora'nın Babası
Ahmet Karahanlı'nın Anlatımıyla)

"Ahmet Bey... Efendim... Fransa'daki ortak otelimizden haber var." Şirketimdeki odamda oturmuş bilgisayarımdan yeni bir arazi arıyordum ki içeri sekreterim Öznur girdi. Başımı bilgisayar ekranından ona doğru çevirdim ve gözlerimdeki gözlüğümü çıkarıp masaya bıraktım.

"Dökül bakalım." diye mırıldandım arkama yaslandığımda. Öznur birkaç adımda önüme geldi ve olduğu yerde durdu.

"Efendim, Bora Bey otel psikoloğunu kovmuş." Tek kaşım şaşkınlıkla havaya kalktı. Bardan çıkmadığını bildiğim oğlum, otelin psikoloğuna ne sebeple takmış olabilirdi?

"Ne için?" Öznur gülmemek için kendini zor tutar gibi dudaklarını sıktı.

"Eee, kıskançlık." Kaşlarımı şaşkınlıkla çatıp gözlerimi kısarak öne doğru eğildim.

"Kıskançlık mı? Açık konuş."

"Gelininiz Nehir Hanım, Bora Bey odada yokken psikologla seans yapmak için onu odalarına çağırmış. Daha sonra Bora Bey odaya gelince deliye dönmüş, adama Türkçe konuşarak bağırmış çağırmış. Ertesi sabah da kovdurmuş adamı. Otelin diğer ortağının sekreteri arayıp bunu size bildirmemi istedi. Çünkü psikolog herkes tarafından sevilirmiş, kovulmayı hak etmediğini söyledi. Size bildireyim dedim..."

Keyifle gülümseyerek temiz ve ferah bir nefes aldım. Ah, planım bir bir işliyordu. Benim suratsız, çapkın ve duygusuz oğlum Bora, biricik varisim, karısının kıskançlığından elalemin ekmeğiyle oynuyordu!

"Öznur," dedim, "otelin Fransız ortaklarına haber yolla, psikoloğu Türkiye'ye yollasınlar. Büyük bir iş teklifi olduğunu söylesinler! Şirket ve aile psikoloğumuz olacak. Otelden ne alıyorsa üç katını vereceğim." Öznur kaşlarını çatmış şaşkınlıkla bana bakarken rahatça arkama yaslandım.

"Ama efendim üç katı derken..."

"Aması filan yok Öznur. Git ve dediğimi yap."

"Peki efendim." Öznur başını sallayıp odadan ayrıldığında masada duran kahvemden bir yudum aldım. Oğlum kırk yılın başında ilk kez duygularıyla hareket etmişti. İlk kez bir kıskançlık yapmıştı. Karısını psikologdan kıskanmıştı. Eh, bana da o psikoloğu getirip gözünün içine sokmak kalıyordu. Ben de bunu yapacaktım. Hadi bakalım, el birliğiyle yontalım şu çapkın odunu...

(Nehir'in Anlatımıyla)

Sabaha kadar uyuyamadım. Evet, sa-ba-ha ka-dar! Neden? Çünkü sadece günler önce evlendiğim çapkın, yakışıklı, duygusuz ve insanlara mutsuzluktan başka bir şey vermeyen kocam dün gece geldi, yatakta uyuduğumdan emin olduktan sonra üstüme doğru eğildi ve "Ben sarhoşken sen çok güzelsin." dedi. Yıllardır duyduğum en romantik cümle. Her ne kadar onun o sarhoş ağzından çıkmış olsa da... bir söz vardır, duymuşsunuzdur, sarhoşken söylenen her şey ayıkken düşünülmüştür. Öyle mi dersiniz? Beni gerçekten güzel buluyor mu dersiniz? Yoksa gerçekten sadece sarhoş olup etrafı bulanık gördüğünde mi ben güzel geliyorum ona?

Ben sabaha kadar tüm bunları düşünüp durdum. Bora da yatakta bir o yana döndü, bir bu yana döndü, arada kolunu üstüme attı ve hatta bir ara eli tam göğüslerimin üstüne geldi. Tabii hemen elini ittim, bu sefer de eli karnıma geldi. Tabii ben durur muyum, yine ittim. Tabii karnımdan daha aşağı itince hiç gelmemesi gereken bir yere geldi! Dalga geçmeyin ama bir süre elini itmedim. Tabii ki elinin orada olması hoşuma gitmiyordu... Tabii ki hayır! Gülme! Bak hâlâ gülüyorsun! Sadece bir kez daha itersem uyanır diye bir süre bekledim itmek için. Sonra tekrar ittim... ve bu sefer eli bacağımın üstüne geldi. Bacağımı şevkle sıkıp elini çektiğinde kalakaldım. Ama bu gecenin ilk saatlerinde gerçekleşmiş bir olaydı, yani ben bunun üstüne iki saat kalbim ağzımdaymış gibi kaldım ve olayı atlattım. Siz de umarım çabuk atlatırsınız?

"Saat kaç?" Bora'nın uykulu sesini duyduğum an ona döndüm. Gözlerini bile açmamış o şekilde soruyordu saati. Gözlerimi duvardaki saate çevirip cevapladım, "12.37."

"Ah... Çok uyumuşuz." Sen öyle san. Ben bir dakika bile uyuyamadım senin yüzünden! Hayatımı etkiliyorsun, adam.

"Öyle oldu. Eee, uçak kaçta?" Bora yattığı yerden doğrulup gözlerini ovuşturmaya başladı. Bir yandan da esniyordu. Bir insan esnerken neden seksi görünürdü? Bir insan esnerken seksi görünmek için çaba harcamamasına rağmen neden seksi görünürdü? Hepsinin de ötesinde, BİR İNSAN NEDEN SEKSİ GÖRÜNÜRDÜ?

"Uçak mı?"

"Evet, İstanbul'a döneceğiz dedin ya hani. Hatırladın mı?" Başını salladı uyku mahmurluğuyla.

"Doğru ya. Uçak 5'te. Birkaç saatimiz var burada. Ben çıkayım, birkaç iş var halletmem gereken. Sana kahvaltı söyleyeyim, sonra da seni almaya geleyim gidelim. Tamam?" Başımı salladım itaatkârca. Yataktan kalkıp banyoya girdiğinde hâlâ yatakta saçlarımla oynuyordum. Banyodan su sesleri gelince derin bir nefes aldım ve birden güzel buharlı duş jeli kokusunu hissettim burnumda. Tam kendimden geçiyordum ki şaşkınlıkla kaşlarımı çattım. Bu koku banyodan nasıl gelebilirdi ki? Şok içinde gözlerimi banyonun kapısına çevirdiğimde bir kez daha şok oldum. Ya nasıl ya! Banyoya girmiş ama kapıyı kapatma zahmetine bile girmemiş! Kapı sonuna kadar açık resmen! Ben onu duştan çıkınca çıplak görmek zorunda mıyım?

"Bora!" diye bağırdım banyoya doğru. Birkaç cevap kelimesi duymak yerine Bora'nın keyifli ıslığını duydum. Islık çalıyordu. Harika.

"Bora!" Ve ıslık sesi yükselir. Benimle dalga mı geçiyordu?

"Beni duyuyor musun sen? Bora eğer beni duyup bununla eğleniyorsan bu hiç komik değil. Tamam mı?" Islık sesi ve su sesi aynı anda kesildi. Gözlerimi sıkıca kapattım. Çünkü onu çıplak görmek istemiyordum! Çıplak ayaklarının banyo zeminine basışını duydum. Birkaç adım attı ve daha sonra havlu aldığını gelen hışırtılardan anladım. Havluyu üstüne sarması için ona zaman tanıdım ve gözlerimi açtım. Gözlerimi açtığımda belinde sarılı havlusuyla karşımda duruyordu.

"İki saattir sana sesleniyorum Bora Karahanlı!" Kaşlarını çattı anlamıyormuş gibi.

"Bana mı?"

"Evet, sana! Duymamış olman mümkün değil!" Omuz silkti saçlarını havluyla kurulamaya başladığında.

"Duydum zaten." Duymuş mu! Beni deli mi etmeye çalışıyor?

"O zaman," dedim sakin kalmaya çalışarak, "o zaman neden cevap vermedin?"

"Başka bir Bora'ya sesleniyorsun sandım. Malum, odaya kolaylıkla başkasını alabiliyorsun. Yine başkasını almışsındır da onunla konuşuyorsundur diye düşündüm. Mantıksız mı düşünmüşüm?" Söylediğinin karşısında ağzım bir karış açık bakakaldım yüzüne. Bana... laf mı soktu o?

"Mantıklı konuşuyorsun. Çünkü gerçekten odaya başkasını aldım ve hâlâ da alabilirim. Bunu anlamış olman çok güzel." Bana sen öyle san der gibi gülümsedikten sonra birden üstündeki havluyu açmak için hamle yapınca anında gözlerimi kapattım.

"Ne yapıyorsun sen Karahanlı?" diye bağırdım.

"Üstüme bir şeyler giyeceğim. Ne yapmışım?"

"Soyunuyorsun!"

"Eee? Ne var bunda? Giyinmek için soyunmak gerekir. Sen üst üste mi giyiniyorsun? Şu an pek öyle görünmüyor da." Ağlayacağım ya. Acaba rüyasında sabaha kadar benimle tartıştı da o yüzden mi uyandığından beri bir laf sokmalar, bir önümde soyunmalar, bir laf çarpıtmalar falanlar filanlar...

"Sorun soyunman değil."

"Sorun giyinmem mi? İstersen giyinmeyeyim. Böyle gelip yanına yatayım. Nasıl fikir?" Gözlerimi kapalı olmalarına rağmen gözlerimi devirdim ve Bora'nın yastığını alıp yüzüme kapattım.

"Sorun soyunman değil," dedim sakince, "sorun gözlerimin önünde soyunman." Yastığı nefes almak için hafifçe kaldırdığımda gömleğinin düğmelerini iliklediğini gördüm. Pantolonunu da çoktan giymişti. Yastığı kafamdan çekip yatakta doğruldum ve oturur hale geldim.

"Tamam, zaten bu muhtemelen beni soyunurken görmen için son şansındı." O an söylediğine sevinmek, rahat bir nefes almak yerine kaşlarımı çattım ve engelleyemediğim bir şekilde dudaklarımın arasından çıktı o meşhur soru: "Neden?" Bora gömleğinin düğmelerini iliklemiş, üstüne lacivert ceketini geçiriyordu.

"Çünkü," dedi saçlarını düzeltirken, "İstanbul'a döndüğümüzde yaşayacağımız evde bir sürü çalışan olacak."

"Eee, yani?"

"Ve bana ihtiyacın kalmayacak. Artık aynı odada yaşamak zorunda da olmayacağız."

"Yani?" dedim yutkunarak.

"Yani beni bir daha istemediğin sürece görmeyeceksin. Güzel haber, değil mi?"

Başımı salladım gözlerim sebepsizce dolduğunda. İçimde büyük bir burukluk oluştuğunda nedense ağlamak istiyordum! Kahretsin ya. Neden ağlamak istiyordum? Zaten onu görmek, onunla aynı odada kalmak, onunla aynı yatakta yatmak midemi bulandırmıyor muydu? İstediğim olacaktı işte. Yanılıyor muyum? Tam olarak ne istiyorsam o olacaktı!

"Güzel haber..." diye mırıldandım burnumu çekerek. Yüzüme birkaç saniyeliğine anlam vermeye çalışır gibi baktı.

"İyi," dedi tek kaşı havada nedense sinirli bir yüzle, "haberi beğenmene çok sevindim. Ben gidiyorum. Kahvaltını yollatırım. Görüşürüz."

19. Bölüm
Bora Karahanlı'dan Beklenmeyen Hareketler

Bora gideli saatler olmuştu. Söylediği gibi kahvaltımı odaya yollatmıştı ve kendisinden beklemediğim bir şekilde odanın anahtarının kopyasını da kapıyı açabilsin diye görevliye vermişti. Görevli anahtarı bana teslim edip kahvaltımı bırakıp çıktıktan sonra vakit geçmek bilmedi. Televizyon izledim, yemek yedim, tekrar televizyon izledim, annemle konuştum, babamla konuştum, saçlarımla oynadım, telefonumdan internete girip eski Türk filmlerinin videolarını izledim, yanımda duran valizden güçlükle kıyafetlerimi alıp zar zor da olsa üstümü değiştirdim ve kolay olsun diye üstüme sadece mavi elbisemi giydim. Ama Bora Bey ortalıkta yoktu. Bir an gerçekten beni burada bırakıp kaçtığını filan düşünmeye başlayacaktım ki uçak saatinden bir saat önce, yani şimdi geliverdi! Kapıyı açtı, içeri girdi ve yüzüme bile bakmadan camın önüne geçip camdan dışarı göz attı.

"Ne oluyor?" diye sordum, "Takip mi ediliyorsun?" Bir an anlamazlıktan gelerek kaşlarını çattı, bana döndü. Başını hafifçe sağa sola doğru salladı.

"Nereden çıkardın bunu?" Şaka da yapılmıyor. Neyi var anlamıyorum ama gece gelip bana odunca da olsa iltifat eden adam gitmiş, sabahtan beri garip bir hallerde!

"Odaya girer girmez yüzüme bile bakmadan camdan dışarı baktın da... Ben de düşündüm ki Bora Karahanlı burada evli bir kadınla birlikte oldu ve kadının kocasından kaçıyor!" Fikrim hoşuna gitmemiş gibi omuz silkti ve yanıma gelip yerde duran valizin fermuarını çekme işine yöneldi.

"Sen daha az düşün bence." Gözlerimi kısarak baktım yüzüne. Derdi ne bunun?

"Neden? Düşünmem hoşuna gitmiyor mu? Karısının düşünmesinden hoşlanmayan alt sınıf erkeklere döndün sen Karahanlı." Valizin fermuarını tek harekette çekip valizi kaldırdı ve bana döndü.

"Düşünmen güzel bir şey olurdu... eğer bunu mantıklı bir şekilde yapabilseydin." Ama yeter. Gerçekten yeter. Nazlı'nın deyişiyle şimdi sinirden ağzına sı... neyse.

"Ben gayet mantıklı düşünüyorum Bora Karahanlı. Ama tabii sen mantıklı düşünemediğinden sana mantıksız düşünceler mantıklı, mantıklı düşünceler mantıksız geliyor. Bilirsin, psikoloji durumları." Başını yapmacık bir şekilde salladı sinirlerimi bozmak istermiş gibi.

"Gerçekten mi ufaklık? Koskoca şirket zincirimizin çoğu şubesi benim verdiğim kararlarla yönetiliyor. Ve inan bana, eğer ben mantıksız düşünüyor olsaydım şu anda hiçbir şubemiz yerinde olmazdı. Benim düşüncelerimin mantıklı olduğu ayakta duran şubelerimiz tarafından kanıtlanmış oldu, senin düşüncelerinin mantıklı olduğunu gösteren somut bir başarını sunabilir misin bana?" Şaşkınlıkla gözlerimi ona çevirdim. Kaşlarım kalkmıştı ve bir anlam vermeye çalışıyordum. Sadece anlamaya çalışıyordum. Sorunun ne olduğunu çözmeye çalışıyordum.

"Senin sorunun ne?" diye mırıldandım kararsız bir şekilde, "Ben sana ne yaptım da birdenbire böyle değiştin? Daha dün gece..."

"Dün gece ne?" Hırıltılı bir nefes aldım. Ona ne söylediğini söylemeyecektim tabii ki. Sarhoştu ve muhtemelen hatırlamıyordu bile.

"Yani... dün gece beraber uyuyorduk... şimdi ne oldu da benden nefret eder hale geldin?"

Bora kurduğum cümleyi onaylamıyormuş gibi baktı yüzüme tek omzu diğer omzundan biraz daha yüksekte kaldığında.

"Senden nefret etmiyorum küçük. Ben sadece burada geçirdiğimiz günler sana işkence olmasın diye elimden geldiğince iyi olmaya çalışmıştım. Ama şimdi dönüyoruz, oyun bitti ve ben gerçek halime dönebilirim. Sorun mu?"

Gözlerimin sinirden dolduğunu hissettim. Bana işkence olmasın diye iyi olmaya çalışmışmış. Ya ne saçmalıyor bu adam? Daha dün Nazlı'ya onun için o kadar da kötü değil dememiş miydim ben? Bu adam burada, bu odada bana sarılıp, "Sen benim sorumluluğumsun." dememiş miydi? Beni zorla yıkamamış mıydı, ondan yardım istemiyorum diye bana kızmamış mıydı, beni giydirmemiş miydi? Beni... o psikologdan kıskanmamış mıydı? Saçma. Şu an her şey çok saçma. Ne yapacağımı, ne diyeceğimi bilmiyorum.

"Sorun değil. Ne yaparsan yap, şu andan itibaren umursamıyorum. İstanbul'a döndükten sonra..." deyip söyleyeceğim şeyi söylememek için dudaklarımı sıktım.

"Evet, İstanbul'a döndükten sonra?" Gözlerimi kaçırdım.

"İstanbul'a döndükten sonra yüzünü bile görmek istemiyorum Karahanlı. Sana olan nefretimi birkaç günlüğüne de olsa göstermemeye çalıştım ama madem dönüyoruz ve artık rol yapmamıza gerek yok, harika o zaman. Senden kurtulacağıma öyle seviniyorum ki ne kadar sevindiğimi anlasan şok olursun." Bora Karahanlı kısa bir duraklama yaşadı. O an hiçbir devletin duraklama döneminin bu kadar sessiz geçmediğine emin oldum. Bana bakakaldı sessizce. Sonra yutkundu ve cevap verdi: "Hislerimizin karşılıklı olduğuna sevindim ufaklık. Şimdi, çıkalım ki uçağa yetişebilelim. Ben bütün işlemlerimizi yaptırdım. Direkt alana geçeceğiz. Hazır mısın?" Başımı salladım yüzüne bakmadan. Telefonunu çıkarıp bir yeri aradı ve kafasını camdan çıkarıp birine İngilizce talimatlar verdikten sonra yanıma döndü.

"Fransız adamımızı çağırdım..." Başımı salladım ilgisizce. Sadece birkaç dakika sonra kapı çalınca Bora gidip kapıyı açtı ve içeri bizi buraya getiren Fransız adam girdi. İkisi birlikte koridordan geçtikten sonra adam valizlere Bora bana yönelince gözlerimi devirdim.

"Tam tersi olmasını istiyorum." dediğim sırada Bora 'anlamadım?' der gibi baktı yüzüme.

"Ne demek tam tersi?"

Kaşlarımla valizleri işaret ettim, "Sen valizleri alacaksın. Fransız adam beni alacak. Artık bir bağımız kalmadı." Bora birden şaka yapıyormuşum ya da afilli bir espri yapmışım gibi inanamayarak güldü.

"Hadi canım," dedi dalga geçer gibi, "gerçekten öyle mi olacakmış?"

"Ben ciddiyim Karahanlı. Dalga geçilecek bir konu değil. Birbirimizden nefret ediyoruz, nasıl güveneyim ben şimdi sana? Ya beni bilerek kucağından düşürürsen? Ya kafamı filan bir yere çarptırırsan bilerek?"

Omuz silkerek bana doğru bir adım attı, "Bunları yapmayacağıma söz veremem."

"O zaman ben de beni taşımana izin vereceğime söz veremem. Şimdi çekilirsen Fransız arkadaşla konuşup beni taşımasını söyleyeceğim..." derken Karahanlı sözümü dinlemeyip bana öfkeli bir bakış attı ve tek adımda yanıma gelip birden beni kucağına aldı!

"Sen bu aralar çok fazla Fransız'la konuştun. Susma zamanın geldi." İnatla kollarımı ondan kurtarmaya çalıştım ama o beni sıkıca sarmış odadan çıkarıyordu.

"Beni onun taşımasını istiyorum!" dedim, "Senin değil!" Omuz silkti.

"Biliyor musun, dünyanın %95'i istediği her şeyi elde edemiyor. Bu yüzden üzgünüm ama isteklerin umurumda değil. Ben olduğum sürece başkası seni taşıyamaz."

"Neden?"

Gözlerime bakmadan öylece koridoru izleyip ilerlerken cevapladı: "Çünkü yasak."

"Ne yasak?"

"Benim olduğum yerde benim dışımda birinin seni taşıması yasak." Çok güzel. Şimdi, durum şu ki daha biraz önce birbirimizin yüzünü görmeyeceğimizi söyleyip duruyorduk ve şimdi birden yasakçı bir kocaya döndü!

"Benden nefret ediyorsun ama!"

"O başka bu başka. Aramızda kan davası da olsa sosyolojik boyutta düşünüyorum ve bu tamamen yanlış geliyor. Şimdi susar mısın artık?"

"O zaman," dedim kaşlarımı kaldırarak, "İstanbul'a döndüğümüzde evimize uğramayı bile düşünmediğin için, benimle görüşmeyi hatta yüzümü görmeyi bile düşünmediğin için, beni başkasının taşıması umurunda olmayacak. Yanlış mı anladım?" Başını salladı.

"Doğru anladın." Aptal. Tamamen erkeklik duyguları incinmesin diye seni oraya buraya taşıyorum diyor resmen.

"Umurunda olmayacak? Bir erkek arkadaşımın taşıması? Ellerini kollarını bacaklarıma belime orama burama koyması?" Gözleri gözlerimde değildi, bir ara alnında sert bir damarın belirdiğini gördüm.

"Aynen. Sorun olmayacak." Yüzünde bambaşka bir ifade vardı ama. Yüzündeki ifade oldukça tehditkârdı.

"Tamam, harika olacak, teşekkür ederim." Cevap vermek yerine sadece derin bir nefes aldı ve başını salladı. Sadece dakikalar geçmişti ve biz arabada yerlerimizi almıştık. Bora Karahanlı ön koltukta oturuyordu, arabayı Fransız görevli kullanıyordu ve ben de arka koltuktaydım.

Giderken Fransız sokaklarına doya doya baktım. Kim bilir bir daha ne zaman gelecektim. Bir daha geldiğimde ne halde olacaktım ya da mesela aynı mı olacaktım? Evli mi olacaktım, bekâr mı? Yürüyebiliyor mu olacaktım? Saçlarım ne renk olacaktı, saçlarımın boyu ne olacaktı, topuklu mu giyecektim babet mi yoksa vans giymeye devam mı? Takı takmayı seven birine dönüşmüş olarak mı gelecektim buraya, Fransızca biliyor olacak mıydım mesela, bir rehbere ihtiyaç duyacak mıydım, tek mi olacaktım yoksa yanımda başkası olacak mıydı? Âşık bir Nehir mi olacaktı burada yoksa duygusuz bir Nehir mi?

"Kim?" diye mırıldandı Bora Karahanlı ben derin düşüncelere daldığım bir anda.

"Efendim?" dedim anlam veremeyerek.

"Kimi düşünerek söyledin onu?" Kaşlarımı çattım kafam karıştığında.

"Ne söyledim? Dışımdan mı konuştum şu an? İçimden düşünüyordum?" Yüzüme bakmıyordu yine. Gözleri yoldaydı.

"Otelde söylediğini soruyorum. Birileri elleriyle kollarıyla belime, bacaklarıma, orama burama dokunacak dedin. Kimi kastettin? Kim vardı aklında?"

Sebebini bilmediğim bir şekilde o an içim umutla doldu. Garip bir şekilde beyaz, tertemiz bir enerji hissettim üstümde. Kıskanmıştı. Çok açık ve net, kıskanmıştı. Arabaya bindiğimizden beri hatta ben o cümleyi kurduğumdan beri içi içini yemişti.

"Hiç," dedim, "hiç kimseyi kastetmedim."

Cevap vermedi. Vermesine de gerek yoktu. Onu sorması bile içimi rahatlatmama yetmişti. Bora Karahanlı, gecelerin bir numaralı ismi, namı diğer yontulmamış çapkın, benim bir cümlemi kafasına takmıştı. Ve bu bana feci gaz veriyordu. Öyle ki içimden bir ses onu kıskançlıktan süründürmemi fısıldıyordu bana. Güzel olacaktı. Hissediyordum. Güzel olacaktı.

20. Bölüm
Bora Karahanlı Devrimi

Uçağa Bora'nın kucağına bindim. Bora bizi koltuklarımıza yerleştirdikten sonra sıkıntılı bir nefes aldım. Tabii ki yine hoşuma gitmeyen bir durum vardı. Benim hoşuma gitmeyen bir durumun olmadığı görülmüş mü? Ama bu sefer haklıydım. Bora Bey, cam kenarındaki koltuğu kendisi için seçerek beni kendi koltuğunun yanına oturttu. Ne kadar düşünceli. Değil mi ama?

Gözlerimi önümüzde oturan çifte çevirdim. El elelerdi ve adam karısının ya da sevgilisinin cam kenarında oturmasına izin vermişti. Gözlerimle onları işaret ettim Bora'nın bana bakıp bakmamasını umursamadan.

"Keşke şu adamla evlenseydim." diye mırıldandım sessizce. Birden gözleri camda olan Bora Karahanlı ani bir dönüş yaptı bana doğru. Yüzünde küfür dolu bir ifade vardı.

"Ne saçmalıyorsun?" Beklenen cevap. Ne zaman böyle iddialı bir laf etsem gelen cevap aynı oluyordu, ne saçmalıyorsun?

"Hiç." Tek kaşı kalktı ve bana doğru eğildi. Yüzünü beklemediğim bir şekilde boynuma götürdü ve kulağıma doğru romantik bir sesle fısıldadı.

"Ne saçmalıyorsun?" Kendimi tutamayıp kıkırdadım. Gerçekten bir an boynumu öpecek sanmadım değil. Boynumu başından kurtarıp yana doğru çekildiğimde o da çoktan kendini çekmişti.

"Hiç." diye yineledim tekrar. Bu sefer verdiğim cevap iki katı hoşuna gitmemişti. Düşünsenize, şimdi de öperek ne saçmaladığımı soruyormuş. İstediğimden değil tabii...

"Biraz önce kurduğun cümlenin aynısını tekrar kurar mısın Nehir? Tam duyamadım." Kaşları havada. Resmen gözdağı vererek konuştu. Ondan korkacağımı filan sanıyor, değil mi? Gerçekten böyle sandığına inanamıyorum. Cesurca konuşmaya başladım. "Tabii. Dedim ki, keşke şu adamla evlenseydim." Cesaretime şaşırmamış gibiydi.

"Hangi adam?" diye sordu yüzü kasılırken. Gözlerimi devirdim. Adamı göstermemi mi istiyordu? En başında zaten göstermiştim!

"Şu adam!" dedim adamı göstermeden, "Kim olduğunun ne önemi var? Herhangi bir adam işte." Gözlerimi çaktırmadan adama çevirdim ve adam gerçekten yakışıklıydı. Adam... bayağı iyiydi. Bora'yla kıyaslamak saçma olurdu gerçi. Bora Bora'ydı. O adam da o adamdı işte.

"Neden onunla evlenme isteği oluştu birden içinde? Göz mü kırptı sana?" İnanamaz bir şekilde baktım yüzüne!

"Ben her göz kırpanla evlenmek mi istiyorum sence?"

"Ben burada adamdan sana bir ışık geldi mi onu öğrenmeye çalışıyorum. Adam suçluysa cezasını ödeteceğim. Ama yok, suçlu olan senin hormonlarınsa..."

"O zaman?"

"Umursamayacağım." Gerçekten mi? Hiç de umursamayacakmış gibi görünmüyorsun ama Karahanlı.

"Adamın suçu yok. Benim... ilgimi çekti." Anlayışla başını sallayınca midemin bulandığını hissettim.

"Tamam." Başını tekrar cama çevirince sinirle bakakaldım. Resmen adam ters bir şey yapmadığı sürece adamdan hoşlanmam onun umurunda değil!

"Sormayacak mısın?" diye sordum.

"Neyi?"

"Neden öyle dediğimi... neden adamın ilgimi çektiğini..." Omuz silkti.

"Hayır. İlgilenmiyorum." Harika. Sinirlerim tabii ki bozulmadı. Umurumda değil. İster ilgilensin, ister ilgilenmesin. Ben de onunla ilgili olan hiçbir şeyle ilgilenmeyeceğim. İstanbul'a bir inelim.

"İçecek olarak ne alırsınız?" Sarışın, hoş görünümlü hostes başımızda dikildiğinde başımı çevirdim ona doğru. Bana gülümsüyordu. Ona gülümsemek yerine tekerlekli masadaki içeceklere baktım.

"Limonlu soda." diye mırıldandım hostese doğru. Hostes başını sallayıp gülerek eğildi ve bir şişe limonlu soda uzattı bana.

"Kapağını?" dedim sorar gibi. Kapağını açmamıştı. Anında sodayı geri alıp kapağını açtı ve tekrar bana uzattı.

"Teşekkürler."

"Afiyet olsun efendim. Siz ne alırsınız?" Bu sefer Bora'ya soruyordu ve Bora'yı görmek için oldukça eğilmişti. Yüzümü Bora'ya çevirdiğimde gözlerinin benim üstümde olduğunu gördüm ama ben ona bakar bakmaz gözlerini hostese çevirdi.

"Siz ne önerirsiniz?" diye sordu en etkileyici sesiyle. Yüzüne şaşkınlık dolu bir bakış attım. Hadi ama... yanımda bir hostese mi asılacak? Ama bana bakmıyordu, beni görmüyordu bile.

"Efendim, bütün ürünlerimizi öneririm. Ama şarabımız oldukça kalitelidir. Şampanyamız da çok tercih edilir." Kız şarap şampanya diyor, ben de limonlu soda içerek Bora'ya bakıyorum. Garip hissettim.

"Peki şarabı mı önerirsiniz, yoksa şampanyayı mı? Siz hangisini daha çok seviyorsunuz?" İnanamayarak izledim gözlerini. Gözleri hostese hayranlıkla bakıyordu ama yapmacık bir hayranlıktı bu. Ah, aptal ya! Kıskandırmak için yapıyor! Sinirlenme Nehir. Sinirlenme.

"Bizim ürünleri denememiz yasak ama..." derken sözünü kestim.

"Vişne suyu!" dedim sinirle. Hostes kafa karışıklığıyla yüzüme bakarken Bora'nın güldüğünü ve gülüşünü saklamaya çalıştığını gördüm.

"Pardon efendim?"

"Kocam vişne suyu içecek." Bora oldukça eğleniyordu! Ama ben hiç eğlenmiyordum!

"Ama kendisi şarap ya da şampanya iç..." derken bir kez daha sözünü kestim.

"İçeceklerin arasında en sevdiği şey vişne suyu." Hostes mahcup bir şekilde Bora'ya dönünce Bora gülmemek için kendini zor tutarak beceriksizce başını salladı.

"Olay çıkmasın. Vişne suyu alayım." Ha, olay çıkaracağımı anlaması gerçekten güzel. Hostes vişne suyunu doldurup Bora'ya verip de yanımızdan ayrılınca Bora direkt vişne suyunu yanındaki bardak bölümüne koydu.

"Keşke şu hostesle evlenseydim..." diye mırıldanınca şok içinde ona döndüm.

"Ne?" Gülerek gözleriyle hostesi işaret etti.

"Hiç." Taklidimi yapıyor. Resmen ona yaptığım şeyin aynısını yaparak beni cezalandırmaya çalışıyor. Ama ben bunu yer miyim? Yemem.

"Keşke onunla evlenseydin gerçekten. Belki ben de o zaman şu adamla yanındaki kadından önce tanışırdım ve biz de şimdi mutlu olurduk." Bu sefer adamı kaşlarımla işaret ettiğimde Bora'nın gözleri üstümdeydi ve kaşlarımı takip ederek adamın kim olduğunu gördü. Adama bakarken sert bir şekilde yutkunduğunu gördüm.

"Kulağa hoş geliyor." Sinirlerimi parmak uçlarımda hissettim. Beni kıskanmıyor olması neden bu kadar sinirlerimi bozuyordu bilmiyordum. Ama bozuyordu işte.

"Bu konuda hemfikir olmamız gerçekten çok güzel. Şimdi, izin verirsen yolun geri kalanının bir kısmını uyuyarak geçirmek istiyorum." Başını salladı. Arkamda duran küçük yastığa doğru uzandı, yastığı arkamdan çıkardı ve centilmen bir şekilde boynumun altına yerleştirdi.

"Teşekkürler." dediğimde yine cevap vermek yerine göz kırptı ve arkasına yaslandı. Gözleri karşımızda oturan yakışıklı adamın üstündeydi. Bir süre Bora'nın adama bakarken ne kadar sert göründüğünü izledim. Yaklaşık on dakikanın sonunda gözlerim ağır ağır kapanırken bir şeyler mırıldandım: "Bora..."

"Efendim?"

"Adam... yanındaki kızın... cam kenarına oturmasına izin verdi diye... öyle dedim..."

Gözlerim kapandığı gibi uykunun kollarına düştüm. Kendimi uçağın içinde güvende hissetmek için elim aranıp Bora'nın elini buldu. Elimi Bora'nın elinin üstüne koydum. Bu, gerçekten çok daha güvende hissettiriyordu. Bora itiraz etmedi. Elim elinin üstünde, derin bir uykuya daldım...

Gözlerimi açtığımda şok içinde bakakaldım. Çünkü gözlerimi resmen masmavi bir gökyüzüne açmıştım. Bir an uçaktan atıldım da gökyüzünden yere mi düşüyorum diye düşünmedim değil. Elimi telaşla kalbime götürdüm ve gözlerimi kırpıştırıp olan biteni anlama çalıştım. Gözlerimi biraz uzaklaştırdığımda gökyüzünü çerçeveleyen beyaz sınırı gördüm. Uçaktaydım. Ve şok olacaksınız, ama... cam kenarında oturuyordum. Başım cama yaslanmıştı. Şaşkınlıkla başımı kaldırıp yanıma baktığımda Bora'yı gördüm. Elindeki dergiye odaklanmış sert bir duruş sergiliyordu. Yüzümde büyük bir gülücük oluştu. Beni... ben uyurken kucağına alıp kendi yerine mi geçirmişti? Gözlerim anında sarışın hostesi aradı. Kim bilir Bora bunu yaparken sarışın hostes ne kadar şok içinde bakakalmıştı! Gözlerim hostesi ararken bir gariplik fark ettim.

Önümüzde oturanlar... daha önce önümüzde oturanlarla aynı değildi? Gözlerimi kapattığımda önümüzde sevgilisiyle oturan yakışıklı bir adam vardı. Şimdi ise iki tane kadın.

"Bora!" dedim şaşkınlıkla, "Evlenmek istediğim adam nerede!" Dünyanın en saçma insan sıfatını kullanmış olabilirdim ama her şey telaştan.

"Gitti."

"Ne demek gitti? Bu uçakta aktarma yok ki! Yarı yolda atladı mı?" Başını salladı yüzüme bakmadan.

"Yerini değiştirdi." Şok içinde ağzımı elimle kapattım. Bunu onun yaptığı ihtimali beni şoka sokmuştu!

"Neden... neden yerini değiştirdi?"

"Bir yanlışlık olmuş. Başkasının yerine oturmuşlar." İnandırıcı bile değil!

"Güzel yalan. Ama daha iyisini bulabilirdin. Yarı yolda uçaktan atlamaları bile daha inandırıcıydı." Gözlerini dergiden bana çevirdi. Yapmacık bir şekilde sıkılmış gibi başını salladı.

"Tamam o zaman, yarı yolda uçaktan atladılar. Oldu mu?" Başımı salladım kollarımı göğsümde birleştirdiğimde.

"Oldu."

Tam güzel bir şey oldu diye sevinmiştim, tam güzel bir şey yaptı diye mutlu olmuştum yine her şeyi bozdu. Beni oradan alıp buraya oturtması iki dakika önce ne güzeldi... Ama anlaşılan beyefendi sadece benim yerimi değiştirtmemişti. Resmen ben uyuyunca uçakta devrim yapmıştı. Ve bu hoş değildi. Hem de hiç hoş değildi.

Özel Bölüm
Üç Yıl Önce

"Kızım, bu gece var ya! Bomba olacak!" Nazlı'nın heyecanlı cümlesiyle birlikte gözlerimi yoldan ayırıp ona gülümsedim. Uzun zamandır beklediğimiz parti bu gece gerçekleşiyordu. Sosyete dünyasının bütün kopuk tipleri bu gece o partide olacaktı ve biz de orada olacaktık! Günlerdir bu parti için elbise arayışındaydık. Olgun görünmemiz gerekiyordu çünkü bilirsiniz, ufak tipler bu gibi yerlerde sevilmezdi.

"Düşünsene bir Nazlı ya, şöyle çok yakışıklı iki çocukla tanışıyormuşuz filan... Bu gece tanıştığımız çocuklarla evlendiğimizi düşünsene!" Nazlı onaylamaz bir bakış attı.

"Büyü biraz Nehir. Ne çocuğu? Kocaman adam onlar. Sen gidip onlardan birine çocuk desen güler sana. Yakışıklı, seksi, koca adamlar." Bir de göz kırptı mı tamam! Başımı gülerek salladım ve direksiyonu çevirip yol ayrımına girdim. Babam ilk defa arabayı kendim kullanmama izin vermişti. Bu gecenin böyle bir anlamı da vardı tabii.

"Ha çocuk ha adam. Asıl mesele diğer söylediğimde Nazlı'm. İçimden bir ses bu partide tanıştıklarımızla geleceğimiz olacak diyor diyorum sana! Mesela şu Atahanlı Holding'in yakışıklısı Enes Atahanlı orada olur mu sence? Hem bir röportajında kızıllardan hoşlandığını okumuştum. Ya da Ediz Boysan? Gerçi o esmer seviyor... Aaa! Sen esmersin! Seni sever işte! Selim Tarhan var, sonra başka kim gelecekti... Umut Akdağ var ya! Düşünebiliyor musun, Umut Akdağ'ın olduğu bir partiye gidiyoruz!"

"Onu bunu bırak da, bunlar hep çapkın adamlar. Hele bir Bora Karahanlı var, adam eve tek kadınla değil iki üç kadınla birden dönüyormuş! Zaten partiyi de o düzenliyor. Kesin çok manyak olacak. Düşünsene Bora Karahanlı seninle benimle ve aynı anda bir kadınla daha eve dönmek istiyormuş. Evde dördümüz... Ahah! Teklif ederse küfür edip partiden çıkıyoruz, tamam?" Bu gece daha şimdiden çok eğlenceli başlamıştı! Nazlı'nın söylediklerine resmen kıkır kıkır gülüyordum. Bora Karahanlı ismini magazin sayfalarının 'AYIPLAMA' köşelerinde çok görmüştüm. Adamın yanından kadın eksik olmuyordu.

"Sen kaç. Ben kabul ederim. Adam çok yakışıklı ve bu fırsatı kaçıramam. Hem belki benimle tanışınca uslanır?" Söylediğime ben bile inanmamıştım ki Nazlı büyük bir kahkaha attı.

"Yuh Nehir! Biraz az salla ya Bora Karahanlı uslanırmış. Kızım bu adam uslanır gibi olur, bir iki hafta sonra bir bakarsın grup şey partisine çağırıyor seni..." Şok içinde ağzım açık baktım ona.

"Grup ney partisi?"

"Şey işte... Ya Nehir söyletmesene!" Direksiyonu tek elime devredip diğer elimle ağzımı kapattım gülerken. Haklıydı. Adamda gerçekten sevgilisini grup şey partisine çağıracak tip vardı.

"Sen seversin böyle şeyleri ama." deyip göz kırptım Nazlı'ya. Nazlı bozulmuş gibi koluma vurdu.

"Hı hı evet. Çok seviyorum grup aktivitelerini. Ama bak seni uyarıyorum şimdiden, oraya gittiğimizde herkesle muhatap olabilirsin, sakın ama sakın Bora Karahanlı'ya bulaşma. Sabah onunla uyanırsın ben sana söyleyeyim. Biraz önce şaka yapmış olabilirim ama bu sefer ciddiyim. Sonra baban ağzına sıçar. Babandan önce annen sıçar. Annenden önce ben sı..." derken anında sözünü kestim.

"Şu kelimeyi bir kez daha kullanmaz mısın Nazlı ya? Midem bulandı! Kızım sen saçma sapan arkadaşlar edindikten sonra ağzın bozuldu, farkında mısın?" Nazlı bunu kendine dert edinmiş gibi başını salladı hüzünle.

"Evet. Şu Murat yüzünden oluyor hep. Sürekli küfür edip duruyor siktiğimin çocuğu." Şok içinde ona döndüm. Nazlı birkaç yıl öncesine kadar dünya üzerindeki en terbiyeli insandı! Hapşırmaktan bile utanırdı ayıp oluyor diye!

"Neyin çocuğu?" dedim şok içinde!

"Of! Yine mi küfür ettim? Tamam. Bundan sonra hiç küfür etmeyeceğim! Bitti! Küfür filan yok artık!" Uzanıp anlayışla omzuna dokundum. Murat Nazlı'nın gittiği resim kursundan edindiği bir arkadaşıydı. Çocuk tam olarak bizim çevreden değildi ve en önemli özelliği sürekli küfür ediyor olmasıydı. Nazlı'ya da nasıl bulaştırdıysa son günlerde sürekli küfür eder hale geldi.

"Nehir ya! Geçen gün babamın yanında yanlışlıkla bir küfür etmişim!" dedi hevesli hevesli bana dönerek. Gülmemek için kendimi zor tuttum. Nazım Amca'nın Nazlı küfür edince oluşan yüz ifadesini görmek için ölebilirdim.

"Ne dedin?"

"Küfrü söyleyemem şimdi! Küfür etmeyeceğim çünkü bundan sonra. Tek bir kötü kelime bile yok. Ama babam bir şok oldu görmen lazım! Adam yemek yiyordu çatalın ucu ağzındayken diğer ucunu bıraktı, böyle çatal ağzında kalmış bir şekilde bana şok içinde bakakaldı!" Büyük bir kahkaha attım! O anı gözümde canlandırabiliyordum! Nazım Amca kesin mosmor olmuştur sinirden!

"Ahaha! Nazlı, adama kalp krizi geçirteceksin bir gün. Benden söylemesi. Bu arada, sözünü kesmek gibi olmasın ama geldik sanırım. Şurasıydı değil mi?" Nazlı parmağımla gösterdiğim yere döndü ve başını salladı.

"Orası! Hadi!" Birlikte arabadan indik. İkimiz de mini elbiseler giyiyorduk ve normalde bu kadar açık giyinmediğimiz için eteklerimizi çekiştirip duruyorduk. Sonra Nazlı kendi kendine omuz silkti.

"Çekiştirmeyelim şu etekleri. Seksi olmayı öğrenelim biraz!" Nazlı ve seksi olma sevdası...

"Sen çekiştirme. Ben kendimi durduramıyorum ki." Birlikte topuklu ayakkabılarımızın üstüne basa basa partinin yapılacağı mekâna doğru ilerledik. Kapıda kocaman iki güvenlik duruyordu!

"Merhaba," dedi Nazlı en etkileyici sesiyle, "Biz Karahanlıların düzenlediği partiye gelmiştik." Adamlar birbirlerine baktılar. Birbirlerine baktıktan sonra bize döndüler.

"Çocuk salonumuz yok." dedi adamlardan biri omuz silkerek. Şok içinde bakakaldığımızda elimle Nazlı'nın kolunu tuttum çünkü üstlerine atlayabilirdi.

"Biz de çocuk değiliz zaten." diye mırıldandım sakince. Nazlı sakin kalamayacak gibiydi.

"Arkadaşlar, parti sahibi küçük kimseyi istemiyor. Üzgünüz." Bu sefer sinirlenen bendim. Küçük kimseyi istemiyormuş. Kendisi kaç yaşındaysa!

"Çağır o zaman!" dedim benden beklenmeyen bir cesaretle.

"Efendim?"

"Bora Karahanlı'yı çağır buraya! Konuşmak istiyoruz!" Adamlar bir kez daha birbirlerine baktılar. Nazlı da o sırada inanamayarak bana bakıyordu.

"Nehir? Sen? Ciddi misin?" Başımı salladım kendimden emin bir şekilde. Gelsin konuşalım. Neymiş küçüklerle derdi öğrenelim.

Adamlardan biri kulağındaki kulaklığın bir tuşuna tıkladı ve konuşmaya başladı.

"Efendim, iki tane ufak problemimiz var. Sizi istiyorlar..." Ufak problem mi? Şok içinde baktım yüzlerine.

"Ufak problem senin anandır!" diyen Nazlı'yı susturmak için anında elimi uzatıp Nazlı'nın ağzını kapattım ama kız haklıydı bu sefer! Adamlar gülüşerek bizi izliyorlardı.

"Sus Nazlı! Küfrün zamanı değil!" dediğim sırada parti mekânının kapısı açıldı ve ışıklı gürültülü mekânın içinden mavi gözlü dev çıktı: Bora Karahanlı. Elimi Nazlı'nın ağzından çektim ve saçımı düzelttim ona iğrenerek baktığım sırada.

"Ufak problemlerimiz bu iki güzel bayan, sanıyorum ki? Oldukça ufaklar." diye mırıldanınca sinirli bir nefes aldım. Burnumuzdan soluyorduk resmen!

"Evet efendim." Bora Karahanlı başını yana eğerek bize taze çıkmış ekmeklermişiz gibi memnuniyetle baktı.

"Şöyle gelin, ufaklıklar." diyerek bizi parti mekânından uzaklaştırdı ve devam etti, "Evet, sorun ne?"

"Sorun sizsiniz!" diye bağırdı Nazlı tahammülsüzce.

"Nazlı sen sakin olamıyorsun. Sen sus, ben konuşayım." deyip Bora Karahanlı'ya döndüm.

"Bizi içeri almıyorlar. Oysa biz..."

"Siz?"

"Kaç aydır bu partiyi bekliyorduk. Ve reşitiz, sorun ne anlamadık." Bora Karahanlı söylediklerime inanamıyormuş gibi sırıttı yüzüme bakarken.

"Bak ufaklık, reşit olman yeterli değil. İçeriye küçükleri almıyoruz. Ve siz gerçekten küçüksünüz. Üzgünüm, ama çocuk salonu yaptırmayı da düşünemedik. Bizim hatamız." Gözlerimi kıstım. Çok eğleniyormuş gibi görünüyordu.

"Siz kaç yaşındasınız acaba? Aramızda taş çatlasa 8 yaş vardır ve siz bize küçük diyorsunuz? Yaş anlayışınız harika!" dedikten sonra sakin kalmaya çalışarak anlayışla rica ettim, "Bakın, yanlış bir şey yapmayız. Biz zaten hep kendimizden büyüklerle takılıyoruz. Yani endişeniz olmasın, bizi partiye alabilirsiniz." Bora Karahanlı eliyle beni gösterdi.

"Bak mesela benim yaşımda olan biriyle konuşuyor olsaydım partiye alınmak için yüzsüzlük yapmazdı. Böyle yalvarmazdı. Çekip giderdi." Yüzsüz mü? Bana yüzsüz mü dedi o?

"Senin ağzına sı..." demek üzere olan Nazlı'yı anında elimle ağzını kapatarak susturdum.

"Ve küfür de etmezdi..." diyerek bu sefer Nazlı'yı gösterdi.

"Nazlı arabaya bin!" diye emrettim, "Ben onunla sakin sakin konuşacağım. Sen arabaya bin bekle beni." Nazlı sözümü dinleyip öfkeyle arabaya doğru ilerledi. Bora Karahanlı Nazlı arabaya ilerlemek için adım atar atmaz söze girdi.

"Bak, içeride aklının hayalinin almayacağı şeyler yapacağız ufaklık, yaşın gelince seni de bekleriz. Şimdi git, masalını dinle ve uyu. Bu masal sana göre değil." Göz kırptı bir de. Şimdi de dalga geçiyor. Harika. Ama ben çok sakin bir insanımdır. Nazlı gibi küfür etmem, öfkemi kontrol edebilirim, mantıklı ve düzgün cevaplar veririm. Şimdi de öyle yapacağım.

"Siktir git Bora Karahanlı. Sana boktan arkadaşlarınla boktan grup şey partinde iyi eğlenceler!" Ona gülümsedim ve bozulmasını bekledim. Ama o da bana aynı şekilde gülümsedi ve göz kırptı.

"Grup şey partisi mi? Daha seks kelimesini kullanamayan bir ufaklıkla tartıştığıma inanamıyorum. Ah... Teşekkürler, adını bilmediğim ufaklık."

"Bilmiyor olman ne kötü şans! Gelecekte adımı çok duyacaksın!" Sinirle arabanın kapısını açtım. Şoför koltuğuna oturdum ve son kez baktım Bora Karahanlı'nın yüzüne. Camları sonuna kadar açtım ve yavaşça çalıştırdım arabayı.

"Dikkatli gidin, araba kullanmak için daha küçüksünüz."

Yanından hızla geçtik ve yola çıktık. Nazlı delirmek üzereydi! Resmen koltukta kıvranıyordu, ben çok daha delirmek üzereydim!

"Sinirden öleceğim! Eve gidersem rahat edemem ben şimdi! İki cadde ötede bir bar var, Oğuz'lar orada takılıyor şu an. Oraya gidelim." Omuz silktim.

"Ben bir yere gidemem. Sinirlerim çok bozuk. Seni bırakayım."

"Tamam, zorlama yok. Haklısın. Adam tam bir öküz çıktı! Sen beni tutmasaydın üstüne atlayıp bir yerlerini ısıracaktım!" Nazlı'yı iyi tanıyorum. Yapar.

Yol boyunca Nazlı, Karahanlı'yla ilgili hain planlarını anlatıp durdu. Ben de başımı sallamakla yetindim. Yaklaşık yedi dakika sonra Nazlı'yı söylediği bara bıraktım vedalaştık ve ben yola çıktım. Eve dönecektim. Sinirlendiğim zaman sinirimin geçmesi için uyumam gerekiyordu. Bir an önce uyumak istiyordum. Arabayı hızlandırdım ve son ses Teoman açıp ilerledim.

Şu insanlarda en nefret ettiğim şey birilerini küçük olarak görmeleri. Yaşları yüzünden insanları küçük görmek ne demektir ya? Ben 10 yaşımdayken bile Bora Karahanlı'nın şu anki halinden çok daha olgundum. Çok merak ediyordum mesela, Bora Karahanlı hiç büyüyebilecek miydi? Mesela üç yıl sonra nasıl olacaktı? Gecelerin bir numaralı çapkını olmaya devam edecek miydi? Hah. İçimden bir ses yılın en olay partisini yap, herkesi çağır ama Bora Karahanlı'yı içeri alma diyordu. Ama benim partime kim gelirdi ki...

Kucağımda duran telefonumdan gelen mesaj bildirimiyle birlikte başımı telefonuma çevirdim. Mesaj tanımadığım bir numaradandı. Mesajı açmak için telefonumun ekranına tıkladığımda direksiyonu yine tek elime devretmiştim ve gözlerim yolda bile değildi. Birden beklemediğim bir şey oldu. Biraz önce yol çok boştu... Ama şimdi birden aynı anda üç dört korna sesi duyduğuma emindim. Şok içinde başımı kaldırdım! Kucağımdaki telefonu kucağımdan attım ve direksiyonu kırmaya çalıştım! Sağ ve sol yollardan çıkan arabaları gördü gözüm! Direksiyonu kırmam bir çare değildi, ama kendimi kurtaracak kadar trafik bilgim yoktu! Telaşla direksiyonu kırdım ve sağ yoldaki arabayla birbirimize girmemiz gecikmedi...

Arabanın önü ezilip bacaklarımı sıkıştırırken acı içindeydim. Acı içinde gözlerimi kapatmıştım. Ama ne var ki o an benim "her şey düzelir, sıkıntı yok" dediğim anlardan biriydi. Sonra hiçbir şey düzelmedi. Sıkıntı vardı. O an, benim bacaklarımı hissettiğim son andı. Bacaklarımı bir daha hissedemeyeceğimi bilseydim hissettiğim acının keyfini çıkarırdım. Ama insan hata yaparken, acı çekerken her şeyin daha kötüsünün olabileceğini düşünmüyor işte. Ben de düşünemedim. Salaklığımdan değil. Çocukluğumdan.

21. Bölüm
Şey Macerası

Bora'nın kucağında uçaktan indiğimizde Karahanlı şirketinin yolladığı lüks bir araba karşıladı bizi. Özel şoför Bora'nın beni bindirmesi için arka kapıyı açtı. Bora beni arka koltuğa oturtunca üstümü başımı düzeltmeye başladım. Bora da o sırada öne, şoför koltuğunun yanına yerleşmişti bile. Yola çıktığımızda camdan dışarıyı izliyordum. Açık camdan içeri hava girmediğini fark edince İstanbul'a geldiğimizi tam olarak anlamış oldum. Bu nasıl bir nemdi böyle?

"Kaç dakika sonra eve ulaşmış olacağız?" diye sordum sıkıntıyla. Bora güneş gözlüğünü takmış havalı havalı ön koltukta oturuyordu ve soru sormama rağmen yüzüme bile bakmamıştı.

"Trafiğe bağlı." Şükürler olsun ki en azından cevap vermeme gibi bir durumu yok. Yüzüme bakmasa da cevap veriyor. Hakkını yemeyelim şimdi. (!)

"Tamam. Gelince bana haber ver." Dudağının tek tarafının hafifçe kıvrıldığını gördüm.

"Seni arabada bırakıp hayatıma kaldığım yerden devam edecek değilim. Merak etme, eve yerleştirip öyle devam edeceğim hayatıma." Gururla gülümsedim. Yavaşça ellerimi birbirine çırptım ve duruşumu düzelttim.

"Gerçekten harikasın. Senden daha iyi bir adamla evlenmezdim. Beni eve bırakacak olman ne kadar nazik bir düşünce. Çok teşekkür ederim." Gülüşü büyüdüğünde tek eliyle bacağına parmaklarıyla ufak ritimlerle vurduğunu gördüm. Çok eğleniyordu. Çünkü birazdan eski hayatına kavuşacaktı.

"Önemli değil." dedi keyifle. Arkama yaslanıp dışarıyı izlemeye devam ettim. Biz yokken İstanbul pek değişmemişti. Aynı sıcak ve aynı kalabalık şehir. Karşı kaldırımda tartışan bir çift görüyordum ve sanki buradan ayrılırken de tartışan bir çift gördüğümüzü hatırlıyordum. Düşünsenize, tartışma bir türlü bitmemiş ve bir haftadır orada tartışıyorlarmış? Aynı Bora'yla ben.

Bir süre yalnızca gökyüzünü izledim. Arabada olmaktan nefret ediyordum. Uçakta olmayı bile daha çok sevdiğim söylenebilirdi. Öne doğru eğildim ve ellerimi Bora'nın koltuğuna dayadım.

"Geldik mi?" Bora gözlüğünü çıkarıp kaşları çatılı bir şekilde arkasını dönerek baktı bana.

"Şu an Fatih Sultan Mehmet Köprüsünden geçtiğimizin farkındasın, değil mi?" Şaşkınlıkla başımı çevirdiğimde denizi gördüm. Başımı öbür tarafa çevirdiğimde yine denizi görünce utançla baktım Bora'ya. Belki denizde yaşıyoruzdur?

"Şimdi fark ettim." Bora bozulmuş gibi başını yola çevirdi.

"Aklın nerede senin? Birini mi düşünüyorsun?" diye sorunca şaşkınlıkla durakladım. Kimi düşünebilirim ki? Ayrıca ses tonunda kıskançlık mı sezdim onun?

"Hayır. Sadece... bir huzursuzluk var üstümde... Ateş basıyor." Gerçekten öyleydi. Uçaktan indiğimizden beri kendimi iyi hissetmiyordum. Hasta olacak gibi değildim. Sadece sırtımın ağrıdığını hissediyordum ve sıcak çok yoğun bir şekilde etkiliyordu şu an beni.

"Eve gitmeden önce bir doktora gidelim mi?"

"Hayır, hayır!" diye öne doğru eğildim, "Eve gidelim. Hava yüzünden böyle oldu sanırım." Şimdi hastane olaylarını hiç çekemezdim. Yürüyebiliyor olsaydım belki hastanelerden bu kadar nefret etmezdim. Ama yürüyemiyorken hastaneye gitmek tam bir eziyet.

Gözlerimi kapattım. İçimden kendi kendimi iyi hissettiğime dair telkin etmeye başladım. *"Hava sıcak değil. Hava gayet soğuk. Ateş basmıyor. Sırtım ağrımıyor. Çok iyiyim..."* Ama bir faydası olmuyordu tabii. Gözlerimi sıkıntıyla açtım ve bir kez daha öne eğildim.

"Geldik mi?" Şoförün Bora'ya gülerek baktığını gördüm. Bora da sıkıntıyla gözlerini devirdi bana dönmek yerine.

"Az kaldı." Şu an çocuk gibi hissediyordum kendimi. Hani böyle sıkılan, yerinde duramayan çocuklar olur ya öyle. Ama yerimde duramama gibi bir durumum da yoktu. Yerimde durmaktan başka çarem var mıydı sanki? Üç yıldır yaptığım tek şey durmaktı. Duruyordum. Bu yüzden bakarsanız evet, yerinde duramamak deyimi bana uygun olmadı.

"Şu ev mi?" Bora başını eğip camdan baktı soruma karşılık.

"Hangisini soruyorsun?"

"Şu işte, balkonunda el ele oturan bir çift var hani..." Bora dışarı bakmadan şaşkınlıkla bana döndü.

"Sen iyi misin?" dedi şaşkınlıkla bana bakarken, "Bizim evimizin balkonunda niye el ele oturan bir çift olsun?" Doğru ya.

Ama şu an beni anlamanız imkânsız. Karnım ağrıyor, belim ağrıyor, ateş basıyor... Gerçekten kötüyüm.

"İyiyim..." diye mırıldanıp arkama yaslandım ve gözlerimi kapattım. Sadece birkaç saniye sonra Bora'nın sesi geldi.

"Merak etme, gelmek üzereyiz." Araba yaklaşık iki dakika sonra durdu. Araba durduğu an gözlerimi açtım. Ve bununla da yetinmeyip arabanın içine hava girsin diye eğilip kapıyı açtım ve kapısını dışarı doğru ittim. Bora Karahanlı bu sırada arabadan inmiş gömleğini düzeltiyordu. Üstünü düzeltmeden gelip beni alsa olmaz zaten!

Üstünü düzelttikten sonra arka kapının yanından geçerek eğildi, beni yavaşça kucağına aldı ve dışarı çıkardı. Sonunda hava geliyordu! Rahat bir nefes alıp etrafa bakındım. Burası villa tipi evlerden oluşan bir siteydi. Evler bitişik değildi. Aralarında bahçeler, havuzlar vardı. Ve gerçekten, gerçekten güzel bir yerdi. Sessiz, sakin, hiç Bora'ya göre olmayan bir yer. Büyük ihtimalle koşarak terk edecekti burayı.

Özel şoförümüz bizden önce koşarak gidip kapının zilini çaldığında kapıya daha yeni ulaşmıştık. Kapıyı bir yardımcı ordusu açtı. Üniformalı, birbirinden tatlı bir sürü insan vardı karşımda. Doğru saydıysam üç erkek beş kadın. Bu kadar insana ne gerek vardı? Biri aşçı olsa, biri bahçıvan olsa, biri temizlik işlerine baksa, biri garajla ilgilense... ne yapacaktı bu kadar insan?

"Merhaba efendim, hoş geldiniz. Yemek hazırladık sizin için." diyerek söze girdi 50-55 yaşlarında tatlı bir kadın.

"Eşim şu an biraz rahatsız. Onu odaya yatırayım, siz odasına yemek götürürsünüz." Gitmekte çok acelecisin Karahanlı.

"Ama siz?" Kadın bu soruyu sorunca başımı salladım anında. Evet Bora Bey, siz?

"Ben dışarıda yerim. Uğramam gereken yerler var." Uğraman gereken kadınlar var Karahanlı.

"Peki, siz bilirsiniz." Bora beni merdivenlere doğru götürürken hepsine gülümsemeye çalıştım tek tek. Beni sevmişe benziyorlardı. Ama Bora'yı hiç sevmemişlerdi. Hak etti bunu.

Bora beni ağır ağır merdivenlerden çıkardı. Birlikte ilk katın koridoruna girdik. Koridorun en sonundaki manzaralı olduğunu tahmin ettiğim odaya girdik. Ve evet, manzaralıydı. Kocaman boydan boya bir camı vardı odanın. Cam uzaktan da olsa denizi gösteriyordu. Oda epey geniş ve konforluydu. Odayı şimdiden sevmiştim!

Bora beni yatağa yöneltince kolunu tuttum onu durdurmak için, "Tuvalet..." diye mırıldandım utanarak. Ondan ilk defa beni tuvalete götürmesini istiyordum. Tepki bile vermeden direkt odanın banyosuna soktu beni. Banyo neredeyse oda kadar genişti! Yarısı kadar diyelim... Bir tarafı banyo bir tarafı tuvalet olarak kullanılıyordu.

"Nasıl..." diye mırıldandı Bora, "yani nasıl yapalım? Nasıl yardım edebilirim?" Gülmemeye çalıştım.

"Sen beni klozetin üstüne oturt ve git. Tamam? Ben seni daha sonra çağıracağım."

"Emin misin?" Elimde olmadan kıkırdadım.

"Başka ne yapabilirsin ki? Hayır gerçekten, aklına tam olarak nasıl bir yardım yöntemi geldi?" Bora masmavi gözlerini bana çevirip ben gülerken bir süre ciddiyetle baktı.

"Bilmiyorum. Tamam, sen hallet." Beni klozete oturtup banyodan çıktı ve kapıyı kapattı. Elbisemin eteğini yavaşça çekiştirip yukarı çektim. Ardından iç çamaşırımı da çekiştirerek aşağı indirdim. Ve o sırada yeşil iç çamaşırımda beklenmedik bir renk çarptı gözüme. Kırmızı.

"Ah kahretsin!" dediğim anda kapı tıklatıldı.

"Nehir? İyi misin?" İyi değilim Bora regl oldum!

"İ... iyiyim... sanırım..." Birden beklemediğim bir anda kapı açılıp da Bora içeri dalınca şok içinde elbisemi bacaklarıma doğru örttüm ve bakakaldım yüzüne!

"Niye içeri girdin? DELİRDİN Mİ SEN!"

Ya harika ya! Gerçekten harika. Yeni evli bir çiftin yaşaması gereken en güzel anılardan biri bu, ben klozette oturuyorum ve kocam içeri giriyor!

"Neyin var?" diyerek bana doğru bir adım atınca elimi uzatıp durmasını işaret ettim.

"Gelme."

"Neyin var Nehir? Yüzün kıpkırmızı." Bu erkekler her şeye burunlarını sokarlar mı böyle?

"Gelme Bora," dedim tehditkarca, "regl oldum. Gelme." Bora birden kaşlarını çatıp şok içinde gülmeye başlayınca sinirden ağlayacağımı hissettim. En son ilkokulda sınıfta ped dağıtılınca hoşlandığım çocuk elimdeki pede bakıp bakıp böyle gülmüştü. En azından o 11 yaşındaydı!

"Tamam, sakin olalım. Ben gidip valizden sana şey getireyim..." Kapıya yönelince durmasını söyledim!

"Getiremezsin, şeyim yok." Ped kelimesini kullanamıyoruz ama şu bulunduğumuz ortama bak. Harika.

"Nasıl yok? Bir kızın nasıl şeyi olmaz?" Yok işte. Unuttum!

"Bilmiyorum. Unuttum işte. Kazadan beri çok sık regl olmuyordum. Çok fazla gecikiyordu..." Bora gururla yüzüme baktı.

"Tabii beni görünce hormonların düzene girdi. Endişelenme, ben yardımcılarımıza söylerim şimdi, mutlaka birinde vardır." Elimi uzattım bir kez daha durması için telaşla!

"Hayır hayır! Onlara söyleme! Ben regl olmaktan... hâlâ... çok utanıyorum! Bir daha yüzlerine bakamam Karahanlı, lütfen onlara söyleme! Biz buraya gelirken karşı tarafta market gördüm! Git oradan al gel işte!" Yüzüme dalga mı geçiyorsun der gibi baktı. Bakmakta haklıydı.

"Kızlara söyleyeyim biri gidip alsın."

"HAYIR! Çok utanırım diyorum sana! Bu ev bana zehir olur diyorum!" Gözlerini devirdi sıkıntıyla.

"Tamam, birine aldırtayım sonra aldırttığım kişiyi işten çıkarırız, görmek zorunda kalmazsın. Olur mu?" Delirmiş bu ya. Resmen delirmiş.

"Olmaz. Delirdin mi sen? Kimseyi işten atmayacağız. Sen gidip al işte bir şekilde. Ölmezsin merak etme!" Bora onaylamaz bir şekilde başını sağa sola salladığı sırada iç çamaşırımı yukarı doğru çekiştirdim.

"Ayrıca arkanı dön, şunu giyeyim..." Bora itaatkârca arkasını döndü. Sadece yedi saniyede iç çamaşırımı üstüme geçirdim ve sifonu çektim.

"Hadi, beni yatağa yatır ve ped almaya git lütfen." Sesini çıkarmadan geldi. Beni kucağına aldı. Banyodan birlikte çıktık ve sessizce yatağa yatırdı beni.

"Ben gidip kızlardan birini markete yollayacağım. Sonra da çıkacağım ben. Onlar sana yardımcı olur. Tamam?" Kapıya yönelince şok içinde öne doğru eğildim, "Hayır tamam değil Karahanlı hayır! Sen git, lütfen onlara aldırma!"

"Bence gayet de tamam." Odadan cevabımı bile beklemeden, beni dinlemeden çıkıp gitti tabii. Kahretsin ya! Biliyorum, Bora'dan utanmazken başkalarından utanmam çok saçma ama utanıyorum işte. Küçüklüğümden beri bu böyle. Annemden bile utanıyorum! Sinirle arkama yaslandım. Ne bekliyordum ki? Karahanlı'nın bana yardım edeceğini mi? Koşa koşa sevgililerine gidiyor.

Yaklaşık on beş dakika boyunca kendimi yiyip durdum. En sonunda kapı çalınınca yanda duran yastığı utançla yüzüme doğru kapattım.

"Girin." dedim yastığın altından boğuk sesimle. İçeriye bir iki adım sesi gelip de kapı kapanınca yastığı kafamdan çekmeden komodini işaret ettim.

"Buraya koyabilirsiniz. Ben hallederim." Bir poşet sesi duydum. Pedin poşetten çıkarıldığını hissettim. Şimdi komodine bırakıp gider derken pedin paketinin açılmaya çalıştığının sesi geldi. Sonra beklenmedik bir ses konuşmaya başladı. "Kendini mi boğuyorsun Nehir? Boşuna uğraşma. İnsanın kendini boğarak öldüremeyeceği çoktan kanıtlandı. Hadi kalk da şunu halledelim." Yastığı şok içinde kafamdan çektiğimde takım elbisesi içinde elindeki ped paketiyle uğraşan Bora Karahanlı'yı gördüm.

"Sen mi gittin markete?" Başını salladı ve açılmayan paketi ağzına doğru götürdü. Paketi dişiyle yırtıp yüzünü buruşturdu.

"Başka çare mi bıraktın?"

İnanamıyordum. Koskoca Bora Karahanlı benim için markete gitmişti, ped almıştı ve tam şu anda, takım elbisesinin içinde dişleriyle ped paketini yırtıyordu. *Seksi...* diye düşündüm içimden dalga geçerek. Çok seksi...

Derin bir nefes aldım. Belki bundan on gün önce evleneceğim bile aklıma gelirdi de kocamın ped paketini dişleriyle yırtacağı aklıma gelmezdi. Hele de kocam Bora Karahanlı'ysa.

Eh üzülmeyin kızlar, ben bunu Bora Karahanlı'ya bile yaptırdıysam siz kim bilir kimlere yaptırırsınız! Azmettim başardım resmen! Ehe.

22. Bölüm
Afiyet Olsun Karahanlı

Bora paketten çıkardığı bir pedi tek eline aldı. Ped paketini masanın üstüne bıraktı ve elindekiyle ilgilenmeye başladı. Onu böyle görmek beni güldürmeye yetiyordu. Sırıtarak ellerime dayandım ve doğrulmaya çalıştım.

"Nereden açılıyor bu?" dedi anlaşılmaz bir sinirle. Pedi tekrar dişine götürüyordu ki elimi uzattım.

"Onu ısırmak istemezsin." diyerek pedi elinden kaptım. Bora gerçekten çok gergin görünüyordu. Ama haklıydı, gergin olmasına kızmayacaktım. Adam gidip ped almıştı! Başka hangi iş adamı yapardı bunu? Bari takım elbiseyle gitmeseydi almaya. Markette gülmüşler midir? Ne demiştir mesela güldüklerinde? Karıma alıyorum demiş midir? Yok ya. Hayatta demez. Kız kardeşime alıyorum demiştir kesin.

"Eee, nasıl yapacağız? Ben seni kucağıma alayım, tuvalete götüreyim?" Çaresizce baktım yüzüne. Beklentiyle bana bakıyordu önemli bir toplantıya girmek üzereymiş gibi.

"Kucağına almana gerek yok. Yani aslında burada da yapabilirim. Tuvalette de olabilir. Ama..." diye saçmaladıktan sonra itiraf ettim, "Aslında bakarsan nasıl yapacağımızı bilmiyorum." Bora kaşlarını havaya kaldırarak şaşırdığını yeterince belli etti. Ellerini beline koydu ve derin bir nefes aldı.

"İlk defa regl olmadığına emin misin?" Sanki kendisi her ay oluyormuş gibi bakıyor bir de. Ayrıca şu regl olayı da çok garip, o kadar uzun zamandır regl olmuyordum ki, Bora'nın dediği gibi o hayatıma girince hormonlarımın düzeleceği mi tutmuştu yani?

"Uzun zamandır olmuyordum. Olduğum zamanlarda da annem bir şekilde hallediyordu işte. Tamam ya, ben halledeceğim. Sanırım bir şeyler yapabilirim. Bana şey verir misin?" Yüzümü yüzüne çevirdim ve bahsettiğim şeyi anlamasını bekledim. Elimi uzattım ama Bora anlamsızca bakıyordu yüzüme.

"Şey?" diye sordu pedi göstererek.

"Hayır, ondan zaten verdin. Diğer şey..." Nazlı olsa hemen anlamıştı! Bora sinirle bir süre düşünüp etrafına bakındıktan sonra alnındaki teri sildi ve sakin kalmaya çalışarak cevap verdi çaresizce,

"Nehir, sen benim erkek olduğumun farkında mısın? Delirtme beni! Şey ne?" Bugün ikinci kez haklı. Bir an kendimi Nazlı'nın yanında sandım sanırım. Şey deyince anlamasını bekleyemezdim.

"Biz kızlar, aramızda böyle şifreli konuşarak anlaşabiliyoruz. Utanmamıza gerek kalmıyor. Seninle de olur sandım ama olmadı. İç çamaşırı istiyorum. Alta giyilenden." Bora başını onaylamaz bir şekilde sağa sola sallayıp gülerek odanın köşesinde duran valizlerimize yöneldi. Valizlerden bana ait olanı açtı ve karıştırmaya başladı.

"Onun bir adı var biliyorsun, değil mi? Alta giyilen iç çamaşırının." Başımı salladım. Hoş bir adı yoktu açıkçası.

"Kullanmayı sevmediğim bir isim." Bora valizde iyice derinlere inmişti ki pantolonu için üzüldüğümü hissettim. Kırışacaktı. Ve ütüleyebilecek bir karısı bile yoktu.

"Ben eşyalara nasıl hitap ederim biliyor musun?" dedi birden. Kesin kadın isimleriyle hitap ediyordu. Atletlerine Zeynep filan dediğini düşünsenize... *Bugün Arzu'yu giyeyim, yarın Nihal'i giyerim.*

"Bilmiyorum. Nasıl?" Başını kaldırıp elindeki KIRMIZI iç çamaşırımla bana doğru gelmeye başladı. Neden kırmızı olanı seçti?

"Bana ait olan her şeye Karahanlı diye hitap ederim. Bütün eşyalarıma, bana ait olan aklına gelebilecek her şeye. Sırf bu yüzden kimseye bana ait olan şeyleri ödünç vermem, onlara sahip olduğum gün onlar bana aittir ve artık isimleri Karahanlı olmuştur. Onları kimseye vermeyeceğimin göstergesidir bu." Kaşlarım çatılı bir şekilde dinledim onu iç çamaşırımı bana uzattığı sırada. Bunu yapması çok ilginçti, Bora Karahanlı'nın bu kadar sahiplenici olduğundan haberim yoktu. Kadınları tek gecede kullanıp atan bir adam, bir şeyleri gerçekten sahiplenebilir miydi? Günler önce sorsalar sahiplenici kelimesinin yanından bile geçemeyeceğini söyleyeceğim Bora Karahanlı, eşyalara bile soyadını veriyordu, kimse onları elinden almasın diye...

"Senden bunu beklemezdim. Şaşırttın beni." dedim elinden iç çamaşırımı alıp. Ellerini tekrar beline koydu ve tek kaşını kaldırdı.

"İyi anlamda mı şaşırttım?"

"Evet. Sahiplenici olman... iyi bir şey. Ama sana bir tavsiye vereyim mi? Soyadını verdiğin cansız varlıkları bu kadar sahiplenmek yerine yanında olan canlıları da sahiplen. Belki içlerinden biri de seni sahiplenir. Bir yastıktan seni sahiplenmesini bekleyemezsin, ama bir insandan seni sahiplenmesini bekleyebilirsin." Gözlerimi gözlerine diktim. Yeşil gözlerim onun mavi gözleriyle buluştuğunda aklımdan yeşil ve mavi karışırsa ortaya hangi renk çıkar sorusu geçiyordu. Ciddi ciddi baktım gözlerine, söylediklerimi ciddiye alsın istedim. Ama Bora Karahanlı ciddi bir insan değildi. Asla ve asla söylediklerinizi ciddiye almazdı. Bunu ondan bekleyemezdiniz. Gözlerini kaçırdı ve elimdeki pedi aldı.

"Hadi şunu halledelim." Başımı salladım. İç çamaşırımı ellerimle açtım.

"Pedi buraya yerleştirmemiz, yapıştırmamız gerekiyor. Ben hallederim." Bora pedin paketini elleriyle açıp eline yapışmamasına dikkat ederek bana uzattı. Elinden alıp iç çamaşırımın içine yerleştirdim ve birkaç saniye iyice yapışması için bastırdım.

"Şimdi onu giymen lazım..." diye mırıldanınca gözlerine bakmadım.

"Biliyorum. Sen çık. Ben hallederim. Gideceğin yere gidebilirsin, seni de çok tuttum." İçten içe itiraz etmesini beklediğim sırada Bora'nın başını salladığını görünce içimde bir meteor yağmurunun başladığını hissettim.

"Tamam. Sen hallet." Cevap vermedim. Başımı sallamakla yetindim ben de. Bora bir süre cevap bekledikten sonra yanıt vermeyince ceketini düzeltip ağır ağır ilerledi ve odadan çıktı. Üzüldüğümü kendime bile belli etmeyecektim. İşimi görecektim ve dinlenecektim. İç çamaşırımı hızlı hızlı çekiştirerek bacaklarımdan çıkardım, yere koydum ve pedli iç çamaşırımı bacaklarımdan geçirdim. Zar zor da olsa kalçalarımı kaldırıp giydim. Elbisemin eteğini düzelttim ve arkama yaslandım. Komodindeki telefonumu aldım. Nazlı'ya geldiğimizi haber verse miydim? Şimdi bir ton Bora'yı bana âşık etme planıyla gelecekti. Açıkçası Bora'da bana dair bir âşık olma ihtimali görmüyordum. Bu yüzden canım sıkılsın istemiyordum. Ama yine de Nazlı yakın arkadaşımdı. Mesaj atmak zorundaydım.

Bil bakalım kim İstanbul'da??? yazıp yolladım. Anında cevap geldi. Nazlı'nın telefon başında olmasına şaşırmadım.

Oha geldiniz mi????? Adres ver gelelim, Bora Karahanlı'yı ezelim! Bak tezahürat bile yaptım sana bebek! Ahah.

Sanki adresi şu an vermemeliymişim gibi hissediyordum. Nazlı'nın planları şu an bize çok gelirmiş gibi hissediyordum.

Geldik geldik, bir iki saat fılan oldu sanırım. Hemen haber veremedim, Bora'yla ufak bir ped problemi yaşadık da. Bana ped aldı!

Ne?? Bora Karahanlı nasıl ped alabilir ya? Nasıl ped almış olabilir? Şaka mı yapıyorsun Nehir?

"Hayır! Ciddiyim! Ben de şok oldum. Gerçi şimdi beni tek bırakıp çekti gitti ama neyse...*

Çekip gitmek neymiş göstereceğim ki ben ona! Planlarım hazır. Ne zaman geleyim??

Gülerek ekrana baktım, Nazlı bu sefer avını yanlış seçmişti. Bora Karahanlı Nazlı'nın planlarıyla yola gelmezdi. Ya da ben istemiyordum... Bana gelecekse kendi gelsin istiyordum. Planlarla değil. Tam cevap yazacağım sırada kapı çalınca başımı kaldırdım,

"Girin." Kapı açıldı. Ve önce bir tepsi girdi içeri. Sonra şaşkınlıkla bakakaldım. Tepsi havada uçarak girmedi içeri. Tepsiyi biri taşıyordu. Tepsiyi Bora Karahanlı taşıyordu. Tepsinin üstünde büyük bir kâse vardı, bir bardak da vişne suyu. Ben şaşkınlıkla onu izlediğim sırada o ağır ağır kapıyı ayağıyla kapattı ve içeri girdi. Ah, o takım elbiseli kollarına o tepsi hiç yakışmıyor, Karahanlı. Ya da fazlasıyla yakışıyor...

"Ne oluyor?" diye sordum anlamaya çalışarak.

"Aç olduğunu düşündüm."

"Açım. Ama... yani..."

"Aç insanlar yemek yemeden doymaz, biliyorsun. Yemek yemeni istiyorum." Emreder gibi söyledi. Ama şu an bu umurumda bile değil. Bora Karahanlı, iki defadır gitmek üzere kapıdan çıkıyor ve gidemeden geri dönüyordu. Gülümsedim. Bana uzattığı tepsiyi elinden aldım ve bacaklarıma yerleştirdim.

"Sen gitmeyecek misin?" Başını salladı alnını silerken.

"Bu sefer gideceğim. Çorbanı içerken yolda olacağım ben." Başımı salladım. Bu sefer gideceği kesindi. Ama olsun, benimle ilgilenmişti.

"Tamam," diye mırıldandım o kapıya yöneldiğinde. Kapıyı açıp dışarı doğru adımını attığı an devam ettim, "Teşekkür ederim Karahanlı." Başını salladı. Ve o an, beni şoka sokacak cümleyi kurdu,

"Afiyet olsun Karahanlı." Ben şok içinde bakakaldığımda söylediğine o da şaşırmış gibi duraksadı ve beceriksizce ekledi, "Evlendiğimize göre... sen de bir Karahanlı'sın..." Ben şok içinde başımı salladığımda Bora Karahanlı odadan çıkıp giderken bana Karahanlı deyişi kulaklarımda çınladı. Ve hemen sonra biraz önce söylediği sözler geldi aklıma, *"Bana ait olan her şeye Karahanlı diye hitap ederim. Bütün eşyalarıma, bana ait olan aklına gelebilecek her şeye. Sırf bu yüzden kimseye bana ait olan şeyleri ödünç vermem, onlara sahip olduğum gün onlar bana aittir ve artık isimleri Karahanlı olmuştur. Onları kimseye vermeyeceğimin göstergesidir bu.*

"Bana ait olan her şeye Karahanlı diye hitap ederim..."

"Bana ait olan her şeye..."

"Karahanlı diye hitap ederim..."

Telefonumu aceleyle elime aldım. Nazlı'nın mesaj sayfasına girdim ve hızlı hızlı cevap yazmaya başladım. Kalbimde bir yerlerde garip bir umut ışığı yanmıştı. Bir şeyler olacaktı. Güzel bir şeyler olacaktı.

Nazlı, adresi yazıyorum, hemen gel. Plan başlıyor!

23. Bölüm
Kız Kıza

Nazlı geleli iki saat oluyor. İki saat boyunca ona yaşadığım her şeyi anlattım! Bora'yla ilk karşılaşmamızı, evlenişimizi, balayına gidişimizi, orada geçirdiğimiz günleri, yaptığı kıskançlıkları, bana ped alışını... Nazlı şok olmuş durumda. Bora'dan bunları asla beklemezmiş. Hep onun bir öküz olduğunu düşünürmüş. Eh, haklı da! Eskiden ben de böyle düşünürdüm. Aslında hâlâ biraz öyle düşünüyorum. Sadece, o artık eğitimli bir öküz olma yolunda. Nazlı öyle dedi!

"Biz eğiteceğiz onu! Hani böyle köpekleri eğitirken dediklerimizi yapsınlar diye yem veririz ya azar azar. Bora Karahanlı'ya azar azar seni vereceğiz." Nazlı planını gözleri parlayarak anlatınca anlamsızca baktım yüzüne. Azar azar beni vermek de ne demekti?

"Ne yapacağız yani? Biraz konuşup biraz konuşmayacak mıyım onunla?" Nazlı keyifle güldü ve onaylamaz şekilde başını salladı. Bu konulardaki deneyimsizliğim gözlerini yaşartıyordu.

"Saçmalama Nehir! Yani cinsel anlamda azar azar ilgi göstereceksin ona. Bir öpeceksin bir öpmeyeceksin gibi." Bu sefer gülen bendim. Bu imkânsızdı. Bora Karahanlı'yı öpecek değildim. Çünkü... o Bora Karahanlı'ydı işte. Onu öpmem imkânsız değil de neydi? Adam kimseye kendini öptürmezdi ki. Canı isterse o öperdi.

"Onu öpemem. Plan yattı." Nazlı gözlerini devirip yatağımın kenarındaki oturuşunu dikleştirdi. Bir süre o şekilde düşündükten sonra eğildi ve çantasını alıp yatağın üstüne koydu.

"Bak, Bora Karahanlı ilişkilerde her zaman şirket patronu tavrını sürdürmüş ve sana da aynı tavrı sergiliyor belli ki. O ne isterse o olur tavrı. Ama buna son veren kız sen olacaksın! Sana şunları getirdim..." diyerek çantasından büyük kırmızı bir paket çıkarınca şaşkınlıkla baktım ona. Paketin üstünde "Victoria's Secret" mı yazıyordu? Paketi bacaklarımın üstüne koydu ve açmaya başladı.

"Telefonda bahsettiğin şey mi bu?"

"Evet! Ta kendisi. Karahanlı bunları görünce şoka girecek. Hani anlattığın şu iç çamaşırı hikâyesi var ya, sen destekli sutyen giymişsin de etkilenmemiş filan falan... Bunları görünce dua et de üstüne atlamasın!" İhtimal bile vermiyordum. Büyük ihtimalle gelip bunları üstümden çıkarıp giderdi. Bana yakınlaşmak istemiyordu ve bunu fazlasıyla belli ediyordu. Yani evet, benden nefret ediyor diyemem. Ama âşık olacak da değil.

"Nazlı, Bora beni fiziksel olarak beğeniyor olabilir ama cinsel anlamda ilgi alanına girmiyorum. Bunlar işe yaramaz. Planın bu muydu?" Nazlı yüzüme gözlerini kısarak **sen-beni-daha-tanıyamamışsın** bakışı attı.

"Önce şunlara bir bak, sonra planımı anlatacağım." Paketten çıkardığı iç çamaşırları, gözlerime inanma yetimi kaybettirdi bana. Bunlar iç çamaşırı değildi. Bunlar şeffaf şemsiye gibiydi, neyin üstüne gelirse gelsin altını gösterirdi! Dantelli sutyenlerin dantel kısımları göğüs uçlarını göstermek için işlenmiş gibiydi, alta giyilen iç çamaşırlarını ise görmek bile istemezdiniz. Zaten görülecek bir şey yoktu, çünkü pek fazla malzeme harcanmamıştı bunları yapmak için! Üç tane ipi birleştirmişler gibi duruyordu! Hemen ardından bir de gecelik çıkardı Nazlı. Gecelik mor renkti, satendendi ve bolca dantel vardı üstünde. Resmen bunlarla uyuyup uyansam yattığım tarafta dantel izleri oluşacaktı. Çamaşırları ve gecelikleri kenara ittim ve derin bir nefes aldım Nazlı hâlâ onlarla uğraşırken.

"Tamam, daha fazla bakmak istemiyorum. Plana geç." Nazlı elindeki yeşil sutyeni gülerek bana doğru salladı.

"Şunun güzelliğine bak!"

"Nazlı!"

"Tamam tamam!" diyerek sutyeni yatağa bıraktı ve duruşunu bir kez daha dikleştirdi.

"Şimdi, bak bebeğim, Bora Karahanlı şu an nerede, ne yapıyor?" İçimden bir ses Nazlı planını uzun uzun düşünmüş hatta neredeyse kâğıtlara taslağını çıkarmış da şimdi bana öyle kapsamlı bir plan anlatacakmış diyor!

"Dışarıda, ya şirkette ya bir kadına gitti... ya da bir arkadaşına filan."

"Yani ne yapıyor?" dedi beklediği cevabı vermemişim gibi, "Ne yapıyor?" diye sordum ben de. Onun aradığı cevabı vermeye çalışsaydım konuşma saatlerce uzardı.

"Hayatını yaşıyor! Sen yokmuşsun gibi hayatına devam ediyor! Biz de bunu yapacağız! Şimdi, iyi dinle beni. En çok görüştüğün insanların listesini çıkardım. Sonra aralarından bir isim seçmem gerekti ve ben de Taylan'ı seçtim. Çok konuşurdunuz siz onunla. Ve yakışıklı çocuk! Araştırdım, Facebook'una baktım sürekli yalnızlıkla ilgili yazılar yazıyor. Yani sevgilisi yok. Şimdi, planım şöyle, Bora Karahanlı sürekli sana haber vermeden çıkıp çıkıp gidiyorsa sen de gideceksin. Taylan'la sinemaya, dondurma yemeye, hatta Taylan'ın evine. Hem kafan dağılacak, hem Bora Karahanlı deliye dönecek. Bugünlük planımız şu, sen ona Nazlı'yla dışarı çıkıyorum ve şarjım çok az beni merak etme diye not bırakacaksın. Ve geç saatlere kadar Taylan'la vakit geçireceksin. Bora Karahanlı delirip benim numaramı bulacak bir şekilde! Bunun olacağına eminim. Daha sonra, beni arayıp nerede olduğumuzu soracak. A-ah, o da ne? Ben ona ne diyeceğim? **'Kusura bakmayın ama Nehir benimle değil.'** Adam delirecek! Daha çok delirecek! Fellik fellik seni arayacak! Sonra bil bakalım kimle bulacak? Taylan! Haha!" Planı dinlerken yeşil gözlerim şok içinde açıldı. Aman Tanrım! Bu gerçekten zekice bir plandı! Ama Bora Karahanlı gerçekten sinirlenirse Taylan'a zarar verebilirdi.

"Taylan'ı bu işe dahil edemem. Başını belaya sokmak istemiyorum."

"Bak Bayan Karahanlı," diye başladı Nazlı söze, "eğer belanın kalbine girmek istiyorsan, önce birilerinin başını belaya sokacaksın! Bu kadar net. Anladın mı?" Cümlesi durumu çok iyi bir şekilde özetliyor gibiydi. Ve bana Karahanlı denmesi neden bu kadar hoşuma gidiyordu anlam veremiyordum?

"Tamam," dedim pes ederek, "Taylan'ı arıyorum! Gelip beni alsın." Nazlı heyecanla ellerini çırptı ve komodindeki telefonumu bana uzattı. Telefonu alıp Taylan'ın numarasını tuşladım ve telefonu kulağıma dayadım.

"Vay!" diye açtı telefonu, "Sen beni hatırlar mıydın?" Gülümsedim. Taylan'la liseden beri arkadaştık ve ben yurtdışında olduğum zamanlarda da internet üzerinden sürekli konuşuyorduk.

"Tabii ki hatırlıyorum deli! Ben seni çok özlediğim için aradım. Gel beni al diyecektim. Yani, ben sana gelmek isterdim ama durumum malum..." Taylan anında cevap verdi. "Tabii ki gelirim! Sen hazırlan, ya da hazırlanma. Hazırlanmana gerek yok, her halin güzeldir. Ben de hemen yola çıkıyorum. Oh be, ne zaman buluşacağız diye düşünüyordum ben de! Çok konuştum yine, kapatayım da yola çıkayım. Tamam?"

"Tamam! Hadi bekliyorum. Bu arada... bizim eve gitmeyeceksin. Benim sana vereceğim adrese gel." Taylan daha evlendiğimi bile bilmiyordu. Şok olacaktı.

"Niye? Taşındınız mı?"

"Hayır... uzun bir mesele... anlatacağım. Hadi gel!" Taylan'ın telefonundan kapı kapanma sesini duyunca gülümsedim. Evden çıktığı belliydi!

"Tamam, çıktım bile. Sen adresi at hemen." Başımı salladım sanki görebilecekmiş gibi.

"Tamamdır, hadi görüşürüz!" Telefonu kapattım ve adresi yazmak için mesaj kısmına girdim. Ama aslında bakarsanız adresi bilmiyordum!

"Adresi Taylan'a nasıl atacağım? Adresi bilmiyorum ki!"

Nazlı aklına yeni bir fikir gelmiş gibi şeytanca gülümsedi! Daha sonra hevesi sönmüş gibi tekrar somurttu. "Bana nasıl atmıştın?"

"Bora o sırada odadan çıkmak üzereydi. Ona sordum da attım... Ama o mesajı sildim. Şimdi aklımda da değil..." Nazlı biraz önce birden gelip anında sönen hevesini tekrar canlandırdı!

"Bora'ya sor tekrar. Ara ya da mesaj at! De-li-re-cek!" Nazlı'nın şu hallerini bir psikiyatrist görse deli raporunu yapıştırırdı suratına! Tereddütle telefonuma baktım. Taylan yoldaydı, ona adresi atmak zorundaydım. Bu yüzden Bora'ya sormak zorundaydım... Of ya. Keşke sormadan adresi bulabilecek olsaydım! Şu an aklıma başka bir yöntem de gelmiyor. Rehbere girdim ve Bora'nın numarasının üstüne tıkladım. Telefonu kulağıma götürdüm. Bora Karahanlı otel odasında olduğumuz zamanlarda telefonunu yüz kere çalmadan önce açmazdı. Beni de bekletecekti kesin, çünkü o ... AÇTI! İlk çalışta açtı!

"Efendim?" dedi tekdüze sesiyle. Hazırlıksız bir şekilde boğazımı temizledim ve sanki bana bakıyormuş gibi saçımı düzelttim.

"Selam Karahanlı. Ben şey için aradım..."

"Bir sorun mu var?" Kendini ambulans ya da polis servisi filan mı sanıyor? Onu sadece sorun olduğunda mı aramalıyım? Sanki sadece sorunları çözmek için programlanmış bir robot gibi. Sorun varsa Bora Karahanlı da var, sorun yoksa Bora Karahanlı da yok.

"Hayır. Sadece evin adresini isteyecektim senden." Bir süre durakladı. Kısa bir an cevap vermek yerine düşündüğünü fark ettim.

"Neden?" Ne demek neden? Sorduğum anda söylese ölür zaten. Gerçi şu an bu durum beni mutlu etmedi diyemem. Başka bir kadınla olsaydı uzatmazdı.

"Bir arkadaşım gelecek de..." Boğazını temizlediğini duydum.

"Nazlı gelmedi mi?" Sorguluyor resmen.

"Geldi. Başka bir arkadaşım daha gelecek. Sonra üçümüz dışarı çıkacağız..."

"Dışarı mı? Neden?" Gerçekten niye böyle konuştuğuna, konuşmayı uzattığına, sorgu yaptığına, neden direkt adresi vermediğine inanamıyordum.

"Hava almak için. Ben dışarı çıkamaz mıyım?"

"O yüzden söylemedim. Neyse, adresi sana mesaj atarım ben. Sen de arkadaşına mesaj atarsın. Size kız kıza iyi eğlenceler." Son cümlesiyle birlikte gözlerim kocaman açıldı! Kız kıza gezeceğimize öyle emin ki! Gülerek telefonu kapattım ve mesajı bekledim.

"Ne dedi? Niye gülüyorsun?" Nazlı heyecanla çenemi tutup yüzümü kendisine doğru çevirdi.

"Kız kıza iyi eğlenceler dedi! Resmen bir erkekle vakit geçirebileceğim aklının ucundan bile geçmiyor!" Daha plan başlamadan Nazlı haklı çıkmaya başlamıştı! Bora Karahanlı'nın içinde bastırılmış sahiplenme ve kıskançlık duyguları vardı resmen.

"Planımız tıkır tıkır işliyor! Eee, attı mı mesajı?" Tam o sırada telefon titreyince ekranı açtım. Karahanlı'nın mesajına tıkladım ve okumaya başladım. Adresi açık açık yazmıştı, bir de sonuna not düşmüştü: ***Not: Telefonunu yanından ayırma.***

Nazlı'yla mesajı aynı anda okuduk ve keyifle gülmeye başladık! Telefonunu yanından ayırma demek ne demekti? Seni arayacağım demekti. Gözüm üstünde olacak demekti. Sık sık kontrol edeceğim demekti. Ne demekti, biliyor musunuz? Plan tıkır tıkır işleyecek demekti!

(Bora'nın Babası Ahmet Karahanlı'nın Anlatımıyla)

"Geldi mi?" diye mırıldandım kahvemden bir yudum aldığımda. Sekreterim Öznur başını salladı kendinden emin bir ifadeyle. Kahve fincanımı masaya bıraktım ve yüzümü Öznur'a doğru çevirdim.

"Geldi efendim. Kendisini bir otele yerleştirdik, bir de Fransızca-Türkçe kursuna yazdırdık. Hızlandırılmış olarak dersler alacak." Keyifle gülümsedim. Fransa'da Bora'nın kıskançlıktan kovdurduğu psikoloğu buraya getirmiştik. Ne şans ki adam da Türkiye hayranı çıkmıştı ve gelmeyi anında kabul etmişti. Bora'nın onu buralarda görünce deliye döneceğine öyle emindim ki...

"Oğlan nerede?" diye sordum kahvemden bir yudum daha aldığımda.

"Bora Bey'i biraz önce koridorda gördüm. Telefonuyla uğraşarak odasına doğru ilerliyordu." Bora'da iyiye giden şeyler vardı. Eskiden olsa ülkeye döner dönmez sevgililerinden birine koşardı. Şimdi kalkmış şirkete gelmişti. Gerçi Nehir'i evde tek bırakması affedilir gibi değildi, ama yontacaktık. Onu güzelce yontacaktık.

Odamın kapısı çalınca Öznur, "İzninizle..." diyerek kapıya yöneldi ve kapıyı açtı. Bora sorgusuz sualsiz odaya daldı ve Öznur'un yüzüne bile bakmadan, gözlerimi telefonundan ayırmadan yanıma geldi. Öznur arkasından çıkıp kapıyı kapattığında Bora'ya oturmasını işaret ettim.

"Oturmayacağım baba." dedi telefonunu göstererek, "Bir numara bulmam lazım." Kaşlarımı çatarak baktım ona. Yine mi bir kıza ulaşmaya çalışıyordu.

"Sus Bora Karahanlı. Karının numarası yeter sana! Hâlâ akıllanamadın." diye söylendiğim sırada söylediklerimi duymazdan geldiği belliydi.

"Nehir'in arkadaşı Nazlı'nın telefon numarası var mı sende?" deyince bir anlığına durdum. Kızın arkadaşına mı göz koymuştu?

"Oğlum, deli etme beni. Sen evlendin." Bora sabırsızca parmaklarını masa üstünde gezdirdi.

"Kızın numarası lazım bana. Birlikte dışarı çıktılar ve Nehir'in telefonuna ulaşamıyorum." Hayretle baktım yüzüne. Nasıl yani? Bizim oğlan karısını mı merak ediyordu?

"Karını mı merak ettin?" Gözlerini devirdi. Bunlardan sıkıldığı belliydi.

"Merak değil. Ona... bir şey soracaktım." dedikten sonra söylediği yalan kafasına yatmış gibi başını salladı, "Evet. Ona bir şey soracaktım. Nazlı'nın numarası lazım." Babacan bir tonda gülerek onaylamaz şekilde başımı salladım. Ona yardımcı olacak değildim. Oğlan sinirlenmeye başlamıştı belli ki. Ellerimi çaresizce açtım.

"Yardımcı olamam oğlum. Bilinmeyen numaraları ara." Bora efendi sinirle saçlarını karıştırıp derin bir nefes aldı.

"Bilişimde tonla adamın var baba! Kızı iki dakikada bulursun."

"Bilişimdeki adamlarımdan artık hoşlanmıyorum." dedim dalga geçer gibi, "Küstük." diye ekledim kahkahalarla. Bora ise halinden oldukça mutsuz görünüyordu.

"Tamam," Sıkı bir nefes aldı tahammül etmeye çalışırcasına, "numarasına ihtiyacın yok. Nehir'e soracağım soruyu sormaktan vazgeçtim." Oldukça sakin ve meraksız görünmeye çalıştığı belliydi. Beni üzmek için yapıyordu ama ben içinde delirdiğini biliyordum.

"Bence de yok. Bırak da kız eğlensin. Hayatını yaşasın." Bir an gözleri ateşle parladı ama hemen sonra arkasını döndü ve hızlı adımlarla kapıya doğru ilerledi. Kapıyı açıp çarparak çıktı. Hemen peşinden ayağa kalktım. Kapıyı çarpmasıyla ilgili ardından söylenecektim, ama tam kapıya geldiğimde Bora'nın Öznur'a verdiği emri duydum.

"Bilişimdeki adamlardan birkaçını yolla odama." Kapıya yaslandım. Keyifle ihtiyar bir gülümseme çaktım kendime. Yola gelecekti... çok yakında yola gelecekti...

24. Bölüm
Yasak Devri!

"Buranın dondurması bir numaradır. Sen İngiltere'deyken buraya ne zaman gelsem seni getireceğim günü düşünüp sabırsızlandım. Sonunda hayatımda ilk defa bir hayalim gerçek oldu. Ve ne var biliyor musun? Hayallerimin gerçekleşmesine alışmaya başlamalıyım sanırım. Sen geldiğine göre gerçekleşecek daha çok hayalim var."

Yaklaşık iki saattir Taylan'la birlikteyiz. Önce arabasıyla güzel bir tur attık. Hemen sonra beni yeni keşfettiği lüks, manzaralı dondurmacıya getirdi. Ama ben dondurmalara konsantre olamıyorum. Çünkü Taylan neredeyse bana aşkını ilan edecek ve aklım aynı zamanda Bora'da. Hâlâ ses soluk çıkmadı. Acaba umurunda mı değilim?

"Bence de çok hoşmuş. Özellikle şu yeşilli olan." Taylan eğilerek gülümsedi ve parmağıyla sağ gözümü işaret etti.

"Hangi yeşilli olan? Gözlerin mi?" Ben de bozuntuya vermemek için gülümsedim ve dondurmayı işaret ettim kaşımı aşağı eğerek. Eskiden daha arkadaşça konuşurduk. Benden ayrı kaldığı zamanlarda birden hislerinin hoşlanmaya ya da aşka dönmesi çok mantıksız geliyordu şimdi. Belki de hiçbir şey yoktur, beni özlediği için böyle davranıyordur.

"Dondurmadan bahsediyorum. Utandırma beni!" Gülerek doğruldu ve huzurlu bir nefes alarak dondurmayı masaya bıraktı. Gözlerini manzaraya çevirmişti ki Bora beni arayamasın diye uçak moduna aldığım, sadece mesaj alımına izin verdiğim telefonumdan gelen klik sesiyle anında telefonu elime alıp açtım. Mesaj vardı! Nazlı'dan! Anında telefonu elime alıp tuş kilidini açtım. Nazlı'nın mesajını açarken oldukça sabırsızdım. Ondan Bora konusunda bomba bir mesaj bekliyordum. Upuzun bir şekilde Bora'nın onu aradığını, neler konuştuklarını anlatmasını bekliyordum.

Ama... gelen mesaj tek kelimeydi. Tek bir kelime: **Kaçın!**

Kaşlarımı şok içinde çattım ve ekrana anlamsızca baktım. Ne demekti şimdi bu? Taylan'a fark ettirmeden hızlı hızlı cevap yazmaya başladım.

Ne demek kaçın? Cevabın gelmesi hiçbir şekilde gecikmedi. Nazlı telefon elinde bekliyordu yüksek ihtimalle! Hatta mesajı yazmış ve göndermek için cevabımı bekliyormuş resmen.

Kızım Bora beni aradı! Senin Taylan'la olduğunu, benimle olmadığını söyledim! Bana bunu üç kez tekrar tekrar sordu. Sonra bir süre cevap vermedi. Adam resmen konuşmayı unuttu. Sonra sessiz bir sesle nerede olduğunuzu sordu, ben de bilmiyorum dedim ve yüzüme kapattı! Ama çok garipti. Çok sinirliydi Nehir ya bir an telefondan beni öldürecek sandım! Resmen sizi bulacak ve Taylan'ı mahvedecek! KAÇIN!

Telefonu masaya bıraktığımda yüzüm alev alev yanıyordu. Bora bir kez sinirlendiğinde İngilizceyi unutmuştu ve o zaman karşısındaki adamın hayatını kaydırmıştı siniriyle. Bu sefer tamamen konuşmayı unuttuğuna göre... Taylan'ı mahvederdi!

"Ben sıkıldım!" dedim telaşla. Taylan gülümseyerek bana döndü flört eder gibi bir tavırla. Flörtün sırası değil canım kardeşim, bak KARDEŞİM diyorum, kaç kendini kurtar!

"Nereye gidelim istersin? Sana ufak bir hediyem de olacak arabada!" Hâlâ hediye diyor ya. Acaba söylesem mi ben evlendim ve kocam şu an peşinde diye?

"Şu an burası çok üstüme üstüme geliyor! Nefes alamıyorum!" Taylan şaşkındı. Şaşkınlıkla bir bana bir karşıdaki deniz manzarasına baktı.

"Burası mı üstüne üstüne geliyor?" Başımı salladım korkuyla.

"Hemen çıkalım! Arabayla... arabayla şeye gidelim biz... Yakınlarda dağ var mı?"

"Dağ mı?" Anlam veremediği belliydi. Ben de anlam veremiyordum. İçimden bir ses acı içinde keşke plan yapmasaydık diye bağırıp duruyordu. Ben Bora'yı sinirlendirmek için plan yapmıştım, evet, ama konuşmayı unutacak kadar sinirlendiyse Taylan'ı kurtarmak zorundaydım.

"Tamam boş ver dağı şimdi! Ne olur git hesabı öde çıkalım buradan!" Başını salladı, delirdiğimi düşünüyor olabilirdi ama açıkçası delirdiğimi düşünmesi onun canını kurtarmamdan önemli değildi. Ayağa kalkıp şaşkınca ağır ağır kasaya doğru ilerlerken telefonumu elime aldım, uçak modundan çıkardım ve Nazlı'yı aradım.

"Alo? Nehir?"

"Nazlı, Bora başka bir şey söyledi mi? Yani... bizi bulabilir mi? Ben Taylan'ı olabildiğinde sabit bir yerde tutmamaya çalışacağım şimdi."

Nazlı'nın sesi aksiyon filmi izliyormuş gibi çıkmaya başladı. "Bence bulabilir. Benim telefon numaramı bulduğuna göre sizin yerinizi de rahatlıkla bulur. Ben ona başta telefon numaramı nereden bulduğunu da sordum çünkü!"

"Nereden bulmuş?"

"Orasını karıştırma dedi bana. Sesi çok sert çıkıyordu. Ben Bora Karahanlı'yı daha rahat bir tip olarak hayal ediyordum. Benim konuştuğum Bora Karahanlı Hızlı ve Öfkeli'den fırlamış gibiydi. Oldukça öfkeliydi ve eminim oldukça hızlıdır da. Bak beni dinle, ben kaçın dedim ama işin şakasındaydım. Kaçmayın, gidin sizi bulabileceği açıklık bir yere oturun. Zaten evin çevresine bakacaktır, evin en yakınındaki sahile filan. Gidin sahilde gezin. Yoldan geçerken görsün sizi. Ben Taylan'a bir şey yapacağını sanmıyorum!"

İç sesim Nazlı'ya uyma diyordu. Planları iptal et diyordu ama Bora'nın benim için sinirlendiğini görmek beni içten içe mutlu ediyordu işte. İç sesime cevap olarak omuz silktim.

"Tamam! Kapatıyorum şimdi Taylan geliyor!"

"Haberdar et! Öptüm!" Telefonu kapatıp tekrar uçak moduna aldım ve çantama atıp çantamı bacaklarımın üstüne çektim. Taylan yanı başıma gelmiş tekerlekli sandalyemi tutuyordu.

"Çıkalım mı?" diye sordu ilgili ama olaya hâlâ anlam veremeyen bir tavırla. Başımı salladım gülümseyerek. Taylan tekerlekli sandalyemi iterek kafeden çıkardı beni. Kafenin önü zaten sahildi.

"Sahilde vakit geçirebiliriz. Hava almak iyi gelecektir. Benim... kısa süredir bir kapalı alan fobim var da. Her ne kadar manzarayı görüyor olsaydık da dışarıda olmak istiyorum." Tam o sırada bana doğru eğildi ve omzuma doğru yaklaştırdı başını.

"Madem öyle, küçük hanımın istediği gibi sahilde gezeriz biz de o zaman!" Gülümseyerek başımı ondan uzaklaştırdım ve gözlerimi denize çevirdim. Taylan beni yavaş yavaş gezdiriyordu ve arada kendisi hakkında bilmediğim şeyleri anlatıyordu. Tam olarak dikkatimi verdiğim söylenemezdi tabii. Aklım hâlâ Bora'daydı çünkü. Belki onun aklında bile değildim? Belki siniri bir süre sürmüş ve geçmişti, belki şimdi şirketteydi, işlerine konsantre olmuştu?

Yaklaşık yirmi dakikadır Taylan'ı dinliyordum. İç sesim "Ben sana demiştim!" deyip duruyordu. Haklı çıkan iç sesim olacaktı galiba. Bora'nın geldiği filan yoktu. Kesinlikle şirkette kalmayı seçmişti. Ya başka bir kadınlaydı şimdi ya da dosyaların arasına gömülmüş umursamaz bir şekilde çalışıyordu. Beni umursadığı yoktu işte. Ben onun aklının ucundan bile geçmiyordum. Bırak aklını, burnunun ucundan bile geçmiyordum hatta! Sinirle burnumdan soluyarak bakışlarımı denize çevirdim. Taylan'ı dinlemeliydim belki de kafam dağılırdı. Kulaklarımı iyice açtım ve söylediklerine konsantre olmaya karar verdim, tam o sırada konuşmadığını fark ettim.

"Eee?" diye mırıldandım gülmeye çalışarak.

"Dinlemiyordun, değil mi?" deyince alındığını anladım. Kahretsin ya, kendi meselelerim yüzünden insanları üzmeye ne hakkım var!

"Be... ben... dinlemeye çalışıyordum... ama..." diye kekelediğim sırada arka taraftan gelen sesle birlikte donakaldım. "Ben dinliyorum. Anlat."

Taylan'la aynı anda başımızı arka yöne doğru çevirdik. Ben çevirmemeliydim aslında belki de! Ben o an Nehir değilmişim gibi davranmalıydım! Çünkü tam arkamızda duran adam benim kocamdı! Bora Karahanlı! Takım elbisesiyle, arkasında kendisini bekleyen iki iri yarı adamıyla birlikte bize bakan adam oydu. Gelmişti. Buradaydı ve durumdan hiç de hoşnut değildi!

"Pardon?" dedi Taylan kaşlarını çatarak. Taylan'a olayı açıklamak için uzanıp Taylan'ın kolundan tuttuğumda Bora'nın gözlerinin büyüdüğünü gördüm. Bana resmen "NE YAPIYORSUN SEN?" bakışı attığı anda elimi geri çektim ve kekelemeye başladım. "Taylan... eee... o benim..." deyip bir Bora'ya, bir Taylan'a, bir de arkadaki adamlara baktım. Taylan'a evli olduğumu tam şu anda açıklamak istemiyordum. Neden en başında söylemedin diyebilirdi. En azından evlilikten daha az şok edici bir şeyler söylemek istiyordum...

"O benim erkek arkadaşım." deyiverdim şok içinde. Bir insan kendi söylediği şeye şok olur muydu? Ben oluyordum işte şu an! Bora'nın da Taylan'ın da en az benim kadar şokta olduklarını gördüm. Bora gözlerini devirerek ellerini cebine soktu. Kaşlarını çatmış bana bakıyordu ne yapmaya çalıştığımı çözmek ister gibi.

"Ne demek erkek arkadaşım?" diye sordu Taylan ağzı bir karış açık, "Nasıl yani siz çıkıyor musunuz?" İyice ergen filmlerine dönmüştü olay. Koskoca ağır adam Bora Karahanlı'yı lise aşkının içine sürüklemiştim. Bora Karahanlı ve biriyle çıkmak... Yok artık!

"Ben sana anlatacaktım ama..." Taylan birden benden uzaklaşıp Bora'ya baktı.

"Siz çıkıyor musunuz?" Yapma bunu! Bora Karahanlı'ya sorma işte o soruyu! Adam toplantıdan çıkıp gelmiş gibi görünen haliyle o kelimeyi kabul eder mi? Bora'ya baktım yalvaran bakışlarla. Ondan tek istediğim sakin kalmasıydı, sakin kalması ve bana uyması. Çünkü şu an olay Taylan'ın arkadaşlığını kaybetmeme kadar ulaşmıştı.

"Evet!" diye söze atladım hemen, "Kısa bir süredir birlikteyiz." Birlikte kelimesi çok daha uygundu Karahanlı için. Ama o cevap verecek gibi değildi. Şu anda olayı götürmesi gereken kişi bendim. Taylan hayretler içindeydi, Bora sinirliydi. İkisini de eşit seviyede sakin tutmak zorundaydım. Bora ne kadar kocamsa Taylan da sevdiğim ve iyi bir arkadaşımdı. Bu zamana kadar benim için tek bir kötü söz bile kullanmamıştı.

"O yüzden mi sabahtan beri benimle flört ediyorsun?" NE! Taylan'a ağzım bir karış açık baktığım sırada düşüncelerim geldi aklıma. Tam da Taylan'ın ne kadar iyi bir insan olduğundan, hiç kötü bir sözünü duymadığımdan bahsediyordum. Ama öyle değilmiş! Resmen şok etti beni. Belki de sadece Bora'yı düşünmeliydim, Bora'ya dönüp açıklama yapmalıydım. Bora ondan çok daha sakin kalabilirdi, çok daha mantıklı düşünebilirdi belki de.

"Ne diyorsun lan sen orospu çocuğu?" NE! Bora'yı bir anda Taylan'ın başında iki yakasına yapışmış bir şekilde küfür ederken bulduğumda yaşadıklarımı kaldıramayacak kadar şok içindeydim! Her şey ve herkes birbirine karışmıştı! Bütün düşüncelerim çürütülmüştü, şok içinde ortaya çıkan sonuca bakıyordum.

"Sen kime ne çocuğu diyorsun! Doğru konuşur musun lütfen?" Taylan korku içinde kibar kibar konuşurken ağlamak üzereydim.

"Bora lütfen sakin olur musun?"

"Seninle sonra konuşacağız!" dedi küfreder gibi. Nazlı'ya bunun hesabını sormak istiyordum. Her şey çok fazla karışmıştı! Şimdi Bora Taylan'ı arkadaki adamlarına verse haksız mı? Ya da işini kendisi halletse?

"Taylan, bak sen beni dinle! Bora sana şu an aklının hayalinin alamayacağı şeyler yapabilir! Lütfen hiç değilse sen sakin ol ve git buradan! Ben seni sonra arayacağım." Taylan korku içinde bakarken Bora Taylan'ın boğazını biraz daha sıktı.

"Açmayacaksın Nehir'in telefonunu! Tamam mı?" Taylan korku içinde başını salladı. "Tamam mı!" Bora sorusunu yineleyince Taylan korkuyla başını bir kez daha salladı. "Tamam! Açmayacağım!"

Harika. Artık Taylan diye bir arkadaşım yoktu. Yakında çevremde kimse kalmayacaktı. Çevremde sadece Bora Karahanlı olacaktı. Ve onun kadınları! "Ve onu aramayacaksın da." Bora Taylan'ı büyük baskı altında bırakıyordu. Resmen tepesinden bakarak tehdit eder gibi emirlerini iletiyordu!

"Aramayacağım!"

"Tamam bırak şimdi Taylan'ı!" Bora sinirle derin bir nefes aldı ama elleri hâlâ Taylan'ın iki yakasındaydı. "Sen dedin diye bırakmam." diye fısıldadı yüzüme bakmadan. Gözlerimi devirdim.

"Ben dedim diye bırakma, kendin istediğin için bırak!" Çocuk korkudan ölmek üzereydi.

"Bana ne yapacağımı söyleme!" Bora bu sefer de benimle inatlaşıyordu! Çıldırmak üzereydim! Ben ona bırak dedim diye bırakmıyordu... bırakma desem bırakır mıydı?

"Bırakma onu. Tamam... bırakma..." Bora'nın elleri yavaş yavaş çözüldü. Taylan'ı serbest bırakıp biraz önce çöp poşeti taşımış gibi ellerini birbirlerine vurarak temizledi ve iğrenerek baktı Taylan'a. Taylan arkasına bile bakmadan uzaklaşırken Bora arkasından seslendi: "Annene selam söyle Taylan Sayan. O beni iyi tanır."

Gözlerime, kulaklarıma ve hatta burnuma bile inanamıyordum! Bora Karahanlı tam bir psikopat gibi önce Nazlı'nın numarasını bulmuştu, sonra bizi bulmuştu ve Taylan'ın yakasına yapışmıştı! Onu ilk defa bu kadar sinirli görüyordum! Ettiği küfür, şimdi kurduğu bu cümle... adam mahalle kabadayısı çıktı! Sinirli gözlerle bana döndüğünde ben de sinirle bakıyordum ona. Sinir ancak sinirle bastırılırdı!

"Sakın bana sinirliymişsin gibi bakma Nehir." diye uyardı beni. Omuz silktim.

"Ettiğin küfür... annesini işe karıştırman... hoş değildi." Söylediklerime inanamıyormuş gibi sert bir bakışla bana doğru eğildi.

"Bunu kız arkadaşım mı söylüyor?" Gözlerimi kapattım. Sert mavi gözlerine bakmak istemiyordum. Kurduğu cümleye de cevap vermek istemiyordum!

"Onu öylesine söyledim." diye mırıldandım.

"Bir daha sakın," dediğinde sesindeki tonlama aynıydı, "evli olduğumuzu unutma. Ve erkek arkadaşın olarak neye karar verdim, biliyor musun?" Gözlerimi açmadan kaşlarımı çattım: "Neye?"

"Bora Karahanlı'nın Yasakları adlı devri başlatmaya. Sana bu kadar özgürlük yeter. Artık yasak devri başlıyor."

Harika. Harika. Harika. Adam özgürlüğümü aldı elimden. Ah ya... Kahretsin ya! Delirmek üzereyim! Bora Karahanlı buraya döndüğümüzde beni unutacak diye bir plan yapalım dedik adam beni yatağa bağlayacak neredeyse! Benimle görüşmemek ve aynı zamanda benim de kimseyle görüşmememi sağlamak istiyor. Buna ne deniyor? Psikopatlık mı, takıntı mı, başka bir şey mi? Bunun sosyolojide bir adı var mı?

25. Bölüm
Kalbini Alçıya Almak...

Galiba Bora bahsettiği şu Yasak Devri'nin ilk yasağının **"Bora Karahanlı'yla konuşmak yasaktır"** olmasına karar verdi. Çünkü beni sahilde arabaya bindirdi, yol boyunca tek bir kelime bile etmedi. Buna tamam, ama eve geldik beni kucağında odaya çıkardı, yatağa yatırdı ve yine tek kelime bile etmedi. Yaklaşık yarım saattir ağzından hiçbir söz çıkmadı. Şimdi ben yatakta onu izliyorum, o da yatağın hemen karşısındaki ikili kırmızı koltukta oturmuş bilgisayarından bir şeylerle uğraşıyor. Bir şeyler sorsam mı? Sormamak en iyisi. Çünkü fazlasıyla sinirli görünüyor. Bu kadar sinirlenmesinin mantığını da anlıyor değilim. Adam istediği her kadınla gönlünü eğlendiriyor, beni Taylan'la görür görmez deliye döndü. Nazlı da meraktan deliye dönmüştür şimdi. Mesaj mı atsam? Hafifçe doğruldum, boğazımı temizleyerek Bora'ya baktım.

"Telefonumu arabadan getirmelerini söyleyebilir misin yardımcılardan birine?" Gözlerini gözlerime çevirmeden, yüzüme bile bakmadan başını **'hayır'** anlamında sağa sola doğru salladı. Ne demek hayır? Şaşkınlıkla kaşlarımı çattım. "Meşgul olduğun için mi söyleyemezsin?" Yine aynı şekilde başını olumsuzca sallayınca kaşlarımı bir kez daha çattım. Ne yapmaya çalışıyordu? Cevap vermek yok, yüzüme bakmak yok, telefonumu getirtmek yok?

"Neden?" Bu sefer herhangi bir baş oynatma hareketi de yok. Umursamadı! Sadece umursamadı! Şok içinde bakakaldım yüzüne! Beynim telaşla bir plan yaptı. Benimle konuşması gerekiyordu! Konuşmasını sağlayabilirdim.

"Tamam, telefona ya da sana gerek yok. Ben yatıyorum. Taylan'ı hayal edeceğim. Rahatsız etmezsen sevinirim." Gözleri bir anlığına bana doğru döndü. Kaşları çatılı bir şekilde beklenti dolu yüzüme uzun uzun baktı. Bilgisayarından uzaklaşıp koltukta arkasına yaslandı bana bakmayı sürdürürken.

"Telefonunu getirtemem," dedi cebinden bir telefon çıkarırken, "çünkü zaten burada." Telefonumu elinde sallayarak bana gösterince elimi uzattım elime bırakır umuduyla. O ise kıpırdamadı bile.

"Verir misin, Nazlı'ya mesaj atacağım." Tek kaşı otomatik olarak havaya kalktı elim hâlâ boşken.

"Hayır. Bir süre bende kalmalı sanırım." Ne saçmalıyor? Telefonuma mı el koydu?

"Ne demek bir süre bende kalmalı? Delirdin sanırım. Telefonuma mı el koyuyorsun Karahanlı? Çıldırdın mı?" Pişkin pişkin yüzüme bakarken evet der gibi başını salladı dünyanın en normal olayını yaşıyormuşuz gibi.

"Evet. Öyle yaptım." Gözlerim kocaman açılmış, onu süzüyordum. Bu kadarı da fazlaydı! Resmen hayatımı kısıtlıyordu. "Bunu yapamazsın. O telefon yıllardır benimle, beni ondan ayıramazsın. Annemle konuşuyorum, babamla konuşuyorum, Nazlı'yla konuşuyorum, bunu elimden alamazsın. Bana engel koyman saçmalık!" Omuz silkerek telefonumu ceketinin cebine attı.

"Açıkçası bunun saçmalık olması umurumda değil. Bir karar verdim ve bunun arkasında durmaya niyetliyim. Çünkü bilirsin, büyük adamlar büyük kararlar verirler. Arkasında durulması gerekir." Çıldırmış gibi biraz daha doğrularak iyice oturur hale geldim ve ona doğru eğilmeye çalıştım aceleyle.

"Bu sadece bizi ilgilendiren basit bir karar! Dünyayı değiştirmeyecek!"

"O zaman bu kadar büyütmezsen sevinirim ufaklık. Telefonun benimle kalıyor. İstersen sana diğer yasakları da kısaca özetleyeyim." Diğer yasaklar? Başka yasaklar da mı var? Bir insan bir insana nasıl yasak koyar? Kim olarak koyar bu yasakları? Ben annemden babamdan bile yasak görmemişken Bora Karahanlı'nın yasaklarını mı dinleyeceğim? Omuz silktim ve arkama yaslandım. "Sadece telefonumu istiyorum Karahanlı!"

Ayağa kalktı ve bana doğru dönüp konuşmaya başladı. "Telefon yasak. Odadan dışarı çıkman yasak. Bahçede oturmak istersen yanında birisi daha olmak zorunda. Tek başına oturman yasak. Gelen yemek tepsilerini boş göndermen yasak. Ben seni arada yardımcılardan birinin telefonundan arayacağım. Kadın telefonu buraya getirdiğinde benimle konuşmayı reddetmen, uyuyorum diye yalan söyletmen yasak. Sürekli uyuman da yasak. Sana kitaplar aldıracağım, onları oku. Bilgisayarı kullanabilirsin. Ama internet yasak." Söylediklerine büyük bir kahkaha atmamak için kendimi zor tutarak dinledim. Dalga geçiyor olmalıydı. Neredeyse su içmek yasak diyecekti de kendini zor tutuyordu resmen! Şaka filan mı bunlar? Ne oldu da birden tüm bu yasaklar geldi önüme? Resmen onun dışında birileriyle konuşmamı istemiyor! Delirmiş olmalı!

"Başka ne yasak? Tuvalete gitmem, su içmem, duvarlara bakmam... bunlar da yasak mı mesela?" dediğimde kaşlarını çattı. "Duvarlara bakmak?" diye sordu söylediklerim arasında bir tek bu garibine gitmiş gibi. "Evet. Duvarlara bakarken tahrik oluyorum. Yasak mı?"

Gözlerini sinirle devirdi ve eğilip koltukta duran bilgisayarının ekranını aşağı indirip kapattı. "Duvarları kıskanacak değilim..." diyerek kapıya yöneldiği an şok içinde durdum. Şok içinde, ağzım bir karış açık bakakaldım.

"Ne?" diye mırıldandım, "Sen beni kıskandığını mı söylüyorsun?" Kapıyı açıp yüzüme baktığında yüzünde bıkmış bir ifade vardı. Ben ise şok içindeydim! Tüm o yasaklara rağmen! Şok içindeydim! "Lafın gelişi." Lafın gelişiymişmiş. Tabii ben de yedim. Telefonum olsaydı keşke. Bunu anında Nazlı'ya bildirirdim. Çıldırırdık! "Tabii ki lafın gelişi. Tabii ki beni kıskanıyor değilsin. Tabii ki Taylan'ı doğduğuna pişman etmedin. Tabii ki Fransa'da psikoloğa etmediğin laf kalmadı. Tabii ki uçakta karşımızda oturan yolcunun yerini değiştirtmedin. Bunlar hep lafın gelişi."

Uzun uzun baktı yüzüme. Hemen sonra omuz silkti ve onaylamaz bir şekilde başını salladı. "Seni korumaya çalışıyorum." Sanki yüzlerce düşmanı olan bir iş adamının kızıyım. Beni korumak da Bora Karahanlı'ya düştü. "Eminim. Karahanlı, söylesene, beni Nazlı'dan da mı korumaya çalışıyorsun?" "Nazlı'yla buluşmaya gidiyorum deyip onunla bununla buluşmanı engellemeye çalışıyorum, eğer farkındaysan."

Sadece bir insanla buluştum. Sadece tek bir insan. "Her şeyi bu kadar abartır mısın?"

"Aksine," dedi, "abartsaydım şu an boşanma dilekçelerimizi imzalıyor olurduk. Ertesi gün de Taylan'ın cenazesine şöyle bir uğrardın." Ben şok içinde bir kez daha bakakaldığım sırada tek bir soru daha sormama izin vermeden, yüzüme bile bakmadan odadan çıktı gitti. Nasıl bir psikopatla evlendim ben? Bu adamın derdi ne? Beni sevmiyor bile, bu kıskançlık, bu kin, bu nefret niye?

Yaklaşık yarım saat boyunca neler yapabileceğimi, nasıl davranmam gerektiğini düşündüm durdum. İçimden bir ses bana sürekli planlarından bahsediyordu. Şöyle ki, önce yerimde başka bir kadın olsaydı ne yapardı diye düşündüm. Yerimde hangi basit kadın olsaydı Bora'yı mutlu etmek için dediklerini yapar, yasaklara uyardı. Ve Bora da o kadını sonsuza kadar basit bir kadın olarak görürdü. Ben farklı olmak zorundaydım. Hep farklı olmuştum ve bir kez daha, hatta bundan sonra her zaman farklı olmak zorundaydım. Eğer farklı olmazsam, dikkatini çekemezdim. Söner giderdim. Planım belli değil miydi? Yasaklarına uymayacaktım. Üstüne gidecektim. Nazlı'yla görüşme diyorsa görüşecektim, kimseyle konuşma diyorsa konuşacaktım. Beni erkek sinekle bile beraber görmek istemiyorsa görecekti. Çünkü ben Nehir'dim ve akmayan nehir olmazdı. Eh, lafın gelişi âlemlere akacaktım...

Bir yarım saat daha geçmişti ki odamın kapısı çalındı. Beklediğim an buydu. Yardımcılardan birinin gelmesini bekliyordum, çünkü bir telefona ihtiyacım vardı.

"Buyurun..." diye mırıldandığımda yüzümü oldukça üzgün göstermeye çalıştım. Kapı açıldı ve içeri 50'li yaşlarında olduğu her halinden belli olan sarışın kadın yardımcılarımızdan biri girdi güler yüzle. Elinde bir tepsi vardı ve tepsinin üstünde kurabiyeler ve bir bardak da limonata vardı. "Sana atıştırmalık bir şeyler getirdim kızım." Gülümsemeye çalışır gibi yapmaya çalıştım ve komodini gösterdim.

"Masaya bırakın, şimdi yiyemeyeceğim." Sesimi olabildiğince titretmeye çalışıyordum. Kadın tepsiyi komodine bıraktı ve endişeli gözlerle bana baktı. İşe yarıyor! "Bir şeyin mi var kızım?"

Başımı hüzünle salladım. "Biraz moralim bozuk... Arkadaşımın annesi hastalanmış. Çok severdim onu. Arayıp durumunu soracaktım. Ama telefonum Bora'da kalmış."

Kadın ilgiyle bakıyordu bana. Elini anında cebine atıp cebinden telefonunu çıkardı. "Derdin bu olsun kızım! Telefondan bol ne var bu evde! Al benimkinden ara."

Ah! Karahanlı! Kimle oynadığını bilmiyorsun! Telefonu anında kaptım. "Teşekkür ederim," diye mırıldandım, "çok teşekkür ederim."

Kadın saçlarımı okşadı ve kapıyı gösterdi, "Ben dışarıdayım. Birazdan gelip telefonu alırım." Başımı salladım anında. Kadın odadan çıkarken anında Nazlı'nın numarasını çevirmeye başladım. En yakın arkadaşımın numarasını ezbere bilmeyecektim de kimin numarasını ezbere bilecektim! Numarayı tuşlayıp telefonu kulağıma dayadım. Çaldı... çaldı... çalıyor... Nazlı kesin ekrana bakıyordur şimdi saf saf bu kim diye. Aç işte, benim!

"Alo?" Sesi oldukça tedirgin çıkınca bir an başkasıymışım gibi mi konuşsam diye düşünmedim değil açıkçası.

"Nazlı! Ben Nehir!"

"Nehir?! Ne işin var senin burada!" Şaşkınlıkla kaldım bir an. Ne demek istedi şimdi?

"Burada?" diye sordum merakla.

"Yani bu telefonda! Kızım şok oldum, ne dediğimi biliyor muyum ben? Kimin numarası bu? Ne oldu? Olay ne? Bora sizi buldu mu? Meraktan deliye döndüm! Mesaj attım sana bir dolu! Niye geri dönmedin bana?" Nazlı heyecanla sorularını sıralarken onu dinlemiyordum bile.

"Dur bir dakika! Dinle beni. Bak kısaca anlatıyorum, Bora bizi buldu. Sonra iş çok büyüdü. Taylan onunla flört ettiğimi sanmış, bunu Bora'nın yanında söyleyince Bora delirdi tabii. Taylan'ın yakasına yapıştı da zor ikna edip ayırdım! Sonra da çok öfkelendi. Bir sürü yasak koydu bana! Odadan çıkmam bile yasak! Telefonumu da aldı! Evdeki birinin telefonundan arıyorum da şimdi geri vermek zorunda kalacağım, o yüzden iyi dinle beni. Hemen bize gel, Bora eve dönmeden önce beni dışarı çıkarman gerek. Birlikte bir yerlere gidelim."

Nazlı anında olayı sindirip plana uymaya başladı, "Yarım saat sonra oradayım, sana mini bir elbise getireceğim, bara gidiyoruz!" İşte en yakın arkadaş olmak demek bu demekti!

"Hatırlıyor musun," diye mırıldandım telefona doğru, "küçükken de hep planlar yapardık. Gerçekleştirene kadar canımız çıkardı. Ama hep gerçek olmalarını sağlardık."

Nazlı'nın güldüğünü duydum. "Bir kere ağaçtan elma toplayacağız demiştik. Ağaç çok yüksek diye tırmanmaktan vazgeçip evin çatısından ağaca atlamıştık. Günlerce hastanede kalmıştık her yerimiz alçıya alınmıştı neredeyse. Bu plan da onun gibi! Bora'yı delirtmek evin çatısından ağaca atlamaya çalışmaya benziyor. Adam ruhumuzu alçıya alacak! Söylemedi deme!"

Gülümsedim. Haklıydı, bu delilikti belki de. Bora Karahanlı ufacık şeylere bile sinirlenirken bara gitmek, beni orada yakalamasını sağlamak delilik ötesiydi. Ve belki evet, ruhumuzu alçıya alacaktı. Ama alçı alındığı yeri düzelten bir şeydi. Belki ruhum düzelirdi. Belki, kaşla göz arasında ben de onun kalbini alçıya alırdım... Ne dersiniz? Yapabilir miyim?

26. Bölüm
Bela İstemiyorum

Nazlı telefon konuşmamız biter bitmez yola çıktı. Yaklaşık yarım saat sonra bizdeydi. Ve gerçekten şaka yapmıyordu! Yanında benim için kırmızı, mini bir elbise getirmişti. Odaya kapandık ve Nazlı resmen beni bir kuaför edasıyla süslemeye başladı. Bora belli ki zeki olup eve de kimseyi almayın tarzında bir talimat vermemişti. Çünkü daha bizi tanımıyordu! Nazlı bana elbiseyi giydirdi, kendisi de üzerine siyah elbisesini giydi ve saçlarımı maşalamaya başladı. Saçlarımın işi bittikten sonra makyajımı halletti ve tüm bunlar olurken bana yeni planlarından bahsediyordu. Bora'nın yola gelebileceğine çok emindi. Hatta öyle ki bunun bir haftamızı bile almayacağını düşünüyordu. "Sizinki bir yola getirme hikâyesi olacak!" deyip duruyordu. Bizi roman karakterlerine benzetti, hatta onlar gibi imkânsız görünen bir aşkı yaşayacakmışız filan falan...

Kapıda bekleyen şoförün yardımıyla aşağı inip arabanın arka koltuğuna bindirildim. Şoför bizi gitmek istediğimiz yere kadar götürüp bırakacaktı. Çünkü Nazlı'yla gidersek gittiğimizde arabadan inmem büyük bir sorun olabilirdi. Şimdi Nazlı'yla arka koltukta oturuyorduk ve ben kırmızı eteğimi aşağı doğru çekiştirirken Nazlı onu yukarı çekmekle meşguldü.

"Bora Bey'in haberi var değil mi Nehir Hanım?" Şoför Gökhan'ın korku dolu sorusuyla birlikte göz ucuyla Nazlı'ya baktım. Başını salladı anında.

"Evet, haberi var." diye mırıldandım ve yutkundum. Haberi yok deseydik götürmeyecekti belli ki. Zaten hizmetçilerde de garip bir hal vardı. Hepsi biz çıkarken birbirlerine dirsek atıp duruyorlardı. Belli ki Bora'ya haber vereceklerdi. Ki vermeleri de lazımdı. Tek isteğim haberi biraz geç vermeleriydi. Biz oraya gidene kadar haberdar olmamalıydı.

Barın önüne geldiğimizde Gökhan arabadan inip hızla geldi ve beni indirip tekerlekli sandalyeme oturttu. Şükürler olsun ki barın merdivenleri yoktu, yoksa girişimiz de zor olabilirdi. Düz girişli bir bar seçmişti Nazlı. Beni düşünerek mi seçti diye düşünmedim değil...

"Gökhan Bey, çok teşekkürler her şey için. Siz gidebilirsiniz, biz taksiyle döneriz." Nazlı'nın nazik teklifine Gökhan kaşlarını kaldırarak tepki verdi.

"Ben kapıda bekliyorum." Sesi sert, cümlesi netti. Ne de olsa Bora'nın adamıydı. Nazlı'nın kolunu bara doğru çekiştirdim itiraz etmesin diye. Sinirli bir nefes verip arkasını döndü ve tekerlekli sandalyemi bara doğru itmeye başladı.

"Kapıda beklese ne olur, beklemese ne olur? Ya şimdi Bora kendisi gelmezse, ya Gökhan'ı içeri yollayıp bizi aldırırsa? Plan yatar."

Haklıydı. Bora bizimle uğraşmak istemeyip Gökhan'ı içeri yollayacaktı muhtemelen. Ama olsundu, ben buna da razıydım. Sinirlendiğini bilmek benim için yeterliydi. Bara girdiğimizde içerisinin oldukça kalabalık olduğunu gördüm. Gözlerim etrafı tararken benim gibi tekerlekli sandalyede oturan bir genci görünce sebepsizce mutlu oldum. O buradaydı, dışlanmamıştı, ben de dışlanmayacaktım. Nazlı beni iterek en köşedeki masaya doğru götürdü. Kendisi masanın arkasındaki koltuğa yerleşirken ben de tekerlekli sandalyemi masaya doğru çektim.

"Bakar mısınız?" dedi Nazlı garsona, "Bir viski, bir de vişne votka alabilir miyiz?" Benim ne içeceğimi çok iyi biliyordu. Eskiden beri sadece vişne votka içerdim. İç çekerek etrafa bakındım.

"Bakalım plan işleyecek mi..." diye mırıldandığım sırada Nazlı gözlerini büyüttü. "Kızım tabii ki işler! Yani plan Bora'yı delirtmekse delirtiyoruz ve daha da delirtiriz! Orası kesin. Ama kendini gösterir mi, sinirini yalnız mı yaşar bilemem. Düşünsene, gelip burayı silahla tarıyormuş!" Bir an gerçekten gözümde canlandı o sahne. Bora içeri dalıyor, bütün sesler susuyor, ışıklar birden yanıyor ve Bora silahını çıkarıp herkesi tek tek vuruyor! Yapar. Eminim yapar. Ama benim için yapar mı orasını bilemem.

"Başka bir kadın için yapardı bunu. Ama benim için buraya geleceğini bile sanmıyorum." Nazlı anında gözlerini devirdi. "Sahile gelmedi mi? Geldi. Buraya da gelebilir. Hatta düşünsene, mekânı kapattırıyormuş filan. Herkes çıksın karımla özel konuşacağım diyormuş." Nazlı kahkahalarla anlatırken sıkıntıyla gülümsedim. İç sesim sürekli bunların hiçbirini yapmayacak ve buraya geldiğinle kalacaksın diyordu. "Sanmıyorum. Gökhan'ı yollayıp beni aldırtacak bence."

"Kesin konuşmayalım. Hatta ve hatta mekânı satın alıyormuş! Düşün bir! Hepinizi kovdum deyip garsonları bile yolluyormuş. Sonra silahını çıkarıp her şeyi ben planladım diye beni vuruyormuş. O sırada da Gökhan içeri giriyormuş..." diye devam ederken araya karıştım. "Ve Gökhan yolda sana âşık olmuş, kendini silahın önüne atıp vuruluyormuş." Nazlı büyük bir kahkaha attı ve devam etti, "Bora da Gökhan'ı çok sevdiği için kendini vuruyormuş! Ama kimselere yar olma diye önce seni vuruyormuş! Ben de tabii intihar ediyormuşum direkt olarak. Sonra ben ölmüyormuşum ve silahta en son benim parmak izim var diye tutuklanıyormuşum. Behlül gibi senin mezarına yıllar sonra gelip duygusal bir konuşma yaparım. Sonra da 'Nazlı kaçar!' der ağlaya ağlaya giderim."

Nazlı'nın anlattıkları keyfimi yerine getirmişti. İşte bu yüzden en yakın arkadaşım oydu! Kız mükemmelliğin şekil almış haliydi. "Delisin Nazlı ya! Delisin!"

İçkilerimiz geldikten sonra bir süre sadece dans eden garip insanları izledik. Şu an bu mekânda dans etmeyi bilen tek bir kişi bile yoktu belli ki. Herkes saçma sapan hareketler uydurmuş, bir o yana bir bu yana sallanıyordu sadece. Ben eskiden çok iyi dans ederdim, hatta şu an, bacaklarımı oynatabilmeyi öyle çok isterdim ki. Kalkıp hepsine "Öyle değil, böyle yapılır!" deyip dans etmeye başlamayı... Ama olmuyor işte. Yürümek için çaba göstermiyorum, yürüyemiyorum. Bu kadar basit sadece.

Bir süre daha bu şekilde vakit geçirdikten sonra yanımda bir nefes hissettim. Başımı çevirdiğimde masamızın başında iki kişinin durduğunu gördüm. Ellerinde dört şişe bira, gülümseyerek bize bakıyorlardı. "Bayanlar, birer bira ısmarlayabilir miyiz size?"

Anında Nazlı'ya döndüm olumsuz bir ifadeyle. Nazlı ise çok mutlu görünüyordu! "Tabii, buyurun. Oturabilirsiniz." deyip sandalyeleri gösterince şok içinde bakakaldım. Bana göz kırpıyordu bir de! Bunu resmen plan için kabul etmişti! Bora bizi böyle görsün diye! Adamlar sandalyeye yerleşirken başımı kapıya çevirdim ve Gökhan'ın telefonla konuşarak bu tarafa doğru inceler gibi baktığını gördüm. Bora'yla mı konuşuyordu acaba? Rapor mu veriyordu?

"Güzelliğinizi ta diğer köşeden fark ettik!" dedi içlerinden biri ikimize de ayrı ayrı bakarak. Başımı öne eğip kusmamak için zor tuttum kendimi. İki adet apaçiyle oturmuş içki içiyorduk. Problem? Problem. "Teşekkür ederiz, biz sizi fark edemedik pek."

Nazlı'nın cümlesiyle birlikte tam gülecektim ki dudaklarımı birbirine bastırdım. "Öyle mi?" diye sordu diğer adam, "Öyle mi?" diye tekrarladı hemen sonra şaşırmış gibi.

"Evet. Bazı... önemli... konulardan bahsediyorduk da. Başımızı kaldırmaya fırsatımız olmadı."

"Vay! Önemli konular demek. Önemli kızlarsınız yani siz de?" Adama iğrenir gibi baktım resmen. Bizi bu cümlelerle mi etkileyecekti? Önemli kızlar diye iltifat mı olur! Siyasi makam gibi. "Eheh," diye güldü Nazlı yapmacık bir şekilde, "Evet. Sayılır. Eee, kendinizi anlatsanıza..."

Nazlı adamları oyalamak için istiyordu kendilerini anlatmalarını. Başımı sinirle öne eğdim ve anlatılanları dinlememeye çalıştım. Adamlar sırayla uzun uzun kendilerini anlattılar resmen. Biri inşaat mühendisiymiş, diğerinin ise bir cast ajansı varmış. Bizi de ajansa kayıt ettirmek istedi hatta. Kabul etmedik tabii. Adamlar hâlâ konuşuyorlardı ki ortamda yavaş yavaş bir şeylerin değişmeye başladığını hissettim. Bir sessizlik vardı sanki. Müzik kısılmıştı, başım öne eğik olduğu için hiçbir şey göremiyordum ama insan sesleri de uzaklaşıyor gibiydi. Kaşlarımı çatarak başımı kaldırdığımda yan masaların tamamen boş olduğunu gördüm. Şok içinde başımı diğer tarafa çevirdim. Aman Tanrım! Bar bomboştu. Bizim masa dışında kimse yoktu. Garsonlar bile! Başımı ağır ağır kapıya doğru çevirdiğimde onu gördüm. Bora Karahanlı arkasına Gökhan'ı almış, oldukça öfkeli bir şekilde, takım elbisesinin ceketinin düğmesini açarken bize bakıyordu. Bana...

"Nazlı!" diye mırıldandım şok içinde. Nazlı ve adamlar aynı anda başlarını Bora'ya çevirince Bora ilerlemeye başladı. Gözleri barın içinde dolaşırken bana doğru geliyordu. Bizim masaya doğru... Masanın tam önünde Gökhan'la birlikte durduğunda ne kadar iyi yarı göründüğünü düşündüm.

"Bir sorun mu var?" diye sordu adamlardan biri yazık bir cesaretle, "Siz varsınız." Bora'nın cevabı dudak uçuklatacak kadar kısa ve netti. Adamlar cevap vermeye fırsat bulamadan korku içinde ayağa kalktılar.

"Tamam..." dedi diğer adam, "Siz kovmadan biz gidiyoruz." Yanımızdan geçerlerken Gökhan'ın onların peşine takılması dikkatimi çekti. Onları mahvedecekti... Kim bilir nereye götürecekti onları?

"Onları nereye götürecek?" diye sordum telaşla.

Bora umursamaz bir tavırla baktı yüzüme. "Bilmene gerek yok. Soruları ben soracağım." Önüme doğru eğildi ve Nazlı'ya tehditkâr bir bakış attıktan sonra bana döndü donuk gözlerle, "Amacın ne?"

Yutkunarak omuz silktim sorusuna karşılık. Sesi çok sert çıkıyordu ve korkudan ölecektim! "Eğlenmek..."

Kaşları anında havaya kalktı. "Sen eğlenmeyeceksin Nehir. Sana eğlenmek yasak. Sana odadan çıkmak yasak! Çünkü sen, biraz önce Gökhan'ın öldüresiye dövmeye götürdüğü o adamlar gibi belaları çekiyorsun ve ben..." dedikten sonra durdu.

Sinirinden nasıl konuştuğu bile belli değildi. Gözlerinin içine baktım.

"Ve sen?"

"Ve ben senin yanında bela istemiyorum. Anladın mı? İstemiyorum!" Başımı salladım. Söyleyecek bir şeyim yoktu. Bunu anlayabilirdim, ama yapmaya devam etmeyeceğim konusunda da söz veremezdim. Yüzüme bile bakmazken onu sinirlendirmek hoşuma gidiyordu. Çünkü biri için öfkelenmiyorsanız, o kişiyi sevemezdiniz. Ben Bora Karahanlı beni sevsin istiyordum... "Eğer bir daha böyle bir şey yaparsan, bu sefer kimseye zarar vermem. Üzülecek olan kişi yalnızca sen olursun. Anladın mı şimdi?"

Başımı salladım tekrar. Nazlı'nın yanında bu cümleleri duymak da sinirlerimi bozan bir etkendi. Dolan gözlerimi kırpıştırdım. "Ve son olarak... bu var..." dediğinde kaşlarımı çatıp başımı kaldırdım ve eliyle bana uzattığı kutuya baktım. Kırmızı, güzel ve sade bir kutuydu bu. Kutuyu yavaşça açınca gözlerim de aynı anda açıldı. Kutunun içinde kırmızı taşlarla süslenmiş pırlanta bir yüzük vardı. Şok içinde baktım bir yüzüğe, bir ona. Nazlı'nın yanda şok içinde "hiii!" dediğini duyuyor gibiydim.

"Bu ne?" diye mırıldandım şaşkınlıkla.

"Yüzük. Parmağına takacaksın." Bora memnuniyetsizce yüzüğü çıkarıp elimi zorla aldı ve parmağımı sertçe tutarak yüzüğü parmağıma taktı. Hayatımın en romantik anının bu olması acınasıydı.

"Niye takıyorum?"

Gözlerini sinirle gözlerime çevirdi elimi bıraktığında, "Çünkü biz evliyiz ve dediğim gibi, yanında bela istemiyorum. Bu yüzük parmağından çıkmayacak. Tamam mı?" Hiçbir tepki vermeden yüzüğe baktığımda sorusunu yineledi, "Tamam mı Nehir?" Başımı ikna etmeyen bir şekilde salladım yüzüğe bakmayı sürdürdüğümde. "Ve tekrar ediyorum, yanlış bir şey yaparsan, yanlış bir insanla konuşursan, bu yüzüğü parmağından çıkarırsan, arkamdan iş çevirirsen ne yapacağımı biliyorum. Yapacağım şey seni mahvedecek. Bunu bil. Aklında tut ve asla yapma. Anladın mı?"

"Anladım..." diye yalan söyledim fısıltıyla, "anladım."

27. Bölüm
Mahvolmak

Yanlış bir şey yaparsan,
Yanlış bir insanla konuşursan,
Bu yüzüğü parmağından çıkarırsan,
Arkamdan iş çevirirsen,
Ne yapacağımı biliyorum.
Yapacağım şey seni mahvedecek.
-Bir Bora Karahanlı Şiiri-

Saatlerdir şu cümleler aklımda. Bora beni o bardan alıp eve getirdiğinden beri söyledikleri aklımdan çıkmıyor. İçimde yaramaz bir çocuk, aralanmaması gereken bir perdeyi aralamak istermiş gibi yanlış bir şey yapayım da beni nasıl mahvedeceğini öğreneyim diye düşünüyor, hatta bana ısrar ediyor yanlış bir şey yapmam için. Ama Bora Karahanlı'yı yeterince tanıyorum. Beni mahvedecek bir şey yapabileceğini, bu yeteneğin onun kanında olduğunu biliyorum. Ama merak içimi yiyor işte! Delirmek üzereyim. Ne yapabilir? AKLINDA NE VAR? Ne yapabilir? Ne yapabileceğini düşünerek söyledi onu? Beni nasıl mahvedebilir bir düşünelim, annemle babamı öldürürse bu beni üzer. Evet. Ne demek üzer? Bu beni mahveder, ne kadar da sakin karşıladım bir an? Ama bunu yapacağını sanmıyorum. O kadar ileri gitmez. Başkalarını hedef alacak bir insan değil Bora Karahanlı. O direkt beni hedef alacak. Direkt olarak beni mahvedecek, beni üzecek bir şey yapacak. Tabii eğer yapmasını gerektiren bir hata işlersem...

Peki, asıl soru şu, yapacak mıyım? Bora Karahanlı'yı kızdıracak son darbeyi vuracak mıyım? Mahvedilmeyi göze alabilir miyim? İçimden bir ses çok da mahvetmez diyor... azıcık mahveder... birazcık mahveder... şöyle bir yudum mahveder... Deliriyorum ya. Hem nereye gitti bu adam? Yine beni bu odaya getirdi, yatağa yerleştirdi ve çekti gitti. Arabasının sesini de duymadım, evin içinde bir yerlerde olmalı. Ama nerede?

"Tamamını çantayla birlikte alın..." Bora'nın sesi odanın kapısının dışından gelince başımı kaldırıp kapıya doğru baktım. Kapı açıldı ve iki hizmetli içeri girdi aceleyle. Bana bakmadan valizlerimize doğru ilerlediler. Bora da elleri ceplerinde içeri girdi ağır ağır yürüyerek... Yüzüme bakan insan yoktu şu an bu odada, ama ben ne yaptıklarını kaşlarım çatılı bir şekilde inceliyordum. İki hizmetli valizlerin arasından Bora'ya ait olan iki valizi aldılar ve kapıya yöneldiler.

"Ne yapıyorsunuz?" diye sordum telaşla, cevap gelmeyince Bora'ya döndüm, "Ne yapıyorlar?" Hizmetliler valizlerle birlikte odadan çıkmışlardı bile Bora henüz bana dönebildiğinde. Tek elini cebinden çıkarıp kapıyı yavaşça kapattı ve sert bakışlarla yüzüme baktı.

"Valizlerimi odama götürüyorlar." dedi tek düze bir sesle. Şok içinde kaşlarımı çattım yüzüne inanamayan gözlerle baktığımda. Ne saçmalıyordu?

"Odan burası..." Sesimin soru sorar gibi çıkmasına özen göstermiştim. Burası onun da odasıydı!

"Hayır. Artık değil." Cebinde olmayan tek eliyle saçlarını düzelttikten sonra odaya göz atmaya başladı vedalaşma göz atması gibi. Şu an yürüyebiliyor olsaydım telaşla kalkıp onu sarsıp kendine getirmeye çalışırdım. "Doğru düzgün bir açıklama yapacak mısın Karahanlı, neler oluyor?" Omuz silkti sertçe. Umurunda değildi açıklama istiyor olmam. Yol boyunca arabada da yüzüme bakmamıştı. Şimdi de duygusuz, sert ve umursamazdı. Parmağımı bana taktığı yüzüğe götürüp yüzükle oynamaya başladım stresle.

"Açıklama yapmayacağım. Her şey net değil mi?"

"Taşınıyorsun? Başka odaya?" Başını salladı gözleri parmağımla oynadığım yüzüğümdeyken.

"Evet taşınıyorum ve şu yüzükle oynamayı keser misin? Parmağından çıkmayacak." O kadar sakin bir şekilde emirlerini verip başka odaya taşındığını söylüyordu ki delirmek üzereydim! Ne demekti tüm bunlar? Zaten eve uğradığı yoktu, şimdi bir de odasını mı taşıyordu?

"Şimdi, anlamama izin ver. Bu odada değil, başka odada kalacaksın öyle mi?" Başını sallayınca ağzımdan sıkıntılı bir nefes aldım. Anlamlandırmaya çalıştığım sırada Bora Karahanlı diğer elini de cebine soktu ve cevap verdi.

"Sen benimle aynı odada kalmayı hak etmiyorsun." Kurduğu cümleyle birlikte kendimi tutamayıp ağzımı kocaman açtım ve şok içinde baktım yüzüne!

"Ne! Ben mi seninle aynı odada kalmayı hak etmiyorum?" Başını salladı sakince. Ben sakin değildim ama! Ben sakin kalamazdım! O sakince konuşmaya başladığında delirmek üzereydim.

"Yaptıklarından sonra seni kendimle ödüllendirecek değildim. Cezayı hak ettin, sana en büyük ceza da benden ayrı kalmak. Şimdi iznin olursa odama geçip biraz dinleneyim diyorum. Sen de uyuyacaksan böyle üstündekilerle uyuma bence. Hava çok sıcak, soyunmana yardım edebilirim." Yanımda duran yastığı ona fırlatacakmışım gibi sıkıca kavradım sinirle. Bir de dalga geçiyordu! Dalga geçiyordu resmen!

"Ben beni soyacak başkalarını bulurum, sen git yeni odanla ilgilen!" Cümle ağzımdan çıktığı anda kaşları havaya kalktı. Söylediklerime inanamıyormuş gibi hayretle baktı yüzüme.

"Yok seni soyacak başkaları filan. Tedavülden kaldırdım onları." Tepkisi oldukça kesindi ama umurumda değildi. Beni burada tek bırakıp başka odaya gitmeyi göze alıyorsa, benim de göze alabileceğim bazı şeyler olacaktı.

"Eminim kaldırmışsındır." Kısa ve cevap gerektirmeyen cevabım onu şaşırtmış gibiydi.

"Tamam," diye mırıldandı, "odama geçiyorum."

"Tamam," diye mırıldandım, "odana geç." Parmağım anında yüzüğüme kaydı. Parmağım yüzüğüme kaydığında Bora'nın gözlerinin de yüzüğüme kaydığını gördüm.

"Yüzüğünle... oynama..." Emri umurumda değildi. O an gözüm fazlasıyla kararmıştı. Sahilde söyledikleri aklımdaydı yine. Beni mahvedeceğini söylemişti. Yanlış bir şey yaparsam beni mahvedeceğini söylemişti. Bu yüzüğü çıkarmak, başkalarıyla konuşmak, saçma imalarda bulunmak... bunların beni mahvedeceğini söylemişti. Denemek istiyordum. O odasını değiştirerek beni nasıl sinirlendirdiyse ben de mahvolmayı göze alarak onu delirtmek istiyordum.

Dikkatlice baktım yüzüne. Gözlerimi yüzünden ayırmadan izledim onu. "Bora..." diye mırıldandım inandırıcı ve sakin bir sesle, "Ben seni anladım. Sen yanlış bir şey yapmamamı istiyorsun ve bana güvenebilirsin. Yanlış bir şey yapmayacağım."

"Güzel. Sevindim."

"Şu andan itibaren Nazlı'yla bile çok sık konuşmayacağım. Sadece sen... annem ve babam..." Başını salladı memnuniyetle.

"Beni anlamana sevindim." Ben de anında başımı salladım ve elimi uzattım ona doğru.

"Şimdi telefonumu alabilir miyim?" Gözlerini devirdi anında oyunbozanlık yapmışım gibi. "Tabii ki alamazsın. Kullanman yasak."

"Bak söz veriyorum! Söz veriyorum yanlış bir şey yapmayacağım! Lütfen... sıkıldım ve telefonuma ihtiyacım var..." Birkaç saniye güvenmeyen bakışlarla baktı yüzüme. Yüzümde yalvaran bir ifade olmasına özen gösteriyordum. Bana inanacaktı. Çünkü telefonla ters bir şey yapamayacağımı aslında o da biliyordu.

"Sana gerçekten güvenebilir miyim?" Başımı salladım içten bir bakışla.

"Bana herkesten çok güvenebilirsin." Elini ceketinin cebine attı yavaşça. Telefonumu cebinden çıkardığı gibi bana doğru bir iki adım atıp telefonumu uzattı. Gülümseyerek kaptım telefonumu.

"Yanlış bir şey yapmak yok. Yaparsan... ne olacağını söyledim. Kendini düşünüyorsan yanlış bir şey yapma." Başımı salladım anında. Telefonun yüzüne bile bakmayıp Bora'ya döndüm yine.

"Şey... bir şey daha var..." Bora sinirlenmiş gibi baktı bu sefer.

"Sıkıntı çıkarma ufaklık. Zaten istek sınırını aştın." Yalvaran bakışlarla bakmaya başladım yine. Küçük bir köpek yavrusu gibi görünmek zorundaydım onu etkilemek için.

"Büyük bir şey istemiyorum. Hava çok sıcak, dışarı çıkmam da yasak ve buradan çok sıkıldım! İzin ver de bahçede oturayım." derken daha inandırıcı olması için keyifle ekledim, "Hatta sen de gel benimle otur!" Bora bir süre düşündükten sonra saçlarını kaşıdı.

"Tamam. Seni bahçeye indireyim. Benim işlerim var odada. Ama bu son istek. Tamam?"

Başımı salladım anında! Bu, Bora'ya uyguladığım son plan olacaktı. Hissediyordum. O nasıl beni onunla aynı odada kalmaya uygun görmediyse, bu durum beni nasıl üzdüyse ben de onu üzecektim. Bora cevap vermeden yanıma geldi. Eğilip beni tek harekette kaldırdı ve kucağına aldı. Tek eli bacaklarımın, tek eli belimin altındaydı. Beni sıkıca sardığında güzel kokusunu duymak onu üzmemeliymişim gibi hissettiriyordu ama umurumda değildi. O nasıl bu kadar sertse ben de olacaktım.

Birlikte hiç konuşmadan merdivenlerden indik. Bora merdivenlerden inerken hizmetlilerden birine tekerlekli sandalyemi bahçeye getirmesini emretti. Birlikte bahçeye giriş yaptığımızda hizmetli kadın tekerlekli sandalyemi peşimizden getiriyordu.

"Burası güzel!" dedim bahçenin arka çıkışına en yakın ağacı göstererek. Hizmetli tekerlekli sandalyeyi oraya park edince Bora eğilerek sandalyeme oturttu beni. Gülümseyerek baktım yüzüne.

"Teşekkür ederim Karahanlı." O ise gayet soğuk görünüyordu.

"Önemli değil. Zehra, Nehir Hanım'a meyve tabağı hazırla, solgun görünüyor." Hizmetliye emir verdikten sonra bana döndü, "Sana güvendim. Güvenimi boşa çıkarma. Ben odaya çıkıyorum." Başımı salladım anında gülerek.

"Merak etme. Bana güvenebilirsin." İkisi birlikte arkalarını dönüp uzaklaştıklarında onları izliyordum. Eve girerlerken Bora hizmetliye bana hazırlaması gereken meyveleri sayıyordu. İçeri girdiklerinde anında telefonumu açtım ve rehberimdeki en yakın taksi durağını aradım.

"Alo? Ben bir taksi istiyorum... Hayır, ev önü değil. Caddeye çıkacağım oraya geleceksiniz. Evet... Ben size adresi vereyim o zaman..."

Tekerlekli sandalyemin otomatik çalışan tekerleklerini yönlendirerek bahçenin arka kapısına doğru ilerlemeye başladım. Bora Karahanlı çok fazla düşmanı olan bir insan değildi. Kimse onunla düşman olmaya bile cesaret edemezdi. Bu yüzden güvenlik konusunda çok da titiz olduklarını söyleyemezdim. Arka kapı boştu, burayı koruyan kimse yoktu. Parmağımdaki yüzüğü acımasızca çıkarıp arka kapının hemen önüne yere bırakıverdim. Bu yüzüğü bulduğu andaki yüz ifadesini görmeyi çok isterdim...

Tekerlekli sandalyemle birlikte arka kapıdan çıkıp hafif yokuş yoldan caddeye doğru ilerlemeye başladım. Caddeye ulaştığımda daha önce buradan geçerken gördüğüm Şok Market'in önünde beklemeye koyuldum. Taksiye burayı tarif etmiştim.

Yaklaşık beş dakikalık bekleyişimin sonucunda taksideydim. Taksiyi kullanan 50'li yaşlardaki şoför amca taksiye binmeme yardımcı olmuştu. Şimdi de liseden arkadaşım Kenan'ın kafesine doğru yola çıkmıştık. Onu görmeye gidecektim. Sorgusuz sualsiz, haber vermeden onu görmeye gidecektim. Yüzüğümü bir köşeye fırlatmış bir şekilde.

Kafeye ulaştığımızda taksici taksiden inmeme yardımcı olduktan sonra o an aklıma çok ters bir şey geldi. Yanıma para almamıştım. Harika! Gerçekten! Gerçekten harika! Sinirle kafeye göz attım taksici parasını beklerken.

"Kenan!" diye seslendim içeri doğru, "Kenan!" İkinci seslenişimde tenha kafeden tanıdık bir adam çıkıverdi. Kenan, her zamanki gibi oldukça yakışıklı ve mutlu görünüyordu.

"Nehir?" Gülümseyerek baktım ona. Yanıma gelip bana doğru eğildi ve sıkıca sarıldık birbirimize. Kenan çok zengin bir ailenin oğluydu, ama bir kafe işletmeyi şirkette çalışmaya tercih etmişti. En iyisini yapmıştı.

"Seni görmeye geldim. Ama evden kaçar gibi çıkınca para almamışım yanıma... yani..." diyerek taksiyi gösterdiğimde anında cebinden bir ellilik çıkarıp taksiciye uzattı.

"Üstü kalsın abiciğim!"

"Eyvallah oğlum."

Birlikte kafeye girdiğimizde Kenan oldukça mutlu ve heyecanlıydı. Lise zamanlarında resmen en yakın arkadaş gibiydik, bizi kimse ayıramazdı. Uzun zamandır görüşmüyorduk internet mesajlaşmaları dışında...

"Eee, ne içersin?"

Bu soru geldiği anda telefonum çalınca gülümsedim. Telefonumu kavradığım gibi ekrana baktım. **Bora Karahanlı arıyor...** Pis pis sırıttım ve Kenan'a baktım.

"Çay alırım."

Kenan çayımı getirmek için masadan ayrıldığı anda telefonu Bora'nın yüzüne kapattım ve masaya bıraktım. Bir kez daha arayacağına emindim. Kesin gittiğimi gören birileri olmuştu ve ona yetiştirmişlerdi. Yoksa bu kadar çabuk fark etmesi mümkün değildi. Şu an evi düşündükçe gülesim geliyordu. Evde resmen fırtınalar kopmaya başlamıştır.

Yaklaşık iki saat. Evet, resmen iki saattir buradayım, Kenan'la sohbet ediyorum ve moral seviyem yerlerde. Çünkü telefonu yüzüne kapattığımdan beri Bora bir kez bile aramadı. BİR KEZ BİLE. Bu beni mahvediyor. Beni umursamadığını düşünüyorum VE EVET, BU BENİ MAHVEDİYOR. Beni mahvedeceğini söylediği şey bu muydu? Bir daha aramamak... Beni umursamamak...

"Sonra, kızdan da ayrılınca boşta kaldım tabii. Bizim lisede bir kızıl vardı ya hani, Dilara diye. Bir gece epey dertleştik onunla. Sabah bir baktım gece beraber olmuşuz! Ama var ya nasıl pişman oldum. Kızı biliyorsun, evlenme meraklısının teki, ben de çapkın adamım anında sıvıştım oradan..." Kenan hikâyesini anlatmaya devam ederken ağzımı açtım, "Yaa bölüyorum ama benim gitmem lazım. Mesaj aldım da şimdi... Eve çağırıyorlar..." Kenan anlayışla başını salladı.

"Tamam, ben bırakayım seni."

"Yok yok gerek yok! Ben kendim giderim..."

"Olmaz öyle şey! Ben seni bırakırım. Hadi gel... Çocuklar, kafe size emanet." Birlikte kafeden çıktığımızda Kenan beni kucağında arabasına bindirdi. Tekerlekli sandalyemi de arka koltuğa yerleştirip yola çıktı. Evin yolunu numarasına kadar tarif edip telaşla beklemeye başladım. İçimde kötü bir his vardı. Bu kötü hisse rağmen Kenan'la dönüyordum eve. Bora'yı delirteceğini bile bile Kenan'la dönüyordum.

Evin bahçesine girdiğimizde bahçedeki görevliler ve birkaç hizmetli koşuşturarak bahçenin kapısını sonuna kadar açtı.

Bahçeye giriş yaptık ve Kenan arabayı düzgün bir yere park edip arabadan indi. Dolaşıp benim kapımı da açtı ve beni kucağına aldı. Gözlerim hizmetlilerdeydi, bana acır gibi bakıyorlardı. Kaşlarımı çatıp karanlığın altındaki evimize baktım. İçeriden çıt çıkmıyordu.

"Kaçıncı kata çıkarayım seni?" Kenan'ın sorusuyla birlikte yutkundum.

"İkinci kat, merdivenin karşısındaki oda benim." Kenan beni merdivenlerden çıkardıktan sonra kaşlarımı çattım. Merdivenin karşısındaki oda benimdi, evet... Ama ben çıkarken odanın ışığını açmamıştım. Şimdi ise loş, turuncu bir ışık sızıyordu odadan.

"Kimse yoktur değil mi?" diye sordu Kenan.

"Hayır. Tek kalıyorum." Kenan kapıyı eğilerek dikkatlice açtı ve içeri doğru bir adım attı. O an yutkundum. Kötü bir şeyler olacağını sezer gibi boğazım kurudu anında. Kapı iyice açılınca gözlerimi kapattım, ilerlemeyi bekledim. Ama ilerleyemedik. Kenan hareket etmiyordu. Kenan durmuştu, gitmiyordu.

"Nehir..." diye fısıldadı Kenan... Gözlerimi yavaş yavaş açtım ve ben bir kez daha yutkundum. Nefes almak yerine bir kez daha yutkundum.

Gözlerimi yatağımın üstünde uyuyan Bora Karahanlı ve sarışın metresine çevirdim. Onlara baktım. Hiçbir şey yapamadım. Ses çıkaramadım. Nefes alamadım. Konuşamadım. Kıpırdayamadım.

Ben sadece yutkundum. Çünkü yutmak istedim. Boğazımda takılı kalmış kelimeleri bir bir yutmak, yaşadığım olayı sindirmek istedim. Bu yüzden sadece yutkundum. Ses çıkarmadan, sadece yutkundum...

28. Bölüm
En Dibe Batmak...

Hayatımızda bazı anlar vardır, kötü şeyler yaşarız, ama tepki veremeyiz. Dudaklarımızın arasından tek bir kelime bile çıkmaz, dudaklarımız işlevini yitirir. Hakaret etmek isteriz, bağırmak isteriz, hesap sormak isteriz ama dudaklarımız kıpırdamaz. Çünkü içimizden bir ses fısıldar, **"o dudaklarla öptüm ben seni, şimdi sana nasıl bağırırım?"**

Ben yaşım kaç hatırlamıyorum. Kilom kaç hatırlamıyorum. Boyum kaç hatırlamıyorum. O kadar uzun zaman oldu ki ayakta durmayalı, bir bedenim var mı onu da hatırlamıyorum. Bazı istatistikler var hatırladığım. Bir odada kaç kez yalnız bırakıldığım, tek başıma kaç kez ağlatıldığım, ne kadar istesem de ölümüne mutsuz edildiğim...

Bora Karahanlı bugün bir şeyler yaptı. Oturdu, düşündü, karar verdi ve bir şeyler yaptı. Yaptıkları gözümün önünde duruyor. Kadının iç çamaşırları, Bora'nın kıyafetleri, birbirinin üstüne binmiş ayakkabıları... Belki bu sizi üzmez, ama kadının desteksiz sutyeni benim yeşil hırkamın üstünde duruyor ve bu beni üzüyor.

Belki üzüntüden saçmalıyorum, ama desteksiz sutyen şu an durumumun farkına varmamı sağlayan tek simge. Evren bana bağırıyor, bak diyor, o diyor, desteksiz sutyen kullanıyor diyor. Oysa senin sutyenin bile destekli. Sen desteksiz yürüyemiyorsun, sen desteksiz oturamıyorsun, sen desteksiz dışarı çıkamıyorsun, sen desteksiz sarılamıyorsun, sen desteksiz yemek yiyemiyorsun, sen muhtaçsın. Sen bir hiçsin, senin boşluğun sutyeninin içine doldurulan pamukla tamamlanmaya çalışılıyor, o ise bütün bir kadın. Yürüyor, koşuyor, sarılıyor, sevişiyor.

Kadının uyuma şekline bakıyorum. Yüz üstü yatmış, bacaklarından biri Bora'ya doğru hareket etmiş, diğer bacağı ise tamamen farklı bir yerde. Bora'nın tek eli yastığın altında, tek eli kadının saçlarında. Bacakları kıpırdıyor. İkisi de uykuya yeni daldıklarını göstermek ister gibi kıpırdıyorlar. Milim milim hareket ediyor bacakları. Çok mutlular. Çok rahatlar. Çok huzurlular. Kimseye ihtiyaçları yok. İkisi de kimseye muhtaç değiller.

Ben uyumak istesem, yatmak için yardım isteyeceğim. Yatsam, kıpırdamak için yardım isteyeceğim. Kıpırdasam, üstümü örtmek için yardım isteyeceğim. Üstümü örtsem, üstümü açmak için yardım isteyeceğim.

Tuvaletim gelse gidemem, karnım acıksa yiyemem, canım sıkılsa gezemem, yanımda birini öldürseler engelleyemem, anlıyor musunuz? Bir çocuğum olsa... çocuğuma yanımda tecavüz etseler ben hiçbir şey yapamam. Ben kıpırdayamam. Yürüyemem. Yanlarına gidemem. Onları durduramam. Benim yanımda her türlü suç işlenir. Benim yanımda ağlanır, benim yanımda kirlenilir, benim yanımda ölünür, benim yanımda size her şeyi yaparlar. Ben sizi koruyamam.

Yıllar sonra ilk defa kendimi biraz olsun güçlü hissettiğim bir zaman oldu. Fransa'da sarhoş olup ona sarıldığımda, hayatımda ilk defa kendimi biraz olsun güçlü hissettim... O yanımda olacaktı hep, yanımda birini öldürseler o engel olacaktı, bana gerek kalmayacaktı. Benim bacaklarım o olacaktı. Bana "sen benim sorumluluğum oldun..." demişti. Ve ben inanmıştım. Ona deli gibi inanmak istemiştim, inanmıştım. Çünkü ben salaktım. Bora Karahanlı değişir sanmıştım. Birkaç plan yaparız düzelir sanmıştım. Çıktığı yola sokarız sanmıştım. Ama ne oldu? Bülent Ortaçgil'in bir şarkısında dediği gibi *"yıkılan duvarlar gördüm, coğrafyanın değiştiğini, hiç kimse değiştiremedi güçlünün haksızlığını... Yaşadık ve öğrendik, her şey birbirinin içinde, taşırım hâlâ ayrıntıları içimde."*

Bora Karahanlı benim için bir duvardı. Yıkıldı. O benim için bir ülkeydi, belki dünyam olacaktı, ama şu an, gözlerimin önünde coğrafyanın değiştiğini gördüm. Artık önümüzde barajlar var.

"Nehir..." Kenan'ın fısıltılı sesiyle birlikte dakikalardır burada dikilip onları izlediğimizi fark ettim. Sevişme sonrası nahoş kıpırdanmalarını izliyorduk. Elimi Kenan'ın omzuna sıkıca dayadım ve sakin kalmaya çalıştım.

"Gidelim..." diye fısıldadım sesim çıktığı kadar. Kenan tereddütle bana ve yataktaki iki insana baktığında omzunu sıktım kıpırdaması için. Ayağını kapıya doğru çevirip döndüğünde arkamızdan gelen sesle birlikte durduğunu fark ettim, "Özür dilerim." Kalp atışlarımın hızlanmasıyla birlikte yüzümün alev alev yandığını hissettim. Sanki yüzümün içinden derime doğru tutulan bir sıcak su torbası vardı. Bu onun sesiydi. Karahanlı'nın. Duygudan yoksun, mutsuz, sert, tiksinir gibi konuşan Karahanlı'nın sesi.

"Götür beni buradan." diye fısıldadım Kenan'a doğru. Kelimelerimi toparlamakta zorlanıyordum. Ne diyeceğimi, ne yapacağımı bilemiyordum. Ellerimin titrediğini hissediyordum. İçimden dua ediyordum, kalbimin içinde acıyan bir parça vardı, o parça kopup gitsin diye dua ediyordum...

"Özür dilerim." Bu sefer ses daha yakından geliyordu. Yataktan kalkmıştı. Bize doğru geliyordu. Kenan ağır ağır odanın içine doğru döndü ben her ne kadar bunu istemesem de. Gözlerimi yavaşça kaldırıp ona baktığımda yarı çıplak bir şekilde sertçe bize baktığını gördüm. Elleri altına çabucak giydiği gri pijamasının ceplerindeydi. Beni aldatmıştı, ama elleri ceplerindeydi. Özür diliyordu, ama elleri ceplerindeydi. Beni mahvetmişti... Ama elleri ceplerindeydi.

"Sesini bile duymak istemiyorum. Kenan götür beni..." diye mırıldandığım sırada Karahanlı duygusuzca başını yana doğru eğdi kısık gözlerle bize bakarken.

"Açıklamama izin ver." Sesinde hiçbir duygu, hiçbir pişmanlık, hiçbir yalvarma tınısı yoktu. Nefret eder gibi konuşuyordu.

"Açıklamanı istemiyorum. Göreceğimi gördüm. Sevişmenizin ayrıntılarına ihtiyacım yok..." Derin bir nefes aldığını gördüm sıkılmış gibi. Beni mahvedeceğini söylemişti, dediğini yapmıştı. Sanırım bundan daha kötüsünü yapamazdı. Ama sevinmeliyim, beni daha fazla üzemeyecekti, çünkü son raddeye kadar üzmüştü.

"Geçerli bir açıklamam olduğuna inanabilirsin. Özür dilerim. Burada... senin yatağında bunu yapmam kötü oldu. Ama merdivenlere en yakın oda seninkiydi. Benim odam koridorun sonunda. Ben de onu o kadar çok istiyordum ki kendi odama gidene kadar dayanamadım... Kusura bakma."

Birileri bir şeyler söylerken kulaklarımıza inanamayız ya hani, onun ötesi nedir, bilir misiniz? Gözlerinize, burnunuza, dudaklarınıza, teninize, saçlarınıza, ellerinize, kollarınıza, bacaklarınıza, ayaklarınıza, parmaklarınıza, dizlerinize, dirseklerinize, bileklerinize, vücudunuzdaki bütün damarlarınıza, kemiklerinize, neyiniz varsa ona inanamamaktır. Ben şu an, burada duruyorum. Odamın içinde, karşımda bir adam var. Ve ben artık kendi kulaklarıma inanamamaktan geçtim. Ben artık Bora'nın kulaklarına bile inanamıyorum. Söylediklerini kim duyduysa, hangi nesne söylediklerine şahit olduysa ona inanamıyorum. Duvardaki tabloya inanamıyorum, yataktaki çarşafa inanamıyorum. Ben inanamıyorum. Ben şoktayım. Ben ölüyorum.

"Beni..." diye fısıldadım ağzımdan çıkan bir hıçkırıkla birlikte, "götür... bu..." Devam etmeme gerek kalmadı. Kenan devamını beklemeden döndü, kapıdan çıkıp gitti. Ben salağım. Ben öyle salağım ki gözyaşlarımın arasında dönüp odanın kapısına baktım arkamızdan geliyor mu diye. Ben öyle aptalım ki hâlâ gelmesini istiyorum. Öyle geri zekâlıyım ki açıklasın istiyorum. Öyle safım ki dudaklarının arasından güzel kelimeler çıksın istiyorum...

"Bu neydi şimdi?" Kenan'ın sinirli sorusuyla birlikte başımı omzuna yasladım. Gözyaşlarım otomatiğe bağlamış gibi akıp dururken omzunu kollarımla sıkıca sardım.

"Lütfen sus..." Açıklamak istemiyordum. O benim kocamdı, beni aldattı ve eli cebinde yaptığı açıklaması özetle *"Kendi odama kadar dayanamadım, senin odanda hallediverdim, kusura bakma"* demek istemiyordum.

Kenan anlayışla konuşmaya devam etmedi. Birlikte merdivenlerden indik. Evden hizmetçilerin acıyan bakışları altında çıktık ve Kenan beni arabasının arka koltuğuna yatırdı yatmaya ihtiyacım olduğunu anlamış gibi. Şu an tek istediğim günlerce hiç kalkmadan yatmaktı.

"Nereye götüreyim seni?" Cevap vermek için dudaklarımı araladığım anda ağzımdan küçük bir hıçkırık, ardından devam eden yüzlerce hıçkırık daha çıkınca konuşamadım bile. Deli gibi ağlıyordum. Bağırmak istiyordum, çığlık ata ata, acı çeke çeke, karnımı tuta tuta ağlamak istiyordum. Kenan bana acır gibi baktıktan sonra hiçbir şey söylemeden önüne döndü. Arabayı çalıştırdı ve yola çıktı.

Yol boyunca tek yaptığım ağlamaktı. Deliye dönmüş gibi ağlıyordum. Canım öyle çok yanıyordu ki gözlerimin içine kaynar su döküyorlarmış da her damladan sonra elleri ceplerinde "kusura bakma" diyorlarmış gibi hissediyordum. İçimde garip bir şeyler dönüyordu. Bazı organlarım yer değiştiriyordu sanki, ellerimin içi bile acı çekiyordu, kalbim haddinden fazla atıyordu ve ben yılların yorgunluğunu yeni fark ediyordum. Üzülüyordum. Ben çok üzülüyordum. Kendi halime üzülüyordum, çok daha iyi şeyler hak ederken bulunduğum şu duruma üzülüyordum. Kimseye değil, kendime acıyordum.

Gözlerim saatler sonra açıldığında kendimi loş bir odada, rahat bir yatağın üstünde buldum. Başımda konuşan tanıdık iki sesle birlikte kendimi uyanmaya zorladım.

"Hâlâ aklım almıyor. Bunu yapacağı aklımın ucundan bile geçmezdi. Benim yüzümden oldu biraz da. Kızı ben gaza getirdim. Ne bileyim adamın piç olduğunu!" Nazlı'nın sinirli sesi, bana biraz da olsun kendimi iyi hissettiriyordu. Onun sesini duymak dünya üzerindeki en sevdiğiniz insanlardan birinin sesini duymaktı işte. Ne olursa olsun beni en üzmeyecek insan oydu.

"Bu kızı bu hâlde evlendirmek ne demek Nazlı ya? Ben ona takılı kaldım. Nehir'in durumu belli. O adamın durumu da belli. Evliliğin sonucu resmen evlenirlerken belliymiş! Delireceğim şimdi. Ben o şerefsize haddini bildirirdim de kucağımda Nehir vardı. O an onu o ortamdan uzaklaştırmaktan başka bir şey düşünemedim. Ama var ya Nehir'i hayatım boyunca böyle görmemiştim ben. Kız resmen mahvoldu. Resmen bitti gözlerimin önünde."

"Tahmin edebiliyorum. Kuzum benim ya... Kız yıllardır toparlayamadı ki bir türlü. Yaşama sevinci denen şey kalmadı. Şöyle bir sarsılsa bir kendine gelse, kendi hayatına baksa artık nasıl mutlu olurum var ya... Ben her şeye varım onunla. Yeter ki o istesin. İsterse kendi bacaklarımı ona veririm ben!"

"Hepimiz yanındayız Nazlı. Ne yapsak da kendine getirsek bilmiyorum ki. Hani derler ya, bataklığa battığında bataklıktan çıkmanın tek yolu en dibe ayağınla basmaktır diye. Kurtulmanın tek yolu en dibe batmak aslında. Dibe batmadan yüzeye çıkamıyor insan. Uyansın konuşalım, bak diyelim, sen zaten battın hadi tut elimizi de çıkaralım seni... Bu böyle olmaz."

Konuşmaları, söyledikleri, kelimeleri beni uzun zamandır aklıma gelmeyen bir şeyi düşünmeye itti. Bataklıktan çıkmak için en dibe batmak, ayağınla en dibe basmak gerekiyordu. Kendimi düşündüm. Bataklıktayım, en dibe battım, ama en dibe ayağımla basamıyorum. Çünkü ayaklarım kıpırdamıyor. Bacaklarım, ayaklarım, belimin altı hiçbir şekilde kıpırdamıyor. Buradan çıkmamın tek yolu var, biliyorum. Nefes almak istiyorum, çamur yüzümü kaplamış, nefes alamıyorum. Ve evet, buradan çıkmanın tek yolu var. Buradan çıkmanın tek yolu ayaklarımı kıpırdatmak. Hareket etmelerini sağlamak. Ve belki de hayatımda ilk defa içimden bir ses beni heyecanlandıran bir şeyler fısıldıyor, *"yapabilirsin."*

29. Bölüm
Yatak Doluydu

Saatler sonra hâlâ buradayım. Hâlâ Kenan'nın yatağında yatmış olup biteni ve yapacaklarımı düşünüyorum. İki tane seçeneğim var zaten. Bitmek ve başlamak. Ben ya biteceğim ya başlayacağım. Sanki bakanlıktan gelen bir zarfla bildirildi bana artık bir karar vermem gerektiği. Nehir dediler, ya doğarsın ya ölürsün. Ya nefes alırsın ya nefes verirsin. Ya yazarsın ya silersin. Ya gidersin ya durursun. Ve ben kararımı verdim. Ben doğacağım. Ben nefes alacağım. Ben yazacağım. Ben gideceğim. Çünkü son birkaç saattir hayatım boyunca üzülmediğim kadar üzüldüm. Ve emin olun, üzülmek beni çok üzdü...

"Uyandırsak mı? Bir şeyler yemezse hasta olacak..." Nazlı'nın şefkatli sesiyle birlikte kapalı tuttuğum gözlerimi ağır ağır aralayıp onlara baktım. Kenan da Nazlı da en az bir anne sıcaklığıyla eğilmiş beni izliyorlardı. Gözlerimin açıldığını gördüklerinde rahat bir nefes aldıklarını gördüm.

"Uyanıktın değil mi sen? Okulda da hep uyuma numarası yapardın hocalar seni kaldırmasın diye. Var ya kızım siz ikiniz de hiç değişmiyorsunuz! Nazlı aynı Nazlı, Nehir aynı Nehir. Ama ben öyle miyim? Gün geçtikçe yakışıklılık seviyem zirveye daha çok yaklaşıyor. Tehlikenin farkında mısınız? Geçen bir kız geldi bizim mekâna. Ne alırsınız dedim, 'Seni alırım. Mümkünse üstünde paket olmasın. Fazlalıkları sevmem.' demez mi?"

Kendimi tutamayıp Kenan'ın saçma sapan çabasına güldüm. Bu durumu biraz önce planlamışlardı. Ben uyandığım anda başka bir konu açıp kafamı dağıtacaklardı akılları sıra. Nazlı bu görevi Kenan'a bırakmamalıydı. Eminim kendisi çok daha iyi bir fıkra anlatabilirdi. Ama ben kararlıydım, depresif görünmeyecektim. Ben üzülmüştüm, evet. Ama en azından arkadaşlarımı üzmemeliydim.

"Ahah, ciddi misin!" dedim yapmacık bir neşeyle. Gülerken canım yandı ciddi ciddi. Ben bunu hep ağır abi kitaplarında okurdum. Ama şimdi gerçek oluyor. Çok garip.

"Gülüyormuşsun gibi yapma Nehir, çok belli oluyor. Kenan sana da iyi ki bir görev verdik! Hani diğer hikâyeyi anlatacaktın niye bunu anlattın?" Nazlı Kenan'ı azarlarken kendi çabalarımla ağır ağır doğrulup yatağın başlığına yaslandım onları izlediğim sırada.

"Kızım ne bileyim ya birden hiç beklemediğim bir anda uyanınca heyecan yaptım. Kolaysa sen anlat. Ayrıca bu hikâye diğerinden daha iyiydi. Onda çok ayrıntı var. Hatırlayamıyorum bile. Ama bir deneyeyim mi?" Nazlı gözlerini devirerek Kenan'a dirsek attıktan sonra bana döndü. "Hayatım sana yemekler yaptım. Hem de en sevdiklerinden! Kremalı patates ve tavuklu mantar. Kenan da tatlı yapıp geldi şimdi. Nöbetleşe gittik mutfağa. O buradayken ben yaptım, ben buradayken o. Merak etme, hiç yalnız bırakmadık seni ve bırakmayacağız da!" Gülümsemeye çalıştım. İnsan bir kere düştüğü zaman kalkmak için belki onu düşürene değil ama arkadaşlarına ihtiyaç duyuyordu. Ben mesela... şu an arkadaşlarım olmasaydı ne yapardım bilmiyorum. Odaya kendim girseydim. Bora'yı tek başıma görseydim. Ne yapardım? Kıvrılıp yanlarına mı yatardım?

"Tatlı mı?" diye mırıldandı Kenan şaşkınlıkla.

"Evet, tatlı yap dedim sana."

"İyi de ben içli köfte yaptım. Ne tatlısı?" Birden hiç çaba göstermeme gerek kalmadan kendimi tutamayıp büyük bir kahkaha attım.

"Nasıl yani?" dedi Nazlı şaşkınlıkla, "Tatlı olarak içli köfte mi yaptın?"

Şu anda bugün aldatılmış olduğumu tamamen unutmuş durumdaydım. Hani böyle anlar olur ya, cenaze evlerinde bile, herkes ağlarken komşunun minik oğlu komik bir şey söyler ve herkesin buna öyle çok ihtiyacı vardır ki birden normalden daha büyük bir gülme tepkisi gelir. Belki durum o kadar da komik değil ama sinir bozukluğundan nasıl güldüğümü tahmin bile edemezsiniz!

"Yaa ne bileyim tatlı istediğini Nazlı? Tatlı yap demedin ki bana."

"Nasıl demedim ya! Ben yemekleri yapayım sen de tatlıyı yap dedim işte bu cümleden içli köfte yapman gerektiğini mi çıkardın?"

"Na... nazlı..." dedim büyük bir kahkahayla, "Bırak boş ver... Benim en sevdiğim tatlı da içli köfte zaten!" Onların da sinirleri öyle bozuktu ki birden gülmeye başladılar! Elimi karnıma götürdüğümde Kenan gülerken kendi kendine söyleniyordu, Nazlı da aklına gelen başka bir şeyi anlatmaya çalışıyordu.

"Hani yerli malları haftasıydı, bu salak da alman çikolatası getirmişti hoca kendisinden tatlı istedi diye! Ahaha ya düşünsene yerli malları kutlamasına alman çikolatası getiriyor! Senin derdin ne Kenan?" Gülmekten ölmek üzereydim. Gerçekten böyle bir olay olmuştu ve okul hayatım boyunca unutamayacağım nadir olaylardan biriydi! Bir de sınıftakiler dalga geçince iki saat ağlamıştı isminin Kenan olmasına aldırmadan. Ne günlerdi ya. Teselli edeceğiz diye canımız çıkmıştı Nazlı'yla.

"Çok mu komik? Dans gösterisi için gelip sizin evde kalan Alman yakışıklı geldi galiba aklına Nazlı?" Bu sefer uzun zamandır atmadığım kadar büyük bir kahkaha attım Nazlı şoka girdiğinde! Bu, alman çikolatasından da komik bir olaydı!

"Ahaha Kenan yapma bak ağlayacak yine!" Nazlı sinirle üstündeki kırmızı şalı çıkarıp Kenan'a doğru sallayınca gülmekten nefes almaya çalıştım!

"Neden aklıma getiriyorsunuz? Hayatımda aldığım en büyük darbeyle neden dalga geçiyorsunuz?"

"Alman çikolatasını aklıma getirmeseydin Alman yakışıklıyı aklına getirmezdim herhalde!"

Gülmekten kendimden geçmek üzereydim resmen. Olayı çok net hatırlıyordum. Okula dans gösterisi için yurtdışından dansçıların geleceği söylenmişti. Gönüllü yirmi kişi de onları evlerinde ağırlayacaklardı. Ben bu tarz şeylerden hoşlanmadığım için istememiştim. Ama Nazlı direkt atlamıştı yabancı sevgili bulacağım diye. Gelmelerine bir hafta kala her öğrenciye düşen yabancı dansçının isimlerinin yer aldığı bir liste astılar.

Listede aynen şöyle yazıyordu: **"Nazlı Özkaya / Hans Grimm – Almanya"**

Tabii biz bunu görünce çığlık çığlığa sevindik! Bilindiği üzere Hans en bilindik Alman erkek isimlerindendi. Nazlı da küçüklüğünden beri yabancılara ilgi duyduğundan çok sevindik. Tabii benim sevincim abartılı değildi. Arkadaşımın hayali gerçekleşecek diye seviniyordum. Ama Nazlı'yı görmeniz lazımdı! Saçını ertesi gün kızıla boyatıp uçlarına sarı balyaj attırdı ne alakaysa. Kollarına şekilli şekilli "HANS" yazmalar, tırnaklarına tek tek Hans isminin harflerini ojeyle çizmeler... bir görmeniz lazımdı! Kız resmen beşik kertmesini karşılayacak gibi hazırlandı! Günlerce herkese Alman sevgilim var diye hava atıp durdu. Biz de Kenan'la şaşkın gözlerle izliyorduk onu. Bir haftanın sonunda hepimiz bahçeye indik. Dansçıları beklemeye başladık. Lüks arabalarla girdiler okulun bahçesine. Tek tek herkes ellerindeki öğrenci resimleriyle gelip kendilerini misafir edecek öğrencileri buluyorlardı. Baktık bir tane sarışın uzun boylu taş gibi bir hatun bize doğru geliyor. Bu taş gibi tabiri de Kenan'dan kalma bu arada! Tabii biz şaşırdık, yanlışlık var diye bakıyoruz. Kız Nazlı'ya elini uzattı. Biz şok içinde bakarken gayet tatlı bir sesle "Hi, my name is Hans." demez mi? Nazlı'nın hayatı boyunca yaşadığı en büyük şok buydu sanırım.

"Susun, tamam ya! Nehir, sen de öyle çok gülme! Bak şu an aklıma gelmedi ama düşünüyorum, en rezil olduğun anı bulup sana zevkle hatırlatacağım!" derken sırıtarak baktım ona. "Ben anlatayım en rezil olduğum anı sana?"

İkisi de kaşlarını çatmış bakarlarken boğazımı temizledim. "Aldatıldım! Kenan'ın gözleri önünde aldatıldım! Kocamla aynı odada bile kalmıyoruz, ama buna rağmen kocam kendi odasında değil benim odamda, benim yatağımda aldattı beni! Ve en komiği de ne biliyor musun," dedim kıkırdamalarımın ardından, "Nehir saçmalıyorsun. Hadi yemek yiyoruz..."

"En komiği de açıklamasıydı! Kusura bakma öyle azmıştım ki kendi odama kadar dayanamadım senin odana sokuverdim sarışın sevgilimi dedi resmen! Ahaha! Görmen lazımdı, sarışının saçlar dağılmış, bacaklar iki metre... Sutyeni benim kıyafetlerimin üstünde. Ve sutyeni destekli değil... Çünkü... hani... biliyorsun... yani... ihti..." Konuşamadım. Yine gülmek istedim. Anlatırken yaptığım gibi gülmeye devam etmek istedim. Bir kahkaha daha atmak istedim. Ama olmadı. Gözlerimden süzülen yaşlar, ağzımdan çıkan hıçkırıklar beni şaşırttı. Bir yarım saatliğine de olsa atlattığımı sanmıştım. Ama bu atlatılabilecek bir şey değildi. Acıyı atlatmak için acı çekmek gerekiyordu. Biraz daha acı çekmek zorundaydım.

"Nehir, görmüyor musun, adam intikam almak istemiş... Ben o gece bardayken onun halini gördüm. Seni başkalarıyla görünce deliye dönüyor işte. Sen yüzüğünü filan çıkarıp atınca, haber vermeden Kenan'la buluşmaya gidince öfkeden deliye dönmüştür! O yüzden yapmıştır! Yoksa emin ol, mesele sadece sevişme meselesi olsa bunu kendi odasında yapardı. Senin yatağında yaptıysa bu intikam almak içindir... Sana yüzüğü çıkarma dedi... çıkardın. Belki bu olayı başkasına anlatsak, ne bileyim bir erkeğe anlatsak o da Bora'yı haklı görecek. Mesela Kenan'a soralım." Gözyaşlarımın arasından Kenan'a baktığımda oldukça üzgün görünüyordu. Halime üzülüyordu.

"Şimdi bu adam senin kimseyle görüşmeni konuşmanı istemiyor. Yanlış mı anladım?"

"Doğru anladın," diye söze girdi Nazlı, "bir sürü yasak filan koydu kıza. Kimse yanına yaklaşsın istemiyor! Bu konuda biraz psikopat diyebilirim... İşte en son biz bara gittik. Anında geldi, bardaki bütün insanları dışarı çıkarttırdı. Sonra yanımızdaki adamları da... onların sonu pek iyi olmadı hatta. Nehir'in önüne doğru eğildi. Tek taş bir yüzük taktı parmağına! Bu yüzüğü parmağından çıkarmayacaksın yanında bela istemiyorum diye sıkı sıkı tembihledi. Eğer bir yanlış yaparsan bu sefer mahvolan sen olursun dedi... Sonrasını çok iyi bilmiyorum." dediğinde ben devreye girdim. "Sonra eve gittik. Bahçeye çıkmak istedim. Önce çıkarmak istemedi ama yalvardım. Yanlış bir şey yapmayacağıma söz verdim. O da çıkardı... Sonra... sana güvenebilir miyim diye sordu. Ben de güvenebileceğini söyledim. Sonra eve girer girmez yüzüğü bahçenin kapısının önüne atıp çıktım sana geldim. Bir kere aradı, yüzüne kapattım. Bir daha aramadı. Sonrasını sen de biliyorsun zaten." Kenan gözlerini bana çevirip kararsız bir şekilde yüzüme baktı. Söylemek istemediği bir şeyi söyleyecekmiş gibiydi.

"Aslında bakarsan..." dedi ama tereddüt ettiği belliydi.

"Söyle Kenan."

"Yani, durumu tam anlatınca çok da haksız diyemem. Adam sana güvenmiş ve anında güvenini boşa çıkarmışsın. Ne kadar sinirlendiğini tahmin edebiliyorum. Bu bir ilk de değil. Daha önce de bu tarz planlar yapıp uyguladığınız için ben onun yerinde olsaydım... peşinde koşmak yerine ben de sana bir ders vermek için bu tarz bir şey yapabilirdim. İntikam almak için." Kaşlarımı çattım şaşkınlıkla. Gerçekten onu biraz da olsun haklı görüyor olabilirler miydi?

"O benim canımı yaktı. O an... o an öleceğimi sandım! Ölmek istedim! Bunu bana o istettirdi! Onu nasıl haklı görebilirsiniz?"

İkisi de anında toparlandılar. "Saçmalama Nehir!" dedi Nazlı, "Tabii ki o aptalı haklı görmüyoruz. Sadece şunu söylemeye çalışıyoruz. Seni üzmek için yapmadı, sana ders vermek için yaptı. Ama seni üzdü. Bu da onu kötü bir insan yapar... hem zaten..." derken evin zilinin çaldığını duyduk. Kenan ayağa kalkıp kolundaki saate baktı.

"Saat gecenin 3'ü. Kim gelir ki bu saatte?" Nazlı anında bana döndü.

"Bora Karahanlı?" Gelmiş olabilir miydi? Gerçekten, ne yüzle gelecekti?

"Gelecek olsaydı saatler önce peşimden gelmez miydi? Şimdi niye?"

"Belki aklı başına geldi! Belki özür dileyecek?"

Nazlı'yla birbirimize soran gözlerle baktığımız sırada Kenan araya girdi. "Açıyor muyum açmıyor muyum?"

Ben cevap bile veremeden Nazlı atladı. "Açıyorsun tabii ki! Hadi hadi! Nehir sen de sakin ol. Yanlış bir şey söyleme. Küfür filan etme sakın!" dediği anda şaşkınlıkla kaşlarımı kaldırdım.

"Küfür mü?"

"Yaa ben ne söylediğimi biliyor muyum? Bitirici bir şey söyleme! Açık kapı bırak! Tamam mı? Üstünde iyice düşünmeden hiçbir karar verme!" Ben ne yapacağımı gayet iyi biliyordum. Alacağım tavır çok net olacaktı. Kafamda yeni bir plan oluşmuştu bile. Planın adı şuydu: **"Sen Benim Zerre Kadar Umurumda Değilsin Bora Karahanlı Planı!"**

Kenan odadan çoktan çıkmış, kapıyı açmaya gitmişti. Sadece birkaç dakika sonra odanın kapısını açtı Kenan. Saçlarımı nedensizce düzelttiğim sırada odaya Bora'nın koruması Gökhan girince şaşkınlıkla bakakaldım.

"Nehir Hanım, sizi almaya geldim..."

Bir an ciddi anlamda bir şeyler de benim istediğim gibi gidecek sanmıştım. Belki pişman olmuştu -ki pişman olması bir şeyleri değiştirmezdi- ama yine de belki pişman olmuştu ve buraya kadar gelip beni almak istiyor sanmıştım. Ama o bunu bile yapmamıştı, yapmıyordu. Onun bundan sonra benim için yapabileceği en büyük şey adamını yollayıp beni aldırtmak olacaktı demek ki. Ama yıkılmayacaktım. Madem işi buraya kadar getirmişti, madem istediği buydu, ben de ona uyacaktım. Ona yapabileceğim en kötü şeyin söylediklerine uymamak olduğunu sanıyordu ama onun asıl canını yakacak şey söylediklerine uymam olacaktı. Çünkü söylediklerine uymamam onu umursadığımı gösteriyordu, ama söylediklerine uymam buram buram seni umursamıyorum diye bağırmak demekti.

"Tamam!" dedim enerjik görünmeye çalışarak, "Gidelim!" Nazlı ve Kenan şaşkınlıkla beni izliyorlardı.

"Nehir saçmalama, nereye?" Kenan'ın kızgın sorusuyla birlikte gülümsedim. Bir karar vermiştim, bir plan yapmıştım. Bora'ya üzgün olmadığımı, onu umursamadığımı, yıkılmadığımı gösterecektim. Beni çağırıyorsa gidecektim, ne derse yapacaktım. Ancak bu şekilde anlayacaktı onu umursamadığımı. Ancak bu şekilde canı yanacaktı.

"Çocuklar, siz yemeğinizi yiyin, benim yerime de eğlenin... Ben Gökhan'la eve döneyim. Tamam mı? Siz beni merak etmeyin ben gayet iyiyim." Gökhan bana yaklaşırken Kenan da ona doğru bir adım attığında Nazlı Kenan'ı durdurdu.

"Tamam," dedi Nazlı, "telefonunu yanından ayırma. Bir şey olursa anında haber ver." Başımı salladım. Gökhan beni rahatça kucağına aldı, bir eline de tekerlekli sandalyemi kapalı bir şekilde alıp kapıya yöneldi.

"Görüşürüz!" diye mırıldandım gözlerim dolu dolu mutlu görünmeye çalışarak.

Evden çıktığımızda kalbimin deli gibi attığını hissediyordum. Bir şeylerden korkuyordum, ama neyden korktuğumu bilmiyordum. Hayatımın çok daha kötü bir hale gelmesinden korkuyordum belki de. Her şeyin iyice dibe batmasından... Bora'yı bir daha ne zaman görebilecektim mesela? Beni bu kadar üzecek kadar nefret ediyordu benden. Bu şekilde odama beni görmeye de gelmezdi artık. Ki nefretimiz karşılıklıydı. Sonuçta ben de ondan... ben de... ondan... yani...

Şoför arabanın arka kapısını açıp tekerlekli sandalyeyi Gökhan'ın elinden alınca Gökhan beni arka koltuğa doğru oturttu. Tam o sırada başımı kaldırdığımda şoka girdim. Ufak çaplı değil, büyük, metrelerce çaplı bir şok.

"Sandığımdan kolay oldu." Bora Karahanlı'nın sert sesiyle birlikte olayı anlamaya çalıştım. Beni almaya kendisi de gelmişti ama eve girmemişti.

"Eve girmek klasına uymadı galiba?" Başını salladı anında.

"Sana söylemiştim. Bora Karahanlı kimseye gitmez." Yutkundum. Ona öyle kızgındım ki şu an yapmam gereken tek şey bağırıp ağlayarak yüzüne bir tokat yapıştırmaktı. Ama yapamazdım. Bu onu mutlu ederdi. Beni mahvettiğini görmek onu mutlu ederdi. Buna izin veremezdim.

"Haklısın," dedim gülmeye çalışarak, "ama bana geldin." Yüzüme uzun uzun baktı. Bakışlarında garip bir hüzün vardı. Ben bile daha mutlu bakıyordum belki. İstediği gibi mahvolmadığım için mi üzgündü?

"Gelmedim."

Başımı salladım itiraz eder gibi. "Geldin, Karahanlı. Evden çıktın. Arabaya bindin. Buraya geldin. Eve gel ya da gelme. Sen bana geldin..." Çenesinin sinirle kasıldığını hissettim. Haklı olduğumu biliyordu. Bana gelmişti, gelip beni almaya yüzü yoktu. Ama gelmişti.

"Ama ne var biliyor musun..." diye mırıldandım acımasızca. Başını kaldırdı.

"Ne?" Kuracağım cümleler tamamen onu üzmeye yönelik olacaktı. Belki ona tokat atmayacaktım, ona bağırmayacaktım, ağlamayacaktım. Ama canını yakacaktım. Bu kadarını hak etmişti.

"Senden çok Gökhan'la evliymişim gibi hissettim şimdi. Beni kucağına aldığında... kollarıyla beni sardığında... o kadar güvende hissettim ki..." Alnında öfkeyle beliren kalın bir damar hoşuma gitmiyor değildi.

"Sus..." diye mırıldanıp başını cama doğru çevirdi.

"O olmasa bile Kenan var. Onunla sadece evli gibi değil, çocuklu gibi de hissettim. Sinirlerim nedensizce öyle bozuktu ki kucağındayken dakikalarca teselli etti beni. Verdiği telkinler bana kendimi öyle iyi hissettirdi ki, sanki senin dolduramadığın boşluğu o dolduruyor gibiydi. Bir insan ancak çocuklarının annesine bu kadar iyi hissettirebilirdi. Kim bilir belki bir gün..." derken tahammülsüzce konuştu.

"Sus Nehir!"

"Biliyor musun belki inanmayacaksın ama arkadaşım olmasaydı Kenan'la aramda bir şeyler olabilirdi. Çünkü bugün kucağındayken fark ettim ki dokunuşları çok hoş... Eli sırtımdayken keşke başka yerlerime de dokunsa diye düşünüyordum. Ağlıyordum evet, ama aklımda bu vardı. Beni odama çıkardığında da ağlamamın sebebi neydi biliyor musun? Sizi görmem değildi. Ağlamamın sebebi yatağın dolu olduğunu görmemdi. Yatak dolu olmasaydı... Kenan'ı... yatağa..."

"Kapa çeneni Nehir! Kapa çeneni! Eğer bu dudaklarının arasından ters bir kelime daha çıkarsa inerim bu arabadan, girerim o eve, senin yatağa atma hayalleri kurduğun o arkadaşını bizzat ben yatağa atarım! Ne yapacağımı da tahmin edebiliyorsundur! Tek kelime daha edersen hayallerini bizzat ben gerçekleştiririm! Tamam mı? Anladın mı?"

Gülümsedim. Başımı salladım. Gözlerimin önünde öfke nöbeti geçiriyordu. Oysa ben çok sakindim. Umurumda değildi. Hiçbir şey umurumda değildi. Ona aldatıldığıma değil de yatağı dolu bulduğuma ağladığımı söylemiştim ya artık mutsuz olmam için bir sebep yoktu.

"Eve giderken dondurma alalım mı?" diye mırıldandım sakince. Gözleri uzun bir süre anlam vermeye çalışır gibi yüzümde dolaştı.

"Siktir..." diye mırıldanıp hâlâ hareket etmemiş arabadan aşağı indi. Çaktırmadığım bir korkuyla ne yapacağına bakarken şoför koltuğunun yanındaki koltuğun kapısını açtı.

"Gökhan, in arabadan." diye mırıldandı. Gökhan anında arabadan inince ön koltuğa oturdu.

"Efendim ben de Nehir Hanım'ın yanına mı..." derken Gökhan'ın sözünü bitirmesine bile izin vermedi.

"Yürüyerek gel." Yutkundum. Muhtemelen Gökhan'ı da bir nevi bana güvende hissettirdiği için kendince cezalandırıyordu. Ama cezalandırılması gereken tek kişi kendisiydi, bundan haberi bile yoktu. Gökhan itiraz bile etmeden arabanın kapılarını kapatınca şoför arabayı çalıştırdı. Öne doğru eğildim ve ellerimi Bora'nın koltuğunun arkasına dayadım. Onu delirtmeye kararlıydım. Madem umursamak işe yaramıyordu, o zaman umursamayacaktım. Masumca baktım aynadan yansımasını gördüğüm yüzüne.

"Dondurma alalım mı?" diye mırıldandım sessizce.

"Hayır." Sesi oldukça sertti. Bana olan öfkesi kat kat artıyordu. Ve bu hoşuma gidiyordu. Olaya bakın, o beni aldattı ama kızgın olan taraf yine o. Ne demeyi planlıyor mesela, **"Nehir, seni aldattığım için sana çok kızgınım!"** mı? Benden özür beklediğini düşünsenize. **"Beni aldattığın için senden çok özür dilerim Karahanlı."** Yakında bu diyalogu da yaşarız. Yaşamadığımız bir bu kaldı çünkü... Bu da olur, bunu da beklerim.

Israr etmeden arkama yaslandım. Gözlerimi karanlık sokaklara çevirdim ve elimdeki telefonumu sıkıca kavradım. İçimde büyük bir rahatlık vardı. Aldatılmıştım ve aldığım açıklama kimsenin hayal edemeyeceği kadar can yakıcıydı. Ama uzun zaman sonra kendimi ilk defa özgür hissediyordum. Öyle bir karar almıştım ki neredeyse kalkıp koşacaktım. Başımı camdan telefonuma çevirdim. Telefonumu açıp internete girdim ve acelem yokmuş gibi ağır ağır yazdım arama çubuğuna, **fizik tedavi ve rehabilitasyon.** Acelem yoktu. Çünkü acele etmek istemiyordum. Onu sürüm sürüm süründürmek istiyordum, ona acı çektirmek istiyordum. Ve inanın bana, eğer ben yürümeye başladığımda acı çekerse bu beni mutlu etmezdi. Ona yürürken değil, yürüyemezken acı çektirecektim. Ona bunu yapabileceğimi gösterecektim. Çünkü yapabilirdim... ve yapacaktım.

30. Bölüm
Benim Asfaltım...

"İsimleri unut. Yüzleri, sesleri, kokuları filan. Geçmişine asfalt dök. Yürüyebilmek için ihtiyacın olacak."

Burak Aksak

"Geldik, efendim." Şoförün uyarısıyla Bora gözlerini daldığı araba camından ayırdı. Yol boyunca hiçbir şey söylemeden öylece dışarıyı izlemişti. Ben de bir iki defa şoföre yolla ilgili sorular sorduktan sonra susmuştum. Şimdi Bora geldiğimizi bile anlamamıştı, birkaç dakikadır evin bahçesinde öylece duruyorduk. Sessizce dışarıyı izliyordu. Aklında ne olduğunu çok merak ediyordum. Sarışını mı özlemişti? Nasıl seviştiklerini mi düşünüyordu? Onu nasıl tatmin ettiğini, uzun bacaklarını nasıl beline doladığını, onu kendisine nasıl hapsettiğini...

"Geldik mi?" Bora yeni uyanmış gibi afallamıştı ve başını çevirince kaşlarımı çattım.

"Evet efendim. Üç dakikadır bahçedeyiz. Ben Nehir Hanım'ı indireyim..." Şoför Bora'nın kapısını açmış konuşurken benim kapımı açmaya yeltenince Bora onu durdurdu.

"Hayır. Sen işine bak." Arabadan ağır ağır indi. Arka kapıyı açtı ve benim kaşları çatılı bakışlarıma aldırmadan eğildi, tek kolunu dizlerimin altına, tek kolunu sırtıma doğru dayayıp beni sıkıca kavradı ve kucağına aldı. Çok garip görünüyordu. Sinirli desem değil, üzgün desem değil... Neydi bu halinin açıklaması? Gözlerime bakmıyordu. Yüzüme bakmıyordu. Bana bakmıyordu. Gözleri tamamen faklı bir yerlerdeydi. Aklı da burada değildi sanki. O kadında mıydı aklı? Yüzünü izledim. Mavi gözlerinin bana bir ipucu sunabileceğini sandım ama duvardan farkı yoktu sert yüzünün. İçimde ufak bir yer, yüzündeki ifadenin pişmanlık olması için dua ediyordu. Başka bir yer ise pişmanlık olsa bile ondan nefret etmeye devam edeceğimi fısıldayıp duruyordu. İçim bile iki cepheye ayrılmıştı. İçim bile ikiye bölünmüştü. Bora Karahanlı benim içimi bile fikir ayrılığına düşürmüştü.

Şimdi aklımda çok daha önemli bir soru vardı. Ben Bora'nın kucağındaydım. Merdivenlerden çıkıyorduk. Ama nereye gidiyorduk? Beni o odaya götürecekti, bunu biliyordum. Çok net bir şekilde odalarımızı ayırdığını söylemişti bana.

Bana **acil durumlar için** merdivenlere en yakın odayı verdiğini söylemişti. Sonra kendisinin de **acil bir işi** çıkmıştı, o da HAKLI olarak benim odamı kullanmıştı. Şimdi de tabii ki o odada kalmaya devam etmemi isteyecekti. Hem ne olmuştu ki? Alt tarafı aldatıldığım yatakta yatacaktım işte. Ne vardı bunda? Alt tarafı ihanete uğradığım odada kalmaya devam edecektim.

Merdivenlerin zirvesine ulaştığımızda odamın kapısının kapalı olduğunu gördüm. İçeriden ışık da sızmıyordu. İçim kadar karanlıktı şimdi yatak odam... Başımı oraya çevirdiğim sırada bedenimin başımdan farklı bir yere yöneldiğini fark ettiğimde kaşlarımı çattım. Başımı çevirip baktığımda Bora'nın beni odama götürmediğini fark ettim. Koridora dalınca yüzüne baktım. Oysa o duvar olmaya devam ediyordu.

"Kafan karıştı galiba, odam orası... Hani acil durumlara uygun olduğu için merdivenlerin hemen önündeki odayı seçmiştin benim için." Cevap vermedi. Sadece boğazının yutkunmasıyla birlikte hareket ettiğini gördüm. Derin bir nefes aldı ve büyük büyük birkaç adım daha attıktan sonra koridorun en sonundaki odanın kapısını açtı. Odaya girdiğimizde hâlâ olan bitene tam olarak anlam veremiyordum. Acaba yatağı mı kırmışlardı sevişirken? Edward – Bella tarzı...

Odaya girdiğimiz anda burnuma gelen Keen Burn kokusuyla birlikte bu odanın Bora'nın odası olduğunu anladım. Buram buram Karahanlı kokuyordu bu oda... Oldukça geniş bir yatağı, oldukça büyük camları vardı ve odaya genel olarak lacivert renk hakimdi. Ki bunlar benim umurumda bile değildi. Ne saçmalıyorum şu an, odayı tarif etmek de nereden çıktı? Düşünmem gereken daha önemli bir konu var, ben neden buradayım?

Bora iki adımda yatağına ulaşıp beni kırmızı nevresimlerinin üzerine bırakınca yatmak yerine doğruldum ve ona baktım. Duvara doğru ilerleyip odanın ışık seviyesini ayarladı. Turuncu ve loş...

"Bak Karahanlı..." diye mırıldandım, "Beni odama götürebilirsin. O yatakta yatabilirim, inan bana. Çünkü sen galiba bu durumun beni üzdüğünü düşünüyorsun ama gerçekten üzmüyor. Çarşafları bile değiştirmene gerek yok. Orada yatabilirim. Bu olay benim umurumda bile değil. Zaten başka kadınlarla yattığını biliyordum. Bunu görmüş olmam bana hiçbir şey hissettirmedi. Benim yatağımda yapmış olmanız da hiçbir şeyi değiştirmiyor. Yatakta ben olmadığım sürece istediğiniz zaman yatağımı kullanabilirsiniz."

Bana tahammülsüzce döndükten sonra ters bir şeyler söyleyecekmiş gibi ağzını açtı ama hemen sonra kendini tuttuğunu fark ettim. Dudaklarını birbirine bastırıp daha uygun birkaç kelime aradığı her halinden belli oluyordu. Derin bir nefes aldı ben ne diyeceğini beklerken.

"Bu olay senin umurunda Nehir, tamam mı?" Gülümsemeye çalıştım. Umursamıyor oluşum onu deli ediyordu. Parmaklarını saçlarının arasından geçirdi sinirle.

"Eğer sana âşık olsaydım... seni seviyor olsaydım... inan bana umurumda olurdu. Ama değil. Hem buna aldatılmak bile diyemiyorum ki ben! Aramızda hiçbir şey yok, senin başka kadınlarla sevişmen neden aldatmak olsun? Ben mesela, şimdi başka bir erkekle se..."

"Ne yapmaya çalıştığını anlıyorum. Devam etme."

Kaşlarımı çattım gülmemeye çalışarak. "Ne?" dedim şaşkınlıkla, "Ne yapmaya çalışıyormuşum?"

"Ne yapmaya çalıştığını sen gayet iyi biliyorsun. Ben de gayet iyi biliyorum. Ve saat 4'e geliyor. Bu saatte sinirlerimi bozma. Olur mu? Sıkıntısız bir uyku istiyorum." Ceketini çıkarıp gömlek düğmelerini çözmeye başladığında kaşlarım çatılı izliyordum onu.

Birincisi, planımı anlamış olamazdı. Anladıysa sinirleri bozuluyor olamazdı. Ben birinin planını anlasam, plan olarak yaptığı hiçbir şey sinirlerimi bozmazdı.

İkincisi, neden burada soyunuyordu?

"Sen... yani... bu odada... ikimiz..." Gömleğini üstünden çıkarırken yüzüme baktı. "Bildiğin Türkçe kelimeleri mi sıralıyorsun?" Gözlerimi devirip sıkıntılı bir nefes verdim. Eski Karahanlı geri dönüyordu. Ama ona uyacak değildim.

"Bu odada benimle beraber mi kalacaksın?"

"Evet..." dedi sorar gibi. Kaşlarımı çattım. Şaka yapıyor olmalıydı. Beni kendisiyle aynı odada kalmaya layık görmeyen kendisi değil miydi? Sonra beni benim odamda aldatan? Şimdi ne oldu da beni kendi odasına kendisiyle birlikte alıverdi?

"İmkânı yok!" dedim anında, "Ben seninle yatmam!" Tek kaşını havaya kaldırdığını görünce anında toparlamaya çalıştım,

"Yani... yan yana yatmam. Ben seninle aynı odada kalmam!" Pantolonunu çıkarırken bilmiş bir edayla baktığını gördüm. "Neden? Yoksa bana kızgın mısın bugün olanlar yüzünden?"

Omuz silktim. "Tabii ki hayır. Ama..."

"Daha önce benimle aynı odada kalmayı sorun etmiyordun. Şimdi bir şeyler değişmiş gibi. Kızgınsın."

"Hayır! Kızgın değilim diyorum sana! Sadece... yani bu çok saçma! Önce benimle aynı odada kalmak istemedin, beni buna layık görmedin resmen! Şimdi de tutmuş aynı odada kalacağız diyorsun." Başını salladı yatağın pikesini açıp altına girerken.

"O zaman seninle aynı odada kalmak istemiyordum. Şimdi de aynı odada kalmak istiyorum. Madem sen de bana kızgın değilsin, madem bir şey değişmedi, o zaman senin için de sorun değildir." Başımı salladım onaylar gibi. Onaylamak zorundaydım. Kızgın olduğumu düşünmemeliydi. Bu, ona yenilmek olurdu.

"Tamam... sorun değil..." Arkama doğru yaslanıp başımı yastıklardan birine koydum. Bora uzanıp altımdaki pikeyi tek harekette çekip üstüme doğru örttü.

Şu anki durum beni üzüyordu. Her ne kadar umurumda değil desem de hiçbir şey bu kadar umurumda olamazdı ve Bora'yı üzgün görmemek beni mahvediyordu. Pişman olmaması, eskiye dönmüş olması, moralinde hiçbir kırıklık olmaması canımı yakıyordu. Parmaklarımdan boynuma kadar kollarımın acıdığını hissediyordum.

Burada olmak istemiyordum, onunla aynı yatakta uyumak istemiyordum. Ama beni anlamıyorsunuz. Ben ne yapabilirim? Nazlı ve Kenan'la kalmaya karar verseydim eve gelecekti, Kenan'la tartışıp ona zarar verdikten sonra beni alıp buraya getirecekti. Mutlu görünmekten başka çarem yoktu. Gitmek istiyormuşum gibi yapmaktan başka çarem yoktu. Ya da şimdi mesela, ne yapabilirim? Beni bu odaya getirdi ve ben buna itiraz edemedim. Beni tuttu, kendisiyle aynı yatağa yatırdı, ben ne yapabilirim? Kalkıp gidebilir miyim buradan? Bu adam beni aldattı, benim şimdi tuvaletim gelse ben ne yapabilirim ona kalk beni tuvalete götür demekten başka? Bu adam benim yatağımda başkasıyla yattı, susasam ne yapabilirim ondan su istemekten başka? Dalga geçer gibi kusura bakma dedi bana, karnım ağrısa ondan başka kim doktora götürebilir beni şu an? Benim yapabileceğim hiçbir şey yok. Yürüyebiliyor olsaydım her şey daha farklı olurdu, evet. Yürüyen bir Nehir o yatağı onların cehennemi haline dönüştürürdü. İntikamını en acı şekilde alırdı. Ama ben buyum, yürüyemiyorum ve yapabileceğim tek şey umursamıyormuşum gibi görünmek.

Peki ne dersiniz, bu plan kaç saat işler? Kaç dakika daha dayanabilirim umursamıyormuş gibi görünmeye?

Gözlerimden akan yaşlara rağmen gözlerimi kapattım. Sıkı sıkı kapattım gözlerimi. Uyumak zorundaydım. Uyumak ve her şeyi sindirmek zorundaydım. Gözlerimin kapalı karanlığında uykuya dalmam uzun sürmedi. Sıcak, boğucu derecede sıcak bir rüyada buldum kendimi. Ayaktaydım, gözlerim bacaklarımdaydı. Bacaklarım yılladır olmadıkları kadar güçlü bir şekilde dik duruyorlardı. Ayaklarımın üstüne basarak ayakta duruyordum, yıllar sonra ilk defa. Bunun bir rüya olduğunu biliyordum. Gülümsedim. Ayakta durabiliyordum, rüya olduğunu bile bile ayakta durmak o kadar güzel hissettiriyordu ki... Başımı kaldırdığımda tam karşıda, oldukça uzakta annemi ve babamı gördüm. El ele yürüyorlardı, uzaktalardı ve daha uzağa doğru yürüyorlardı.

"Anne? Baba?" Duymadılar bile. En uzak yerlere ulaşmaya çalışıyorlarmış gibi hızlı hızlı gidiyorlardı.

"Anne! Baba!" Tam bağırdığım sırada kulağımın dibinde bir çarşaf hışırtısı duydum.

"Nehir, iyi misin?" Bora'nın sesiydi bu. Etrafıma baktığımda onun da annem ve babamın peşinden ilerlediğini gördüm. Ama ses kulağımın dibinden geliyordu! Ben şaşkınlıkla o yöne yöneldiğimde öne uzattığım tek ayağımın boşlukta asılı kaldığını gördüğümde korkuyla sıçradım!

"Yürüyemiyorum!" diye bağırdım korku içinde.

"Nehir kâbus mu görüyorsun?" Ayaktaydım, bacaklarım çalışıyordu, ama yürüyemiyordum! Çünkü ayaklarımı bastığım yer dışında her yer boşluktu. Etrafımda üstüne basabileceğim bir taş tanesi bile yoktu.

"Yürüyemiyorum! Bacaklarım çalışıyor ama yürüyemiyorum! Anne! Baba!" Gözlerimden süzülen yaşlar yere düşmüyordu bile. Yukarı doğru süzülüyorlardı. Annem, babam, Bora şimdi de Nazlı gözden kaybolmaya başlamışlardı.

"Nehir... gözlerini aç..." Korkudan tir tir titriyordum. Bora'nın sesi kulağımın dibindeydi. Telaşlı elleri kollarımda dolaşıyordu. Kollarıma bakıyordum, etrafıma bakıyordum, kimse yoktu. Ama onu hissediyordum.

"Korkuyorum... Çok korkuyorum..."

"Bu gerçek değil! Şu an bir kâbus görüyorsun! Hepsi geçecek, her şey düzelecek, gözlerini aç. Hadi güzelim, hadi uyan!"

"Hiçbir zaman yürüyemeyeceğim..." diye fısıldadım, "hiçbir zaman size yetişemeyeceğim. Çünkü bacaklarım çalışsa bile, benim yürüyecek yolum yok."

Bora'nın ellerini yüzümde hissediyordum. Bir rüyadaydım. Beni uyandırmaya çalışıyordu. Elleri yanaklarımdaydı, sesi telkinler verir gibiydi. Öne doğru bir adım attım, anneme gitmek istiyordum. Herkesten çok anneme gitmek istiyordum. Attığım adımla birlikte korkusuzca boşluğa bıraktım bedenimi. Düşüyordum... en aşağı düşüyordum...

Korku içinde gözlerimi açtığımda Bora'yı başımda buldum. Elleriyle gözyaşlarımı siliyordu ben sıçrayarak uyandığımda.

"Ne oldu?"

"Kâbus gördün, sakin ol, geçti. Ben buradayım. Hepsi geçti..." Gözlerini gözlerime dikip bana güven vermeye çalışırcasına konuştuğunda başımı iki yana doğru salladım.

"Hayır," dedim, "sen buradasın. Ama geçmedi Karahanlı." Kaşlarını çattı. Gözyaşlarımı tutamıyordum. Ağlamıyordum, ama gözyaşlarım gözlerimden akmaya devam ediyordu. Kendimi ondan olabildiğince uzaklaştırmaya çalıştım.

"Sen haklıydın. Bugün yaşananlar benim umurumdaydı, hâlâ umurumda. Sen beni aldattın, sen beni benim yatağımda aldattın. Benim yatağımda başka bir kadınla yattın. Ve ben buna rağmen Gökhan ve Kenan hakkında söylediklerimde ciddi değildim. Ben seninle evliyim ve ne olursa olsun, amaç intikam almak, can acıtmak olsa bile başkasıyla hiçbir şey yaşamanın hayalini bile kuramam. Çünkü ben sen değilim. Hani bana bir kere Karahanlı demiştin ya, hayır. Ben Karahanlı değilim. Ben ne senim, ne de seninim."

Söylediklerim, saatler sonra ilk defa onu üzmüş gibiydi. Yüzünden çaresizlik, pişmanlık, öfke, her türlü olumsuz duygu akıyordu. Gözyaşlarımı silip doğruldum.

"Nehir, bilmediğin bazı şeyler..."

"Bilmek istemiyorum. Ben artık ne istediğimi de ne yapmam gerektiğini de gayet iyi anladım. Ben hayatım boyunca hiçbir zaman yürüyor oluşuma şükretmedim, kaza geçirdim, sakat kaldım ve o zaman da hiçbir zaman keşke yürüyebilsem demedim. Ama yeni yeni anlıyorum, insan aldatılınca anlıyor galiba, sadece bazı yerlerden değil bazı olaylardan da yürüyüp gitmek gerekiyor. Ve tahmin edersin ki bacakları çalışmayan bir insan hiçbir olayı unutamıyor. Çünkü o yatak odasından yürüyüp gidemediği gibi, o olaydan da gidemiyor. Ben bugün o yatak odasından bir arkadaşımın kucağında götürüldüm, evet. Ama benim bedenim hâlâ o hatıranın içinde yaşıyor, bedenim, ruhum hâlâ o hatıranın içinde ve yürüyemediğim müddetçe o geçmiş sahnesinden kahrolup gidemeyeceğim. Şimdi seninle aynı yatağa yatmak zorunda kalınca fark ettim yürüme özgürlüğünü elde etmeye ne kadar ihtiyacım olduğunu. Ben buradan gitmek istiyorum, ama yürüyemiyorum. Senin yanından ayrılmamın tek yolu bunu senden istemek olmamalı. Ben yürümeliyim. Ben..." dedim gözlerine bakarak, "yürüyeceğim."

Başını salladı anında hevesle, "Ne gerekiyorsa yapalım. Seni her gün nereye gidilmesi gerekiyorsa ben götüreyim, elimizden gelen gelmeyen ne varsa yapalım. Hemen şimdi, seni yürütelim..."

Gözlerimi gözlerinden ayırmadım. Olabildiğince küçülmüştü karşımda. Mutsuzluktan ne hale geldiğini tahmin edemezdiniz. Pişmandı, evet pişmandı.

"Senden yardım isteyecektim. Bu rüyayı görene kadar... Eğer senden yardım istersem, yürümemi sen sağlarsan ben size hiçbir zaman yetişemem. Bacaklarım çalışır ama yürüyemem. Birine bağımlı olarak yürürsem, o birine sonsuza kadar bağımlı kalırım." Gözlerime anlam vermeye çalışır gibi bakarken açıklamaya devam ettim.

"Yürümek için senin asfaltını kullanamam. Kendime bir asfalt dökmem, kendi asfaltım üzerinde yürümem lazım. Çünkü senin asfaltın zaten yeterince dolu..."

Gözlerini çarşafa doğru çevirdi. Demeye çalıştığım şeyi çok iyi anlıyordu. Ne demeye çalıştığımı belki de anlaması bu kadar kolay olmamalıydı. Başını salladı. Bunu sindirmekte zorlandığı belliydi.

"Ne istiyorsun Nehir?" Derin bir nefes aldım.

"İngiltere'ye döneceğim. İyileşene kadar buraya geri gelmeyeceğim. Tek başıma, ayaklarımın üstünde durmayı öğreneceğim. Çünkü bunu benden başka kimse yapamaz." Başını kaldırdı. Masmavi gözleri öyle derin bakıyordu ki nefretimi unutacak gibi oldum bir an. Ama unutmayacaktım.

"Seninle geleceğim."

"Hayır. Tek başıma."

"Nehir," dedi tane tane, "seninle geleceğim."

Tek başıma gitmekte kararlıydım. Buradan uzaklaşmak istiyordum, bütün insanlardan, bütün bu boğucu odalardan...

"O kadın da gelecek mi?" diye sordum gözlerimi üstüne diktiğimde, "O sarışın kadın."

Derin bir nefes bıraktı ağzından. Ellerini yumruk yapıp verdiği nefesi hızla geri aldı ve gözlerini kaçırdı benden.

"Saçmalıyorsun Nehir."

"Saçmalamıyorum. Sarışın gelmeyecek mi, bu sefer bir kızılla mı basacağım seni? Esmer? Bora, sen beni yıkıma uğrattın... Şimdi tutup kafana göre ben de geleceğim diyemezsin. Bana izin vermek zorundasın. Beni yere düşürdün, kalkmam için bana zaman vermek zorundasın. Sen benimle gelmeyeceksin," dedim gayet kararlı bir sesle, "Ben kendim gideceğim. Kendim geleceğim. Yürüyerek..."

Ve öyle de yapacaktım. Uçarak gitmek bir hayaldi, yolum yoksa yol yaratacaktım, asfalt dökecektim kendime. Çünkü güçlü insanlar böyle yapardı.

31. Bölüm
Görüşmek Üzere...

Güneş çoktan odanın içini doldurdu, ama benim gözlerim uyumama izin vermemekte ısrarcı, düşüncelerim beni ayık tutmaya kararlı, hislerim kalbimi zorlamaya devam ediyor. Dün gece, Bora'yla sabaha karşı yaptığımız konuşma sessizlikle sonlandı. Her konuşmanın sonu sessizlik, biliyorum. Ama bizimki çaresiz bir sessizlikti. Ona İngiltere'ye gelemeyeceğini söyledim, gelmemesi gerektiğini, tek gitmem gerektiğini söyledim. Hiçbir şey söyleyemedi bana. Bir süre sessizce odanın karanlığını izledik. Sonra ben yastığımın üstüne yaslandım, tavanı izlemeye başladım. O da birkaç dakika sonra yanımda yatıyordu, birlikte tavanı izledik. Uyumadık, hâlâ uyumuyoruz. Göz ucuyla onu kontrol ediyorum, yorgun bile görünmüyor. Bakışları ciddi, bakışları sert. Yüzünün altında bir şeyler gizlediği, bir şeyleri düşündüğü çok belli. Öyle belli ki dönüp sormak istiyorum aklından neler geçtiğini. Ama soramam, söylemez. Çünkü Bora'yla aramızdaki bağ garip bir hâl aldı. Artık paylaşım yapamayız, artık birbirimize sorular soramayız, çünkü o benden belki birkaç dakikalığına da olsa nefret etti. Bu nefreti beni aldatmasına sebep oldu. Beni aldatması benim ona olan nefretimin doğuşunun nedeni oldu. Nefret acımasız bir enerji, bizi alır, ayırır. Nefret üzer, ağlatır.

"Tamam." Bora'nın uzun sessizliğimizden sonra çıkan kalın sesi kaşlarımı çatmama sebep oldu. Başımı çevirip ona baktım, bana bakmıyordu bile. Tavanı izlemeye devam ediyordu.

"Neye tamam?" diye mırıldandım. İçimde garip bir his oluştu o an. Bir şeyler kopup gidecek gibi, araya yollar girecek gibi, günler girecek gibi.

"Tamam," dedi donuk bir sesle, "git." Gözlerimi kırptım. Sıkıca kapattım gözlerimi, güneş ışığını görmek bu dünyada başıma gelebilecek en kötü olaymış gibi sıkıca kapattım gözlerimi. Gitmek isteyen bendim, gelmemesini isteyen bendim, ona gelemeyeceğini açıklayan bendim. Ama gidecek olmak beni üzecekti. Şimdi bile, dudaklarımın arasından çıkması gereken kelimelerim acıyordu.

"Hemen gitmek istiyorum. Bugün." Bora'nın derin bir nefes aldığını duydum. Sıkıntılı bir iç çekiş. Git derken bu kadar çabuk gideceğimi düşünmediği belliydi.

Ses çıkarmadı. Dakikalarca, öylece tavanı izlemeye devam ettik. Hiç konuşmadan, hiç ses çıkarmadan, gözlerimizi bile kırpmadan...

"Tamam." Yaklaşık iki saat sonra Bora'nın uzun sessizlikleri bozan sesi bir kez daha kulaklarıma ulaştı. Bu sefer dönüp bakmadım ona. Neye tamam dediğini sormadım, sormayacaktım, sormama gerek yoktu. Neye tamam dediğini biliyorum. Sindirmesi iki saati bulmuştu, ama sindirmişti. Gitmeme izin veriyordu, iznine ihtiyacım olmasa bile, gitmemi kabullenmişti. Bugün bir şeyler değişecekti, ayak basamadığıma üzüldüğüm toprakların ait olduğu sınırlar değişecekti. Ben bugünden itibaren bir süreliğine daha Türkiye'de yürüyemiyorum diye üzülmeyecektim. Bir süre, İngiltere'de yürüyemiyorum diye üzülecektim, belki haftalar sonra Türkiye'de yürüyebileyim diye.

"Uçak bileti bulabilir miyiz?" Bora sorumla birlikte yavaş yavaş doğruldu. Yataktan kalkıp gömleğini üstüne geçirdi.

"Gece uçuşları boştur..." Başımı itiraz eder gibi sağa sola doğru salladım.

"Gece olmaz. Geceye kadar... Burada duramam..." Kurduğum cümleyi duymak onu sarsmış gibiydi. Bir süre gözleri üstümde sabit kaldıktan sonra gömleğinin düğmelerini kapatmaya başladı.

"Hemen gitmek istiyorsun. Öyle mi?" Başımı salladım. Hemen gitmek istiyordum. Bu eve gelmek özür dilerek söylüyorum ama kelimenin tam anlamıyla bana koymaz sanmıştım, koydu. Bu odada, bu evde, bu şehirde, bu ülkede bile daha fazla kalamazdım. Hatta içimde gidip annem ve babamla vedalaşma isteği bile yoktu. Buradan sonra bulunmak istediğim bir sonraki durak yalnızca havaalanıydı. Yürüyemiyordum, ama uçmak istiyordum.

"Evet. Hemen gitmek istiyorum. Şu dakika." Bora tahammülsüz bir şekilde başını salladı hızlı hızlı. Konuşmaya devam etmemi istemediği belliydi. Belki umursamıyor olmam bile bu kadar moralini bozmamıştı onun. Umursamıyor olduğumda yanında olacaktım, ama şimdi ondan uzaklaşmak istiyordum ve bu onu sinirlendiriyordu. Sinirlendiğini bilmek güzeldi. Birinin size yaşattığı duyguların kat ve kat azını da olsa yaşadığını bilmek güzeldi.

"Annem ve babam itiraz etmek isterler... Bu yüzden onlara söylemek istemiyorum, eğer sen de söylemezsen, bugün hemen kimseye duyurmadan buradan..." dediğim sırada anında sözümü kesti. "Tamam Nehir! Gideceksin. Şu an, şu dakika gideceksin. Kimse durduramayacak seni. Kimse bozamayacak planını. Mutlu olmaya başlayabilirsin." Komodine doğru eğilip telefonunu aldı ve cevabımı bile beklemeden kapıya yöneldi. Öylece kalakaldım. Ciddi anlamda, bu kadar sinirlenmesini beklemiyordum. Neden sinirleniyordu? Beni neden yanında istiyordu? Beni yanında istiyorsa neden aldatıyordu? Sadece birkaç dakika sonra odaya döndüğünde telefonunu cebine atmakla meşguldü. Soran gözlerle ona baktığımda eğilip ceketini aldı ve üstüne geçirdi.

"Kırk dakika sonraki uçuşa yetiştireceğim seni. Kurtarıcın olacağım yani. Seni benden kurtarıyorum." Anlaşılan sinirleri gerçekten bozulmuştu. Alnındaki o kalın damar yine belirmişti ve bakışları bana karşı bile oldukça sertti.

"Son dakikada alırlar mı uçağa?" Başını salladı üstümdeki pikeyi çekerken.

"Merak etme, yetişemezsek bile bekletecekler. Üstünü değiştirecek misin? Zeynep'e çantanı hazırlatıyorum, eğer değiştireceksen birkaç parça eşya aldıralım."

"Hayır. Böyle giderim." Başını salladı onaylar gibi.

"O zaman kahvaltını getirmelerini söyleyeyim..."

"Hayır. Kahvaltı istemiyorum." Tahammül etmeye çalışıyormuş gibi derin bir nefes aldı ve dudaklarını birbirine bastırdı. Tahammül sınırlarını zorlamak gibi olacaktı ama buna rağmen devam ettim. "Senin havaalanına gelmeni de istemiyorum. Gökhan ya da bir başkası götürebilir."

Eliyle alnını kaşıdıktan sonra söylediğimi duymamış gibi devam etti. "Eşyaların hazırdır sanırım. Zaten tam yerleşmemiştin.

Aşağı inelim, eşyalarını getirirler." Beni kucağına almak için eğilince kendimi hafifçe geri çektim. Buna aldırmadan beni sıkıca tuttu ve kendine çekerek kucağına aldı. Gözlerimi yüzüne çevirdim. Bana bakmayı bir kez daha tercih etmiyordu. Ama şu hali acınacak bir haldi. Ciddi ciddi acınacak bir hal. Ne kadar sert görünmeye çalışsa da birkaç hafta önce tanıdığım en sağlam bina olan Bora Karahanlı artık yıkılıyordu. Birlikte çıktık evden, birlikte ilerledik arabaya doğru. Beni arka koltuğa oturttuktan sonra Gökhan'la ve dün bizi bırakan şoförle bir şeyler konuşmaya başladı. Gökhan'ı içeri yollayıp çantalarımı aldırttı. Şoför arabaya yerleşirken Bora arabanın etrafında dolaştı ve belki de hayatında ilk defa şoför koltuğunun yanındaki koltuğa oturmak yerine arka kapıyı açtı, benim yanıma oturdu. Şaşkınlıkla baktım ona. Bana bakmak yerine dışarıyı izliyordu. Bir şeyler değişmeye şimdiden başlamıştı, daha şimdiden oturduğu yer değişmişti, bu pişmanlık belirtisi değil de neydi? Affetmek için pişman olmasını istemiyordum, sadece pişman olduğunu görmek beni mutlu edecekti.

Yol boyunca hiç konuşmadık, hiç yüzüme de bakmadı, başını camdan ayırmadı bile. Bora Karahanlı'nın kara kara düşündüğü bir şeyler vardı ve bu düşüncesiz adamın düşünüyor olması beni mutsuz etmiyordu.

Havaalanına ulaştığımızda Bora arabadan inip beni kucağına aldı sıkıca. Şoför de tekerlekli sandalyem ve çantalarımla birlikte peşimizden geliyordu. İnsanların "bu kız niye kucakta? Uyuyor da değil!" bakışlarını görmemek için gözlerimi kapattım. Başımı izinsizce ve istemeye istemeye Bora'nın omzuna yasladım. Şimdi her şey çok daha normaldi, değil mi? Gözleri açık kucakta giden bir kadın garipti. Gözleri kapalı kucakta giden bir kadın normaldi. İnsanların sınırlardan haberi yoktu. Gördükleri an bir şeye ya garip ya normal diyorlardı. Belki birilerinin sınırları var, belki engelleri var, bunları umursamıyorlardı.

Bora'nın kucağında olduğum sürece bütün işlemleri çabucak hallettik. Burada herkes Bora'yı tanıyor gibiydi. İsmiyle hitap eden bir sürü insan duymuştum. İşlemler halloldukan sonra şoför eşyaları bagaj için görevliye teslim ederken ben hâlâ gözlerimi açmamıştım. Kısa bir yürüyüş ve sessizlikten sonra gözlerimi açtığımda Bora'yı kendimle birlikte uçak merdivenlerinde buldum.

"Senin... buraya... biletsiz geçmene nasıl izin verdiler?"

"Ben Bora Karahanlı'yım. Tabii ki izin verecekler." Gözlerimi devirdim anında.

"Ciddi bir şey soruyorum. Bu konuda çok hassaslar, nasıl izin verdiler?" Bora elindeki biletimin altından çıkardığı ikinci bir bileti yüzüme doğru tuttu. Şok içinde ağzımı açtım.

"Beni uçağa bırakabilmek için bilet mi aldın?" Nedense kendi kendine güldükten sonra başını salladı.

"Evet, öyle yaptım." Tek kaşım havada ne söylemekte kararsız kaldım.

"T-teşekkür ederim... Ama gerek yoktu..."

"Önemli değil. Ama gerek vardı."

Bora ağır ağır uçak merdivenlerinden çıktıktan sonra VIP salonuna geçtiğimizde rahat bir nefes aldım. Burayı seviyordum, en azından kalabalık değildi. Şu an mesela, fazlasıyla boştu ve boş olması "daha az garip bakan insan gözü" demekti.

Bora beni koltuğuma yerleştirip doğrulup etrafa baktıktan sonra bana döndü.

"Telefonun yanında mı?" Başımı salladım.

"Cebimde. Annemlere uçaktan inince haber vereceğim. Sana da... haber veririm..." Uçağın kalkışıyla ilgili anonslar başlamıştı bile. Başımı kaldırıp Bora'ya baktım. Çatık kaşlarla VIP'nin çıkışına göz atıyordu.

"Ben seni ararım inince."

"İndiğimi nereden anlayacaksın ki?" Nedense bir kez daha kendi kendine gülerek bana döndü.

"Ben Bora Karahanlı'yım. Anlarım." Söylediğine hiçbir şekilde anlam veremeyip anonsların geldiği hoparlör kısmını işaret ettim.

"Bora sen inmeyecek misin? Uçak kalkacak?"

"Üzülürsün diye vedalaşmayı bekleteyim dedim."

"Bekletirken uçakta kalacaksın ama?" Buruk bir gülüşle gözlerini gözlerime çevirdi.

"Merak etme. Benden kurtuluyorsun. Korkmana gerek yok. Hatta bak, gidiyorum şu an." diyerek çıkışı gösterdi eliyle.

"Git." Sesimi olabildiğince morali yüksek tutmaya çalıştım.

"Gidiyorum."

"Git."

"Gidiyorum." Bu ikilemeyi uzatmaya niyetim yoktu. Gözlerimi kırptım ve sesini duydum.

"Görüşmek üzere, ufaklık."

"Görüşmek üzere, Karahanlı."

Bora VIP salonundan çıkar çıkmaz telefon kapatma uyarıları gelmeden hemen önce telefonumu çıkarıp halama mesaj attım. İngiltere'ye geliyor olduğumu, orada olacağım tahmini saati söyledim ve beni almaya gelmesini rica ettim. Ki gelmesi şarttı. Gelmeseydi burada kalacaktım. Halam oldukça sevinerek tabii ki geleceğini söyleyince telefonumu kapattım ve arkama yaslandım. Gözlerimi sıkıca kapattım. Kaç gündür doğru düzgün uyuyamıyordum ve şu an en azından uyumaktan başka çarem yoktu.

Gözlerim kapalıyken aklımdan binlerce şey geçiyordu. Bora'yı ve o sarışın kadını gördüğüm ilk an. Bora'nın bana kusura bakma deyişi. Özür dileyişi. Kenan'ın beni oradan götürüşü. Hıçkıra hıçkıra ağlayışlarım. Kalbimin göğüs kafesimden çıkmaya çalışışı ve her şeyin normale dönüşü. Nasıl da düzeldi değil mi her şey? Unutuldu, yaşanmamış gibi davranılmaya başlandı. Benim tarafımdan bile. Ben bile yaşanmamış gibi davranabiliyorum. Ben bile gülebiliyorum Bora'nın yüzüne. Çünkü yaşamın olayı bu. Yaşamın olayı sindirebilmek. Her şey bir şeyleri sindirebilmek üzerine kurulu. Karnımızı doyurmamız, susuzluğumuzu gidermemiz, nefes alışımız, aldatılmamız, terk edilmemiz. Hepsi sindirilmeye bakıyor.

Küçüklüğümü hatırlıyorum. Bana anlatılan hikâyelerin hiçbiri böyle gitmezdi. Hikâyelerde hiçbir karakterin kusuru olmazdı, her karakter yürüyebilir, her karakter konuşabilir, her karakter görebilir, her karakter duyabilirdi. Hiçbir karakter bir diğer karakterden intikam almak istemezdi. Hiçbir karakter bir diğer karakteri aldatmazdı. Yurtdışına çıkan bir çocuk hikâyesi görmedim ben hiç. Hem de yürümek için giden. Yürümek için yurtdışına çıkılmazdı, yürümek için adım atılırdı.

İlk sakat kaldığımda, olayı kabullenemediğim o ilk anlarda hep motive edici kitaplar okumaya zorlanırdım. Bir şekilde gaza gelip yürümeye niyetleneyim diye. Hangisinde olduğunu hatırlamıyorum, "Düşüşümü gördün, sen bir de kalkışımı izle." diye bir cümle okumuştum. O zaman çok heveslenmiştim, anneme "anne ben düştüm, ama kalkacağım." demiştim. Annemin sevinçten ağladığını hatırlıyorum. Sadece bir iki gün sonra vazgeçmiştim, karanlığıma hapsolmuş ve yürümek yerine oturmayı tercih ettiğimi açıklamıştım. Ama şimdi, o günlere dönmüş gibiyim. Bir yıkım yaşadım, aldatıldım. Bu bana düşüşümü hatırlattı, şimdi düşüşüm bana kalkışımı getirecek. Bunu düşünmek bile öyle huzur veriyor ki bana, şimdi izninizle, huzurdan uyuyacağım.

"Sayın yolcularımız, Heathrow Havaalanına ulaşmış bulunmaktayız..." Uykumun arasında yarım yamalak duyduğum anonsla birlikte gözlerimi açtım. İngiltere'ye gelmiştik. Şimdiden farklı hissediyordum. Başka bir ülke, başka şehirler, başka insanlar. Burada tanıdık olarak görmek istediğim tek insan halamdı. Sesini duymaya tahammül edebileceğim tek insan da yine halamdı. Telefonumu halama haber vermek için çıkardığımda arkamdan gelen sesle birlikte donakaldım.

"Hazırsan inelim mi?" İliklerime kadar şok olmuş bir şekilde başımı arkama doğru çevirdiğimde başımda dikilmekte olan tanıdık yüzü gördüm. Gözlerimi şaşkınlıkla kırparak baktım uzun uzun. Şaka mıydı bu? Rüya mı görüyordum?

"Bora?"

"Nehir?"

32. Bölüm
Yanlış Kişi

Hayatımızda bazı şok anları vardır. Kaza yapış, şok. Sakat kalış, şok. Evleniş, şok. Aldatılış, şok. Yürümeye karar veriş, şok. Bora'dan uzaklaştığını düşünüş, şok. Bora'dan uzaklaşamadığını öğreniş, şok.

İşte ben bu anlardan birini yaşıyorum şimdi, sonuncusunu. Bora Karahanlı, hayatıma girdiğinden beri yaptığı gibi belki yüzüncü defa daha şoka soktu beni. Birkaç saat önce ondan bir süreliğine de olsa kurtulduğumu düşünmüştüm. Planlar olmadan, intikamlar olmadan, hele entrikalar hiç olmadan rahat rahat birkaç hafta belki de birkaç ay geçireceğimi düşünmüştüm. Çünkü gitmişti, bana görüşürüz demişti ve gitmişti. Ama Bora Karahanlı'dan bahsettiğimizi bir kez daha hatırlatalım. Ondan doğru düzgün tek bir şey istedim, uzak kalmak istedim. O da buna izin vermedi. Çünkü dediğim gibi, o Bora Karahanlı. Dediğim dedik Karahanlı sülalesinin sert erkeklerinden biri.

"Sen... nasıl... niye?" Elini kaldırıp elindeki biletlerden birini gösterdi bana. Yüzünde muzır bir ifade vardı.

"Bilet boşa gitmesin dedim." Şaka yapıyor olmalıydı, değil mi? Bilet boşa gitmesin diye ülke değiştirmek de neydi! Çıldırmama saniyeler kalmış olmasının verdiği tahammülsüzlükle derin bir nefes aldım.

"İyi. Şimdi bir bilet daha al ve boşa gitmesin diye geri dön. Çünkü seni burada istemiyorum." Bora söylediğimi umursamıyormuş gibi omuz silktikten sonra biletleri katlayıp ceketinin cebine yerleştirdi. Hemen sonra doğrulup bana baktı.

"İnelim mi?" Sinirden ne diyeceğimi bile bilemiyordum. Ne istiyordu benden? Neden peşimden gelmişti? Peşimden gelecekse beni neden aldatmıştı? Anlamıyordum. Bu adama dair hiçbir şeyi anlayamıyordum. Beni delirtmeye çalıştığı açıktı. Ama neden? Neden?

"Sen in. Ben halamı bekliyorum." Gözlerini devirdi anında elini uçağın tavanına bağlı raflara yasladığında.

"Halan kadındı, değil mi?" dediği anda gözlerimi açabildiğimce kocaman açıp baktım ona. Ne demek halan kadındı!

"Erkek olsaydı amcam derdim farkındaysan! Sen iyi misin Bora Karahanlı, VIP'den başka bir yerde oturmak seni sarhoş mu etti?" Gözlerini gözlerime dikip eğleniyormuş gibi bir ifadeyle baktı.

"Senin için VIP'den başka bir yerde oturduğumu fark etmen ne hoş. Halan kadındı derken ne kastettiğimi çok iyi biliyor olman lazım. Bir kadın seni kucağına alıp bu uçaktan indiremez." Bana ona muhtaç olduğumu hissettirmediği bir gün bile yoktu. Bu onun hoşuna gidiyordu belli ki, genç bir kadının sorumluluklarını almış olmak ona kendini yüce hissettiriyor olmalıydı. Ama benim özellikle yürüyebilme psikolojisine girdikten sonra kimseye muhtaç hissetmeye niyetim yoktu.

"Oh, büyük kurtarıcım!" dedim alayla, "Beni kucağına alıp uçaktan indirmek için ülke değiştirmen ne büyük onur! Halamdan beni kucaklamasını isteyecek değilim. Yanında mutlaka bir yardımcısını getirecektir." Gözlerime onaylamaz bir bakış attı. Bora Karahanlı beni onaylamıyor, vay canına.

"Kimsenin yardımcısına ihtiyacımız yok."

Tavrı açık ve netti. Kimsenin yardımcısına ihtiyacımız olmadığını savunuyordu. Bizim, ikimizin, grup olarak. Acaba beni aldatırken neredeydi bu birlik beraberlik hevesi. Evli olduğumuzu ancak bir uçakta halamın yardımcısı tarafından uçaktan indirilebileceğimi duyduktan sonra mı hatırlıyordu. Keşke halamın yardımcısı İstanbul'da yaşasaydı, tam da benim yatak odamda. Belki adamı görünce evli olduğumuzu hatırlar ve beni aldatmaktan vazgeçerdi. Yanılıyor muyum?

"Kendi adına konuş Bora Karahanlı. Benim birilerinin yardımcılarına ihtiyacım var."

Birkaç saniye gözlerimin içine baktı. Gözlerimi kaçırsam mı diye düşündüğüm an hafifçe eğilip dizlerinin üstüne çöker gibi önümde durdu. Gözleri gözlerimdeydi.

"Senin yalnızca bana ihtiyacın var..." dedikten sonra ağır ağır ekledi. "Ben kimsenin yardımcısı değilim."

Derin bir nefes almaya çalıştım beceriksizce. Yutkundum, gözlerimi yavaşça kaçırdım. Beni etkilemeye mi çalıştı o? Resmen fısıldayarak konuştu, siz de gördünüz! Önümde eğildi!

"Ne yapmaya çalıştığını anlıyorum Karahanlı. Bana kendini affettirmeye çalışıyorsun. Ama gerek yok. Bırak da kendi kendime halledeyim." Burnundan soluduğunu fark ettim, buraya gelmiş olması, söyledikleri, tavrı, hiçbiri işe yarayacak gibi değildi. Bu onu sinirlendiriyordu. Beklemediğim bir anda doğrulduğu gibi anında kucağına aldı beni.

"Karahanlı!

"Biraz sessiz bağır. Kaçırıyorum sanacaklar." Uyarısının garipliğine aldırmadan yüzümü yüzüne çevirdim sertçe.

"Kaçırıyorsun çünkü!" Omuz silkti anında.

"Yok, kaçırmıyorum. Karımı uçaktan aşağı indiriyorum, izin verirsen?" Şu tavrını hiçbir şekilde anlamıyordum! İlk tanıştığımız zamanlara dönmüştü resmen. Ama bir dakika. Bana **'karım'** mı dedi o? Acaba gerçekten dedi mi bunu?

"Bir daha söyle!" NE? A-AH! NE DEDİM BEN! Şaka mı yapıyorum? Ne demek bir daha söyle! Muhabbet **"Seviyorum... Bir daha söyle! Seviyorum... Bir daha söyle!"** muhabbetine dönmek üzere Nehir farkında mısın?

"Neyi bir daha söyleyeyim?"

"Söylediğin cümleyi duyamadım. Çünkü uçaktayken kulaklarım biraz... tıkanıyor..."

"Biraz önce gayet iyi duyuyordun?" Ah, resmen eğleniyor. Durumu yanlış anladı. Karım demesinin hoşuma gittiğini sanıyor resmen. Hâlbuki sormamın tek amacı gerçekten söyleyip söylemediğini duymaktı. Çünkü halüsinasyon sesler duyuyor da olabilirim?

"Tamam. Ne söylediğini merak etmiyorum zaten. Bu arada, sen beni halama teslim ettiğinde dönüş biletini VIP'den almayı unutma. Diğer bölümler sana iyi gelmiyor. Kendini ilah gibi gördüğün için..." Başını salladı anında olumsuzca.

"Gitmeme daha var. Hem bir kampanya başlamış, VIP'den bir bilet alana bir bilet bedava. Tam bizlik." Gözlerine inanamaz gözlerle baktım. Resmen ciddi ciddi ben dönene kadar burada kalmayı planlıyordu.

"Birincisi, o kampanyaya ihtiyacın olmadığını gayet iyi biliyorum Karahanlı. İkincisi, burada benimle kalmayı, her anımda yanımda olmayı planlıyorsan eğer..." derken sözümü kesti. "Şu kadın senin halan mı?" Merdivenlerin tepesinde gözlerini kısmış Heathrow'un uçak alanında uçağa doğru el sallayan kızıl saçlı 50'lik taş halama bakıyordu. Elimi hafifçe kaldırdım ve halama el salladım gülümsemeye çalışarak.

"Evet, o benim halam." Halam bize aşk dolu gözlerle bakıyordu resmen. Böyle aşk hikâyelerini, genç âşık olaylarını filan çok severdi. Ama böyle olmaması gerekiyordu! Şimdi Bora'yı asla bırakmazdı, bizimle eve getirirdi. Kahretsin ya!

"Güzelliğini halandan almışsın. Annen ve babana hiç benzemiyorsun." Şaşkınlıkla kaşlarımı havaya kaldırdım.

"Ne yani annemle babam çirkin mi?" Uzun zaman sonra Bora Karahanlı'nın yüzünde büyük bir sırıtma oluştu. Gözlerini halamdan ayırıp bana çevirdi merdiven basamaklarını tek tek inerken.

"Gayet iyiler. Ama seni görünce onlara ait olamayacağını düşünmüştüm. Çünkü çok... farklı görünüyorsun. Farklı bir güzelliğin var. Şimdi halanı görmek her şeyi netleştiriyor." Yanaklarımın hafifçe kızardığını hissettim. Annemi ve babamı beğenmediğine mi üzüleyim beni ve halamı elf sandığına mı sevineyim bilemedim. Ama sonuçta bunu söyleyen kişi Bora Karahanlı. Düşünceleri zerre kadar umurumda olmayan bir insan.

Merdivenler sonunda bittiğinde halam bize doğru hızlı hızlı birkaç adım attıktan sonra tam önümüzde neşeyle durdu ve Bora'nın kucağındaki bana sarıldı. Bora bizim sarılmamızı gülerek izliyordu. Şu an o kadar saçma sapan bir haldeydim ki ağırlığımı halamın üstüne verip Bora'nın kucağından kurtulmak istiyordum. Ama o zaman da kendimi halamla birlikte yere düşmüş bir halde bulurdum.

"Anlaşılan sen de beni benim seni özlediğim kadar özlemişsin!" dedim neşeli olmaya çalışarak.

"Oh, indeed!" (Hem de nasıl!) Halam tabii ki Türkçe biliyordu, ama böyle çok fazla hissederek verdiği tepkileri anlatmak için genelde İngilizce kullanırdı.

Benden ayrılıp Bora'ya döndüğünde yüzünde heyecanlı bir ifade vardı ikisinin de. Dikkatinizi çekiyorum, Bora Karahanlı da heyecanlıydı. Halam Bora'ya elini uzattığında Bora bacaklarımın altına dayalı elini uzatıp halamın elini sıktı ve karşılıklı gülümsediler.

"Demek meşhur Bora Karahanlı sensin yakışıklı!" Bora başını memnuniyetle salladı.

"Evet," dedi, "meşhur Bora Karahanlı benim." Halam büyük bir kahkaha patlattı anında. Bora onun en sevdiği insan türüydü, egoist, kendini beğenmiş ve özgüven dolu.

"Ben de senin güzeller güzeli karının güzeller güzeli halası Selda!"

"Memnun oldum Selda Hanım. Nehir'in güzelliğini sizden aldığını görebiliyorum." Onlar iki yanımda birbirlerini ve kendilerini hatta arada da beni överlerken olan biteni kocaman gözlerle izliyordum. İstediğim şey bu değildi. Ben halamla yalnız kalmak istiyordum. Bora Karahanlı'yı istemiyordum. Ama artık mümkün gibi görünmüyordu bu isteğimin gerçekleşmesi. Gelmişti, buradaydı ve halam onu asla bırakmayacaktı.

"Eee, çocuklar hadi arabaya binelim. Eve gidip güzelce bir yemek yiyelim de dinlenin!" Halamla birlikte alandan çıkıp havaalanının önüne ulaşana kadar konuşmadık. Havaalanının önünde halamın lüks arabası bizi bekliyordu. Yardımcısı

Nicholas arkamızdan çantalarımı ve tekerlekli sandalyemi getirirken aklıma bir şey takıldı. Bora'nın yanında çantası yoktu?

"Sen yanında kıyafet getirmeyi unuttun Karahanlı!" dedim birden şaşkınlıkla.

"O çantalardan ikisi benim, ufaklık. Korkma, çıplak kalacak değilim." Gözlerimi devirdim anında.

"Tamam o zaman. Çantalarını alıp en kısa zamanda bir otele yerleşirsen sevinirim." Omuz silkti anında. Bu kadar kolay pes edeceğini düşünmüyordum zaten.

"Halan çok net bir şekilde otele gidemeyeceğimi söyledi telefonda."

"Telefonda mı?"

"Evet, uçakta senden ayrıldıktan hemen sonra onu aradım. Ona müthiş aşkımızı anlattım. Çok mutlu oldu, bana bir otel ayarlamasını istedim ama buna çok kızacağını söyledi. Kusura bakma ufaklık, ama benden kaçamazsın." Gözlerimi gözlerine diktim ve uzun uzun baktım gözlerine. Bunu niye yapıyorsun diye bağırmak istedim. Bunu niye yapıyordu? Hayatımı mahvedip yüzünü bile görmek istemeyecek hale getirmişti beni, şimdi neden beni bırakmıyordu? Canım öyle çok sıkılıyordu ki nefes alamayacağımı hissettim Bora beni arka koltuğa oturtup yanıma yerleştiğinde. Gözlerimi gözlerine diktim ve anlamsızca baktım bir cevap arayış çaresizliğinde.

"Amacın ne?" diye mırıldandım derin bir sesle, "Kendini affettirmek için peşimden mi koşacaksın? Peşimden koşman için benim de kaçıyor olmam gerekiyor. Ama unuttun mu Karahanlı, ben koşmayı bırak yürüyemiyorum bile. Peşinden koşmak için yanlış kişiyi seçtin. Senden kaçmayan birini yakalayamazsın. Bunu aklında tut. Çünkü beni yakalayamayacaksın..."

Bora gözlerimin en derinine beni okyanusun en dibinden izliyormuş gibi bakarken beynimin içi garip hatıralarla doldu. Ne garip, küçükken en sevdiğim oyun yakalamaçtı. Kimileri yakalamaca diyor, koşmaca diyenler var, bir arkadaşım kaçmaca derdi, babam kovalamaca olduğunu savunurdu. İsimler önemsiz derdim ben hep. Önemli olan olaydı. Zevk aldığım şey eylemdi. Kaçmak, yakalanmak... Koşmak, yakalamak... Öyle nefes nefese, öyle heyecanlı, öyle hevesliydim ki annem hep "Bu kız düğününden de kaçacak bak görürsün!" derdi babama. Bu kız okuldan da kaçacak, bu kız evden de kaçacak, bu kız düğününden de kaçacak, bu kız annelikten de kaçacak, bu kız kaçacak Kenan görürsün, bu kız hayatı boyunca hep kaçacak. Başımı sallardım. "Evet de anne tabii ki kaçacağım! Yakalayan olduğu sürece neden kaçmayayım?" derdim. Neden kaçmayayım? Neden koşmayayım? Neden gitmeyeyim? Neden mekânı terk etmeyeyim? Neden birkaç adım atmayayım? Bak, yakalayan da var, peşimden gelmiş daha da gelecek, ben neden kaçmayayım? Çünkü neden biliyor musun, çünkü ben Nehir'im, yıllardır akamayan, yıllar önce kara bir kışta donup akabilme özelliğini kaybetmiş, bir daha yaza rastlayamamış, işte sırf bu yüzden -kahretsin, ağlamayacağım- işte sırf bu yüzden akamayan bir nehirim.

33. Bölüm
Çünkü Seni Kıskanıyorum!

Bora cevap bile veremeden dolan gözlerimi ona göstermemek için cama doğru çevirdim. Bir süre yüzümü izlediğini hissettim araba çalıştığında. Baktı, baktı... baktı... Yüzünü ön cama doğru çevirdi. Ve bitti. Aramızdaki konuşma bu kadardı. Ben ona bir şeyler söylemiştim, ben üzülmüştüm, ben kırılmıştım ama o cevap vermemişti. Çok ilginç, değil mi? Konuşuyorsunuz, konuşuyorsunuz, soru soruyorsunuz ama cevap alamıyorsunuz. Önemli değil. Ben konuştum, daha da konuşurum, önemli değil. Cevap vermedi, daha da vermez, ama önemli değil. Önemli olan bir arada olmamız. Önemli olan evliliğimizi mutlu mesut başarılı bir şekilde devam ettiriyor olmamız. Önemli olan insanların bizi evli ve mutlu olarak biliyor olmaları. Önemli olan insanlar, önemli olan aileler, önemli olan Karahanlı ailesi, önemli olan Bora Karahanlı. Ben mi? Ben yokum. Bakın, her şeye en başından bir bakın. Aslında hikâye Bora'nın üstünden gitmiyor mu? Zorla evlendirilen taraf o, istemeyen taraf o, sert taraf o, aldatan taraf o, peşimden gelen taraf o. Benim rolüm ne? Zorla evlendirilen adamla evlenen Nehir, istenmeyen Nehir, sert adamın sertliğini izleyen Nehir, aldatılan Nehir, peşinden gelinen Nehir. O özne, ben sıfat fiil.

O cümlede yazılan eylemi yapan taraf, ben onu niteleyen tarafım. Ve görevim öyle tek başına nitelemek ki isimden türemiş bir sıfat bile değilim, sıfat fiilim ben. Fiilden türemiş, mümkün değil gibi görünürken sıfat yapılmaya çalışılan, cümleye yüklem olamamış bir eylem. Ama üzülmüyorum. Hiç üzülmedim, daha da üzülmem. Önemli olan benim üzülmem olmadığı sürece de üzülmeyeceğim. Çünkü ben artık istemediğim şeyleri yapmaya alıştım. Bora'dan bir süreliğine de olsa ayrı kalmak istiyordum. Ama o bunu istemedi. Ve şimdi, halamın evinde birlikte kalacağız. İstemediğim bir şey bu. Ve ben bunu yapacağım. Çünkü ben Nehir'im. Akmak istemesem de akacağım. Çünkü benim görevim bu.

"Ev-vet! Bahçeye giriyoruz ve Nehir, tatlım seni biri bekliyor içeride!" Gözlerimi camdan ayırıp ön koltukta oturan halama baktım. Kaşlarımı çattım, kim olabilirdi ki? Burada bulunduğum sürede çok fazla insanla tanışmamıştım. Bir iki sohbetim olmuştu ama görünce sevineceğim biri olduğunu hatırlamıyordum.

"Kim?" diye mırıldandığımda halam gülümseyerek duran arabanın kapısını açtı.

"Girince görürsün!" Halam inip bizi beklerken Bora çoktan benim kapımı açmış beni kucağına almak için eğilmişti. Durgun görünüyordu, havaalanındaki neşeli halinden eser yoktu. Beni dikkatlice kucağına aldı ve halamın yardımcısının açtığı tekerlekli sandalyeme oturttu. Tekerlekli sandalyem, ben, Bora ve halam birlikte içeri doğru ilerliyorduk. İçeride kim olabileceğiyle ilgili hiçbir heyecan yoktu içimde. Kim varsa vardı. Açıkçası umurumda değildi.

Birlikte içeri girdiğimizde Bora'nın halamın büyük sade evini incelediğini fark ettim. Başımı kaldırıp çaktırmadan baktığımda evi beğendiği belliydi. Süsten hoşlanmadığını çok net biliyordum. Ağır adımlarla salona girdiğimizde halam bizden önce davrandı ve birkaç adımda salonun ortasında durup 30'lu yaşlarında kumral, uzun boylu, dik duruşlu, sivri yüzlü bir adamı bize doğru çekiştirdi nazikçe. Bora'nın durduğunu hissettim. Aynı anda tekerlekli sandalyem de durdu tabii. Adama kaşlarım çatık bir şekilde baktım. Kimdi bu adam? Tanımıyordum ki?

"Nehir, Erhan Hennig'le tanış. Fizyoterapistin!" Şok içinde ağzım bir karış açık bakakaldım yüzlerine. Erhan Hennig mi? Adamın melez ismine takılamadım bile şoktan! Halamın tedavim için birini bulduğundan haberim bile yoktu, bu kadar çabuk mu başlıyoruz? "Merhaba, Nehir ve uhm... Bore Bey?" Adamın bozuk Türkçesine mi güleyim Bora'ya Bore dediğine mi güleyim bilemedim. Şaşkınlıkla bakıyorum sadece.

Bora o tarafa doğru dikçe eğilip elini uzattı ve adamın elini sertçe kavrayarak konuşmaya başladı,

"Bore değil." Ve ekledi, "Bora. Bora Karahanlı." Adam gülümseyerek başını salladı.

"Özür diliyorum. Türkçem biraz problem ediyor. Ben burada büyüdüm. 9 aylıktan beri. Eee, anne Türk, baba İngiliz. O yüzden Türkçem biraz şey..." derken Bora sertçe adamın cümlesini tamamladı. "...sorunlu." Gülmemek için kendimi zor tuttuğum sırada halamın sırıttığını gördüm. Adam başını salladı anında.

"Evet evet. Nehir Hanım, güzellik! Merhaba!" Doktor bozuk Türkçesiyle bana iltifat etmeye çalışarak eğilip elimi tutunca Bora'nın bakışlarının şok içinde bize döndüğünü fark ettim. Gülümseyerek elini sıktım.

"Merhaba! Nasılsınız?" Elimi bırakmak yerine önüme doğru eğilip dizlerinin üstünde durunca Bora'nın gergin enerjisini görür gibi oldum.

"İyiyim iyiyim, sağ ol." Kendimi tutamayıp kıkırdadım. Adam o kadar tatlı konuşuyor ki! Sağ ol dedi resmen. Halam ve ben gülerek izliyoruz. Bora da daha çok avını izler gibi.

"Eee, bacaklar ne yapıyor?" Ellerinden birini sol bacağıma vurunca gülüşümü dondurup gözlerimi Bora'ya çevirdim. Üstüne atlayacağından şüpheleniyordum. Ama kollarını göğsünde birleştirmiş sertçe bizi izlediğini gördüm. *Sakin ol Karahanlı. Adam çok iyi. Ona zarar verme.*

"Bacaklar... duruyor..." dedim zar zor. Adam gülerek ellerini bacaklarımdan çekti ve doğrulup halama döndü.

"Eh, ruh hali tedavi için güzel. Beğendim. Yani, uhm, beklememize gerek yok." diye açıkladıktan sonra Bora'ya döndü,

"Siz ne dersiniz Bore Bey, eşi olarak?" Bora'nın yüzünde resmen **ben-şimdi-içimden-geçeni-söylersem-küçük-dilini-yutarsın** der gibi bir ifade vardı. Kıskanıyordu. Kıskansındı. Kıskançlık iyiydi.

"Başlayalım. Zaten her aşamada yanınızda olacağım, Nehir'in kendini kötü hissetmesine izin vermeyeceğim. O yüzden başlayabiliriz." Bak bak bak, yanımda olacakmış kendimi kötü hissetmeme izin vermeyecekmiş. Bunları Bora Karahanlı mı söylüyor?

"Yalnız, uhm, tedavilerimiz... ne denir... baş başa yapılıyor." Doktorun tedavilere kimseyi almadığını söylemek için bulduğu kelimenin Bora'da yarattığı etki şok ediciydi. Gözleri kocaman açıldı, kaşları çatıldı ve yan duran heykel pozisyonuna geçti. Baş başa denir mi, doktor?

"Baş başa derken?" Sesindeki tehdit tınısı korkunçtu. Bir ara elini cebine götürür gibi olunca silah çıkaracak sandım, ama tabii ki silah taşıyor değildi.

"Yani ben ve Nehir. Yalnız." Açıklamaya devam etmese bari! Batıyor çünkü!

"Yalnız derken?" Bilerek soruyor, resmen açıklasın da kendini batıracak bir şey söylesin diye bilerek soruyor!

"İkimiz." Bora yutkundu. Şöyle sesini duyabileceğim bir şekilde sindirmeye çalışır gibi yutkundu ve burnunu çekip başını yukarı kaldırdı. Adama girişmesini, ya da ters bir laf etmesini beklerken halama döndü kınayan bakışlarla.

"Selda Hanım bu adam ne diyor?" Adamı halama şikâyet ediyor.

"Tatlım tedavilerin kuralı bu, ameliyata nasıl alınmıyorsan tedaviye de alınamazsın!" Halam Bora'ya olay çıkarmaması için yalvarır gibi bakıyordu.

"Sizinle böyle konuşmamıştık." dediği an şok içinde bir ona bir halama baktım.

"Ne konuşması?" Halam gözlerini devirdi anında.

"Benden doktoru bulmamı Bora istedi, güzelim. Ben de en iyi doktoru buldum. Şimdi itirazın vakti değil. Tedaviye ne kadar sorunsuz ve ne kadar erken başlanırsa o kadar iyi. Erhan Bey, sizinle bahçede birer fincan çay içelim. Bırakalım da gençler konuşsun." Doktor gülümseyerek başını salladı ve anlayışla bize baktı. Halam doktoru gülerek salondan çıkardıktan sonra bize döndü.

"Sakın tartışmayın! Alevli aşkınızı alevlendirip evimi yakmayın!"

"Tamam hala." Gözlerimi devirerek cevapladım ve salonun kapısı kapandığı an Bora'ya döndüm.

"Sen bana karışamazsın." Bora sertçe önümde eğildi ve gözlerimiz aynı hat üstünde buluştuğu an durup bana bakmayı sürdürdü.

"Ben sana karışırım."

"Ben buraya tedavi olmaya geldim. Oynaşmaya değil. Kıskançlık yapman gereksizden de öte. Ki kıskançlık yaptığını da kabul etmezsin sen şimdi..." Ben öylesine gözlerimi devire devire konuşurken Bora oldukça sabitti. Ne gözleri oynuyordu ne bedeni, kıpırdamadan bana bakıyordu. Doğrudan, direkt. Bir an gözlerimi kaçıracak gibi olduğumda eli uzandı, yüzümü tuttu şefkatsiz bir hareketle. Yüzümün kıpırdamasına izin vermek yerine, yüzümü gözlerinin tam karşısına getirdi. Gözlerimi gözlerine çevirdiğimde elini çekti ve bana bakmaya devam etti. Dudaklarını yavaşça araladı ve açıklamasını yaptı: "Kıskanıyorum."

Kaşlarım şaşkınlıkla çatıldığında gözlerime inanabilecek gibi değildim. Kulaklarım mı yanlış duydu? Bora Karahanlı beni kıskandığını mı söyledi? Bakın bu hoşuma gidiyor galiba. Önce beni aldatıp şimdi beni kıskandığını mı söylüyor?

"Ne... neden..?" Kıskanıyorum cümlesine verilebilecek en iyi cevabı verdim. Beynim yerinde değil. Bora'nın ya da Bore'nin dengesizlikleri karşısında ne yapacağımı şaşırmış durumdayım. Resmen iki Bora var! Bora ve Bore. Biri beni önemsiyor, kıskanıyor, yanımdan ayrılmak istemiyor. Biri beni önemsemiyor, aldatıyor ve yasaklar koyuyor. Ve birinden nefret ediyorum. Diğerine karşı ne hissettiğimi bilmiyorum bile.

"Çünkü..." diye fısıldadı bir cevap arar gibi, "çünkü seni kıskanıyorum."

Seni kıskanıyorum.

Çünkü seni kıskanıyorum.

Bora Karahanlı kıskandığı zaman ya İngilizceyi unutuyor, ya Türkçeyi unutuyor ya da ne söylediğinin farkında olmuyor. Bu da o anlardan biri. Gözlerimi nefret içerikli bir utançla ondan kaçırıp bacaklarıma çevirdim.

"Kıskanıyorsun diye tedavi mi olmayacağım?" Sorsana neden kıskanıyorsun, ne hakla kıskanıyorsun diye. Cevap verene kadar sorsana Nehir!

"Olacaksın. Ama yanınızda olacağım. Her saniye." Başımı olumsuzca salladım. Bu şekilde olmazdı. Dediği her şeyi yaparsam bireyselliğimden geriye ne kalırdı?

"Olamazsın. Tedavinin kuralları var. İstediğin her şeyi elde edemezsin Karahanlı. Senin nasıl kuralların varsa, nasıl kurallarının kabul edilmesini şart koşuyorsan tedavi de öyle. Kuralları var ve Bora Karahanlı bile o kuralları yıkamaz."

Derin bir nefes aldı. Başını salladı beklemediğim bir şekilde. Çekip gitmesini ya da itiraz etmesini bekliyordum.

"Biliyorum." dedi. "O kuralları ben bile yıkamam. Ama ben bu zamana kadar hiçbir kuralı yıkma taraftarı olmadım zaten. Ben kural koyan taraftım. Kuralları yıkan taraf sendin. Şimdi yine kuralları yıkan taraf ben olmayacağım. Yine... eski Nehir ol ve kuralları yık." Ne demek istediğine anlam vermek ister gibi baktım yüzüne. Benden kural yıkmamı mı istiyordu? Nasıl yani?

"Yani?"

"Tedavide yanında olmamı istersen doktor kabul edecektir." Yaptığı kısa açıklama beni güldürdü. Bu zamana kadar kurallarını yıktığım için bana yapmadığını bırakmayan Bora Karahanlı şimdi bir kuralı çiğnememi mi istiyordu?

"Kusura bakma. En son bir kural yıktığımda aldatılmıştım. Aynı şeyleri yaşayamam."

Başını olumsuzca sallayarak baktı yüzüme. Yalan mı söylüyordum? Haksız mıydım? Dışarı çıkmama kuralını yıktığım an aldatılmamış mıydım?

"Eğer tedavi sırasında yanınızda olmama izin verirsen... o adamla baş başa kalmazsan... istediğini yapar bu evden giderim. Zaten otelde yerim hazır. İstediğin kadar yalnız vakit geçirirsin." Söylediği şeyin cezbediciliğiyle birlikte kaşlarımı çattım kararsızlıkla. İstediğim bu değil miydi? Yalnız kalmak istiyordum ve beni yalnız bırakmasının yolunun tedaviye girmek olduğunu söylüyordu. Aslında o kadar da kötü olmayabilirdi. Sonuçta ne yapabilirdi ki? Yanımızda duracaktı ve bizi izleyecekti. Başka bir şey yapacak değildi...

"Tedaviye müdahale etmeyeceksin, sadece izleyeceksin?" Başını salladı sertçe.

"Sadece izleyeceğim." Kısa süre sessizce düşündüm. Derin bir nefes aldım ve yüzüne baktım. Zaten baş başa kalmamızı gerektirecek bir durum yoktu tedavinin amacında, bir zararı dokunamazdı.

"Tamam. Ama hemen bugün gideceksin bu evden. Yalnız bırakacaksın beni." Başını salladı ve doğruldu.

"Tamam. Ama o adam da gidecek." Kıskançlığı gözlerimi yaşartırken inanamaz gibi baktım ona.

"O adam dediğin benim doktorum!" Kaşları havaya kalktı.

"Öyle mi, ben de kocanım, hatırladın mı?" Gözlerimi devirdim. Şu an bununla uğraşabilecek durumda değildim. Şartlarımı saymaya devam etmeye karar verdim.

"Bugün bu evden gideceksin, o da gidecek. Tamam?"

"Tamam."

"Bak tedavi seansları dışında görmeyeceğim seni."

"Tamam."

"Halam kalman için ısrar ederse bir şekilde vazgeçireceksin onu."

"Tamam."

Sorularıma tek tek cevap verdiği sırada biraz önce sorup cevabını anlamadığım sorumu tekrarlamaya karar verdim. Hazır yeri gelmişken sorup cevabımı almalıydım.

"Bora," diye mırıldandım, "beni neden kıskanıyorsun?"

Gülümsediğini gördüm. Hafifçe merakıma gülümsedi ve başını sağa sola doğru kıpırdattı. Elini saçlarının arasından geçirdi, sessizce cevap verdi soruma: "Çünkü seni kıskanıyorum."

Gözlerimi devirip söylediği şeye bir kez daha anlam vermeye çalıştığımda birden duraksadığını fark ettim. Gözlerimi ona çevirdim ve yüzüne baktım. Kendinden emin bir şekilde dudaklarını aradı. "Tedaviler dışında ortalıkta görünmeyeceğim, yemeklere gelmeyeceğim, halan çağırırsa kabul etmeyeceğim, ne olursa olsun seni yanız bırakacağım. Buna söz verdirttin bana. Değil mi?" Başımı salladım anında.

"Evet."

Soru soracakmış gibi başını hafifçe kaldırdı. "Peki ya sen çağırırsan, gelmeli miyim?" Yüzümü buruşturdum. Ben mi? Ben onu niye çağıracaktım ki?

"Ben seni neden çağırayım? Böyle bir durum söz konusu bile değil Karahanlı." Hafifçe dalga geçer gibi gülümsediğini gördüm.

"Bilmem," diye mırıldandı kararlı bir sesle, "belki benim hakkımda bilmediğin çok şey vardır. Belki öğrenirsin, belki beni yanında istersin, belki nefretin uçar gider, çünkü belki beni sevdiğini fark edersin. İçten içe, uzaktan uzağa sevdiğini..."

Kaşlarımı çattım. Kafa karışıklığından ölecektim. Bilmediğim ne olabilirdi ki? Ne öğrenecektim de kararım değişecekti, nefretim sönecekti? Ayrıca onu sevdiğimi mi fark edecekmişim! Gerçekten komik bir cümle. Bora Karahanlı yine formunda, şakalar komiklikler eğlenceler... Madem oyun oynuyor, ben de ona katılırım.

"Haklısın, belki seni sevdiğimi fark ederim. Belki yalvarırım sana. Lütfen gel derim, sen gelmezsen sürünerek sana geleceğim derim... Ama ne var biliyor musun Karahanlı? Bana söz ver, seni çağıran ben olsam bile gelmeyeceksin. Söz mü?"

Dudağının tek tarafı yukarı doğru kıvrıldı memnuniyetle, başını salladı. Aklından bir şeyler geçtiği kesindi. Etkileyici bir **"görürsün sen"** tavrıyla cevap verdi talebime: "Söz."

34. Bölüm
Aşk, Nefret

Bora evden çıktıktan sonra kendimi Bora'nın söyledikle-rini düşünürken buldum. Ne demek istemişti? Kurdu-ğu cümleyi çok net hatırlıyordum. Söylediği şey şuydu: *"Belki benim hakkımda bilmediğin çok şey vardır. Belki öğrenirsin, belki beni yanında istersin, belki nefretin uçar gider, çünkü belki beni sevdiğini fark edersin. İçten içe, uzaktan uzağa sevdiğini..."*

Bu cümleyi duyduğum anda karnımın içinde garip bir his belirmişti. Minik bir kelebek hareket etmiş gibiydi. Ama ben kelebekleri seviyor muyum sevmiyor muyum bilmiyorum. Bir kelebeğin fotoğrafını görsem güzel derim, peki aynı kelebek ağzıma götüreceğim çatalın üstüne konup tekrar uçsa, o çatalı ağzıma götürür müyüm? Karnımdaki kelebek hangisi? Fotoğraftaki mi, çatalımdaki mi? Bu kelebeği sevmeli miyim, o kelebekten kalan izleri fırlatıp atmalı mıyım yoksa? Fotoğraftaki kelebek bana tek uğrak yerim bulunduğum mekân diyor. Kelebek fotoğrafta ağacın üstündeyse o kelebeği başka bir ağacın üstünde hayal etme zahmetine bile girmiyorum. Bir kelebek bir fotoğrafta bir ağacın üstündeyse o kelebek bilincimde hep o ağacın üstünde kalıyor. Ama çatalıma konan kelebeği gördüğümde gözlerimin ardında canlanan görüntülere inanamıyorum. Başkasının çatalına da konuşu, tozlu pencerelere konuşu, klozet kapaklarına konuşu, başka kadınlara konuşu, başka yataklara konuşu. Belki aldatma psikolojisine girdim, bilmiyorum. Ama şu an, mantıklı düşününce "evet" diyorum, "evet, Bora çatalın üstündeki kelebek."

"Nehir! Neler oluyor?" Halamın sinirli bir ifadeyle salona girişinin gördüğüm anda iki kelebeği de aklımdan çıkarıp ona döndüm. Kaşlarını çatmış anlam veremez bir ifadeyle bana doğru geliyordu.

"Ne olmuş?" Tam önümde durduğunda elleri belindeydi.

"Kocanı kovmuşsun!" Aynı anda kaşlarımı çattım. Halama onu kovduğumu mu söyledi acaba?

"Öyle mi dedi?" Gözlerini devirip önümde eğildi.

"Tabii ki öyle demedi. Ama biraz önce burada kalacakken birden bire gitmeye karar vermesinin sebebi ne? Senin onu kovmuş olman, evet tek sebebi bu olabilir. For God's sake Nehir, neden yaptın bunu?" Konuşurken araya sıkıştırdığı İngilizce kelimeler genelde beni güldürür, ama şu an gülesim yok. Acaba Bora da kovulmuş gibi hissetti mi? Öyle hissetmesini istemem çünkü. Yani... onu kovmuş sayılmam. Bir anlaşma yaptık ve anlaşmaya göre onun yapması gereken şey gitmekti. Bu kovulmak değil. Bu anlaşmaya uymaktı. Hem sokaklarda kalmayacaktı! Otelde kalacaktı!

"Onu kovmadım. Sadece bir anlaşma yaptık. Tedavilere dahil olmak istiyorsa beni bu evde yalnız bırakmak zorundaydı. Bunu teklif eden taraf ben değildim hatta, kendisi istedi!" Halam sinir krizi geçirmek üzereymiş gibi doğruldu ve evin içinde dolaşmaya başladı.

"Akşam yemeğine bile kalmak istemedi. Morali çok bozuktu, en azından akşam yemeğine kalsaydı!" Morali mi? Şaşkınlıkla gözlerimi ona diktiğimde içimde garip bir korku oluşmuştu.

"Morali mi bozuktu?" Başını salladı halam anında.

"Biraz önceki halinden eser yoktu. Çok fazla konuşamadık. Gideceğini söyledi, sessizdi, düşünceliydi... bilmiyorum, bir erkeği ilk defa böyle görüyordum! Ve bahsettiğimiz kişi Bora Karahanlı. Ahmet Karahanlı'nın oğlu. Sıkıntılı olmak onların genlerinde yok, şimdi onu böyle görünce şok oldum. Ona ne söyledin? Ne söyleyerek bu kadar incittin onu?"

Duyduklarıma inanamıyordum. Bora Karahanlı'nın mı morali bozuktu? O mu sessizdi? O mu düşünceliydi? O mu incinmişti? Biraz önce benimle konuşurken gayet iyiydi, neye bu kadar bozulmuştu ki?

"Yani... bilmiyorum..." dedim çaresizce, "Ona tedaviler dışında görüşmeyelim dedim. Sen çağırsan da gelmemesini hatta ben çağırsam bile, yalvarsam bile gelmemesini söyledim. Buna mı üzüldü?" Halam gözlerini kocaman açtı.

"Bunu mu söyledin?"

"Evet?"

"Sen nasıl benim yeğenim olabilirsin Nehir? Bora'ya resmen ondan nefret ettiğini, aldığı nefese bile tahammül edemediğini hissettirmişsin. Çocuk dağılmış. Bu cümleyi onun sana kurduğunu düşün. Sana ben çağırsam bile gelme dediğini düşün. Ne hissedersin?" Gözlerimi cama çevirdim ve ciddi ciddi düşünmeye karar verdim. Bora beni yanında istemediğini söylüyor, ben çağırsam bile gelme diyor. Ne hissediyorum? Evet. Tamam. Kötü. Çok kötü.

"Keşke beni aldatırken o da kendini benim yerime koysaydı. Ne hissedeceğimi düşünseydi..." diye mırıldandım. Evin içinde yürüyen halamın birden durduğunu hissettim. Durdu. Ağır ağır bana döndü ve yüzüme baktı anlam vermeye çalışır gibi. Şok olmuştu. Şok içindeydi. Ağır ağır iki adım attı. Tam önümde durdu.

"Ne?" Yutkundum. Haberinin olmadığını unutmuştum, bir anlığına söylemiştim ve bu tepkiyi zaten bekliyordum.

"Beni..." diye mırıldandım, ama devam edemedim. Olayı atlatmıştım, evet. Ama olayı halama anlatmak bambaşka bir meseleydi.

"Aldattı mı?" Başımı salladım. Bir kez daha yutkundum ve bir kez daha başımı salladım. Halam duyduklarına inanamıyor gibiydi.

"Aldattı ve hâlâ onunla evlisin?"

"Bunu yapmak zorundayım. Babamın ortaklık işi için..." Halamın çoğu masrafı bile babam tarafından karşılanıyordu. Onun hayatı bile benim elimdeydi. Boşansaydım, ortaklık bitseydi tekrar iflasın eşiğine gelseydik o zaman tamamımızın hayatı benim ellerimin arasından kayıp gitmiş olacaktı. Ben tutamadım diye, ben katlanamadım diye.

"Hiçbir şeyi yapmak zorunda değilsin Nehir! O adamdan nefret ediyorsan buna katlanmak zorunda değilsin!" Nefret kelimesi Bora'ya olan duygularım için kullanıldığı an birkaç saniye bakakaldım. Nefret öyle yabancı bir duyguydu ki. Halam gözlerimin içine baktı.

"Ondan nefret ediyor musun?"

Gözlerimi kaçırdım. Nefret ediyor muydum? Bora Karahanlı'ya karşı hissettiğim duygunun karşılığı nefret miydi? Ondan nefret ediyorsam neden halamın biraz önce Bora'nın moralinin bozuk olduğunu söyleyişi moralimi bozmuştu? Birinden nefret ettiğiniz zaman, onun üzüntüsü üzüntünüz olur muydu?

"Ondan nefret etmiyorum." diye mırıldandım. Derin bir nefes aldım, devam edecek gibi oldum, başka bir cümle kuramadım.

"Aferin. Aldatsın ama nefret etme. Çok güzel. Ne peki? Ne hissediyorsun? Seviyor musun onu?" Halamın bana kızmaya hakkı yoktu. Hem de hiç yoktu.

"Onun buraya gelmesini kabul eden sensin. Ben onu yanımda istemedim! Onu eve almak isteyen de onunla iyi anlaşıp gülüşen de sensin." Halam inanamaz bir ifadeyle baktı yüzüme.

"Ben onun seni aldattığını bilseydim ona iyi davranır mıydım? Neden bana söylemedin? Neden ondan uzak kalmak istediğini söylemedin bana? Beni sen uçağa daha yeni bindiğinde aradı, birlikte geldiğinizi anlattı. Tedavi için çok hevesli olduğunuzu anlattı. Çok heyecanlıydı, sesi çok farklı geliyordu. Bir an Bora Karahanlı'yla konuşup konuşmadığıma emin olamadım. O çapkın, sert adam gitmiş yerine âşık bir adam gelmiş gibiydi. Bana 'yürümeye karar verdik' dedi. Ben şok oldum, sadece sen değil, o da yürümeye karar vermiş gibiydi. Seninle yürüyecek gibiydi. O kadar etkilendim ki böyle bir durum olacağı aklımın ucundan bile geçmedi, geçemedi. Sen benim yerimde olsan onun seni aldatmış olabileceğini düşünür müydün? Nasıl yapar bunu? Aldattığına emin misin? Yanlış anlaşılma olmasın?"

Duyduklarım bugün beni öyle şaşırtıyordu ki... Önce Bora'nın beni kıskanması, sebebini sorduğumda da "çünkü seni kıskanıyorum" demesi, sonra gizemli konuşmaları, sonra halamın Bora'yı üzgün gördüğünü söylemesi, şimdi de yaptıkları telefon konuşmasını anlatması. Bora heyecanlanmış mıydı? Birlikte geleceğimiz için, yürüyeceğim için heyecanlanmış mıydı? O cümleyi o mu kurmuştu gerçekten? Hangi cümleden bahsettiğimi anlıyorsunuzdur. **"Yürümeye karar verdik."** Bu cümle öyle güzel ki. Yürümeye karar veren benim, ama ona göre biz karar vermişiz. Peki neden? Allah kahretsin, neden? Beni neden aldattı? Madem bu kadar düşünceli, madem benim yürümem onun da yürümesi sayılıyor, madem bizi böyle görüyor, o zaman neden?

"Onu... bir kadınla... aynı yatakta gördüm..." Halam gözlerini sıkıca kapattı.

"Bunu nasıl yapar? Nasıl aldatır seni? Sen onun şansısın, o bunun farkında değil mi?"

Ne diyebilirdim ki? Bunları beynimin içinde zaten defalarca düşünmüştüm, aynı şeyleri kendime defalarca söylemiştim. Ama yoktu işte bir cevabı. En ufak bir cevabı bile yoktu tüm bu cümlelerin. Yapmıştı, çünkü beni incitmek istemişti. Ve incitmişti.

"Bilmiyorum hala. Lütfen sorma. Lütfen daha fazla soru sorma. Yaptı işte. Üzüldüm, hatta yıkıldım ama yaşandı ve bitti. Onu terk edemedim, ona kızamadım bile. Aldatıldıktan birkaç saat sonra onunla aynı yataktaydım. Bunu yapmak zorundaydım. Ama baksana, ben de onu üzmüşüm... üzgün görünüyordu dedin. Çok mu?" dedim, "Çok mu üzgündü?" Halam acır gibi bir ifadeyle baktı bana.

"O kadar çocuksun ki... üzüldün değil mi onun üzülmesine?" Birkaç saniye cevap vermekte tereddüt etsem de başımı salladım sessizce.

"Evet..."

"Ah, yavrum..." Önümde eğildi, ellerimi ellerinin arasına aldı ve benim kaçırmaya çalıştığım gözlerime dikti gözlerini.

"Sen ona âşıksın. Seni aldattı, ama buna rağmen ona âşıksın." Gözlerimi cama doğru çevirdim. Çok garip. Biraz önce nefret kelimesini kullandığında o kelime bana çok yabancı gelmişti. Ama şimdi aşk kelimesini kullanması beni şaşırtmadı bile. Neden?

"Ben ona... âşık... değilim... olamam..." Zar zor konuşmam halamı hüzünlü bir gülümsemeye itti.

"Çocuksun işte. Her halinden belli. Çocuk olduğun da belli, âşık olduğun da. Madem bu adama aşıksın, al karşına konuş. Ben sana âşığım sen beni neden aldattın be adam de. Hadi, ben olsam bunu yapardım!" Kendimi tutamayıp şaşkınlıkla güldüm. Öyle dediğimi düşündüm de bir an, gerçekten komik.

"Ona âşık değilim. Olsam da böyle bir şeyi asla söylemem. Aslında bazen hak veriyorum ona... onun... ihtiyaçları var. Ve benimle bir şeyler yaşaması mümkün değil. Zaten balayında olduğumuzda da defalarca başka kadınlara gitti, evet. Ama bu seferki bambaşkaydı. Gözlerimle görmek bambaşkaydı..."

"Seni anlıyorum. Ama eğer ona âşık olmasaydın, seni aldatan bir adama öyle bakamazdın. Öyle üzülemezdin ona. Ve bu böyle gitmez. Ben seni çok üzgün gördüm, onu da öyle gördüm. Gerçi anlayamadım, seni aldatan taraf oysa neden üzgün? Bu aldatma işinin arkasında başka bir durum olmasın?" Keşke. Keşke...

"Aynı yatakta çıplak yatmalarının arkasında ne olabilir ki? Yanlışlıkla soyunup yan yana yatmış mı olacaklar? Her şey gayet net ve açık. Bu olaydaki tek sorun benim ondan nefret edemiyor oluşum. Ondan nefret etmem gereken bir durum, ama edemiyorum işte. Olmuyor. Gitmesini istedim mesela. Yanımda olmasını istemiyorum, ama sen giderken üzgündü deyince üzüldüm. Bunun açıklaması ne? Nefret değil, aşk değil. Ne bu hala?" Halam doğruldu. Ağır ağır cama doğru yürüdü ve camın yanındaki duvara yaslandı.

"Bunun açıklamasının ne olduğunu biliyorum, Nehir. Sen de biliyorsun. Bir süre sonra anlayacaksın. Bekle ve gör. Ve zaten... ah!" Cümlesinin yarısında şaşkınlıkla durup kaşları çatık bir şekilde camdan dışarıya bakınca anlam vermeye çalıştım.

"Ne oldu?"

"Bu... o değil mi?" Tekerlekli sandalyemi cama doğru sürdüm. Boydan boya uzanan camın tülünü hafifçe kaldırdım ve dışarı baktım. Şok içinde bakakaldığımda ne diyeceğimi bilemiyordum!

"Ama... gideceğini... söyledi...?" Bora Karahanlı, halamın büyük evinin büyük ve yeşilliklerle, ağaçlarla dolu bahçesinde bir ağacın altına oturmuş, bacaklarını çimenlere doğru uzatmış, kollarını göğsünde birleştirmiş gökyüzünü izliyordu. Gideceğim demişti, çağırsan bile gelmeyeceğim demişti, söz vermişti, ama buradaydı işte.

"Evden gideceğini söyledi, değil mi?" Halamın sorusuna başımı salladım.

"Evet!"

"Anlaşılan bahçeden gitmeyi düşünmüyor..." Gözlerimi kırpıştırdım. Bir halama baktım, bir Bora'ya. Gerçekten yapıyor muydu bunu? Koskoca Bora Karahanlı, Karahanlı şirketlerinin varisi, sert iş adamı, bir otele gitmek yerine kalacak yer olarak bahçemizi mi seçmişti? Ne için? Ne için yapıyordu bunu...

"Beni delirtmeye çalışıyor." Söyleyebileceğim tek cümle buydu. Başka bir şey söyleyemiyordum, dudaklarımın arasından başka bir cümle çıkamıyordu. Tek açıklama buydu, beni delirtmeye çalışıyordu.

"Farkındayım. Yalnız şunu söylemek zorundayım, bu aralar her gün yağmur yağıyor bu saatlerde. Uzun süren, şiddetli yağmurlar. Gidip bir konuşsan mı? Ya içeri gelir, ya otele gider, ya ıslanır. Gerçi bu saatten sonra seni aldatan kocanın ıslanmasını isterim, ama hasta olursa biz bakmak zorunda kalırız. Bunu düşünerek söylüyorum." Omuz silktim. Ne hali varsa görsündü. Ayağına gitmeyecektim. O bunu istiyordu, ama ona bunu vermeyecektim.

"Umurumda değil," dedim, "onunla oyun oynamayacağım. Ne hali varsa görsün."

Benimle oyun oynamak istiyordu, ama ben oyuncak değildim, bunu artık anlaması gerekiyordu. Bunu anlaması için ıslanması gerekiyorsa ıslanacaktı.

35. Bölüm
Ben... ben İ... yi... yim...

"Saatlerdir orada." Halamın cam kenarından söylediği cümleyle birlikte omzumu silktim. Bora'dan bahsediyordu. Kocamdan. Bana evden gideceğine dair söz verip bahçede bekleyen kocamdan. Yaklaşık dört saat olmuştu. Hava kararmaya başlamıştı, rüzgâr çıkmıştı ama o hâlâ oradaydı. Ve hiçbir şey yapmıyordu. Öylece oturuyordu, gökyüzünü izliyordu. Sıkılmış gibi bile görünmüyordu, sanki yıllardır yapmak istediği yegâne şeylerden biri bahçede saatlerce oturmaktı ve şimdi bu hayalini gerçekleştirdiği için çok memnun gibiydi.

"Umurumda değil. İsterse günlerce otursun." Bacaklarımın üstünde duran ünlü İngiliz magazin dergisine odaklanmaya çalıştım. Gözümün önündeki sayfada ne olduğuna bakmadan bir sonraki sayfaya geçtim. Sonra bir sonraki sayfaya. Sonra dergiyi kapattım ve ortadan rastgele bir sayfa açıp tekrar göz bile atmadan sayfaları teker teker geçmeye odaklandım. Ben öylece vakit geçirmeye çalışırken halam camdan ayrılmıyordu. Camın önüne yüksek bar sandalyelerinden birini yerleştirmişti ve onun üstünden tülü aralayarak Bora'yı izliyordu. Ben derginin bir sayfasını daha öylece çevirdiğim sırada gök gürleyince korkuyla başımı kaldırdım.

"Yağmur. Bir yağmur eksikti." Halam söylenerek derin bir nefes aldığında gözüm tüle kaydı. Havanın soğuk olduğu buradan bile belliydi. Kahretsin ya, ciddi anlamda kahretsin, onu merak etmemem gerekiyor ama ediyorum işte. İçime gelen bir ürpertiyle birlikte kucağımdaki dergiyi masaya bıraktım ve tekerlekli sandalyemle birlikte cama doğru ilerledim.

"Başladı mı?" diye sordum anlamsızca titreyen sesimle.

"Ne başladı mı?"

"Yağmur." Halam başını sallayıp tülü hafifçe araladı, başımı o yöne doğru eğip baktığımda yağmurun hafif hafif yağmaya başladığını gördüm. Karahanlı, ağacın altında oturmuş, gözlerini kapatmış, öylece bekliyordu. *Aptal adam. Aptal.*

"Ağacın altındayken ıslanmaz belki?" Şu sorduğum sorunun çaresizliğine bakın. Benim bu kadar çaresiz kalacak bir duruma düşmemem gerekiyordu, anlıyor musunuz? Benim güçlü olan taraf olmam gerekiyordu. Benim umursamayan taraf olmam gerekiyordu. Ama olmadı işte, olmuyor. Merak ediyorum ve ıslanmasını istemiyorum. Kimse kimsenin ıslanmasını istemez. Ona özgü bir durum değil, hiç sevmediğim bir insanın bile ıslanmasını istemem. Tamam Nehir, bırak kendini kendine kanıtlamaya çalışmayı. Bırak.

"Islanır. Buranın yağmurları öyle şiddetli oluyor ki bazen evin içine bile su girdiği oluyor, ağacın altında mı ıslanmayacak?" Kollarımdaki tüy köklerinin birer birer harekete geçtiklerini hissettim. Bu hoş değildi, evin içi sıcakken o ıslanıyor diye üşümem hiç hoş değildi. Tekerlekli sandalyemle biraz daha öne ilerledim ve tülü kavradığım gibi hafifçe açtım. Bora'ya baktım, uyuyor gibi görünen, kollarını göğsünde birleştirmiş ve yavaş yavaş ıslanmaya başlamış olan Bora Karahanlı'ya baktım.

"Islanıyor." Halam kafa karışıklığıyla başını salladı, ne yapacaktım şimdi? Eve mi çağıracaktım? Ya da dışarı battaniye ve şemsiye mi yollayacaktım?

"Bir şeyler yapmak zorundasın Nehir. Ben bir şey yapamam, durum tamamen sana bakıyor. Sen bir şeyler yapmak zorundasın. Yağmur şimdiden hızlandı bile. Bak ben sana söylüyorum, sen şimdi onu yağmur yağarken eve almazsan birkaç saat sonra hasta olacak ve ona bakmak zorunda kalacağız. Hangisi daha kötü, sen seç!"

Gözlerimi tekrar cama çevirdim. Yağmur hızlanmıştı. Dışarıya yağmur karanlığı çökmüştü, gök gürlüyor, şimşek çakıyordu. Ağaçların bağlı olduğu toprakların çamurlaşmaya başlayışları buradan bile çok net görünüyordu. Ağaçlardan damlayan yağmur damlalarının yere düşme hızları o kadar seriydi ki takip edemiyordum. Ve Bora, oradaydı. Zayıf bir ağacın altında, son süratte ıslanmaya devam ediyordu. Kıyafetleri şimdiden üstüne yapışmıştı. Gözleri kapalıydı, ama gözlerinin içine su girdiğine çok emindim. Yüzü ıslaktı, saçları, kolları, elleri, Bora Karahanlı'nın ıslanmayan nadir yerleri kalmıştı. Hasta olacak kadar ıslaktı ve daha da ıslanacaktı. Eğer onu orada bırakırsam daha çok ıslanacaktı. Düşünmeliydim, hasta olduğu zaman ona bakmak zorunda kalacaktık. Bu kötü bir durum değil miydi? Bu kötü bir durum değildi. Kahretsin ki halamın söylerken yüzünü buruşturduğu kadar kötü bir durum değildi. Kahretsin ki iç sesim ben ona bakarım diyordu. Kahretsin ki ben ona bakmaktan çekinmezdim. Kahretsin ki ben ona bakardım. Bu olaydaki tek kötü durum onun hasta olabileceği ihtimaliydi. Hasta olmasını istemiyordum. Öksürmesini, karnının ağrımasını, ateşinin olmasını, canının yanmasını, ilaç kullanmak zorunda kalacak olmasını istemiyordum. İyi olmasını istiyordum. Bana yaptığı her şeye rağmen iyi olmasını istiyordum.

"Tamam..." diye fısıldadım, "Gidip onu çağıracağım." Halam anında onaylar gibi başını salladı.

"Bekle de sana hırka getireyim!" Başımı iki yana salladım hayır der gibi uzanıp halamın elini tuttuğumda.

"Gerek yok hala. İşim iki dakika sürecek, onu alıp gelirim. Sen merak etme."

"Hemen gelin ama şu havaya bak! Böylesini ben bile görmemiştim." derken arkadan gelen gök gürültüsü halamı onaylar gibiydi. Başımı salladım ve salonun kapısından çıktım tekerlekli sandalyemi sürerek. Halam salonda kalıp cama yöneldi, bizi izlemek istiyordu. Evin kapısından çıktığımda bahçenin taşlı yoluna girdim. Ağır ağır ilerlemeye çalıştığım sırada önümü bile göremiyordum. Öyle şiddetli bir yağmur vardı ki Türkiye'de böylesini göremezdiniz bile! Evin kapısından çıktığım anda resmen Ice Bucket Challenge meydan okumalarından birini kabul etmişim de videomu çekiyormuşum gibi hissettiren bir an yaşadım. Başımdan aşağı buz gibi neredeyse bir kova dolusu buzlu suyun döküldüğünü hissettim. İmkânsız yağıyordu, imkânsız ıslanıyorduk.

"Bora!" diye bağırdım ağaçlara doğru ilerlediğimde. Gözlerimi zar zor açtım ve ağacın dibinde uyumaya devam ettiğini gördüm. Bu adam ne yapmaya çalışıyordu? Kendini öldürmek mi istiyordu? Tekerlekli sandalyemi hızlandırdım ve ağzıma giren su darbelerini yuta yuta ilerledim. Toprağa geçtiğimde yavaşlasam da durmadım, şimdi tam önündeyim. Bora Karahanlı'nın önünde öylece duruyorum. Sırılsıklamım, o da öyle. Sırılsıklamız ve ıslanmaya devam ediyoruz. Önemi yok, önemi yok...

"Karahanlı!" Gözlerini hafifçe açıp bana anlam vermeye çalışır gibi baktığında ıslak ellerimle yüzümü kurulamaya çalıştım.

"Nehir?" Anında kollarını göğsünden çekti. Kaşları çatık bir şekilde ıslak yüzüyle baktı bana. Saçlarından sağanak damlalar yağıyordu.

"İçeri giriyoruz." diye mırıldandım sertçe. Bu havada bile, bu yağmurda bile, bu karanlıkta bile göz devirdiğini gördüm.

"Sen giriyorsun." Onun sesi de en az benim sesim kadar sertti. Tamam, çok daha sertti.

"Benimle geliyorsun, Karahanlı." Yüzünde duygusuz bir ifade vardı. Ama yine de bir zafer kazanmış edasıyla bakıyordu yüzüme.

"Beni eve mi çağırıyorsun?" Başımı salladım hafifçe.

"Yağmur durana kadar, içeri gelmeni istiyorum..." Tek kaşı havaya kalktı.

"Yani beni eve çağırıyorsun?" Gözlerimi devirerek tekrar başımı salladım.

"Evet Allah'ın cezası! Seni eve çağırıyorum!" Güldüğünü gördüm gözlerime giren yağmur damlalarının arasından. Gülüyordu, şu halde bile eğleniyordu.

"Eve çağırman güzel. Ama gelemem. Şimdi daha fazla ıslanmadan içeri girsen iyi olur." Anlam veremez bir ifadeyle baktım yüzüne. Beni ciddi anlamda delirtmeye çalışıyordu, bu her halinden belliydi. Bir insan bir insanı ne kadar delirtmeye çalışırsa işte o kadar delirtmeye çalışıyordu beni.

"NEDEN?" Gözlerini gözlerime dikti, halinden memnun gibi görünüyordu.

"Çünkü bana söz verdirttin. Ben çağırsam bile gelme dedin." Ah... Konuyu buraya çekeceğini anlamalıydım. Konuyu buraya çekeceği çok belliydi. O sözü verirken bile yüzünde *"Sen görürsün"* ifadesi vardı.

"Bu aynı şey değil! Islanıyorsun diye çağırıyorum!"

"Islanmak beni öldürmez, merak etmene gerek yok. Şimdi rica ediyorum, içeri gir. Islanmanı istemiyorum." Sinirlendim. O an cidden tahmin edemeyeceğiniz kadar çok sinirlendim. Omuz silkerek derin ve ıslak bir nefes aldım.

"Islanmak beni de öldürmez," dedim kollarımı göğsümde birleştirdiğimde, "merak etmene gerek yok."

"Nehir, inatlaşma benimle. Benim verilmiş bir sözüm var, gelemem. Ama sen içeri gireceksin."

Omuz silktim. Cevap vermeyecektim. Madem ona verdirttiğim sözü böyle kullanıyordu, madem böyle bir plan yapmıştı, madem bu kadar ıslanmayı bile göze alabiliyordu, benim de ıslanmamı göze alacaktı o zaman.

"Nehir, içeri!" Başımı kaldırdım. Yağmurdan sakınmama gerek bile olmadığını göstermek için başımı gökyüzüne doğru çevirip gözlerimi kapattım. Islanmama gibi bir ihtimalin olduğu sürece yağmur rahatsız edici olabiliyordu, ama ıslanmaya karar verdiysen yağmur güzeldi. Yağmur dinlendirici, huzur vericiydi. Gerçi bir şekilde çok uzun vakit geçirmemem gerekiyordu yağmur altında. Küçüklüğümden beri çok kolay hasta olurdum. Birkaç dakika üşümem günlerce yatağa bağlı olmama sebep olabilirdi. O yüzden Bora Karahanlı çabuk pes etse iyi olurdu. Çünkü daha şimdiden karnımın ağrıdığını hissedebiliyordum.

"Nehir, bana o sözü verdirten sensin. Çağırsam bile gelme diyen sensin. Şimdi içeri girmem uğruna kendini hasta edecek olman ne kadar mantıklı sence?" Sesi yüzüme oldukça yakın bir yerden geliyordu. Ayağa kalkmıştı, üstüme doğru eğilmişti. Dudaklarımı araladım, kelimelerden önce hafif bir öksürük çıktı dudaklarımın arasından.

"Senin kendini hasta etmeye çabalaman mantıklı, benimki mantıksız. Öyle mi? Gerçekten ilginç bir mantık süzgecin var Karahanlı."

"Seninle mantık ölçütlerim hakkında tartışmayacağım. Şimdi, içeri giriyorsun." Tekerlekli sandalyem hareket etmeye başladığı an gözlerimi açtı. Şaşkınlıkla başımı yukarı kaldırdığımda Bora'nın tekerlekli sandalyemi eve doğru sürdüğünü gördüm.

"İçeri mi giriyoruz?" diye sordum zafer kazanmış bir edayla.

"Sen giriyorsun ve ben istenmediğim yere gelmiyorum." Tam itiraz edeceğim sırada üst üste iki kez öksürdüm ve boğazımı temizledim.

"O zaman otele git! Burada kalıp bana acı çektirmeye mi çalışıyorsun?"

"Hayır. Sadece canım burada kalmak istiyor."

"Kalamazsın!" Omuz silktiğini görür gibiydim.

"Kararlarıma karışamayacağını öğrenemedin, ufaklık." Aynı karşılıkla ben de omuz silktim ve elimi tekerleklerime götürüp tekerlekli sandalyemi durdurmaya çalıştım.

"O zaman sen de beni içeri götüremezsin! Burada kalmaya karar verdim. Kararlarıma karışamazsın!" Yüzüme bakmıyordu bile. Yağmur ikimizi de sırılsıklam ıslatırken birbirimizin söylediklerini zar zor duyuyorduk.

"Aynen." dedi dalga geçer gibi beni içeri götürmeye devam ettiği sırada. Dalga geçer gibi değil hatta resmen dalga geçiyordu işte.

"Bırak beni! Ya sen de ıslanmazsın ya birlikte ıslanırız!" Tereddüdü bile yoktu. Yola devam ediyordu.

"Yok öyle bir şey." Kısa kısa cevaplar, geçiştirmeler, sert tavırlar... En nefret ettiğim şeyi yapıyordu yine!

Evin kapısına ulaştığımızda beni kapının içine doğru yöneltti ve tekerlekli sandalyem kapının içine girdiğinde beni öylece bırakıp bahçeye yöneldi.

"Üç yaşında mısın sen?" diye bağırdım arkasından. Belli belirsiz başını salladığını gördüm.

"Üç buçuk." Sinirle gözlerimi devirdim verdiği cevap karşısında.

"İyi! Sen üç buçuksan ben iki yaşındayım Karahanlı, girmiyorum içeri!" Tekerlekli sandalyemi beni içeri soktuğu gibi çıkardım. Birkaç santim ilerledim ve kapının önünde ıslanabileceğim şekilde park ettim kendimi. Onun yanına gitmeyecektim, kapıdan uzaklaşmayacaktım, ama kuru da kalmayacaktım. Dudaklarımın arasından çıkan öksürüğüm elimi karnıma götürmeme sebep olduğu an üşümeye başladığımı hissettim. Titriyordum. Biraz önce birkaç saniyeliğine içeri girdiğim an ev öyle sıcak gelmişti ki şimdi birden tekrar soğuğa çıkınca sıtma tarzında bir olaya yakalanmıştım. Kollarımı göğsümde birleştirdim sorun yokmuş gibi görünmek için. Sorun yoktu, titriyordum, o kadar.

Tekrar öksürdüğüm anda ağaçlara doğru ilerleyen Bora'nın olduğu yerde durduğunu gördüm. Tahammülsüz gözlerle bana döndü ve yüzüme baktı yenilmiş gibi.

"Öksürüyorsun." Ağzından çıkan tek kelime buydu. Oradan öylece bana bakıyordu.

"İyiyim ben." dedim titreyerek. Gözlerini devirdi. Ufak bir küfür savurduğunu duydum ve bana doğru gelmeye başladı. Gelişini izlediğim sırada dudaklarım bile titremeye başlamıştı. Tam önümde durdu, çatık kaşlarla öfkeyle baktı yüzüme.

"Titriyorsun." dedi.

"Ha-hayır b-ben t-t-t... iyiy-im..." Titriyor olduğumu uğraşsam bu kadar belli edemezdim. Resmen titreşime alınmış telefon gibiyim şu an! Bora bana doğru eğildiği an kendimi geri çektim.

"İçeri gi... gir... mem..." Bora ellerini tekerlekli sandalyemin kenarına dayamış öylece yüzüme bakıyordu bıkmış bir ifadeyle.

"Bunu nasıl yapıyorsun?" diye mırıldandı nefes verişiyle birlikte.

"N-ne-yi?"

Gözleri gözlerimdeydi. Soruma cevap vermek yerine gözlerini kapattı. Derin bir nefes aldı ve pes eder gibi konuştu. "Tamam," dedi, "tamam ben de içeri gireceğim."

36. Bölüm
Mavi Kuş

Bora'yla birlikte içeri girişimiz oldukça ıslak oldu. Bora ıslaktı, ben ıslaktım, kıyafetlerimiz ıslaktı, tekerlekli sandalyem ıslaktı... her şey oldukça ıslaktı. Tir tir titreyen bedenim tekerlekli sandalyem üstünde Bora Karahanlı tarafından içeri itildiğinde ölmek üzereymişim gibi hissediyordum. Sanki vücudum ölüm hareketsizliğine kavuşmadan önce her milimiyle titreyerek hareket halinde olmak için çabalıyor gibiydi. Soluk borumun bile titrediğini hissediyordum, yalan değil.

"Oh My God!" (Aman Tanrım!) diyerek girişe doğru gelip bize şok içinde acıyan gözlerle bakan halama titreyerek başımı salladım.

"I-ıs-lan-dık..." diye kekeledim şaşkınlığını onaylar gibi. Ağzımdaki tükürüğün bile titrediğini hissediyordum. Evin içi hangi ara bu kadar soğumuştu?

"Görüyorum hayatım bu ne hal? Hasta olacaksınız, size hemen sıcak çorba yaptırayım! Sen titriyor musun?" Halam kaşları çatık bir halde korkuyla bana bakarken titreyen başımı hayır der gibi salladım.

"Titre-mi-yorum..." derken yanı başımda telaşlı görünen Bora'nın bir saniye bile beklemeden beni kucağına almak için eğildiğini fark ettim. Titreyen bedenimi geri çektiğimde çok geçti, çoktan Bora'nın kucağındaydım.

"Selda Hanım, Nehir'in odası nerede?" Şu an halam da Bora da Cold Case'ten fırlamış gibilerdi. Eski bir davanın yeni hatları ortaya çıkmıştı da telaşla ayrıntıları kaçırmamak için çalışmaya başlamış gibi görünüyorlardı.

"Üst katta koridorun sonunda, sol taraftaki oda! Şu haline bak hasta olacak kesin! Ben çorba yaptırayım! Sen Nehir'i odaya götürüp kıyafetlerini çıkar!" Kıyafetlerimi mi? Ne dedi o? Bora başını sallayıp anında merdivenlere yöneldiğinde titremekten şaşkınlığımı belirtemiyordum bile!

"Be... benim... kıya-fet-lerimi..."

"Tamam, çıkaracağım kıyafetlerini, kabul." dedi nefes nefese. Şok içinde bakakaldım yüzüne. Söylemeye çalıştığım şeyin bu olduğunu mu sandı? Konuşamıyorum ki! Çenem o kadar çok titriyor ki doğru düzgün cümle kuramıyorum, şimdi ağlayacağım!

"Sakın... benim... kıya-fetler-imi..."

"Kabul ediyorum. Çıkaracağım." Omzunu tutan elimle yavaşça omzunu sıktım, devam edemeyecektim. Ne söylersem söyleyeyim, cümleyi ne kadar doğru kurmaya çalışırsam çalışayım olmuyordu. Ki olsaydı bile kafasına koyduğunu yapacaktı. Şu an uğraşacak bir halde de değildim. Evin içi buz gibiydi, donuyordum ve ölmek üzereydim.

Bora koridorun solundaki halamın benim için hazırlattığı odayı bulup kapısını açtığında soğuk hava dalgası bir kez daha yüzüme çarptı.

"Ço... çok... s-so-ğuk..." diye kekeledim. Bora'nın bakışlarının değiştiğini gördüm. Kaşları çatıldı.

"Buraya soğuk mu diyorsun?" Buz gibiydi. Yemin ederim buz gibiydi!

"Ço... çok..." Bora kapıyı kapattığı gibi beni yatağa yatırdı. Kendi üstündeki ıslak keten gömleği çıkarıp koltuğa fırlattıktan sonra bana doğru eğildi. Ben yatakta tir tir titriyordum, elim yorgana uzandığında Bora elimi çekip yorgandan uzaklaştırdı ve elbisemin ön düğmelerini açmaya başladı.

"Lüt-fen... B-ben... ya-par-rım..." Oysa Bora söylediğimi umursamadı bile. Soğuk elleri tenime değe değe açtı ön düğmelerini elbisemin. Düğmeler bir bir açıldıkça üşümem son sürat artıyordu, bunun yanına bir de Bora'dan utanmam eklenmişti. Beni daha önce de iç çamaşırlarımla görmüştü, evet. Ama yine de utanıyordum işte! Elbisemin ön düğmelerini hızlı bir şekilde açıp beni ellerimden tutarak yavaşça doğrulttu. Üşümekten ve utançtan gözlerim kapalı bir halde hasta gibi benimle ne yapmak isterse onu yapmasına izin veriyordum sadece. Elbisemin kollarını kollarımdan çıkardı. Islak elbisem omuzlarımdan aşağı düşünce bacaklarımın altından çekiştirerek uzaklaştırdı elbisemi benden. Birden neden böyle bir şey yaptığını anlamadığım bir şekilde eliyle sertçe sutyenime dokununca şaşkınlıkla titreyerek gözlerimi açtım! Yüzüne anlamsızca baktığım sırada elleri sutyenimin kopçasına doğru giderken titreyen bedenimi sertçe çektim ondan.

"Ne... ne yapı-yor-sun?"

"İç çamaşırların ıslanmış." Şaka yapıyordu, değil mi? İç çamaşırlarımı çıkaracak değildi herhalde!

"Dokunma..." diye fısıldadım. Kendimi yatağa attım ve Bora çatık kaşlarla beni izlerken yorganı üstüme doğru çektim. Yorgan bile soğuk geliyordu şu an bana. Dünya üzerinde soğuk olmayan hiçbir şey yok gibiydi. Her şey tir tir titrememe sebep oluyordu. Yatak, çarşaf, yastıklar, yorgan, iç çamaşırlarım, Bora'nın elleri... Her şey buz gibiydi.

"İç çamaşırlarını çıkarmamız lazım. Yoksa daha fazla hasta olacaksın." Bora çaresizce yatakta yanıma oturunca yorganın içindeki elim sutyenime kaydı, gerçekten çok ıslaktı. Ama Bora'nın beni çıplak görmesine izin verecek değildim.

"Sen... sen... bakma..." Bora'nın gözleri bir süre gözlerimde dolaştı. Beni görmesini neden istemediğimi merak ediyor gibiydi. Merak edilecek başka bir konu mu bulamamıştı?

"Tamam. Sen çıkar. Ben de sana yeni çamaşırlar getireyim." Başımı salladım. Bora ayağa kalkıp yatağın diğer kenarındaki valizime doğru eğilince elimle hızlı hareket etmeye çalışarak iç çamaşırlarımı çıkarmaya yöneldim. O kadar ıslaklardı ki elim dokundukça titriyordu. İkisini de bir çırpıda çıkardım ve yatağın hemen kenarında duran komodinin çekmecesine uzandım. İlk çekmeceyi açıp ıslak iç çamaşırlarımı oraya fırlattım ve çekmeceyi kapatıp yorgana sıkıca sarıldım.

"Bunları al, giyebilecek misin? Üstüne de şunu giy... ama bir dakika..." deyip elindeki iç çamaşırları ve geceliğimle bana doğru eğildi. Ben kendimi geri çektiğimde elini alnıma koydu. Eli yavaşça boynuma doğru kaydı daha sonra.

"Ateşin var, geceliği giyme. Sadece iç çamaşırlarını giy." Omuzlarımı silktim anında.

"A-ama üşü-yo-rum..." Bora geceliği fırlattığı gibi valizin içine attı. İç çamaşırlarımı da bana uzatınca yorganın içindeki elimi çıkarıp utanarak aldım onları elinden.

"İtiraz etme ufaklık. Dediklerimi yap. Giy şunları." Hep onun dedikleri olacaktı, değil mi? Her zaman onun dediklerini yapmak zorunda olacaktım? Kesinlikle.

"Arka... nı... dön..." Bora sıkıntılı bir nefes aldıktan sonra istemeye istemeye de arkasını dönünce hızla doğruldum ve iç çamaşırlarımı giymeye başladım. Elimden geldiğinde hızlı hareket ediyordum. Altta bir sorun olmamıştı ama ellerim titrediği için lanet sutyenimin lanet kopçasını takamıyordum işte. Bu mümkün de değil gibi görünüyordu! Tam bir tarafını geçirdim derken elim titreyince geri çıkıyordu! Yorganın altında olmadığım için şu halde üşümem de katlanarak artıyordu. Karnımda yavaş yavaş belirmeye başlayan bir ağrı sinyaliyle ağlayacak gibi oldum bir an. Şu an her şey çok kötüydü.

"Hâlâ giyemedin mi?" Şimdi ne diyecektim? Kahretsin sonsuza kadar böyle bekleyemezdik, yardım istemek zorundaydım.

"Be-ben..." diye kekeledim sessizce. O an Bora, benden izin bile almadan, birdenbire bana doğru dönüverdi. Yorganın altına saklanma ihtiyacı hissetmedim, o bana bir adım bile atmadan sutyenimin kopçasıyla uğraşmayı bıraktım. Onları takması imkânsız olan titreyen ellerimi çektim ve arkamı döndüm Bora'ya. Bir şey söylememe gerek yoktu, takması gerektiğini anlayacaktı. Beklemedi bile, anında anladı. Derin bir nefes alıp bana doğru eğildiğini duydum. Soğuk elleri sırtıma değdiği an hafifçe ürktüm ve duruşumu refleks olarak dikleştirdim. Bora'nın büyük, sert, soğuk elleri sutyenimin iki tarafını tuttuğu gibi birbirine taktı.

"Tamam." diye fısıldadı, "Yat şimdi..." Başımı sallayıp üşüyerek hatta donarak yorganın altına attım kendimi. Yorganı başımın bile üstüne çekip nefes alışverişimle ısınmaya çalıştım. Çok soğuktu. İmkânsız derecede soğuktu!

"Ne yaptınız çocuklar kurulandınız mı?" Halam endişeli sesiyle odaya girdiğinde kafamı yorgandan milim derecede uzatıp gözlerimi açığa çıkardım. Yorganın titreyişinden nasıl titrediğimi görüyorlardı.

"Aaa Nehir'in saçları ıslak! Bora sen tamamen ıslaksın! Durun havlu vereyim size! Çorbanız da olmak üzere." diyerek dolaba yöneldi halam, "Doktor mu çağırsak acaba?" Yorganın altından görünen gözlerimi Bora'ya çevirdiğimde Bora'nın da endişeyle bana baktığını gördüm.

"Çağıralım." diye mırıldandı, "ateşi var." Kaşlarımı anında havaya kaldırdım. Doktor istemiyordum, hem ateşim olması da imkânsızdı, üşüyordum ben!

"D-dokt-or... ist-emi.. ah!" Daha cümlemi tamamlamadan bir öksürükle birlikte karnıma giren sancıyla hafifçe inleyip yorganı sıkıca kavradım! Dünyanın en çabuk hasta olan insanıydım resmen!

"Ne oldu?" Bora'nın telaşlı sesini duyup gözlerimi açtığımda soluğu başımda aldığını gördüm.

"Üşüyo-rum... karnım ağrı-rı..yor..." derken gözkapaklarımın alev alev yanmaya başladığını hissettim. Vücudum ve etrafımdaki her şey buz gibiydi. Ama gözkapaklarım alev alev yanıyordu. Gözlerimi anında kapattım ve geçmesini bekledim.

"Ben gidip doktoru arayayım! Hatta direkt evine gidip getireyim dahiliyeci bir arkadaşımı! Sen başında kal Bora. Tamam mı?"

"Tamam, dikkatli gidin." Halam odadan çıkarken yanan gözkapaklarımın ateşini hafifletmek için soğuk ellerimi gözkapaklarıma koydum. Bora'nın beni izlediğini hissedebiliyordum. Yatakta oluşan bir ağırlığı hissettiğimde yanıma oturduğunu anladım.

"Gözlerin yanıyor değil mi?" Başımı salladım anında.

"Her yerim üşüyor... ama... gözlerim... yanıyor." Birden Bora'nın yorganı açtığını fark edince ürpererek kendimi geri çektim ve yanan gözlerimi açtım. İç çamaşırlarımla öylece karşısında uzanıyordum ve Bora endişeyle bana bakıyordu.

"Ne ya... yapıyorsun?" Bora cevap vermeden sessizce elini uzattı ve çıplak karnıma dokundu. Yüzü anında buruştu soğuk eli beni titrettiğinde.

"Cayır cayır yanıyorsun."

"Hayır!" dedim, "hayır ç-çok üşü-yo-rum..."

O an söylediğimi umursamadan, hiç beklemeden dizini bacağımın kenarına doğru attı, diğer bacağını da geçirdikten sonra ben ne yapmaya çalıştığını izlerken tam yanıma yattı ve beni şoka sokacak bir şey yaptı. Buz gibi ıslak bedeniyle benim bedenimi kendine çekti ve bana sıkıca sarıldı soğuk yorganı üstümüze çekerken. Soğuktan mı yoksa şoktan mı bilmiyorum, birkaç saniye hareketsizce kaldım! Şoktaydım. Donuyordum ve şoktaydım.

"S-s-s-s-en..." diye kekeledim sadece. Başka hiçbir şey diyemiyordum.

"İzin ver," diye mırıldandı fısıltıyla, "yardımcı olayım."

İzin vermek zorundaydım. Çünkü o an, bedenim bütünüyle kilitlenmişti. Kıpırdayamıyordum, konuşamıyordum, hiçbir şey yapamıyordum. Bora Karahanlı'nın buz gibi bedeni, onun söylediğine göre benim cayır cayır yanan bedenime sarmaş dolaş bağlanmıştı. Bunu beni soğutmak için mi yapıyordu kendisini eritmek için mi yapıyordu bilmiyordum. Tek bildiğim şuydu, bedenim soğudukça, ruhum ısınıyordu.

"Uyumaya çalış..." dediğini duydum yanan gözlerim ağır ağır kapanırken. Kapanmalarını istemiyordum, göz kapaklarım gözbebeklerimi yakıyordu. Canım yanıyordu, ama gözlerimi açık tutamamaya başlamıştım.

"Bora..." diye fısıldadım nedenini bilmediğim bir şekilde.

"Efendim?"

"Çok uykum var..."

"Tamam," dedi ve "Uyu." diye emretti kısaca.

Uyku uzun zaman sonra ilk kez öyle yoğun bastırmıştı ki, beynimin içinin buharlaşmaya başladığını hissediyordum. Beynimde buhar kalkanı dolaşıp duruyordu ve her şeyi blur efektine bürüyordu. Gözlerimi birkaç kez kırptıktan sonra kapattım. Bilinçaltım, gözlerimi kapatmamla birlikte su yüzüne çıkmış gibiydi. Uykuya dalmak üzereydim ve aklıma gelen bazı şeyler vardı. Bazı... üzücü... şeyler.

"Biliyor musun..." diye kekeledim gözyaşlarım kapalı göz kapaklarımı zorlarken.

"Neyi?"

"Ben çok küçüktüm." Gözlerime hücum eden gözyaşlarım yüzümün tamamını ısıtmak için çabalar gibiydi. Titremem azalmıştı bedenimi Bora'nın bedenine doğru ittirdiğimde. Ve devam ettim titreyen ama kekelemeyen sesimle. "Benim bir kuşum vardı... İsmi Mavi'ydi. Çünkü rengi maviydi. Babam yedinci doğum günümde hediye etmişti onu bana. Onu ilk gördüğümde yaşadığım şoku hâlâ hatırlıyorum. Çünkü mavi rengi öyle çok seviyordum ki hep ten rengimin mavi olmasını istiyordum. Sonra babam bana insanlar mavi olamaz ama bazı canlılar mavi olabilir dedi. Günlerce sokaklarda dolaştım, mavi kediler görmeye çalıştım. Göremedim. Mavi köpekler görmeye çalıştım, göremedim. Bir gün odamda camımın önünde oturup mavi bir canlı görmek için dışarıyı izlediğim sırada babam içeri kırmızı bir kafesle girdi. Elindeki kafesi görünce önce kaşlarımı çattım. Sonra... içinde bir mavilik gördüm. Küçücük bir mavilik. Hemen koştum. Şok oldum, kafesin içinde mavi bir kuş vardı! Mavi bir canlı! Hayatımda yaşadığım en büyük mutluluklardan biriydi bu. Nefes alan mavi bir canlı olduğunu görmek beni çok mutlu etmişti. Madem rengi maviydi, ismi de Mavi olacak demiştim. Yıllarca baktım Mavi'ye. Yanımdan hiç ayırmadım. Uçurdum, besledim, sevdim, temizledim. Sonra bir gün benim ısrarlarımla pikniğe giderken kafesiyle birlikte yanımızda götürdük maviyi. Dokuz yaşındaydım, o günlerde özgürlük kelimesinin anlamını işliyorduk okulda. Her canlının özgürlüğü seveceğini söylemişti öğretmenim. Sırf bu yüzden, bir plan yapmıştım. Mavi'yi kafesinden kurtarıp özgür olmasını sağlayacaktım. Pikniğe gittiğimizde, Mavi'yi kafesiyle birlikte deniz kenarındaki yerimize yerleştirdiğimizde doğru anı bekliyordum. Kimsenin bakmadığı o doğru anı... Annem ve babam, sadece bir dakikalığına yalnız bıraktılar beni. Mangalın başına gittiler ve beklememi tembihlediler. Sadece iki adım mesafemdelerdi. Ama bu bir fırsattı. 'Hadi Mavi!' dedim, 'Hadi biraz özgür ol ama geri gel!' Açtım kafesini. Gülerek çıkmasını bekledim. Çıktı, çıkarken kanadının tek tarafını kafese çarptığını gördüm. Ama aldırmadım, sonuçta o kuştu, hiçbir şey onun uçmasını engelleyemezdi. Uçmaya çalıştı. Biraz uçtu... biraz daha... sonra alçaldı... yanlış bir şeyler vardı. Biraz daha alçaldı... Sonra... Sonra Mavi'nin denize düştüğünü gördüm. Bu kadar. Mavi'yi son görüşüm oydu. O an yaşadığım duyguları anlatmak istemiyorum. O an neler olduğunu, ne tepki verdiğimi anlatmak hatta hatırlamak bile istemiyorum. Bu, benim hayatım boyunca en çok üzüldüğüm an. İkincisi bacaklarımı kaybettiğim, özgürlüğümü kaybettiğim, Mavi gibi bir kafese mahkûm edildiğim o kaza anım. Ben de Mavi'yim aslında. Ben de onun gibiyim. Kendimi bir kafeste gibi hissediyorum. Hareket edebiliyorum, ama hiçbir yere gidemiyorum." dedikten sonra bir süre sessizce bekledim. Kurduğum son cümlenin gerçekliğine ben bile inanamadım. Ama kendimi duygusal moda sokamayacak kadar uykum vardı. Ve bir şey daha..." diye fısıldadım gözlerim iyice ağırlaşırken, "En çok üzüldüğüm üçüncü an..."

Uyku bastırıyordu. Uyku beni ellerimden tutmuş çekiştiriyordu. Zar zor dudaklarımı tekrar araladım. "Üçüncü an... senin beni aldattığın an. Beni çıkmak üzere olduğum kafesime geri soktuğun o an."

Daha fazla konuşmaya takatim kalmamıştı. Ağzımı kapatıp Bora'ya iyice sokulduğum an Bora'nın 'kahretsin' diye mırıldandığını duydum. Sonra, bilincimi iyice kaybetmeme iki saniye kala, uykuya tamamen dalmama bir saniye kala Bora'nın küfür eder gibi eklediğini duydum. "Ben..." dedi, "seni aldatmadım Nehir."

37. Bölüm
Ben Uyurken...

Mavi kuş, günlerden bir gün bir kafesten alınmış başka bir kafese konmuş. Mavi kuş düşünmüş, beni kafesten aldılar, beni özgür bırakacaklar demiş. Mavi kuş özgürlük istemiş. Kendisini büyük aile kafesinden alıp sıkıca tutan adamın koca parmakları arasından kaçabileceğini ya da belki de istekle serbest bırakılacağını düşünmüş. Görüş alanına kırmızı bir kafes girdiğinde ise korkuyla kaçmaya çalışmış. Kafesinden çıkarılmış, başka bir kafese konuyormuş. Mavi kuşun özgürlüğü bu kadarmış. Mavi kuşun özgürlüğü, bir kafesten alınıp başka bir kafese konulana kadarmış... Ailesinin yanından ayırılıp tek başına bir kafese konuluncaya kadar... Mavi kuş aylarca beklemiş, aylarca özgür olacağı gün için beklemiş. Özgürlük öyle çekiciymiş ki yaratıcısına yalvarmış, "Beni özgür bırak, istersen öldür, ama önce özgür bırak." demiş. Çünkü özgürlük önemliymiş. Hareket edebilen bir canlının hiçbir yere gidememesi, işte bu fazlasıyla üzücüymüş. Mavi kuş hareket edebiliyormuş. Ama mavi kuş hiçbir yere gidemiyormuş. Çünkü o, gökyüzünün kuşu değilmiş. O artık kırmızı kafesin mavi kuşuymuş. Kırmızı bir elbise alan kadınlar gibi sevinememiş. Kafesinin rengine bile mutlu olamamış mavi kuş. *Ben Mavi'yim*, demiş. *Bari beni mavi kafese kapatsaydınız...* Çünkü bizi özgürlüğümüzden alıkoyan hep bizden bir parçadır. İşte aynen böyle düşünmüş mavi kuş. Sonra bir gün vakit gelmiş. Sevimli bir kız çocuğu onun kırmızı kafesinin kapağını açmış, onu salıvermiş. Mavi kuş kafesin kapağına kanadını çarpmış çıkarken, ama umursamamış. Çünkü bir kez olsun özgür olmak istemiş. Çıkmış kafesten, uçmuş uçmuş, sonra düşmüş. Rüzgârın salladığı denizin korkunç sularına düşmüş. Ama korkmamış hiç. Çünkü özgürmüş, birkaç saniyeliğine de olsa, ölene kadar özgür yaşamış Mavi Kuş.

Bu hikâyedeki hangi karakter benim? Hangisi Nehir bunların? Mavi kuş muyum ben, kırmızı kafes miyim, Mavi Kuş'u salan o küçük kız mıyım, yoksa katil deniz miyim? Ama bir söz var, *"Denizler cinayet işlemezler, aslında kimseyi istemezler."* Bu yüzden deniz olamam ben. Bana beni suçlu gösterecek ya da beni yerlerde acı içinde gösterecek bir karakter lazım. Ben kırmızı kafes değilim, kafesin suçu yok. Biliyor musunuz, ben her ne kadar o kafesi açan taraf olsam da, ben bu hikâyedeki o küçük kız da değilim. Mavi Kuş'um ben. Hareket edebilen, ama hiçbir yere gidemeyen. Özgürlüğüne uçarken kanadını kafese çarpan. Uçan uçan, sonra birden düşen... Uyku gibi, önce yavaş yavaş sonra aniden.

"Hâlâ ateşi var." Halamın o tanıdık telaşlı sesiyle alnımda bir el hissettim. Göz kapaklarım onları açmak için kaldıramayacağım kadar ağırdı. Bekledim, göz kapaklarımın hafiflemesini bekledim. Alnımdaki eli tanımlamaya çalışarak geçirdim o süreyi. Bu el halamın eli olamayacak kadar büyüktü. Sertti ve aynı zamanda yumuşaktı. Elinin içindeki tanıdık erkeksi kokusu kim olduğunu bağırıyor gibiydi. Bora'nın eliydi bu. Ve şimdi de Bora'nın sesi :

"İlaçları iki saat önce içti, etki göstermeleri gerekmez miydi?" İki saat mi? Uyuyalı on dakika olduğuna emin gibiyim. Ne ilaç içtiğimi ne de başka bir şeyi hatırlıyorum. Tek hatırladığım Bora'ya mavi kuş hikâyesini anlattığım ve birdenbire uyuyakaldığım. Kim bilir kaç saattir bilincim yerinde değil. Demek ki doktor geldi, ben bu haldeyken beni muayene edip ilaç verdi, o ilaçları alıp bana içirdiler bile. Ben hâlâ uykudayım. Bunları beni uyandırmadan nasıl yaptılar? Ateşim var, bilincim gidip geliyor...

"Evet öyle. Ama en azından titremesi geçti. Sadece ateşi var. Acaba uyandırıp bir daha mı ilaç içirsek? Ateş düşürücü hapı günde üç kere içebilir dedi doktor." Bora'nın sakallarını kaşıdığını duydum tanıdık hışırtı sesinden.

"Sekiz saatte bir içirilmesi gerekiyor diye biliyorum. İçirmeyelim. Bırakalım uyusun." Uyumak istemiyordum ki uyanmak istiyordum. Tek sorun gözkapaklarımın üçer kilo ağırlığında olmasıydı. Yatakta hafifçe kıpırdanıp dudaklarımı araladım.

"Su..." diye fısıldadım refleks gibi. Kıpırdadığım an ağzımın kuruluğunu hissetmiştim. Ağzımdan çıkan kelimeyle birlikte odada anında bir hareketlilik başladı. Sürahinin kaldırıldığını duydum, bardak sesi, su doldurma sesi ve kulağımın dibine doğru eğilen bir nefes.

"Gel, ufaklık." Bora'nın tek elini sırtımda hissettim. Beni yavaşça kaldırdığında gözlerimi hafif hafif açmaya zorladım kendimi. Gözlerimi araladığımda halam yatak başında beklerken Bora elinde bir bardak suyla tam yanımdaydı, beni kaldırmaya çalışıyordu. Bakışlarımı ona doğru çevirip suya doğru uzattım elimi. Ama o suyu bana vermek yerine bardağı kendi elinden bırakmadan dudaklarıma götürdü ve ufak bir açıyla kaldırdı. Birkaç yudum su içip kendimi geri çektim.

"Tamam," dedim, "teşekkürler."

Kendimi yatağa atıp Bora'ya baktığımda farklı bir enerji hissettim onda. Nedense çok umutlu, heyecanlı görünüyor gibiydi. Anlam vermek için kaşlarımı çattığım an halam araya girdi.

"Daha önce yaptırdığım çorbayı içmemişsin Nehir! Bak şimdi gidip ısıtmalarını söyleyeceğim, yeniden getireceğim, ama bu sefer içeceksin! Yoksa kötü olur!" Başımı salladım hafifçe yüzümü buruşturarak.

"Şu an hiçbir şey istemiyorum hala."

Halam söze girecekken beklemediğim bir şekilde Bora konuşmaya başladı. "Siz getirin. Ben içiririm ona." Halam gülümseyerek başını salladı anında eliyle Bora'yı göstererek, "Bak görüyorsun değil mi Nehir kocan seni senden çok düşünüyor." dedi.

Daha birkaç saat önce o adam seni aldattı diyen kadının geldiği hale bakın. Bana Bora'yı savunur olmuş. Halamın anlık duygu değişimleri beni yoruyor.

"Hayır ama gerçekten içmek istemiyorum. Midem bulanıyor." Halam bu cümlem üzerine bana bakmak yerine Bora'ya döndü. Bora da bende olan gözlerini ayırıp halama çevirdi muzip bir tavırla, "İçecek." dedi göz kırparak. Ben gözlerimi devirdiğimde halam çoktan gülerek odadan çıkmaya yönelmişti bile. Ne zamandan beri benim kararlarımı benim yerime Bora alıyordu? Ben uyurken değişen bir şeyler mi olmuştu?

"Madem çorba getirtiyorsun kendini içmeye hazırlasan iyi olur çünkü ben içmeyeceğim." Bora derin bir nefes alarak bana döndüğünde nedense gülüyordu. Bir farklıydı şu an. Umutlu, neşeli, heyecanlı, huzurlu... Sanki onu sert yapan, bir duvar haline getiren unsurlar kalkmış gibiydi. Yüzüme sakince bakıyordu. Acaba Bora'ya antidepresan mı verdiler ben uyurken? Lustral gülümsemesi mi bu? Onu antidepresan kesmez, ama olsa olsa antipsikotikle sakinleşir o.

"Ben içireceğim ve sen içmeyeceksin, öyle mi?" dedi egoist bir tavırla.

"Öyle." Kendine güveni de iyice artmış, ama bu seferki daha kendinden emin bir güven. Kesin bir şey oldu da ben bilmiyorum. Ben uyurken beni nüfusuna mı geçirdi acaba?

"Öyle değil," dedi göz kırparak, "içeceksin." Gözlerimi devirdim. Bir de gülümsemesi yok mu? Tamam çok güzel gülümsüyor. Tamam her gülümsediğinde bana yaşattığı her şeyi unutup süblimleşmeyle sonuçlanacak bir yolculuğa çıkıyorum, tamam içim gidiyor ama anlam veremiyorum. Ne bu mutluluk? Üstelik dediklerini yapacağımdan çok emin. Sanki dediklerini yapmak zorundaymışım gibi, acaba ben uyurken beni bir şekilde satın mı aldı? Ne zaman satılığa çıktığımı da bilmiyorum ama...

"İçeceğimi sanmıyorum. Hem yaptığın şeyi de unutmayacağım." diye mırıldandım. Birden tekrar gülümsedi. Öne doğru eğilip gözlerimin içine baktı masmavi gözleriyle. Yeşil gözlerimi mavilerine dikip yine göz renklerimiz karışsa ortaya nasıl bir renk çıkar diye düşündükten hemen sonra gözlerimi kırptım.

"Özür dilerim. Ama bir derse ihtiyacın vardı."

Söylediği şeyle birlikte kaşlarımı çattım. "Ne dersi?" dedim.
"Yanıma yatmandan bahsediyorum. Resmen yanıma yatıp bana sarıldın izinsizce!" Bora'nın kaşları çatıldı, anlam vermek ister gibi baktı birkaç saniye. Sonra doğruldu.

"Ha, o mu? Evet... Yani..." Kafası karışmış gibiydi, "Ateşin vardı, üşüyordun da. Ama iyi geldi sana. Sarıldığım an titremen kesildi. Halan ilaçlar işe yaradı sanıyor ama ben işe yaradım."

Haklıydı, o ana dair hatırladığım tek şey Bora'nın bana sarıldığı an titrememin kesildiği ve bu hızla Mavi Kuş hikâyesini anlattığımdı. Acaba hikâyeyi doğru düzgün anlatabildim mi? Acaba saçmaladım mı?

"Yoo, benim titrememin geçeceği varmış o yüzden geçmiş. Seninle bir ilgisi olduğunu sanmıyorum." Bora'nın yüzünde biraz önce beliren heyecan yavaş yavaş kayboluyor gibiydi. Umutsuzca başını salladı ve gözlerini kaçırdı.

"Nehir... uyumadan önce..." diye mırıldandığı sırada halam elinde bir tepsiyle içeri girince Bora'nın lafı yarım kalktı, sıkıntıyla derin bir nefes verip halamın elindeki tepsiye uzandı.

"Al bakalım Karahanlı! Karının çorbası hazır. Sen yedir, ben de gidip bahçe işlerini takip edeyim. Toprak yağmur suyunu çekmemeye başlamış. Bahçıvan kazı yapacak. Tamam mı çocuklar?" Başımı salladım Bora elindeki tepsiyi bacaklarıma koyup yatağın kenarına oturduğunda.

Halam odadan çıkar çıkmaz Bora çorbaya limon sıktı. Elini tepsideki peçeteyle sildikten sonra bir kaşık çorba aldı ve kaşığı ağzıma yöneltti.

"Ellerim çalışıyor!" diye sızlandım, "Bırak da kendim içeyim!" Bora umursamaz bir tavırla omuz silktikten sonra çorba kaşığını dudaklarıma dayadı, mecburen dudaklarımı araladım ve çorba kaşığının ağzıma girmesine izin verdim. Limonlu tavuk çorbasıydı bu. Tam hasta çorbası. Ama Bora bakıyor diye çorbanın ekşiliğinin yarattığı etkiyi saklamak zorunda kalmıştım.

Yüzüm buruşunca kötü görünüyordu. Evet, ayna karşısında denedim bunu. Evet, yaptım böyle bir şey.

"Gerçekten kendim içebilirim."

"Tamam, eğer duymak istediğin buysa evet, kendin de içebilirsin. Çorba içmek yeteneklerin dâhilinde Nehir Karahanlı. Böyle bir yeteneğin var. Şimdi yeterince tatmin olduysan bırak da işimi yapayım."

Söyledikleri karşısında karnımın içinde böyle ufak ufak küçük hareketler olduğunu hissettim. Bana yaşattıkları olmasaydı şu an belki de ona âşık olacağım an olabilirdi. Nehir Karahanlı deyişi... Duysaydınız gözleriniz dolardı, hani İngilizcede "it gave me chills" derler ya, aynen öyle bir durumdu. Ne denir? *Karnıma kelebekler verdi?*

Bora'ya cevap vermek yerine söylediklerini içimde düşünüp düşünüp garip hislerimle başa çıkmaya çalıştım. O da bu esnada boş durmak yerine bana çorba içirmeye devam ediyordu. Birden telefonu sessiz bir melodiyle çalınca gözüm pantolon cebine kaydı. Ama bu durum Bora'nın umurunda bile değildi. Telefonu çalarken tereddüt etmeden, telefonu açmadan ya da kapatmadan işini yapmaya devam ediyordu.

"Telefona bakmayacak mısın?" dediğimde kaşları havaya kalktı.

"Beklesinler biraz." Bora'da büyük bir değişim var ama anlam veremiyorum. Bana değer filan mı veriyor acaba? Acaba ben uyurken bana âşık mı oldu yanlışlıkla?

Telefonu susana kadar çalmaya devam etti. Durduktan hemen sonra tekrar çalmaya başlayınca kaşlarımı çattım. Cebinde sürekli titreyen bir şey olmasından hiç mi rahatsız olmuyordu?

"Tamam ben içerim, sen telefona cevap ver!" diyerek kaşığı elinden almak için elini uzatmıştım ki umursamadı bile.

"Beklesinler diyorsam bekleyecekler." Sakince havada kalan elimi indirdim. Sanki ince işçilik isteyen bir yağlı boya tablo yapar gibi çorba içiriyordu bana. Telefonunu bile umursamadan... Kabullendim, zaten iki-üç kaşık kalmıştı. Sakin bir kabullenişle içtim onu da. Çorba bitince tepside duran peçetelerden birini aldı ve dudaklarıma doğru götürdü. Yavaşça sildi dudaklarımı ben yutkunduğumda. Telefonu hâlâ çalıyordu.

"Su ister misin?" diye sordu telefonuyla dalga geçer gibi. Omuz silktim.

"Hayır, tek istediğim şu telefonuna cevap vermen." Tepsiyi komodine bırakıp ayağa kalktı.

"Sırf sen istiyorsun diye açıyorum. Bunu bil." dedi hafifçe gülerek. Gözleri beklentiyle gözlerime bakıyordu.

"Neden?" dedim en sonunda tahammülsüz bir şekilde, "Bir şeyler mi değişti? Bu ilgili tavırların ne?" Ayaktaydı, tepemden bakıyordu ve kaşları çatılmıştı. Gözleri bir an olsun gözlerimden ayrılmıyordu. Söylediğimi anlamamış gibi baktı önce.

"Sence bir şeyler değişmedi mi?" Ne kastettiğini anlamıyordum bile.

"Ne değişti Karahanlı?"

"Sen uyumadan önce... bir şeyler değişti? Senin için her şey hâlâ aynı mı?" Sarılarak uyumamızı mı kastediyordu? Sarılarak uyuduk diye bir şeylerin değişmesini mi bekliyordu? Her şey bu kadar kolay unutulabilir miydi?

"Ne bekliyordun Karahanlı? Öyle birden bire her şeyin değişebileceğini mi? Hiçbir şey değişmedi. Hâlâ aynıyız, sen aynısın, ben aynıyım." Bora'yı ilk defa böyle görüyordum. Omuzları düşmüş, gururu kırılmış, umudunu kaybetmiş gibi. Gözlerini kaçırdı ve sıkıntıyla saçlarının arasından geçirdi parmaklarını.

"Haklısın... Yaptığım şey kötüydü... Amacım kötü olmasa da... Yani... Ben..." dedi, "en iyisi şu telefona bakayım." Başımı salladım. Bu tavırlarına bir anlam veremiyordum ama benden her şeyi unutmamı beklemesi çok saçmaydı. Bora Karahanlı odadan çıkar çıkmaz arkama yaslandım. Acaba üzülmüş müydü? Üzülmüş gibi bir hali vardı. Ne bekliyordu ki benden? Ona yeterince iyi davranıyordum zaten. En azından hak ettiği kadar iyi davranıyordum. Daha fazlasını beklemesi yanlıştı. Hatta yaptığı, düşündüğü her şey yanlıştı. Buraya gelmesi bile yanlıştı, buradan gitmemesi yanlıştı, bahçede ıslanması yanlıştı, buraya tekrar girişi yanlıştı. Bora Karahanlı'nın hayatı boyunca yaptığı tek doğru bir şey var mıydı? Benim yaptığım her şey doğruydu diyemem. Mavi'nin ölüm sebebiyim ben, belki doğrular ve yanlışlar hakkında konuşmaya bile hakkım yok. Ama durum bu işte. Her şey çok yanlış.

"Ne olmuş?" diye sordum odaya giren Bora'ya.

"Şirkette önemli bir sorun olmuş." Kaşlarım havaya kalktı.

"Sen yoksun ya sorunlar başladı. Dön istersen." dedim dalga geçer gibi. Bora gözlerimin içine baktı. Uzun uzun baktı ve dalga geçen cümlemi şoka sokacak bir kararlılıkla ekledi. "Öyle yapacağım... Biletimi almalarını söyledim."

38. Bölüm
Başlangıç

"Biletimi almalarını söyledim." Üç kelime, bir cümle, bir adam. Onun benimle buraya gelmesini istemeyen bendim. Ondan geri dönmesini isteyen de bendim. Hiç olmadı ondan en azından bir otele yerleşmesini isteyen yine bendim, tedaviler haricinde yüzünü bile görmemek istediğini söyleyen? O da bendim. Ama o geldi, dönmedi, otele yerleşmedi, yüzünü göstermezlik etmeye de niyeti yoktu. Ve ben biraz önceye kadar bunlardan hoşnut değilim defolup gitmesini istiyorum sanıyordum. Ama öyle değilmiş. Ben Bora Karahanlı'yı yanımda istiyormuşum, ben kaçayım o kovalasın istiyormuşum, peşimden gelsin istiyormuşum. Bunu gideceğini söylediğinde anladım. Şimdi belki dudaklarımı aralamalıyım, kalmasını söylemeliyim ama ne diyebilirim ki? Hangi duygusal uzun cümleler onun burada kalmasını sağlar? Hangi söz tutar artık onu?

"İyi, git." Bu değil mesela. Bu onu tutmaz, gitmeye daha çok iter. Ve ben bu cümleyi kurdum. Evet, gerçekten yaptım bunu. Bora birkaç saniye yüzüme baktı boş boş. Boş boş değil aslında, oldukça dolu baktı. İnanamaz gibi, emin olamaz gibi, anlam veremez gibi.

"Neden?" diye sorunca kaşlarım havaya kalktı. Ne neden? Ne istiyor, yalvarmamı mı?

"Git diyorum, ne nedeni?" Yutkundu, elindeki telefonunu sıkmaya başladığını fark ettim. Elmacık kemiklerinin erkeksi hatları yüzünün gerilişiyle ortaya çıktı.

"Anlamıyorum," diye mırıldandı, "anlayamıyorum... Bir şeyler değişmedi mi? Gidiyorum diyorum, bir şeyler hâlâ değişmedi mi?" Oldukça sinirli görünüyordu. Beni değil ama birkaç eşyayı duvara fırlatmak istediği yüzünün her yerinden okunuyordu. Anlam vermeden kaşlarımı çattım, ne bekliyordu? Neyin değişmesini bekliyordu ki? Anlaşılamayan, saçma olan onun bu değişim beklentisiydi. Zaman mıydı onu bir şeylerin değişeceğine inanmaya iten? Ortada geçen haftalar aylar olsa, zaman diyeceğim. O da yok.

"Değişmedi Karahanlı. Zamana güveniyorsan boşuna güvenme. Bir yıl sonra sana karşı ne hissedeceksem şu an öyle hissediyorum." Sadece beş saniye. Atlatması beş saniyesini aldı, beş saniye donmuş gibi yüzümü izledikten hemen sonra kendine geldi ve bakışlarını kaçırdı. Bana değil, koltuğa yönelip koltuktaki ıslak gömleğini üstüne geçirmeye başlayınca inanamaz gözlerle baktım yüzüne. O ıslak gömleği giyip hasta olmaya mı çalışıyordu?

"Valizindeki gömlekler..." diye başladığım anda sözümü kesti. "Bunu giyeceğim."

"Ama o gömlek ıslak ve..." dediğim an hiç geciktirmeden bir kez daha sözümü kesti. "Bunu giyeceğim."

"İyi de o seni hasta e..."

"Hasta olacağım. Tamam mı?" Sinirle yüzüne baktım. Adama iyilik bile yapamıyoruz, kötülük yapmak zaten ne haddime Bora Karahanlı'ya kim kötülük yapabilir, onu kim üzebilir?

"Tamam, hasta ol. Ne halin varsa gör." Kendimi yorganın altına iyice çekip gözlerimi kapattım. Islak gömleğinin düğmelerini ilikliyordu, bunu izlemek istemiyordum. Bora Karahanlı "ufaklık" dediği benden bile daha çocuk davrandığı bir anındaydı şu an. Sinirlenip inat olsun diye ıslak gömleği giymek niye? Valizinde bir sürü kuru gömlek varken ıslak gömlekle uçak yolculuğu yapmak niye? Tamam, bunu bu kadar takmam çok saçma, biliyorum. Ama takıyorum işte. Tek taktığım bu değil. Bir şeylerin değişmesini beklemesi, değişmeyince bu kadar sinirlenmesi... Sadece anlam vermeye çalışıyorum bakın, beni aldatan o ve sadece iki günde bir şeylerin değişmesini bekleyen yine o. Özür dilemeyen kim? Yine o.

Ben yorganın altında kaldığım sürede Bora Karahanlı gömlek düğmelerini ilikledi, yani öyle tahmin ediyordum. Yaklaşık beş dakika boyunca ses gelmeyince odadan çıktığını düşündüm. Yavaşça üstümdeki yorganı üstümden çekiştirip baktığımda beni izlediğini gördüm. Şok içinde yorganla tekrar başımı kapattım. Yorganın altında yatışımı mı izliyordu?

"Hani bana anlatmıştın ya, mavi kuş ve küçük kızın hikâyesi... Yani senin." Başımı salladım yorganın altından.

"Evet?"

"O hikâye yaşanırken küçük kızdın, evet. Ama şimdi o hikâyenin Mavi Kuş'usun sen. Biliyorum, söylemene gerek yok, ben de kırmızı kafesim. Kanadın bana çarptı, ama uçmaya devam etmeye çalışıyorsun." dedikten sonra durdu ve ben kaşlarımı çattığımda derin bir nefes alıp devam etti beklenmeyecek derecede duygusal bir sesle, "Yapma Nehir... İzin ver kanadını iyileştireyim... Yapma..."

Neler olduğu hakkında hiçbir fikrim yok. Felsefik sözler, çorba içirmeler, bir şeylerin değişmesini beklemeler... Ne oldu?

Bir şey mi kaçırdım? Bir şeyler olmuş olmalı, bilmediğim bir şeyler olmuş olmak zorunda. Ama bilmediğim, görmediğim, duymadığım bir şeylerin bendeki onu değiştirmesini bekleyemez, değil mi? Her şeyden öte kurduğu cümlelerin gözlerimi doldurduğunu hissettim. Ben bunu kendime bile zar zor itiraf edebilmiştim. Mavi Kuş olduğumu... Şimdi ondan duymak... o kadar garip ki...

"Ben..." diye mırıldandım derin bir nefes alıp, "kendi kanadımı kendim iyileştirebilirim. Emin ol, kimseye ihtiyacım yok."

Doğrulduğunu ıslak gömleğinden çıkan seslerden anladım, hafifçe nefes verdi.

"Tamam. Öyleyse... tamam..." Konuşurken zorlandığı belliydi. Bir şeyleri kabul edemiyordu sanki bir şeyleri yediremiyordu. Ama benimle açık konuşmadığı sürece hiçbir şey anlayamayacaktım. Belki de konuşmuştu? Acaba ben uyurken bana alkol verdiler de o yüzden mi hatırlamıyorum? Acaba sarhoş muydum? Ama anneannemin bir sözü vardır, *"Kulağa giren içeride kalır"* der hep. Beklemek gerekiyordur belki de? Eğer bir şey biliyorsam, unutmam.

Karahanlı başka hiçbir şey söylemedi, ben de cevap bile vermedim zaten. Ki cevap verilecek bir cümle kurmamıştı. Sadece sessizce gidişini dinledim yorganımın altından. Odadan ayrılması bir, halamdan duyduğum kadarıyla evden ayrılması beş dakikasını aldı. Ve Karahanlı'nın İngiltere macerası orada son buldu...

Sonraki günler monoton geçti. Ateşim birinci günün sonunda normal seviyesine inmişti, yatakta saatlerce kitap okuyarak geçirdim ilk günümü. İkinci günüm tedaviye başladığım gündü. Tedavi sandığımdan daha eğlenceli geçse de eğlendiğimi söyleyemezdim. Aklım hep Bora'daydı... Aklım hep en son gördüğüm garip halindeydi. Ama yine de kendimi tedaviye elimden geldiğince vermeye çalışıyordum. Günler bu şekilde geçmeye başladı, monotonluk devam ettikçe sakinleşiyordum, aklıma Bora geldiği anda ise kalbimi kontrol edemiyordum. Yoktu çünkü ne mesaj vardı ne arama. Bora Karahanlı tamamen yoktu.

Tedavim günlerce devam ettikten sonra, vücudum tedaviye ufak ufak yanıt vermeye başladığında -ki gözle görülür bir yanıt değil- ilaçlı tedaviye de başladık. Fizyoterapinin yanında kullanacağım bir ton ilacım olmuştu şimdi. İlaç kullanmak bile üzmüyordu beni, çünkü doktorumun yaptırdığı egzersizler öylesine geçmişe döndürüyordu ki beni aklımdan Bora'yı atamasam da zaman zaman mutlu olduğum anlar bile oluyordu. Evet, şaşırtıcı, değil mi?

Günler ilerledikçe öğrendiğim, öğrenmek zorunda olduğum, kafama kazıyarak yerleştirdiğim tek duygu vardı. Bünyemi kabul etmek zorunda bıraktığım tek duygu, sabır. Sabredebilmek, sabırlı olmak o kadar önemliydi ki. Tedavinin ilk günü daha o günün akşamında yürüyebileceğimi düşünmüştüm, tedavinin ikinci günü ise asla yürüyemeyeceğime emin olmuştum. Ama ikisi de yanlıştı. Ne ilk gün yürüyebilirdim, ne asla yürüyemezdim. Ne yeni doğan bir bebekten yürümesini bekleyebilirdiniz, ne de sağlıklı bir yetişkinden yürüyememesini. Tek olay beyinle alakalı, beyinle ve kalple...

Zamana izin vermek gerekiyor. Bırakın saatler çalışsın, pili bitene pil takın. The Sims oynarken bile hızlandırmayın zamanı, bırakın ağır ağır, yavaş yavaş çalışsın. Tek gerçeklik zaman çünkü. Gecenin de gündüzün de her bir salisesi yaşanmalı, yaşanan her bir salise izlenmeli. Nefes alışınızı hissetmelisiniz, nefes alırken bunun farkında olmayarak almamalısınız nefesinizi. Bir durun ya, nefes mi alacaksınız bir bekleyin derin derin alın nefesinizi. "Ben nefes alıyorum." deyin, nefes alışınızı hissetmek öyle güzel ki... Ben su içiyorum deyip için, ben nefes alıyorum, ben yemek yiyorum, ben yürüyorum, ben oturuyorum, ben yatıyorum. Bunlar çok basit gibi görünen ama asla ve asla basit olmayan kocaman olaylar. Her biri dakikalarımızı alıyor. Saniyelerimizi alıyor. Düşünsenize, yüzlerce salise varken nefes almak iki saniyemizi alıyor. Ne büyük bir olay. Belki ben fazla Pollyanna oldum, belki psikoloğumun söylediklerinden etkilendim. Ama bildiğim bir şey varsa o da şu, zaman her şeyi düzeltir. Hiçbir acı zamanla aynı kalmaz. Bir acıyı yaşadığınız gün o acıyı yaşadığınız gündür. Ama ertesi gün, o acıyı yaşayışınızın bir sonraki günüdür. Günler geçer ve siz o acıyı yaşadığınızın belki 17, belki 27, belki de 37 gün sonrasında buluverirsiniz kendinizi. Ve inanın bana, bir gün gelir yüzlerce gün geçmiş olur üstünden. Çünkü zamanın eli kolu yok. Zamanın saçları, teni yok. Zamanı elle tutamazsınız, zamanı yakalayamazsınız. Zamana *"bir dakika dur da beni dinle"* diyemezsiniz çünkü bir dakika da bir zamandır. Zamanı durdurmak isterken bile zaman söylersiniz. Bir dakikalığına zamanı durdurmak istiyorum demek imkânsızlığınızı cümlenizde kullanmışsınız demektir. Çünkü zaman durmaz, zaman çalışır, ilerler, devam eder, gider ama asla durmaz. Zaman başlangıçtır. Şimdi bir salise başladı, şimdi bir saniye başladı, şimdi bir dakika başladı, şimdi bir saat başlayacak... Zamanda bitiş yoktur, başlangıç vardır. Dakikanın başlangıcına herkes bakar da bitişi kimsenin umurunda olmaz. Çünkü önemli olan başlangıçtır ve gidiştir. Bu kadar.

İki Ay Sonra

Sol bacağımdaki garip gıdıklanmayla uyandığımda sinirle gözlerimi açtım. Günlerdir bu duruma alışmıştım, her sabah ayaklarımdaki ya da bacaklarımdaki ufak hislerle uyanıyordum. Başlarda bu beni mutlu etmişti, evet. Ama sonra zaman geçtikçe sinir bozucu bir hal almaya başlamıştı. Şu an mesela, o gıdıklanmalar can yakıcı bir şekilde fazla. Canım yanıyor resmen. Yavaşça doğrulup yorganı açtım. Elimle sol bacağımı ovuşturdum ve o an garip bir şey fark ettim. Elim bacağımda gezdiği sürece her parmağımın dokunuşunu hissettim... Hepsini... Hepsini hissettim. Şok içinde garip bir cesaretle bacağımı yataktan aşağı indirmeye karar verdiğimde bunu gerçekten yapabildiğimi görmek ağzımı bir karış açtı. Şaka mıydı bu? Şaka mıydı? Diğer insanlar gibi yaptım... Onlar gibi bacağımı yana doğru salladım ve aşağı indirdim... Anında diğer bacağıma yöneldim ve onu da yavaş yavaş da olsa aşağı indirebildiğimde gözlerimin dolduğunu hissettim. Hâlâ inanamıyordum ve inanmayacaktım da. Bu bir rüya olmalıydı. Ya da rüyaydı zaten! Anında tırnaklarımı bacağıma götürüp kendime hızlıca bir çimdik attım. Canım yandı, belki inanmayacaksınız ama canımın yandığına o kadar sevindim ki... Allah'ım teşekkürler dedim! "Canım yanıyor, çok teşekkür ederim!"

Bacaklarımı günlerdir hareket ettirebiliyordum zaten, bunda bir sorun yoktu. Buna alışmıştım. Ama şu an çok daha farklı bir şeyler oluyordu burada. Hissedebiliyordum, bacaklarımın, ayaklarımın güçlü olduğunu hissedebiliyordum. Çok garipti ama hissedebiliyordum işte! Düşünsenize... ayaklarımda güç hissediyordum! Bunu aklınız alıyor mu? Tabii ki alıyor... Ama benim için düşünün, yürüyemeyen bir insanın ayaklarında güç hissettiğini sadece iki saniye düşünün. Ben düşündüm ve aklıma gelen tek bir kelime var. Harf sayısını sayamayacak kadar heyecanlıyım. Dudaklarımı araladım ve mırıldandım: "Kalkabilirim."

Yavaşça yatağa tutundum. Mucize gibi bir andı. Kalkabilecek miyim, kalkamayacak mıyım? Düşünmem bile yarım kesildi. Düşünemedim bile. Çünkü ayaktayım. Tam şu anda, eğik bile durmuyorum, bildiğin ayaktayım. Ben ayaktayım. Ben ayaklarımın üstüne basıyorum. Ben ayaklarımın üstündeyim. Ayakta duruyorum. Yapabiliyorum. Tek başımayım, yardım almıyorum ve bunu yapabiliyorum. Çünkü yapabiliyorum... Çünkü yapabiliyorum... Çünkü... ayaktayım...

Hayatımın en mutlu anı. Tamam, bacaklarımın acımaya başladığını hissediyorum. Çok fazla zorlamamam gerektiğini de hissediyorum. Ama yapabiliyorum! Ve bu, hayatımın en mutlu anı. Düşünüyorum, ama daha mutlu bir anım yok. Mutsuz anlarım saymakla bitmiyor tabii. Mutlu an deyince aklıma direkt olarak bütün mutsuz anlarım sıralandı bile. İlk sevgilimden ayrılışım, sakat kalışım, Bora'nın beni aldatışı... Bora'nın beni aldatışının en mutsuz anlarımdan biri olduğunu onun yüzüne de söylemiştim. Gerçi yüzüne bakmıyordum. Ateşim vardı, yatıyordum ve öylece mırıldanıyordum sadece. Ona bunu söylemiştim. O da demişti ki... O ne demişti? Aman Tanrım... Kulaklarımda yankılanan hatırladığım sesi o anın büyüsünü aldı götürdü, ayakta oluşumu bile tamamen unuttum. Çünkü söylediğinde ciddiydi ve doğruydu... Biliyordum doğruydu. Bana demişti ki...

"Ben seni aldatmadım Nehir."

39. Bölüm
Fotoğraf...

Üç. İki. Bir... Üç. İki. Bir...

Sol bacağımı, ayağımdaki vans ayakkabılarımla birlikte taksiden sallandırdım ve kendimden emin adımlarla taksiden inip önünde bulunduğum koca binaya baktım. Üstünde "KARAHANLI" yazan, koskocaman korkutucu şirket binasına... Özgüven dolu bir gülümsemeyle baktım binaya. Omzumdaki çantamın kolunu kaymasını engellemek için elbisemin askısının hemen arkasına denk getirdim ve derin bir nefes alıp ağır ağır yürümeye başladım.

Garip geliyordu, bu kadar uzun bir sürenin sonunda buraya, Cihangir'e takside gelip taksiden inmek ve yürümek... Yürüyebilmek garip geliyordu. İngiltere'de ilk yürüdüğüm gün benim için bir şeylerin başlangıcı olmuştu. Bitişi olmayacak bazı şeylerin başlangıcı. Bitiş istemememin sebebi mutsuzluk istemememdi. Mutlu son diye bir şey yoktu. Son varsa mutluluk yoktu.

"Bora Karahanlı'yla görüşecektim." Kapıdaki devasa güvenlik görevlisine sevimli bir bakış fırlatıp saçımın tek tarafını kulağımın arkasına yerleştirdim ve gülümsedim. Adam sevimli duruşumdan etkilenmiş gibi başta gülümsese de sonra kaşlarını çattı.

"Şu an tüm şirket önemli bir toplantı yapıyor hanımefendi, randevunuzun olması imkânsız. İsterseniz randevu alıp daha sonra gelin."

Omuz silktim anında gözlerimi devirip. "Randevum var demedim. Görüşeceğimi söyledim. Ve görüşeceğim." Adam sorun çıksın istemiyor gibiydi. Dev görüntüsüne rağmen sıcak bir ruhu olduğu belliydi.

"Hanımefendi, sıkıntı olmasın. Lütfen gidin." Yavaşça gülümseyip etrafıma bakındım. Kocamın şirketine alınmıyordum. Kocamın şirketinin güvenlik görevlisi beni tanımıyordu.

"Beni kendi şirketimden mi kovuyorsunuz?" Adam şaşkınlıkla kaşlarını havaya kaldırdığında zafer kazanmış edasıyla baktım yüzüne. Bunu beklemiyordu. Bora'nın karısı olduğumu öğrenince nasıl bir ifadeye bürünecekti kim bilir.

"Kendi şirketiniz mi? Bora Bey'in kuzeni misiniz?" Kuzeni mi? Gerçekten birbirimize benzediğimizi filan mı düşündü acaba? Çünkü öyleyse memnun olurum. Çünkü öyleyse bu benim hoşuma gider. Çünkü Bora benzemek isteyeceğiniz bir insan. Çünkü Bora Matt Bomer. Çünkü o Bora Bomer. Ya da Matt Karahanlı. Çok mu uzattım konuyu?

"Kuzen demeyelim, o tarz bir şey."

"Nesi oluyorsunuz?" Adamın şüpheli sorusuyla birlikte anında ah zavallı adam hiçbir şeyi bilmiyorsun değil mi bakışımı takındım ve çantamdan evlilik cüzdanımı çıkardım. Fotoğraflarımızın olduğu kısmı açıp yüzüne doğru tuttum.

"Karısı ama istiyorsanız kuzeni de diyebilirsiniz. Gerçi o zaman akraba evliliğine döner iş. Siz en iyisi karısı deyin. Tamam mı?" Adam şok içinde bir bana bir evlilik cüzdanımıza bakarken ben keyifle gülümsüyordum. Cüzdanı kapatıp çantama attığımda adam şoktan hiçbir şey söyleyebilecek bir durumda değildi. Sadece öylece bana bakıyordu.

"Hey," diye mırıldandım, "iyi misin?" Yavaşça yutkunup derin bir nefes aldıktan sonra garip bir ifadeyle bana baktı ve başını salladı.

"İ... yiyim... Bayan Karahanlı..." Karahanlı topraklarına girdikten sonra onlardan biri olduğunun öğrenilmesi sonsuz hürmet ve hizmeti gerektiriyordu resmen. Adamın bakışı bile değişti.

"Tamam, sevindim. O zaman şimdi kocamı görebilir miyim?" Tekrar başını salladı anında.

"Tabii ki! Ama toplantıdalar, bitmesine de daha var."

"O zaman geçmeme izin ver de odasında bekleyeyim. Odasına girmeme müsaade ederler herhalde, değil mi?" Adam hâlâ şoku atlatamamış gibiydi. Sindiremediği bir şeyler var gibi görünüyordu. Acaba o da mı Bora'yla evlenmek istiyordu? Tamam saçma, ama öyle bakmasın o zaman!

"Normalde Bora Bey'in odasına kimse giremez. Ama siz girebilirsiniz tabii... Buyurun, benim kartımla geçin. Bora Bey'in odası en üst katta koridordun en sonundaki oda."

Şirkete en sonunda girebildiğimde derin bir nefes alıp asansörlere doğru ilerledim. Bacaklarımla ilgili bir sorun olmaması için yavaş yavaş yürüyordum. Sorun çıkmasını ve bir yerlerde düşüp kalmayı istemezdim, değil mi? Asansöre tek başıma bindiğimde şirketin yirmi beş katlı olduğu gerçeği karşısında nutkum tutuldu diyebilirim. Dışarıdan bakınca da büyük görünüyordu, evet. Ama bu kadarı olacağını da tahmin edemezdim. Sıkıntıyla yirmi beşinci kata bastım ve beklemeye başladım. Asansör ağır ağır ilerlerken tek elimi sol bacağıma götürüp hafifçe sızlamaya başlayan dizime yavaşça bastırdım ve yüzümü buruşturdum. İngiltere'deki doktorum yürümemin üstünden sadece bir hafta geçe tek başıma dışarı çıkmamam gerektiğini söylemişti. Ama bu benim umurumda bile değildi. Tek başıma sayılmazdım hem de Bora'nın yanına gidiyordum. Burada bana hiçbir şey olmazdı ki.

İstanbul'a bu sabah gelmiştim. Havaalanından direkt eve geçip Bora'nın orada olup olmadığına bakmıştım. Bora'nın sabah erkenden çıktığını söylemişlerdi, bu aralar çok çalışıyormuş. Geceleri geç gelip birkaç saat uyuyup çıkıyormuş. Ben de Bora'ya haber vermek yerine valizlerimi oraya bıraktım ve annemlere geçtim. Annemle kahvaltı yaptıktan hemen sonra da buraya geldim. Bora'nın İngiltere'de bana itiraf olarak söylediği cümleyi duyduğumu ama buna rağmen bir şeylerin değişmediğini görünce verdiği tepkiler getirdi beni buraya. Üzüldüğüne emindim, hâlâ üzülüyor olduğuna da eminim. Bu olayda suçlu olan taraf hâlâ o. Ama açıklama istiyorum ve açıklamayı tartışarak elde edemem. Ona ulaşmam lazım, ona iyi davranmam ve bir açıklama almam lazım.

Asansörden nihayetinde indiğimde geniş ve kalabalık koridordan bakışlara aldırmadan geçtim. Ağır ağır yürüyüp koridorun en sonundaki odanın kapısına tıkladım, ses gelmeden kapıyı açtım ve içeri girdim. Beni "Sekreter" yazan bir oda, sarışın bir kadın ve yanında "Bora Karahanlı / Yönetici" yazan bir diğer oda kapısı karşıladı.

"Buyurun?" Sarışın kadının egoist tavırla kullandığı kelime karşısında sinirle gülümsemeye çalıştım.

"Bora Karahanlı'yla görüşecektim." Kadın sıkıntıyla gözlerini devirdi.

"Bugüne randevusu yok, randevu almadan gelemezsiniz hanımefendi, bunu tahmin edemediniz mi? Burası büyük bir şirket. Bir arasaydınız boşuna gelmemiş olurdunuz." Sinirle baktım yüzüne. Randevu almadan da gelirim alarak da gelirim hatta istersem öyle bir hale getiririm ki durumu senin patronun benimle konuşmak için randevu almak zorunda kalır şırfıntı!

"Kocamla görüşmek için randevu almak zorunda değilim. Ayrıca kendi şirketimin ne kadar büyük bir şirket olduğunu bana hatırlattığınız için de teşekkürler. Ben kocamın odasında onu bekliyor olacağım. Toplantısı bitince müsait olduğumu söylersiniz." Öfkeyle bir bir cümlelerimi sıralayıp Bora'nın odasına daldığımda sarışın kadının suratı elindeki muzu bir insana kaptıran maymundan farksızdı.

"Ama hanımefendi!" Peşimden gelip odaya girdiğinde ben çoktan Bora'nın masasının önündeki koltuklardan birine oturmuştum.

"Efendim?"

"Hanımefendi, siz... gerçekten..." Gözlerimi devirerek çantamdan çıkardığım evlilik cüzdanımın fotoğraf kısmını açtığım gibi yüzüne doğru tuttum. Boş boş birkaç saniye boyunca fotoğraflarımıza baktıktan sonra yutkunarak doğruldu.

"Ben... özür dilerim... bilmiyordum..."

"Önemli değil. Artık öğrendin." Şimdi kim egoist bir şekilde bakacak bakalım? Tabii ki ben. Egoist bakışımı sarışının üstünde gezdirdikten sonra hafifçe gülümsedim ve evlilik cüzdanımızı çantama atıp çantamı önümdeki masaya bıraktım.

"Ne içersiniz?"

"Şimdi bir şey içmeyeceğim. Bora'yı beklemek istiyorum." Sarışın anında başını salladı.

"Tabii. Toplantısı bitmek üzeredir. Geldiğinde odada olduğunuzu söyleyeceğim."

"HAYIR!" diyerek atıldım birdenbire olaya, "Sakın! Sürpriz olmasını istiyorum. Geldiğinde beni kendisi görsün. Sakın söyleme. Eğer beni gördüğüne şaşırmazsa senin söylediğini anlar ve seni işten kovdururum. Tamam mı?" Tabii ki öyle bir şey yapmayacaktım ama işimi garantiye almak istiyordum. Sarışın korkuyla başını sallayıp bir şeyler mırıldandıktan sonra odadan çıkınca odada ayağa kalktım. Boydan boya bir duvarı kaplayan kitaplığın üstündeki kitapları inceledim önce. Tek tek kitapları elime aldım. İçlerini karıştırdım. Hepsi ciddi kitaplardı. Finansal meseleler, dış ticaret yöntemleri... İnsan hiç mi Sarah Jio okumaz, hiç mi Sophie Kinsella okumaz, hadi onları geçtim hiç mi John Green okumaz be Bora?

Kitaplığın önünde uzun bir vakit geçirdikten sonra gözlerim Bora'nın masasına kaydı. Bora'nın masasındaki yan yana dizilmiş üç fotoğraf çerçevesi dikkatimi çekti. Kaşlarımı çattım. Kimlerin fotoğrafı vardı ki? Merakla oraya doğru bir adım attığımda birdenbire kapı açılınca olduğum yerde kaldım.

"Telefon bağlama, kimseyi odama alma. Soran olursa çıktı dersin." Bora Karahanlı, haftalar sonra burada, karşımda. Odaya dalgınca girdi. Odada kimsenin olmasını beklemiyormuş gibi dikkatlice bakmadı bile. Öylesine bir yorgunlukla elindeki dosyayı masaya doğru yöneltecekken birdenbire durdu. Bana baktı. Kaşlarını çattı. Şok içindeydi. Şok.

"Selam..." diye mırıldandım uysal bir sesle gülümsemeye çalışarak.

"Nehir..." Kendimi tutamayıp kıkırdadım anında.

"Türkçeyi mi unuttun yine?" Oysa Bora gülmüyordu. Bakışları baştan aşağı beni süzüyordu. Üstümdeki askılı diz üstü kırmızı salaş elbiseme, bacaklarıma, ayaklarıma, kollarıma, yüzüme... baştan aşağı süzdü beni her ayrıntımla birlikte. Tam dudaklarını aralamış bir şeyler söyleyecekken kapı arkasından açıldı ve Bora yaşlarında, ondan daha kısa boylu eğlenceli bir tipe benzeyen bir adam girdi içeri.

"Bora, bir dakika gelsene önemli bir şey oldu!" Bora hâlâ şok içinde kıpırdamadan bana bakıyordu. Ben de mahcup bir ifadeyle yüzünü izliyordum. Öylece gözlerimi kaçırıp utanarak masasına baktığımda derin bir nefes aldı.

"Şimdi geleceğim," dedi bana doğru. Aceleyle masasındaki üç çerçeveden birini kapıp masanın altındaki çekmecesine attı ve telaşla kapıya yöneldi. "Hemen geliyorum." diye mırıldandı tekrar. Başımı salladım. Aklım o çerçevelerdeydi. Anında masanın arkasına doğru bir adım attım ve masadaki iki çerçeveye baktım. Birinde küçük kız kardeşi Asya'nın gülerken fotoğrafı vardı. Diğerinde ise annesinin fotoğrafı. Cesaretle anında elimi alttaki çekmecelere götürdüm. En üstteki çekmeceyi açtım. Çerçeve burada yoktu. Kapatıp bir alttakini açtım... Ve şok içinde bakakaldım.

Bora Karahanlı, masaya annesinin fotoğrafını koymuştu. Onun için dünya üzerindeki en önemli olması gereken kadının fotoğrafı. Yanına kız kardeşinin fotoğrafını koymuştu. Onun içinde dünya üzerindeki en önemli olması gereken minik kızın. Ve diğer fotoğraf... o fotoğraf benimdi. Nikâh günümüzde haberim olmadan çekilmiş bir fotoğraftı bu. Üstümde elbisem, tekerlekli sandalyemin kenarlarında çiçekler...

Bora Karahanlı masasına benim fotoğrafımı koymuştu. Bora Karahanlı, masasına annesinin, kız kardeşinin ve benim fotoğrafımı koymuştu. Şoku atlattığım gibi anında hızlı adımlarla masanın arkasından çekildim. Ve masanın önündeki kırmızı koltuğa attım kendimi. Kendi kendime gülümsedim. Hatta şu an dans etmek istiyordum. Nasıl olabilmişti bu? Bora nasıl masasına benim fotoğrafımı koyabilmişti? Sevinçle sırıttığım esnada dışarıdan önce Bora'nın sert ama heyecanlı sesi geldi. "Tamam, gerisini sen halledersin benim işim var." Sonra arkadaşının sesi. "Ooo, anladım. Yengeye selamlar!"

Kapı birden açıldı ve Bora içeri girdi. Yüzünde ciddi olmaya çalışan ama her an sevinçten sırıtabilecek bir ifade vardı. Mutlu görünüyordu, heyecanlıydı, çocuk gibi bir enerji vardı içinde. Hissedebiliyordum. Kendi yerine oturmak yerine geldi, koltukta yanıma oturdu. Yüzüme bakmıyordu. Derin bir nefes alıp yutkundu ve burnunu çekti. Ve nihayet, hiç haberim yokmuş gibi şu an dünyada beni en mutlu eden gerçeklerden birini yüzüme vurdu. "Yürüyorsun."

Başımı salladım. "Evet," dedim, "yürüyorum." Başını yüzüme doğru çevirdi, beklentiyle uzun uzun yüzümü inceledi. Gözlerimi gözlerine diktiğimde kendini tutamayıp gülümsedi.

"O zaman gidip birer kahve içelim mi?"

Gülerek başımı salladım anında. "İçelim."

Şimdilik her şey iyiydi. Ona bir şeylerin iyi olduğunu göstermek benim borcumdu. Ama biraz zaman geçtiğinde, vakti geldiğinde bana açıklama yapması gereken çok fazla konu vardı. Onun açıklamalarına ihtiyacım vardı ve bana açıklama yapmak zorundaydı. Sadece şimdilik, masasındaki fotoğrafımın hatırına gülümsetmek istiyordum onu. Sonra gülüşünü soldurmak gerekirse, bunu da yapacak insan ben olacaktım. Çünkü hak etmişti. Şimdi nasıl gülmeyi hak ediyorsa geçmişte de gülmemeyi hak etmişti. Bir borcu vardı bana.

40. Bölüm
Memnun Oldum

Bora'nın odasından çıkmak için oturduğum yerden ayağa kalktığım an Bora'nın elini belimde hissettim. Elini yavaşça belime koydu ve ilgilenmek ister gibi bana doğru eğilip diğer eliyle koluma dokundu. Yutkundum. Haftalar sonra bu temas bana onu özlediğimi hatırlatıyordu. Mahcup bir ifadeyle gülümseyerek yüzüne baktığımda yüzündeki mutlu ifadeyi görmek içime öküz oturttu. Mutluydu, mutsuz edecektim onu. Ama mutluydu.

"Yürüyebilecek misin?" diye mırıldandı kısık sesiyle.

Başımı salladım anında. "Merak etme. İyiyim ben. Yardımsız da yürüyebiliyorum. Yani... gerek yok... tutmana..." Gözlerimi belimdeki eline çevirdim rahatsız olmuşum gibi. Anında ellerini üstümden çekti ve boğazını temizledi.

"Tamam." dedi, "Gidelim öyleyse." Ağır ağır yürüyerek birlikte odasından çıktık. Sekreter kız bizi görünce saygıyla ve telaşla ayağa kalktığı gibi zar zor gülümsemeye çalıştı.

"Tebrik ederim efendim ben bilmiyordum!" Bora'ya doğru konuştuğunda burnumu çekip havalı bir şekilde gülümsedim. Ben de az değildim.

"Teşekkürler. Biz çıkıyoruz, soran olursa işi var dersin. Telefonumdan arayıp rahatsız etme." Bora sert emrini üstüne basa basa soğuk bir ifadeyle söylediğinde gülümsemem büyüdü. Benimleyken telefonuyla ilgilenmek istemiyordu. Benimleyken kimseyle uğraşmak istemiyordu. Tamam, hoşuma gitti, evet.

"Tabii efendim. Size iyi eğlenceler!"

Birlikte odadan çıkıp koridora ulaştığımızda yürürken bütün gözleri üstümüzde hissettim. Koridordaki herkes, camlı odaların içindeki çalışanlar, asansörden inenler... herkes bizi izliyordu. Herkesin yüzünde şaşkın hatta şok olmuş bir ifade vardı. Kimse Bora Karahanlı'nın çalıştığı yerde yanında sevgilisini görmeye alışık değildi. Tabii sevgilisi olduğumu düşünüyorlardı. Bir de karısı olduğumu öğrenseler ne olurdu kim bilir. Ama tutup da sırf yüz ifadelerini görebileyim diye "kocacığım" diye boynuna sarılacak değildim elbette. Öğreneceklerdi zaten. Bir gün mutlaka öğreneceklerdi. Öğrenmeleri de planım dahilindeydi. Bu arada, size yeni planımdan bahsettim mi?

"Nereye gidelim istersin?" Bora'nın ilgili sesiyle asansörün önünde beklediğimiz sırada düşüncelerimden sıyrıldım ve ona baktım dalgın bir ifadeyle.

"Ha?" diye mırıldandım dalgın dalgın. Halime keyifle gülümsedi Bora Karahanlı. Gülümseyişi öyle güzeldi ki bir an vücudumun ürperdiğini hissettim.

"Nereye gidelim?" Başımı salladım anında olayı çaktığımda.

"Gelirken güzel bir kafe gördüm. Adına bakmadım ama şirketin yan binasının en alt katı. İçeriden kırmızı loş bir ışık geliyordu." diye mırıldanıp devam edeceğim sırada Bora da söze girince aynı anda konuştuk, "Sevdiğin gibi."

"Sevdiğim gibi." Aynı anda kurduğumuz cümlelerin yarattığı şaşkınlıkla baktım yüzüne. Onun da yüzünde düşünceli ama umutlu bir ifade vardı. Bir süre şaşkın yüzümü inceledikten sonra gülerek başını asansöre doğru çevirdi. Asansörün kapısı tam o anda açılınca yutkunarak şaşkın havamı dağıtmaya çalıştım ve asansöre doğru bir adım attım. Birlikte asansöre bindiğimiz an Bora birinci kat tuşuna bastı ve kapılar kapandı.

"Biliyor musun," diye söze girdi, "iki insan aynı anda konuşuyorsa bu birbirlerine benzediklerinin kanıtıymış." Kendimi tutamayıp güldüm.

"Sen ve ben mi? Birbirimizin yanından bile geçemeyiz Bora Karahanlı. Çok farklıyız. Seni kandırmışlar." Tam konuşmaya devam edecektim ki birden telefonum bilindik High Hopes melodisiyle çalınca çantama elimi attığım gibi telefonumu çıkardım. Arayan annemdi. Telefonu açıp kulağıma götürdüm. Bu sırada Bora'nın nedense gülümsediğini görüyordum.

"Anne, şimdi Bora'ylayım sonra konuşsak olur mu?"

"Olur kızım seni merak ettim bacakların nasıl? Yorma kendini."

"İyiyim merak etme sen. Bacaklarım da gayet iyi. Ben arayacağım seni. Tamam mı?"

"Tamam yavrum. Selam söyle Bora'ya. Hadi görüşürüz..."

Annem telefonu kapattığı an telefonumu çantama attım ve ne kadar farklı olduğumuzu anlatmak için tam Bora'ya döndüm ki bir daha tanıdık High Hopes melodisi çalmaya başlayınca söylenerek elimi yeniden çantama daldırdım. O sırada Bora'nın da gülerek elini cebine götürdüğünü gördüm. Telefonumu çantamdan çıkarıp merakla ekrana baktım ama telefonumda hiçbir şey yoktu. Şaşkınlıkla bakıyordum ki Bora cebinden telefonunu çıkardı. "Seninki değil. Benimki."

Şok içinde telefonunu kapatışını izledim. Kapatıp cool tavırlarla cebine attı ve gülümsedi. "Beni kandırmamışlar," diye mırıldandı, "zil seslerimiz bile aynı..."

Nasıl ya? Bora'nın zil sesi de mi High Hopes'tu? Zil seslerimiz aynı mıydı? Tamam Nehir. Çok da büyütülecek bir şey değil. Daha yüzlerce insanla zil sesin aynı olabilir...

"Tek bir ortak noktamızın olması güzel." diye mırıldanıp bozulmuş gibi önüme döndüm. Bora ise sinir bozucu bir şekilde sırıtıyordu.

"Sana ortak noktalarımızın listesini yapabilirim. Eğer istersen bunu yaparım. Ama sonra ağlama..."

Bora Karahanlı lise seviyesindeki laf sokuşturmasını devam ettirince sinirle gözlerimi devirerek ona baktım. "Yapsana!" Başını sallayıp cebinden telefonunu çıkardı.

"Not alayım, boş bir vaktimde yapacağım. Söz." Ben sinirle onu izlerken o telefonuna bunun notunu alıp telefonunu tekrar cebine attı. Tam konuşmaya tekrar başlayacaktım ki asansörün kapısı açıldı. Bora eliyle nazikçe geçmem için dışarıyı işaret edince çıktım asansörden. Bora da peşimdeydi. Ağır adımlarla şirketin kapısına doğru ilerledik. Biraz önceki güvenlik oradaydı ve takdir eden gözlerle bize bakıyordu. Ona gülümseyip başımla selam verdim.

"Bora Bey tebrik ederim." Bora gülümseyerek başını sallamakla yetindi. Birlikte şirketten çıkıp yan binadaki kafeye doğru ilerlediğimizde refleks olarak Bora'nın elini yine belime koyduğunu hissettim. Başımı hafifçe eğip belime baktığımda elinin gerçekten orada olduğunu gördüm. Bu sefer uyarmayacaktım. Çünkü bilerek yapmadığına emindim. Ve ne yalan söyleyeyim, hoşuma da gidiyordu.

Ben, Bora ve Bora'nın belimdeki eli, üçümüz birlikte loş ışıklı karanlık kafeye adımımızı attığımızda bizi sıcak gülüşlü orta yaşlarında bir kadın karşıladı.

"Hoş geldiniz gençler! Ben Ebrar! Buyurun, oturun!" Kadın bizi çok kalabalık olmayan, yaklaşık 5-6 masanın dolu olduğu loş kafenin şömine köşelerinden birine yöneltince keyifle gülümsedim. Tam benlik bir yerdi burası. Sıcak, karanlık, kırmızı... Bora ile birlikte sadece görüntü olarak yanan şömine köşesindeki masa başı koltuklardan birine yerleştik. Tabii Bora Bey centilmenlik yapmak için önce benim oturmamı bekledi, daha sonra kendisi oturdu. Artık odun değil resmen.

"Ne alırsınız?" Bora soruyu duyar duymaz bana döndü soran gözlerle.

"Ne alalım?" Sorusu nedense çok güzel geldi o an bana. Sanki... çiftmişiz gibi...

"Ben çay alacağım." diyerek birlikte bir şeyler alma hevesini kırmaya çalıştım. Bağımsızlığımızı ilan ettim ayrı ayrı. Bora ise bizi çift olarak engaje etmeye çok hevesliydi. Kadına döndü, "Çay alacağız." dedi.

Kadın gülümseyerek not aldıktan sonra tekrar bize döndü. "Turtalarımızı da tavsiye ederim! Elmalı turtamız fırından çıkalı beş dakika oldu!" Elmalı turtaya dayanabildiğim nerede görülmüş?

Anında atladım. "Ben elmalı turta da alayım o zaman." Siparişimi verip Bora'ya döndüğümde Bora gülerek kadına bakıyordu. "Elmalı turta da alıyoruz."

Gözlerimi devirip çantamı kolumdan çıkardım ve aramıza koydum set olarak. Bora Karahanlı benimle 'bizcilik' oyunu oynamaya heveslenmişti belli ki. Ben değil biz. Sen değil biz. Bana yapması gereken açıklamalar vardı. İtiraf edip öylece sıyrılamazdı. Gerçi açıklasa bile affedecek değildim. Benken biz olmak öyle kolay değildi.

"Tamam, siparişlerinizi hemen getiriyorum."

Kadın yanımızdan ayrılınca sessizce arkama yaslandım. Bora da aynı sessizlikle benimle birlikte arkasına yaslandı ve bakışlarını bana çevirdi. Beni izliyordu. Öylece sessizce, derin derin nefesler alarak beni izliyordu. Sesimi çıkarmadım. Kıpırdamadım. Durdum sadece, beni izlemesine izin verdim. Beni izlemesi huzurlu geliyordu nedense. Her şeyden öte, bütün anıları unutarak yaşasaydık, yaşayabilseydik omzuna yaslanırdım şu an. Bir sürü şey atlattığımı hatırlatırdım kendime. Neler neler yaşayıp bu ana geldiğimi hatırlar rahatlamak için sarılırdım ona. Ama ben mavi kuştum, beni yaralayan kafesime sarılmak saçma olurdu. Ve kabullenemediğim bir şey vardı, kafesim beni isteyerek yaralamamıştı. Ben çarpmıştım ona. Somuta dökemem bunu belki ama durum böyle. Biliyorum, Bora beni isteyerek üzmedi. Üzdü, ama isteyerek değildi. Asla.

"Buyurun efendim, siparişleriniz! Ne sessizsiniz böyle. Bir sorun mu var?" Kadının ilgili cümleleriyle daldığım yerden gözlerimi ayırdım ve masaya bırakılan elmalı turta tabağımla çayımı önüme doğru çektim.

"Bir sorun yok," dedi Bora gülerek, "sadece acıktık!" Gülmeye çalışarak başımı salladım onaylamak için.

"Afiyet olsun o zaman. Yiyin de konuşun güzel güzel!"

"Teşekkür ederiz."

"Ne demek!" Kadın yanımızdan gülerek ayrılınca Bora çayından bir yudum alırken ben de elmalı turtamdan bir çatal aldım. Bora ağır ağır bana dönünce ben de ona baktım.

"Durgunsun." diye mırıldandı ağır ağır. Derin bir nefes aldı, başımı ona doğru çevirip onaylarca salladım.

"Aklımda bazı şeyler var... Bekleyen bazı şeyler..." Konuşmanın zamanı gelmişti. Arka fonda çalan İkrar şarkısının yavaş melodisi, kırmızı ışık, ortamın loşluğu her şeyi daha mümkün kılıyordu.

"Anlat. Hiçbir şeyin aklında beklemesine, kimsenin seni bekletmesine izin verme."

"Anlatacak olan ben değilim," dedim, "sensin."

Bora eğildiği masa üstünden ağır ağır doğruldu ve duruşunu dikleştirip tekrar arkasına yaslandı. Çayından bir yudum daha alıp fincanını masaya bıraktı.

"Ne anlatayım?"

"Ne anlatacağını çok iyi biliyorsun Karahanlı. O gün olanları anlatacaksın. Beni aldatmadın, tamam. O zaman o gördüklerim neydi?" Bora sıkıntıyla nefesini bıraktı.

"Anlatamam."

"Neden?" Bir süre düşündükten sonra dik dik yüzüme baktı bana doğru hafifçe eğilip, "Çünkü yaptığım şey çocukça idi ve anlatıp kendimi rezil etmek istemiyorum. Tamam mı?"

"Tamam değil! Bana bile anlatamaz mısın? Sana başkasına anlat demiyorum. Bunu bilmek benim hakkım. Bana anlat. Yüzlerce kişiye değil, sadece bana!" Bora omuz silkti. Anlatmayacaktı. Anlatmaya niyeti olsa ısrar ettirmezdi, onu tanıyordum.

"Bilmen gereken tek şey seni aldatmadığım, Nehir. Bu kadar." Başımı salladım. Israr etmeyecektim. Ama böyle olmazdı. Açıklama yapmadığı sürece onu affedemezdim.

"Tamam. Ama benden seni affetmemi bekleme, tamam mı? Bundan sonra senin ve benim aramdaki evliliğin tek sebebi babalarımızın ortaklığı olacak. İkimiz de buna mecburuz. Ben babamın şirketi iflas etmesin diye buna mecburum, sen baban sana istediğin hisseleri versin diye. Belki daha fazlası olabilir sanmıştım. Bu evliliği sürdürmek için başka nedenlerim de olabilir sanmıştım... Ama görünen o ki olamayacak. Ben de hayatıma bakmaya karar verdim. Babanın teklifini kabul ediyorum. Kendi hayatıma bakacağım." Bora'nın kaşlarının çatıldığını gördüm. "Ne teklifi?" diye mırıldandı şok içinde. Birkaç gün önce Bora'nın babası Ahmet Karahanlı'yla yaptığım telefon konuşmasını hatırladım. Yaptığı plan bir bir kulağımdaydı.

"İş teklifi... Karahanlı Şirketlerinin yeni halkla ilişkiler müdürüyle tanış," diye mırıldandım elimi ona doğru uzatıp, "Ben Nehir. Memnun oldum."

41. Bölüm
Özür Dilerim...

Bora Karahanlı, bensiz geçirdiği sıradan haftalarının sonunda ilk defa söylenen bir cümleye şok olmuş gibiydi. Gözleri anlamsız bir şaşkınlıkla beni süzüyordu. Anlamsız, ama çok hoş bir şaşkınlık. Onu şaşırtmıştım. Planın birinci aşaması buydu. Onu şaşırtmak. Ve ben onu şaşırtmıştım. Karşımda durmuş kaşları çatık beni izliyordu, beni derken, yeni halkla ilişkiler müdürünü.

"Sen..." dediği an keyifle gülümsedim. Yine Bora Karahanlı, yine bir Türkçeyi unutma anı. Bu adam hiç değişmeyecek mi? Âşık olup evlenseydik nikâh masasında heyecandan konuşmayı unutup evet diyemeyecekti.

"Evet, ben." diye mırıldandım, "Sen memnun olmadın galiba?"

Ağır ağır başını çevirip camdan dışarı baktı ve burnunu çekti. İçinden neler geçtiğini tahmin edebiliyordum, muhtemelen babasından nefret ettiği anlardan biriydi bu. Kendisine kalsa sürekli evde oturmamı isteyecekti yine. Yine dışarı çıkmamamı, bir koltuğa ya da bir yatağa bağlı yaşamamı isteyecekti. Ya da mutfaktan çıkmamamı, akşama kadar ona yemekler yapmamı. Sonra işten gelince birlikte yemek yiyecektik, sonra odalarımıza dağılıp uyuyacaktık. O bazen başka evlerin başka odalarında, otel köşelerinde uyuyacaktı başka kadınlarla. Ama benim tek bir seçeneğim vardı, kendi odam, kendi yatağım. Başka odalar yasaktı bana, başka yataklar yasaktı. Bora Karahanlı'ya kalsa bana başka erkekler yasaktı. Tamam, beni aldatmadı. Her ne kadar bana bir açıklama yapmasa da beni aldatmadığına inanıyorum. En azından o gün gördüklerimin kurmaca olduğuna inandım, evet. Peki ya öncesi? Balayında beni tek başıma bırakıp başka odalara gittiği günler? Aldatsın ya da aldatmasın, bana kurallar koymaya kalktığı günler? Beni üzdüğü o anlar? Ben hiçbirini unutmadım. "Kadınsın, unut." diyemez kimse bana. Bana yapılan en ufak yanlışı unutursam kadın olduğumu da unuturum. Kadın olduğumu hatırladıkça hatırlayacağım her bir yanlışı. Hepsi burada, aklımda. Kimseyi üzmek gibi bir dileğim yok. Ben sadece Bora Karahanlı beni anlayabilsin istiyorum. Mahkûm olan taraf olmak nasılmış görsün istiyorum, hayatını yaşayabilen birini sevmeye çalışmak nasılmış anlasın istiyorum. İşte bu yüzden geldim, işte bu yüzden buradayım. Artık ben o'yum. O ben. Artık giden ben olacağım, peşimden gelen o. Beni yaratan üzüleyim diye yaratmadı. Benim annemle babam ben üzüleyim diye getirmediler beni dünyaya. Nasıl oturduğum yerden kalktıysam hayatıma kaldığım yerden yürümesini de bileceğim. Hiçbir Bora Karahanlı durduramaz beni. Ama ben... bir Bora Karahanlı'yı durdurabilirim.

"Sana göre bir iş değil." diyerek kısaca kestirip attı Bora çayından bir yudum aldığında. Gülümsedim, ne bekliyordum ki, tabii ki böyle söyleyecekti.

"Yoo, ben yapabileceğime eminim. Zaten baban bu kararı vereli birkaç gün oluyor, ben de şimdi kabul ediyorum. Yani sen istesen de istemesen de birlikte çalışacağız. Sevinsene Karahanlı, yönetim kurulunda bir tanıdığın daha olacak artık."

Bora bakışlarını üstüme doğru çevirip baştan aşağı iç çekerek süzdü beni. Kendi kendine kısa bir anlığına sinirle gülümsediğini gördüm.

"İyi. Yalnız halkla ilişkiler benim yürüttüğüm bir departman, ben ne dersem onu yaparlar. Yani..." diyerek bana yaklaştı ve yavaşça ekledi, "benim altımda olacaksın."

Bir an kurduğu cümlenin yanlış anlaşılabilir olmasıyla başkası da duydu mu diye korkuyla etrafıma bakındıktan sonra sinirle Bora'ya döndüm! Ne demek altımda olacaksın ya? Başkası duysa yanlış anlayacak resmen! Ama sinirlendiğimi ona belli etmemeliydim. Bir savaş açtıysam devam ettirmeliydim. Madem o büyük oynuyordu, ben de büyük oynayacaktım. Gülümsedim.

"Altta olmayı severim." Bora'nın bakışları değişti o an. Eğlenebilirdi, devam ettirebilirdi, ama midesinin bulandığını hissettim.

"İyi. Aferin." dedi sinirle, "O zaman bir an önce şirkete dönsek iyi olur. Çalışmaya başlaman lazım. Çalışanların öğle araları yarım saat önce bitti."

"Sen niye buradasın o zaman, sen çalışan değil misin?" diye sordum küstah bir tavırla. Çayını bir dikişte bitirip masaya bıraktı sertçe.

"Ben işverenim. Senin üstündeyim. Anladın? Sen alttasın, ben üstte." Salağa anlatır gibi yavaş yavaş konuşunca başımı salladım sinirle. Alt üst mevzusu uzadıkça uzayacaktı. Kısa kesmek için tekrar başımı salladım.

"Tamam. Anladım. Bora Karahanlı'nın altta olduğu nerede görülmüş..." Son cümle hiç de kısa kesmek istermişim gibi olmadı. Kahretsin. Devam ettirecek!

"Üstte olduğumu çok gördün galiba?" Tek kaşı havada öylece bekliyor bir cümle daha kurup ona bir laf daha sokması için koz vereyim diye resmen! Toparlamam lazım...

"Hani... üst düzey... yönetici... kurulundasın ya sen... üsttesin yani..." Toparlamaya bak, rezilliğin dibiyim. Affet beni Ahmet Karahanlı, oğlunla savaşacak kadar güçlü değilim. Bora gülerek ayağa kalktı dalga geçer gibi. Anında ben de kalktım.

"Kelime oyunu mu yaptın şimdi sen?" diye sordu ciddi ama dalga geçen bir tavırla. Ne diyeceğim, ne diyeceğim?

"Başka bir yerde üstte olduğunu düşünemedim Karahanlı. Karın olarak bunu düşünebileceğimi düşündüysen bu senin hatandır. Hem hatırlatırım, seni bir kadınla yatakta gördüğümde ne alttaydın, ne üstte. Yanında yatıyordun. Ve inan bana, o bile yetti. Üstü kalsın."

İşte, işte aradığım Nehir bu! İşte aradığım savaş gücü bu! Seninle gurur duyuyorum kızım, sen busun! Cevabını dinlemeden kasaya doğru ilerledim. Bora arkamdan gelirken çantamdan cüzdanımı çıkardım, tam fermuarı açıyordum ki Bora şok içinde yüzüme bakarak konuşmaya başladı. "Nehir sen sarhoş musun?"

Dönüp yüzüne boş boş baktım. "Ne sarhoşu?" Gözleriyle cüzdanımı işaret etti.

"Benim yanımdasın. Hesabı ödeyebileceğini mi düşünüyorsun?" Anlamazlıktan gelerek bakmaya devam ettim yüzüne.

"Niye ödeyemezmişim, sen yanımda olunca hesap otomatik olarak beş katına mı çıkıyor? Öyleyse ödeyemem çünkü." Sinirle gözlerini devirerek dudaklarını birbirine bastırdı.

"Sen dışarı çık. Beni kapıda bekle." Gözlerimi kocaman açtım sert emri karşısında.

"Asıl sen dışarı çıkıp beni kapıda bekle! Ben hesabı ödeyip gelirim. Bendensin bugün, hadi yine iyisin." diye mırıldanıp cüzdanımı açıyordum ki Bora anında benden önce davranıp sinirle bir küfür savurduktan sonra cebinden çıkardığı yüzlüğü kasanın hemen yanına bırakıp beni kolumdan tuttuğu gibi kapıya doğru çekiştirdi. Kafenin sahibi kadın bize şok içinde bakıyordu.

"Hesabı kasanın yanına fazlasıyla bıraktım. Üstü kalsın." Bora kadına açıklama yaptıktan sonra beni nazikçe çekiştirip dışarı çıkarınca kolumu ondan kurtarıp kendimi geri çektim.

"Sen bana hiçbir şeyi zorla yaptıramazsın Bora Karahanlı!" diye bağırdım caddenin ortasında. Oldukça nezih bir caddede durmuş, zengin insanların şaşkın bakışlarına aldırmıyordum bile.

"Sen benim karımsın. Hesabı sana ödetecek değilim." Bora ise oldukça sakindi. Kendi doğrusundan şaşmayacaktı belli ki.

"En azından kendi hesabımı kendi paramla ödeyebilirdim."

"Senin paran sende kalsın. Ben hesabı bizim paramızla ödedim." O an durdum ve birkaç saniyeliğine gözlerine baktım. Biz mi dedi o? Cümlede para geçmese öyle romantik olacak ki... Konu para olmasa şu an romantik bir an olabilirdi! Bizim paramız... Bizim.

"Bizim?" diye sordum anlamazlıktan gelerek.

"Benim olan her şey bizimdir." dedi Bora Karahanlı anında. Sonra acımasızca ekledi, "Bir şey seninse senindir. Benimse bizimdir."

Bu adam kendini ne sanıyordu? Neydi bu ayrımcılığın kaynağı? Hadi her şeyi geçtim, şu an romantik olabilecek cümlenin içerdiği öküzlüğe bir baksanıza. Bu cümlelerin romantik olması gerekmiyor mu, benim hatam mı bu cümlelerin romantik olması gerektiğini düşünmek? *"Benimse bizimdir..."* Normalde duysam ne hoş bir cümle deyip duygulanıp ağlardım. Ama şimdi, her yerimden feministlik akıyor.

"Beni hâlâ muhtaç olan taraf olarak mı görüyorsun?" dedim sertçe. Bora söylediğime inanamıyormuş gibi kaşlarını havaya kaldırdı.

"Sen hiçbir zaman kimseye muhtaç değildin." Tekrar kolumu tuttuğunda kendimi geri çektim.

"Ben muhtaçtım! Yürüyemiyordum! Sen beni sana muhtaç olduğuma inandırdın. Anlaşılan buna kendini de inandırmışsın ki hâlâ sana muhtaç olduğumu düşünüyorsun. O eski Nehir yok artık Bora Karahanlı. Bak, ayaktayım. Bak, yürüyorum. Her şeyi yapabilirim." Bora sinirle kolumu bırakmadan beni çekiştirerek yürümeye başladı. "İyi o zaman. Gidip işe başlasan iyi olur."

Arkasından koştururken kolumu ondan kurtarmaya çalışıyordum. Canımı yakmıyordu, ama şu yaptığı büyük saygısızlıktı.

"Bırak beni! Kendim gelebilirim!"

"Bıraksam gelecek misin?" Sorusuyla birlikte daha da hızlanınca birden cevap vermek için ağzımı açtığımda dizime giren sancıyla birlikte inledim. Bora anında durdu. İki büklüm olduğum, yere diz çöktüğüm ve acı içinde inlediğim an Bora'nın yüzündeki korkuyla beraber dibimde bittiğini gördüm.

"NEHİR?" Derin bir nefes almaya çalıştım kesik kesik. Sol bacağıma büyük bir sancı girmişti. Ne yapacağımı bilemeyerek olduğum yere oturdum ve bacağımı uzattım acıyla.

"Bacağım..."

"Neresi? Hangisi? Allah kahretmesin hangi bacağın?" Elimi sol bacağıma götürüp yüzümü diğer elimle kapattığımda Bora'nın elini bacağımda hissettim. Dizime doğru bastırınca hafifçe inledim.

"Yapma!"

"Tamam... tamam... bekle... Gel..." Bora Karahanlı, tüm acımı dindirmek isteyen bir yüz ifadesiyle dikkatlice kucağına aldı beni. Kollarıyla sıkıca sardı ve şirket binasına doğru hızlandı.

O an, içimi büyük bir korku kaplamıştı. Gözlerimi kapattığım an mavi kuşumun denize düşüş anı geldi gözlerimin önüne. Sanki her şey öyle gibiydi. Korktum. Yürümeye başlamıştım, özgürdüm. Aynı kafesten kurtulup özgür olduğunu düşünen Mavi gibi. Özgürlüğü birkaç saniye sürmüştü, birkaç saniye sonra denizin sularındaki ölü bir kuştu artık o. Şimdi ben de... ben de... devam edemeyeceğim. Sadece korkuyorum, aynı şeyleri yaşamaktan, bacağımı tekrar kaybetmekten çok korkuyorum.

Gözlerime gelen gözyaşlarıyla birlikte başımı istemsizce Bora'nın omzuna yasladım şirkete girdiğimizde. Herkes telaşla peşimizde koşuştururken hiçbir şey umurumda değildi. Umurumda olan tek şey yaşadığım korkuydu.

"Sakin ol..." diye mırıldandı Bora yalvaran bir sesle, "İyi olacaksın. Geçecek. Düzelecek. Hiçbir şey olmayacak. Nehir... Nehir..." Cevap vermek yerine Bora asansöre bindiğinde hıçkırdım ve yüzümü boynuna doğru gömdüm. Bora'nın dişleriyle dudağını sıktığını gördüm o an. Sakin olmaya çalışıyordu.

"Kor... kuyorum..." diye kekeledim kollarımla onu sıkıca sardığımda.

"Yüzüme bak..." diye fısıldadı asansör ağır ağır çalışırken. Omuz silktim.

"Nehir yüzüme bak!" Hıçkırıklarımın arasından ağır ağır baktım yüzüne. Gözlerinin içine... Gözleri dolmuştu, Bora'yı ilk defa böyle görüyordum.

"Tek korkan sen değilsin." diye açıkladı, "Hayatımda ilk defa... hayatımda ilk defa korkuyorum... ama yanında olacağım. Korkup kaçmayacağım. Bacağında yine bir sorun çıkarsa, yine... yürüyemezsen... ben... Allah kahretsin benim yüzümden oldu!"

"Hayır!" diye inledim gözlerimi kocaman açıp. Gözyaşlarım yanaklarımın üstünden kayıyordu.

"Seni zorladım! Hızlı yürümene sebep oldum!"

"Seni kızdırdım..."

"Sana kızmamalıydım..."

"Seni kızdırmamalıydım..." Bora söylediğim umurunda değilmiş gibi kahrolurcasına konuşmayı sürdürdü.

"Kahretsin... kahretsin... Sana dokunmam bile zarar..."

O an kendi derdimi unutup onu teselli eden konuma geçmek üzereydim. Tam o an asansörün kapısı açıldı. Bora asansörden kucağında ağlayan bir benle çıktığında herkesin gözleri üstümüzdeydi. Fısıldaşmalar başlamıştı. Bir kadının "Hamile mi acaba? Bayılmış mı?" dediğini duydum, bir diğeri "Evli değiller ki?" diye ekledi.

"Kapayın çenenizi! Size konuşmanız için para vermiyorum!" Bora sinirle gürlediği an herkesin bilgisayarlarının başına dönmesi bir oldu. Ofislerin kapıları tek tek kapandı. Bora son sürat odasına daldığında sekreter kız bizi görmesiyle anında şok oldu.

"Efendim ne oldu?"

"Doktoru çağır... Şu an şirkette bulunan bütün sağlık personellerini çağır! Olmazsa git karşıdaki hastaneden doktor getir, git bul birilerini, bir şey yap!" Emirlerini sıraladıktan sonra odasına girdiği gibi hızla ilerledi ve üçlü siyah deri koltuğuna oturttu beni. Bacaklarımı koltuğa çıkarıp uzanmamı sağladıktan sonra doğruldu ve telaşla sekreterin olduğu kısma geçti. "Sana dediklerimi duymadın mı? Üç dakikan var, üç!"

Ben ise o sırada kendimi hiç iyi hissetmiyordum. Bacağımdaki sancı azalıyordu, ama yaşadığım korku ölçülemezdi. Çok korkuyordum, çok korkmuştum... Kaybettiğin bir şeyi tekrar kazanınca ve birden kaybeder gibi olunca ölümü hissediyordun sanki. Öyle bir şeydi bu, ölümü hissetmek gibi.

"Oğlum? Ne oluyor?" Ahmet Karahanlı, bütün ağırlığıyla odaya girip şok içinde bize baktığında saygıdan bütün ruh halime rağmen birden doğrulmaya çalıştım. Anında Bora dibimde bitip tuttu beni.

"Kalkma!" diye emretti.

"Ama..."

"Kızım kalkma! Neyin var? Ne oldu?" Ahmet Bey başıma gelip acır gibi baktı ikimizin haline.

"Nehir yolda biraz rahatsızlandı. Bacağında bir sorun var şu an. Bir de korkunca tabi..."

"Öyle mi? Eh yeni iyileşti sorunlar olacak tabii. Korkması da normal. Sen kendi haline bak, sesini duyunca kalp krizi geçiriyorsun sandım eşek sıpası! Gelin hanım senden daha sakin. Git bir elini yüzünü yıka!" Bora sinirle gözlerini devirdi.

"Hiçbir yere gitmiyorum. Şirketteki bütün sağlık personeli buraya toplanacak." Ahmet Bey anında aklına süper bir fikir gelmiş gibi gözlerini açtı. "Psikoloğu da çağırayım, yeni psikolog başladı bugün işe. Kızcağız korkmuş, gelsin bir konuşsun." Bora sinirle baktı babasının yüzüne bir kez daha. Fransa'da yaşadığımız psikolog krizinden sonra psikologlardan nefret ettiğini biliyordum.

"Siz bekleyin, ben arayayım hemen gelir. Bu katta zaten." Ahmet Karahanlı odadan telefonuyla birlikte çıktığında Bora yanıma geldi, koltuğumun önünde diz çöktü ve yavaşça dizime dokundu.

"Acıyor mu?"

"Çok değil..." Başını salladı anlayışla. Elini uzatıp akmaya devam eden gözyaşlarıma dokundu. Gözyaşlarımı tek harekette sildi.

"Seni çok iyi anlıyorum. Bir sevdiğin ölmüş, sonra dirilmiş ve sonra tekrar ölümden dönüyormuş gibi hissediyorsun... Bacakların öldü, sonra dirildi, şimdi yine ölebilir... Ama izin vermeyeceğim Nehir. Özür dilerim. Ben... özür dilerim... özür dilerim..." diye mırıldandıktan sonra çaresizce ekledi. "Özür dilerim... benim yüzümden..."

"Senin yüzünden değil. Sorun çıksın diye yapmadın. Sorun çıkarmayayım diye yaptın." Başını koltuğa yasladı pişman bir tavırla.

"Aptalım ben. Sorun çıkarma diye ne yaptıysam daha büyük sorunlara yol açtı. Aptalın tekiyim." Bora kendi kendine söylenirken birden kapının açıldığını fark ettim ama gözlerimi Bora'dan ayırmadım. Onun pişman oluşunu, onun da bir insan oluşunu görmek istedim, bir saniye bile kaçırmak istemedim. Tam o an, bir ses duyuldu. Eskilerden az tanıdık bir ses...

"Merhaba," dedi bozuk aksanlı o erkek sesi, "Ben Fransız psikolog, ımmm... Guillamo Cotil." Şok içinde gözlerimi kapıya çevirdim. Bora da aynı anda doğruldu ve kapıya döndü oturduğu yerde. Aman Tanrım. Şok içindeydim, şok! Bu psikolog Fransa'da Bora'nın Türkçe kavga ettiği o psikologdu! Buradaydı! Türkçe konuşuyordu! Aman Tanrım... Aman...

42. Bölüm
Sen Bana Aitsin...

Aman Tanrım. Şoklar içinde, şoklar içinde, şoklar içinde, şoklar... Bir sürü şok içinde şok! Daha fazla şok ve çok daha fazlası! Bu gerçek mi? Bu gerçek olabilir mi? Fransa'da sadece bir saat konuştuğum psikolog Guillamo Cotil burada. Bora'nın sinirlendiği, sinirden deliye döndüğü, Fransızcayı da İngilizceyi de unutup Türkçe tartışmaya çalıştığı adam! O burada! Gözlerimizin önünde, şirkette!

"Bu ne?" diye sordu Bora adamı eliyle babası Ahmet Karahanlı'ya işaret ederek. Ahmet Bey de psikolog da birbirlerine bakıp gülerlerken ben şok içindeydim. Bora delirecekti! Bu kim diye bile sormamıştı, bu ne demişti! Fırtınanın gelişini nasıl göremiyorlar Tanrım?

"İnsan." diye yanıtladı Ahmet Bey kısaca. Tekrar psikoloğa döndü ve birlikte güldüler aralarında bir espriymiş gibi. Şaşkınlıkla doğrulmaya çalıştığım sırada Bora sinirli elini karnıma koyup beni koltuğa doğru itti.

"Yat, Nehir! Şu an düşünmeye çalışıyorum bir de sen tekrar rahatsızlanırsan deliririm! Kıpırdamadan yat! Sesin de çıkmasın!" Ama şu an bir şey diyemiyorum. Otoriter tavrına kızamıyorum çünkü halini görmeniz lazım. Gerçekten delirdi. Cidden delirdi. Ne yapacağını şaşırmış bir halde bir bana bakıyor bir babası ve psikoloğa. Resmen takım oluşturmuşlar! A Takımı. Ama amaç ne? Olay ne? Bu adam niye burada? Tam bunları düşünüyordum ki Bora'nın sinirlerimi bozmaya yetecek derecede saçma sorusu beni sinirden ağlamaya ve ağlarken birden gülmeye başlamaya itti. "Bu insan niye burada?" Evet. Sorusu buydu. Babasının psikoloğu insan olarak tanımlamasından sonra Bora Karahanlı, Türkçe kelime bilgisinin yüzde doksanını kaybetmiş ve bu soruyu sormuştu. Ahmet Karahanlı ve psikolog aynı anda bir kahkaha attılar.

"Bir de gülüyor! Bu adam Türkçeyi nereden biliyor?" diye ekledi sorusuna Bora. Haklıydı! Bu adam Türkçeyi nereden biliyordu? Bora'yla tartışırken hiç de Türkçe bilmiyordu!

"Oğlum, bir sakin ol. Her şeyi anlatırız. Geç otur şöyle. Büyütülecek bir olay yok. Gui artık bizim şirket psikoloğumuz." Gui mi? Bir de ismini kısaltmış. Bora delirecek... Kaşları havaya kalktı ve anlam vermeye çalışır gibi baktı.

"Ben onu kovdurdum!"

"Ben de buraya aldırdım. İşe ihtiyacı vardı."

"İşe ihtiyacı varsa karımın odasına gecenin bir vakti girmeyecekti!"

Tam o sırada Guillamo söze girdi. "Ama ben o gece, uhm..." derken Bora'yla aynı anda konuştuk. "Sen sus Gui!" Ve anında ekledim. "Şu an burada olması beni de şaşırttı, Bora'ya haksız diyemem... Ama o geceyle ilgili psikoloğun bir suçu yok. Onu ben çağırdım. Çünkü kötü hissediyordum..." Bora sinirle alnındaki teri sildi.

"Kötü hissettiğinde beni çağırmalıydın!"

"Başka bir kadının yanındaydın." Donakaldı. Öylece yüzüme baktı, anlam vermeye çalışıyordu, hiçbir şey diyemedi, sadece baktı.

"Yalan mı?" diye sordum, "Başka bir kadının yanındaydın." Başını salladı acır gibi bir ifadeyle. İçinde ona büyük bir haksızlık yapıldığını hissettiğine emindim. Yüzü öyle bakıyordu.

"Haklısın. İşim vardı. Sen de benim eksikliğimi başka bir adamla doldurmaya çalıştın. Ama o eksiklik öyle kolay dolmaz, güzelim. Benim eksikliğimden bahsediyoruz."

"Yoo, doldu. O gece kendimi çok iyi hissettim." dememle birlikte Ahmet Karahanlı'nın büyük bir kahkaha atması bir oldu. Bora ise oldukça kötü hissediyordu. Sinirle yüzüme birkaç saniye baktı. Gözlerimi gözlerine dikip bakışına karşılık verdim. Ama o an kendimi gerçekten kötü hissettim, gerçekten. Çünkü bir an Bora'yı çok üzmüşüm gibi geldi... Daha önce o da beni çok üzmüştü. Ama onu üzmek beni üzüyordu işte. Toparlanmaya çalıştı. Babasına döndü ve parmağıyla psikoloğu işaret etti.

"Gidecek. Şimdi." Emri net ve kesindi. Ama karar babasına kalmıştı. Hiçbir şey babasının kararını değiştirmeyecekti.

"Gitmeyecek. Asla." diye yanıtladı. Baba-oğul birbirlerine o kadar çok benziyorlardı ki. Tam Bora şimdi ne yapacak diye düşünürken Bora aniden eğildi ve birden beni kucağına aldı!

"O zaman biz gidiyoruz!" Şok içinde yüzüne baktığımda oldukça kararlı görünüyordu!

"Nereye?" diye sordu Ahmet Karahanlı telaşla.

"Buradan başka bir yere." Bora benimle birlikte kapıya doğru ilerlerken Ahmet Bey oğlunu kolundan tuttu. "Saçmalama

Bora. Kaç yaşındasın sen? Bırak kızı!" Haklıydı! Ama sesimi çıkaramıyordum ki!

"Çekil baba..."

"Kızı bırak. Sen nereye istersen git ama şunu kabullen, ikiniz birbirinizden farklı insanlarsınız. Biriniz bir yerde olmak istemiyorsunuz diye diğeri de o yerde olmayacak diye bir durum yok, söz konusu bile olamaz. Kızı bırak. Sen nereye gidersen git."

"Bırakmayacağım..." dedi sertçe, "o bana ait. Ben nereye istersem oraya gelecek." Şok içinde baktım yüzüne, delirecektim. Delirecektim! Beni oyuncağı mı sanıyor?

"Nehir senin oyuncağın değil Bora! Onu kendinle beraber hiçbir yere sürükleyemezsin! Bırak onu. Ve burada olmak istemiyorsan git. Karışmayacağım." A Takımı canla başka beni kurtarmak için çalışıyordu. Sessizliğini koruyan psikolog birden söze girdi. "Immm, Bora Bey... bu çok kabaca... sanki bir... nasıl denir..."

Bora adamın yüzüne yedi saniye kadar anlamsızca baktı. "Ne saçmalıyor bu?" Tahammülsüzlükten ölecekti resmen. Adamın yüzünü görmeye, sesini duymaya tahammül edemiyordu. Zavallı adam da hâlâ konuşmaya çalışıyordu!

"Bora, insanlara bu kadar kötü davranmaman gerektiğini günün birinde en sevdiğin insan sana kötü davrandığında anlayacaksın." dedi babası. Birden Bora'nın gözleri bana kaydı. Ne demekti bu? En sevdiği insan ben miydim?

"Çekil baba..." Başını salladı Ahmet Karahanlı. Önümüzden çekildi ve Bora kucağında benimle birlikte odadan çıktı. Yürüyebilirdim, ama bırakmıyordu bile! Koridordaki herkesin gözü yine üstümüzdeydi.

"Hamileymiş..." diye fısıldadığını duydum birinin.

"Karısı olduğunu söylediler..." dedi bir başkası.

"Ay çok yakışmışlar!" cümlesini duyduğumda gülümsememeye çalıştım. Bora'nın yüzüne çevirdim gözlerimi. Bana bakmıyordu. Dimdik ileri bakıyordu. Onu izledim bir süre. Neden böyle yaptığını anlamaya çalıştım. Neden bunu yapıyordu? İnsanlara neden kötü davranıyordu, neden özgürlüğümü kısıtlamak üzerine çabalıyordu. Neydi derdi? Ne istiyordu benden? Söyledikleri aklımdaydı. "O bana ait." demişti. Bir insanı nasıl malı gibi görebilirdi? Bir insana nasıl aitlik yükleyebilirdi? Soracaktım, tek tek hepsini ve her şeyi soracaktım.

Asansöre bindiğimizde asansörde bizden başka kimse yoktu. En alt katın tuşuna bastı ve gözlerini sertçe kapıya çevirdi. Bacaklarımdaki ve belimdeki eli canımı hiç yakmıyordu. Nedense bunu düşündüm bir an... Güzel bir histi. Bana dokunuyor olması ve bunu tüm uzuvlarımla hissetmem güzeldi. Her şeye rağmen bu güzeldi.

"Nereye gideceğiz?" diye sordum fısıltıyla. Yüzünü yüzüme çevirmedi bile.

"Uzağa."

"Bugün şirkette ilk günümdü..."

"Biliyorum."

"Beni böyle götüremezsin! Benim kendi özgürlüğüm, ailem, arkadaşlarım ve artık bir işim var Karahanlı. İstediğin an kucaklayıp götüremezsin, götürmemelisin. Hayatımda bir şeyleri yaşamama engel olma artık." Tahammülsüz bir şekilde nefes aldı.

"Birkaç gün..." diye mırıldandı, "En azından birkaç günlüğüne gidiyoruz. Geri geleceksin."

"Ama nereye?"

"Gidince görürsün"

Asansörden birlikte indiğimizde tüm gözler yine üzerimizdeydi. Bakmamaya çalışarak gözlerimi kapattım ve başımı omzuna yasladım. Şirketten çıktığımızı dışarıdan gelen soğuk hava dalgasıyla anladım. Beni arabasına doğru götürdü, yatmama izin vermek için arka kapıyı açtı ve beni arka koltuğa yatırdı. Sesimi çıkarmadım. Sessizce yattım, bacaklarıma iyi gelmesi için uzanmam gerekiyordu. Gözlerimi kapattım ve yola çıkmamızı bekledim. Bora ön koltuğa geçip arabayı çalıştırdığında arabanın bir süre hareket etmediğini fark ettim. Tam gözlerimi açacaktım ki üstüme bir şey örtüldü. Gözlerimi bir süre sıktım, işlem bitince gözlerimi araladığımda üstümde Bora'nın ceketini gördüm. Sebepsizce iç çektim. Cekete iyice sarıldım. Kokusunu içime aldım. Gözlerimi kapattım... Bu adamda bir şey vardı, ne kadar iyi olursam olayım muhtaç hissediyordum ona. Hasta gibi. Bana bakması gerekiyormuş gibi. Zayıf noktam buydu sanki... Kendimi bıraktım bende. Bütün sorumluluklarımı unuttum. Yattım oraya, ceketine sarıldım iyice, zamana bıraktım. Zaman Bora'ydı. Her şeyi ona bıraktım... İntikam planımız, birkaç saat bekleyebilirdi...

Ne kadar zaman geçti bilmiyorum. Gözlerimi açtığımda kendimi büyük, turuncu bir yatakta, karanlık ama sımsıcak bir odada buldum. Şömine sesleriyle uyumuştum, bacaklarımda hiçbir sorun hissetmiyordum ve huzurluydum. Yataktan hafifçe doğrulduğumda Bora'yı şöminenin başında otururken gördüm. Huzurlu görünüyordu, benim gibi. Yeterince huzurlu olmuştu. Yattığım yerden konuşmaya başladım.

"Özür dileyecek misin?" Bana döndü yavaşça. Yüzünde huzurlu bir ifade vardı. Uykusu gelmiş gibi gözlerini ovuşturdu.

"Ne için?"

"Benden malınmışım gibi bahsettiğin için." Hafifçe gülümsedi. Bunu söylediğime inanamıyor gibiydi.

"Öyle bir şey yapmadım?"

"Yaptın. Babanın yanında dedin ki..."

"Ne dedim?"

"O bana ait dedin..." Gülümseyişi ciddileşti birden. Gözlerimin içine baktı saniyelerce. Baktı, baktı... biraz daha baktı. Hâlâ bakıyordu. Ben de gözlerimi kaçırmadım ama. Madem o bana bakıyordu, ben de ona bakardım. Bakabilirdim. O güzel gözlerine gözlerimi kaçırmadan bakabilirdim ve ona âşık olmamı engelleyebilirdim. Yapabilirdim bunu.

"Yalan mı?" diye sordu birden.

"Yalan. Ben sana ait değilim. Ben kimseye ait değilim." Oturduğu yerden ayağa kalktı. Şöminenin önünden birkaç adım attı. Derin bir nefes alarak yatağa çıktı. Geniş turuncu nevresimli sıcak yatağın üstüne çıktı, yorganı açtı ve ben şaşkınlıkla ona izlerken yanıma yattı. Kalkmaya teşebbüs edecektim ki tek kolunu altıma doğru uzatı, diğer koluyla da karnımdan sardı beni. Arkamdan sarıldı bana. Sıkıca kendine doğru çekti ve sarıldı... Ne yapabilirdim? Ne yapmalıydım? Hiçbir şey bilmiyordum ama o an o kadar güzel bir şey yaşıyordum ki kıpırdamak istemiyordum. Yine de kendimi zorladım, kalkmak zorundaydım ve doğrulmaya çalıştım. Bora ise sıkıca tuttu beni.

"Lütfen..." diye fısıldadı çaresizce, "Biraz sarılayım..." Gözlerimin dolduğunu hissettim. Bu gerçek bir an mıydı? Bora Karahanlı bana sarılabilmek için yalvarıyor muydu? Kendimi serbest bırakmadığımda Bora biraz daha sıkı sardı beni. Saçlarımı kokladığını fark ettim.

"Sen beni sevmek zorunda değilsin... Sen bana sarılmak zorunda da değilsin... Ama izin ver biraz seveyim seni... birkaç dakika..." Gözümden akan bir damla yaşı Bora'nın görmediğine şükrettim o an. Hayatımın en güzel anıydı bu. Yaşayabileceğim en güzel hissi yaşıyordum.

"Dediğin her şeyi yapamam Karahanlı... Sandığın gibi sana ait değilim ben." dedim acımasızca. Başını salladı bana sarılırken. Karnımdaki eli karnımı okşuyordu.

"Sen bana aitsin. Çünkü..." dedi ve durdu birkaç saniye tereddüt eder gibi. Sonra kulağıma doğru fısıldadı, "çünkü ben de sana aitim."

43. Bölüm
Kıskanıyorum...

Ben bu yaşıma geldim, hayatımda ilk defa taşların yerine oturduğunu gördüm. Aitlik kavramını hayatım boyunca hep sorgulardım. Aitlik neye göre, kime göre, neden, nasıl... Ama şimdi, şimdi bir şeyler yerine oturdu. Şimdi kendimi birine ait gibi hissediyorum ve bu benim egomu zedelemiyor bile. Çünkü aitlik kavramı, karşılıklı olunca resmiyete kavuşuyor. Başkası sana aitse, işte o zaman sen de ona ait oluyorsun. Tek yolu bu. Ve ben, şu anda Bora Karahanlı'ya ait olduğumu hissediyorum. İlk defa, evet ilk defa, Bora Karahanlı'ya ait olduğumu hissediyorum. Çünkü o da bana ait. Artık o da... bana ait.

Yatakta, beni sardığı kollarının arasında ona doğru döndüm. Kolları sırtımdan sardı bu sefer beni. Masmavi gözleri gözlerimin içine baktı yorganın altında aramızda santimetreler olduğu sırada. Gözlerim dolu doluydu. Yanaklarımın kızardığını hissediyordum, heyecandan üşüyordum.

"Sen... bana mı aitsin?" diye mırıldandım şaşkınlıkla. Gözlerini kırpmadı, kıpırdamadı, sadece gözlerimin içine baktı elleri sırtımı okşarken. Zorlanıyor gibiydi. Söylediğini kendine yediremiyor gibiydi. Ama söylemişti işte. Yediremese de, zorlansa da söylemişti. Duymuştum.

"Hiçbir şey sorma. Sadece izin ver bana..." Sesi fısıltılı çıkıyordu, yalvarıyor gibiydi.

"Neye izin vereyim?" Sırtımdaki tek elini yavaşça çekti ve yüzüme yaklaştırdı. Saçlarımı yüzümden çekip elini yanağımda gezdirmeye başladı. Hafif hafif gezdiriyordu, dokunmaya korkar gibi.

"Seni sevmeme... Buna izin ver. Neden bilmiyorum, ama sana ihtiyacım var Nehir. Ellerimin senin üstünde olmasına, yüzüne, gözlerine, sesine, tenine, kokuna... Hislerimi isimlendiremiyorum. Kahretsin ki beceremiyorum bunu işte. Tek yapabildiğim sana ihtiyacım olduğunu bilmek. Bunu biliyorum ve hayatımda ilk defa... ilk defa birine yalvarıyorum. Sana yalvarıyorum. Bana izin ver, seni biraz seveyim. Sana biraz dokunayım. Biraz sesini duyayım. İzin ver ellerini ısıtan adam ben olayım. Bu ne kadar sürer bilmiyorum, sen ister misin bilmiyorum, sonu nereye varır bilmiyorum, bunun sebebi ne onu da bilmiyorum. Ama izin ver..." Gözlerimi kırptığım an gözümden bir damla yaş aktığı gibi Bora'nın yanağımdaki eliyle, başparmağıyla buluştu. Gözyaşımı yavaşça sildi.

"Eğer beni istemiyorsan... ağlayacaksan... ben... gi... buradan... gide..." Konuşamadı bile. Bir şeyler kekeledikten sonra yedirememe duygusuyla elini yüzümden ve sırtımdan çekti. Ben şaşkınlıkla gözlerimi açtığımda Bora'nın yatakta doğrulduğunu ve yorganın altından çıkmak üzere olduğunu gördüm. Korkuyla kolunu tuttum gözyaşlarım yanaklarıma hücum ederken. Korktum. Gidecek diye çok korktum. Koluna yapıştığım gibi sıkıca sardım kolunu. Başımı koluna yasladım ve hıçkırarak ağlamaya başladım. İhtiyacım vardı ona. Onun bana ihtiyaç duymasına ihtiyacım vardı.

"Gitme..." Kelimesi döküldü titreyen dudaklarımın arasından.

"Eğer beni istemiyorsan..." diye bir cümleye başlıyordu ki hıçkıra hıçkıra ağlamam öfkeli bir hale büründü. Bunu nasıl söyleyebilirdi?

"Aptal mısın Bora Karahanlı?" diye bağırdım başımı kolundan kaldırıp kıpkırmızı ağlayan yüzümle yüzüne baktığımda.

"Seni istiyorum! Seni de, kelimelerini de, sevgini de, aitliğini de, her şeyini istiyorum! Yanımda kalmanı istiyorum, yanımda olmanı istiyorum, ben seninle bir yorganın altında huzur bulmayı istiyorum... Eğer izin verseydin... eğer isteseydin çok önce yaşayabilirdik bunu... eğer başka kadınlarla... eğer... bana... bir açıklama yapsaydın... Allah kahretsin neden yaptın bunu? Neden her şeyi mahvettin? Neden beni sevmek yerine hayatımı mahvettin ya neden?" Kontrolsüzce ağlıyordum, ağzıma gelen her şeyi sayıyordum. Onu seviyordum. Onu seviyordum... Ona olmayan nefretimi kusuyordum. Sevgimin coşturduğu bir nefretti bu. Gözlerindeki acıyı görebiliyordum, bu bana güç veriyordu. Kollarımı tuttu kolları. Öfkeyle baktı yüzüme, bu öfke kendisineydi...

"Çünkü ben sevmeyi bilmiyordum. Konuşmayı, yürümeyi bilmeyen küçük çocuklara yürümeyi, konuşmayı öğretir gibi koydular seni önüme. Ne yapacağımı bilemedim. Sen benim için yürümek kadar, konuşmak kadar önemliydin... hayatımın geri kalanında hep olacaktın, buna emindim, bunu istiyordum. Ama nasıl yapacağımı bilmiyordum. Ama şimdi..." Bir an durdu. Elleri kollarımı sıkıca tutmuş ıslak yüzüme öylece bakarken donakaldım. Söylediklerinden çıkan şey beni şoka sokmuştu. Anladığım doğru muydu?

"Şimdi ne?" diye fısıldadım.

"Şimdi..."

"Şimdi ne Bora? Şimdi seviyor musun beni?"

"Her çocuk bir gün yürümeyi öğrenir. Her çocuk bir gün konuşmayı öğrenir..." diye mırıldandı. Dudaklarını dudaklarıma yaklaştırdı, yavaşça fısıldadı. "Biraz bekle... Sadece biraz zaman ver... Her şey istediğin gibi olacak. Her şey anını bekler Nehir. Bırak mutluluk anını beklesin." Ellerini yavaşça kolumdan çekti. Beni tek elini sırtıma yaslayıp nazikçe yatağa doğru yatırdı. Tek eliyle yüzümdeki saçlarımı çekti yüzümü okşar gibi.

"Şimdi sadece izin ver. Huzurlu olalım biraz. Sadece sen ve ben. İkimiz. Bir şeyler anlat bana, konuş, aklından geçenleri de dudaklarından çıkacakları da merak ediyorum. Ben senin gözlerinin ardını, burnunun aldığı kokuları, boğazına gelen kelimeleri, kalbinin atışını, karnında dolaşan hisleri... her şeyi merak ediyorum. Anlat. Konuş. Bak, gör, hisset, bırak kalbin atsın... Akışına bırak kendini. Senin akışın ben olayım. Kendini bana bırak..."

Yavaşça üstüme doğru eğildi. Dudakları alnımı buldu. Alnıma yumuşacık bir öpücük kondurdu. Farklı bir amacı yoktu, dudakları yanaklarıma kaydı, yanaklarımı öptü. Sadece sevmek istiyordu beni. Elleri karnımda geziyordu, omuzlarımda, boynumda. Elleri tanımak istiyordu beni. Kollarıma dokunuyordu, yüzüme... Dudaklarını gezdirdi burnumun üstünde. Öpmedi, dudaklarını değdirdi yüzüme, burnuma... Çekiniyor gibiydi, zarar vermekten korkar gibiydi. Gözlerimi açtım dudakları gözlerimi terk edip yanaklarıma değdikten sonra. Ellerimi kaldırdım, sakallarına, iki yanağına dayadım ellerimi. Başını sıkıca tutup yüzüme, gözlerime bakmasını sağladım.

"Öpmüyorsun..." diye fısıldadım. Gözlerime uzun uzun baktı.

"Seni sevmekten bile korkuyorum, sana öyle çok zarar verdim ki..." Haklıydı. Bana zarar vermişti. Beni üzmüştü. Beni mahvetmişti. Ama yine de umurumda değildi. Şu an beni sevmesini istiyordum. Şu an beni öpmesini istiyordum. Yanaklarındaki ellerime dayanarak yüzünü kendi yüzüme doğru çektim. İlk öpüşmemiz geldi aklıma. Bana "Bu, hiçbir zaman unutamayacağın bir öpücük" demişti. Kendi kendime gülümsedim. Dudaklarını dudaklarıma yaklaştırdım ve gözlerimi kapatıp konuşmaya başladım,

"Bu..." dedim dudaklarına ufak bir öpücük kondurup kendimi geri çektiğimde, "hiçbir zaman..." dedim ve bir öpücük daha bıraktım dudaklarına, "unutamayacağın bir öpücük..."

Dudaklarım, artık sonsuzluk içinde dudaklarındaydı. İpleri elimden almıştı bile, üst dudağım iki dudağı arasındaydı. Hayatımın en tutku dolu anını yaşıyordum. Elleri karnımı okşarken, benim ellerim onun saçlarındayken dudaklarım dudaklarının arasındaydı. Ellerimden birini yavaşça sırtından kaydırıp gömleğinin içine soktuğumda Bora'nın ağzından ufak bir inilti çıktığını duydum. Elim gömleğinin içinde sımsıcak olmuş sırtını okşarken hızlı nefesleriyle dudaklarımın tadını çıkarmaya çalışıyordu. Çok farklıydı, sanki bu öpüşme bile onu kendinden geçirmeye yetiyor gibiydi, sanki aylardır kimseyle öpüşmüyor gibiydi. Ben de aynı durumdaydım. Yatağa öylece uzanmış hissizce kalp atışlarımı kontrol etmeye çalışıyordum sadece. Bunu ilk defa yaşıyordum, hayatımın ilk tutku dolu anıydı bu ve ne yapacağımı bilemiyordum bile. Belki de devam ettirmeliydim, belki de ileri gitmeliydik, belki de sadece öpüşmekle kalmamalıydık? Tam o sırada Bora'nın durduğunu hissettim. Üstümde durdu, dudaklarını dudaklarımdan çekti ve gözlerimin içine baktı öylece. Baş parmağı yanağımda dolaştı.

"Neden... neden durdun?" diye kekeledim nefes nefese. Dudağının tek tarafının kıvrıldığını gördüm.

"Bana bir şeyler anlat..." diye fısıldadı huzurlu bir ses tonuyla. Kaşlarım çatılı bir şekilde ağlayacakmışım gibi baktım yüzüne.

"Neden durdun? Ben... yanlış bir şey mi... öpüşmeyi beceremiyor muyum?" Bora keyifli kısık bir kahkaha attı anında. Gülerek kızgın telaşlı yüzümü inceledi. Yanağıma ufak bir öpücük kondurdu ve kendini yanıma attı. Yorganı iyice üstümüze çekerek tek kolunun altına altı beni, bedenimi bedenine yasladı.

"Sadece sana sarılıp uyumak istiyorum. Senin sesinle, senin nefesinle... sen hep bir şeyler anlatırsın. Yine anlat. Söylediklerin çok güzel."

Tamam. Öpüşmeyi beceremiyor muyum diye sormam aptallıktı. Resmen azmış gibi konuştum. Neredeyse üstüne atlayacaktım öp beni diye... Şimdi uslu bir kız olup bu huzurlu anın tadını çıkarmalıyım.

"Ne anlatayım?"

"Her şeyi... Nasıl olduğunu, nasıl hissettiğini, çocukluğunu, okul yıllarını, arkadaşlarını, hobilerini, her şeyi... Hatta yemek tarifi bile verebilirsin. Sen yeter ki konuş." Bora Karahanlı'daki büyük değişim beni şoka sokuyordu. Adam birdenbire nasıl dönmüştü böyle? Onu tanımasam âşık olmuş diyecektim ama o âşık olamazdı. En fazla hoşlanırdı... Biraz geri çekilip soran gözlerle yüzüne baktım. "Bora?"

"Nehir?" Kaşlarımı çattım.

"Sen benden hoşlanıyor musun?" Bora şok içinde büyük bir kahkaha attığında benim de gülesim geldi ama kendimi tuttum. Bora'nın 30'lu yaşlara yaklaştığını unutuyordum. Hoşlanmak da ne?

"Evet, çok hoşlanıyorum. Benimle çıkar mısın?" Sorusuyla birlikte gözlerimi devirip tekrar ona yaslandım.

"Çıkmam." diye mırıldandım sinirli sinirli. Derin bir nefes aldığını duydum.

"Neden?" Şeytanca gülümsedim. Tek kaşım anında havaya kalktı.

"Çünkü ben de başkasından hoşlanıyorum." Bakalım kıskanacak mıydı? Yani eğer hisleri doğruysa, en azından beni biraz olsun seviyorsa kıskanmaz mıydı?

"Çok sevindim," diye mırıldandı kendi kendine. Şaşkınlıkla donakaldığımda devam etti, "Kaçıncı sınıfa gidiyor, orta iki mi?" Eğleniyordu. Neyse ki sadece dalga geçiyordu. Dalga geçmiyor olsaydı nasıl kıskanmaz diye kendi kendimi yer bitirirdim.

"Hayır, ben ciddiyim. O bir... şey... doktor." Tepkisini görmek için hafifçe doğruldum. Yüzü emin olmak istemez ama emin olmak üzereymiş gibi bakıyordu.

"Ne?" Söyleyebildiği tek şey bu oldu. Kaşları kalkmış, gözleri kısılmıştı.

"Evet. Bunu sana söyleyecektim... İngiltere'de bir dok..." derken Bora tahammülsüz bir şekilde sözümü kesti. "Şaka yaptığının farkındayım. Aslında devam etmene izin verecektim, biraz eğlen diye anladığımı fark etmemeni sağlayacaktım, ama şakası bile mide bulandırıcı. Devam etme." Yüzünde gerçekten tahammülsüz bir ifade vardı. Daha hiçbir şey anlatmaya bile başlamamıştım, resmen midesi bulanmıştı. Nedense bu çok hoşuma gitti. Ona göstermemeye çalışarak gülmeye başladım. Hafifçe kıkırdadığımda gülüşümün sesi çıkmasın diye yüzümü yorganla kapattım. Yorganın altında kendi kendime gülüyordum ki birden Bora'yı da yorganın altında buluverdim.

"Neye gülüyorsun?" diye sordu yorganın altında terlemeye başlayan bana. Sırıtmaya devam ediyordum saf gibi.

"Sana."

"Ne yapmışım?" Alt dudağımı ısırdım ve hafifçe yanağını okşadım.

"Beni kıskandın." Sonra tereddütle ekledim, "Değil mi?" Gülümsedi ağır ağır.

"Hayır. Kıskanmadım." İnanmıyormuşum gibi başımı salladım.

"Kıskandın." Tek kaşı havaya kalktı.

"Yoo, yok öyle bir şey." Kendinden gayet emindi ama ben çok daha emindim.

"Öyle mi?" diye sordum.

"Öyle."

"Peki o zaman. Sana İngiltere'de yaşadığım ufak bir aşk kaçamağından bahsedeyim... Halamın yan komşusunun benim yaşımda bir oğlu var. Bir gece beraber dışarı çıktığımızda elini omzu..." dediğim anda sinirli bir ifadeyle yüzünü yüzüme yaklaştırdı ve dudaklarını dudaklarıma dayadı. Konuşmamı dudaklarıyla engelledi. Öperek susturdu beni. Kendini geri çektiğinde tahammülsüz bir ifade vardı yüzünde. "Aşk kaçamağı yok. Gece yok. Beraber dışarı çıkmak yok. Elini omzuna atmak yok.

Bunların hiçbiri yok Nehir. Şaka olarak da, yalan olarak da..." dedi ve durup net bir şekilde devam etti. "Bu dünyada başkasının elinin senin omzunda olma ihtimali yok." Sonra tekrar ekledi. "Bu dünyada başkasının senin yanında yeri yok... Bu dünyada senin içinden benden başkası yok. Ne bu dünyada... ne başka bir gezegende."

Hayatımda duyduğum en güzel sözler. En güzel kelimeler. Bir ağızdan çıkmış en güzel harfler bunlar. Çok güzel. Ruhum seviniyor, ruhum mutlu oluyor ya. Resmen seviniyorum. Resmen mutlu oluyorum.

"Neden?" diye sordum direte direte. Gözlerimin içine baktı nefeslerimiz yorganın altında birbirine karışırken, "Çünkü haklısın... kıskanıyorum." dedi. Gözlerimi kapattım. O an o kadar güzeldi ki bilincime iyice işlensin diye, beynime kazınsın diye gözlerimi sıkıca kapattım. Elimi ağır ağır saçlarına götürdüğüm sırada evin kapısının kırılacak gibi çaldığını duydum birden! Şok içinde gözlerimi açtığımda ince bir kadın sesi duyuldu: "Bora Karahanlı! İçeride olduğunu biliyorum, aç kapıyı!"

Şok içinde Bora'ya baktığımda hiçbir şeye anlam veremez gibi bana baktığını gördüm. Kalbim birden duracak gibi oldu. Sanki bu anı daha önce yaşamış gibiydim. Sanki Bora'yı daha önce başka bir kadınla görmüş gibiydim. Görmüştüm. Şimdi yine mi görecektim? Başka bir kadın mı gelmişti? Başka bir kadın mı çalıyordu özel dediği evin kapısını? Başka bir kadın hesap mı soracaktı ona benimle olduğu için? Neydim ben? Kimdim? Hiçbir şey diyebilecek bir halde değildim. Hiçbir şey yapabilecek bir halde değildim. Başımın döndüğünü hissettim. Saatin saniyelerinin geçiş sesini duydum. Ve kadının bağırışlarını: "Aç şu kapıyı!"

44. Bölüm
Sahneden Çekil

Sakat kalış. Kabulleniş. Evleniş. Kabulleniş. Aldatılış. Kabulleniş. Âşık oluş. Kabulleniş. Teslim oluş. Kabulleniş.

Hayatımızda her ne yaşarsak yaşayalım uzaktan dönüp bakmak gerekiyor yaşadığımız olaya. Neyle başlar bilmiyorum, nefretle başlar, aşkla başlar, sevgiyle başlar, gözyaşıyla başlar, bir gülüşle bile başlayabilir. Başlar. Bir şeyler hep başlar, her şekilde başlar. Ama bildiğim bir şey var. Bir şeylerin bitişi, kabullenişle olur. Başladığımız her şey kabullenişle bitecek. Her başlangıcın bir sonu olacak. Şimdi buradayım. Bulunduğum konuma bir bakın, kocamla yataktayım ve bir kadın kapıyı kırarcasına çalıyor, kocamın adını haykırıyor ve aç kapıyı diyor. Yaşadığım şoku düşünün. Bulunduğum konumu düşünün. Ne oldu şimdi biri beni kocamla yatakta mı bastı? Ama içimde kötü bir his var, şu an kullandığım konuşma dilinden çok daha ciddi, çok daha karamsar bir his. Bir şeyler tekrarlanıyor... Tekrar, tekrar ve belki tekrar... Bora Karahanlı daha önce yatakta basıldı. Benim tarafımdan, başka bir kadınla. Şimdi, Bora Karahanlı yatakta basılıyor, başkası tarafından, benimle. Sadece anlam vermek istiyorum, sadece biraz anlam vermek istiyorum...

"Bora..." diye fısıldadım şaşkınlıkla. Bora'nın yüzü benim yüzümden çok daha şaşkındı. Hatta o şoka girmiş gibiydi. Ellerimle onu yavaşça itip yataktan kalktım ve kapıya doğru bir adım attım.

"Sen dur!" Arkamdan hızlanıp önüme geçti ve kapıya yöneldi. Elini kapının kulpuna koydu ve bana baktı.

"Arkama geç... ya da sen mutfağa geç!" Emirleri endişeli çıkıyordu. Omzumu silktim anında.

"Aç kapıyı!" dedim dişlerimin arasından. Olay neyse görecektim. Beni ikna edemeyeceğini bildiği için gözlerini devirerek açtı kapıyı. Kapı açılır açılmaz içeri 1.70 boylarında, sarışın taş gibi bir kadın girdi. Bu kadını daha önce görmediğime emindim. Kadın oldukça sinirli görünüyordu. Önce Bora'ya baktı, sonra bana...

"Bu mu yani?" dedi yüzüme tükürür gibi, "Bununla mı aldatıyorsun beni?"

Durdum. Hiçbir şey yapamadım. Durdum. Yüzüne baktım kadının. Makyajı akmış, darmadağın görünen, olgun yüzüne. Bana acır gibi bakıyordu. Ben de acır gibi bakacaktım, bundan sonra ben de kendime acır gibi bakacaktım. Ona inandığım için kendime acıyordum. Söylediği her şeye inandığım için... kendime acıyordum.

"Ne saçmalıyorsun sen?" dedikten sonra direkt bana döndü, "Nehir! Bu kadını tanımıyorum!" Bora'nın sert ve telaşlı cevabıyla birlikte gözlerimi kadından ayırıp Bora'ya baktım. Korkudan ölmek üzereymiş gibi telaşlıydı. Bense sadece duruyordum. Dolu gözlerle bakıyordum yüzüne. Nasıl inandım... nasıl inandım...

"Ne demek tanımıyorum ya daha dün akşam beraberdik ne çabuk unuttun! Genç birini bulunca beynin gitmiş galiba senin! Kızım bana bak, bu adam benim sevgilim! Öyle yeni yetme tiplerle tek gecelik ilişkiler bizi ayıramaz! Anladın mı..." derken Bora kadının boğazına yapışıyordu ki uzanıp yavaşça kolunu tuttum. Kolunu tuttuğum anda durdu.

"Sana yemin ederim..." diye fısıldadı, "Tanımıyorum!" Başımı salladım sağa sola doğru.

"Daha fazla çirkinleşme." diye mırıldandım. Yutkundum. Sindirmeye çalıştım.

"NEHİR! Bana inanmak zorundasın bu kadını tanımıyorum!"

Avazı çıktığı kadar bağırıyordu ki kadın girdi araya. "Hayatım tamam, bırak gitsin, bak ben affediyorum seni. Hata yaptın, ama affediyorum."

Kendimi... kendimi... içimde... kendimi... Kahretsin. Kelimelerimi toparlayamıyorum... Şu an... Şu an içinde bulunduğum durum o kadar iğrenç ki. Bir kadın var, bir adam var, ben varım. Kadın adama benim için "hata yaptın" diyor "affediyorum" diyor. Ama adam benim kocam. Karısı olduğum adamın metresi gibiyim. Kaçıncı defa? Kaçıncı defa öyleyim?

"Ne diyorsun lan sen?" Bora kadına yöneldiği an bir kez daha araya girdim.

"Bırak kadını..."

"Nehir!"

"Karahanlı... oyun bitti. Sana acı çektirecektim, senden intikam alacaktım çünkü bana oynadığın ufak aldatma oyununun rövanşını istiyordum. Ama artık seninle oynayabileceğim bir oyun bile kalmadı. Ben artık seninle aynı yağmurda bile ıslanmam. Beni mahvettin. Bitirdin beni. Öldürdün. Bari hayatındaki gerçek kadına saygı duy. Ona zarar verme, bari onu üzme. Ben üzüldüm, daha da üzülürüm. Yeter ki başkaları üzülmesin. Şimdi her şeyi dibe iyice batırmadan, lütfen kapa çeneni." Aralarından geçtim ve geçtiğim gibi çıktım gittim o lanet evden. Arkamdan geliyordu.

"NEHİR!" Cevap vermedim. Hızlandığını duyuyordum, bir şeyler sayıklıyordu ama umurumda değildi. "ALLAH kahretsin Nehir! Tanımıyorum o kadını! Sana yemin ederim, sana senin üstüne yemin ederim ki tanımıyorum o kadını! Kim olduğunu bilmiyorum! Burayı nereden bulduğunu bilmiyorum, bu siktiğimin yalanını niye söylediğini bilmiyorum!" dedi ve çaresizce yineledi. "Senin üstüne yemin ederim ki... bilmiyorum..."

Umurumda değildi. Sert olmak zorundaydım, onun karşısında ağlayacak değildim. Omuz silktim ve hızlıca yola çıktım. Şansıma iki taksi bekliyordu yolun ortasında. Birine hızla yöneldim peşimdeki Bora'ya rağmen.

"Beni dinlemeyecek misin? Nehir yalvarıyorum sana! Yalvarırım beni dinle! Bana inanmak zorundasın! Tanımıyorum o kadını, daha önce görmedim bile! Tamam hatalar yaptım ama bu sefer değil! Bu sefer değil! Yemin ediyorum, sana yemin ediyorum bu sefer değil!"

"Sevgilinin yanına dön."

"Dalga mı geçiyorsun? Tanımıyorum diyorum sana! Bak... bak bir dakika..." dedi yalvarır gibi kolumdan tuttuğunda, beni kendisine çevirdiğinde yüzüne nefret dolu gözlerle bakıyordum. O ise perişan haldeydi, yüzü kızarmış gözleri dolmuştu, saçları, gömleği darmadağınıktı.

"Bana inanmak zorundasın! Sana edebileceğim en büyük yemini ettim! Sana senin üstüne yemin ettim! Bunun ötesi yok!" Kendimi ondan kurtardım. Taksilerden birine yöneldim anında.

"Nehir!" diye bağırdı arkamdan. "Nehir! Eğer gidersen peşinden gelmem!"

Arkamı bile dönmedim. Cevap vermedim. Taksiye bindim ve şoföre yola çıkmasını söyledim. Yanından geçtiğimiz sırada Bora'nın hızla kendi arabasına yöneldiğini gördüm. Gelmeyeceğim demişti. Ama peşimizden gelecekti, gelsindi. Umurumda değildi.

Yola çıktığımızda arabası peşimizdeydi. Nereye gideceğimi de bilmiyordum. Gözlerimden akan yaşları kontrol etmeye çalışmayı da bırakmıştım... Ve işin garibi, şoför nereye gideceğimizi sorgulamadan sürüyordu taksiyi. Sola sapıyordu, sağa sapıyordu, sürekli yollara sapıyordu. Bir ara o kadar hızlandı ki ağlamayı bırakıp hız limitine bakmaya çalıştım. Gözlerimdeki yaşları silerken arkaya döndüm. Bora'nın arabasını göremeyince kaşlarım çatıldı. Tam o sırada taksicinin telefonla konuştuğunu duydum: "Tamamdır efendim," diye mırıldandı, "Bora Bey'i atlattık."

Şok içinde bakakaldım oturduğum yerde. Bütün dünya dönmeyi bıraktı sanki. Bir şeyler durdu, bir şeyler hareket etmeyi kesti resmen. Ne dedi o? Bora Bey'i atlattık mı dedi? Kim bu adam? Neler oluyor?

"Siz kimsiniz?" diye kekeledim şok içinde.

"Peki efendim. Yoldayız. Birkaç dakikaya oradayız..." Taksici telefonunu kapatır kapatmaz öne doğru eğildim korkuyla. Adam takım elbiseliydi! Şirketlerin kapılarında bekleyen güvenlik görevlilerine benziyordu. Kaslı, saçı sıfıra vurulmuş... Kimdi bu lanet adam? Kimdi bunlar?

"Bir soru sordum! Siz kimsiniz?"

"Nehir Hanım. Sakin olun. Birazdan her şeyi anlayacaksınız."

Delirmek üzereydim! Kaçırılıyor muydum! Allah'ım! Kocam tarafından aldatıldım, hatta kocam başka bir kadını benimle aldattı ve bunun üstüne bir de kaçırılıyor muyum? Hemen arkama doğrulup kapıların açılıp açılmadığını kontrol ettim. Açılmıyordu tabii ki!

"Aç şu kapıları yoksa atarım kendimi!"

"Nehir Hanım, kapıları açmadığım sürece kendinizi atmanız teknik olarak mümkün değil." Camdan atarım!

"Camlar var!"

"Sığmazsınız." Üstelik o camlar da kapalıydı zaten. Elimle camlardan birini itmeye çalıştığımda karanlık bir deponun önüne çıktık. Bir şekilde buradan kurtulmam gerekiyordu. Hayır hangi salak insan beni kaçırmak isterdi ki? Neden isterlerdi? Ben camları kapıları açmaya çalışırken şoför çoktan arabadan inmişti. Arka kapıyı benim için açtığı anda hızla dışarı çıktım. Kaçmak zorundaydım! Kendimi öne doğru attığım anda beni yakaladı ve nazikçe tutarak depoya doğru yöneltti.

"Nehir Hanım! Lütfen!" Beni depoya doğru çekiştiriyordu ki yürümeyi bıraktım. Artık beni sürüklemesi gerekecekti.

"Nehir Hanım, tekrar sakatlanmak mı istiyorsunuz? Lütfen kalkın, sizi kaçırmıyoruz."

"Ne yapıyorsunuz o zaman?" diye sordum yerde oturduğumda.

"Lütfen Nehir Hanım..." Omuz silktiğim an sıkıntıyla cebinden telefonunu çıkardı ve bir numarayı aradı. "Efendim...

gelmiyor. Yere oturdu. Tamam efendim. Peki. Gördüm sizi, evet." dediği an kapıya doğru çevirdim yüzümü hangi lanet olası insanın beni kaçırdığını görebil... aman tanrım... aman tanrım...

Şaka mı?

Biri bana şaka ya da değil desin.

Biri bana açıklama yapsın.

"Güzel gelinim! İnatçı keçi!" Ahmet Karahanlı. Bora'nın babası. Kayınpederim. Karşımda.

Anında şok içinde kendimi toparlayıp ayağa kalktım ve üstümü başımı düzeltmeye çalıştım. Neler oluyordu? Neler oluyordu? Ahmet Karahanlı beni neden kaçırtmıştı? Neden buraya getirmişti? Bora'yı neden atlatmıştı? Ahmet Karahanlı'nın adamının bir taksi içinde o evin orada ne işi vardı? Orada olduğumuzu nereden biliyordu?

"Ahmet Bey?"

"Gel Nehirciğim. İçeri girelim. Soğukta konuşmayalım..." Kolunu omzuma atıp beni içeri yöneltince hiçbir şey diyemedim. Tıpış tıpış peşinden gittim. Ne diyebilirdim ki? Şoktaydım. Yaşadığım şok edici üzüntünün, o iğrenç his durumunun üstüne yaşadığım bu şok her şeyi daha da garipleştiriyordu. Ben oradan eve gidip ağlayacaktım, şimdi bulunduğum duruma bakın.

Depoya girdiğimizde Ahmet Bey'in adamlarının bir ateş etrafında ayakta dikildiklerini gördüm. Ahmet Bey beni kendi arabasının önüne kadar götürdü. Orada bulunan iki sandalyeden birine oturttu.

"Siz... nasıl... niye..." diye mırıldanmaya başlamıştım ki konuya girdi.

"Nasıl oldu, anlat bakalım. İyice perişan oldu mu bizim oğlan?" Kaşlarım çatık anlam veremez bir ifadeyle baktım yüzüne. Ne demekti bu şimdi?

"Pardon?"

"Bizim oğlandan bahsediyorum. Ne yaptı kadını görünce, perişan oldu mu?" Anlam veremiyordum. Anlayamıyordum.

"Sizin... o kadınla... yani..."

"O kadını ben tuttum, kızım. Oğlum sana küçük bir aldatma oyunu hazırlayıp mahvetmiş seni. Şimdi oyuna gelip mahvolması gereken kişi oydu. Ben de onu kendi silahıyla vurdum. Senin ona inanmadığını düşünüyor, kahroluyor. Ona bir oyun oynandığını düşünüyor, kahroluyor. Yolda izini kaybetti, deliler gibi her yerde seni arıyor, kahroluyor."

Şoktaydım. Şokta. Gözlerimden akan birkaç damla yaş dudaklarım yerine kekeliyordu. Gözyaşlarım bile tane tane akıyordu. Nasıl inanmadım ona... nasıl inanmadım... Bana yalan söylediğini düşündüm. Allah kahretsin, o beni üzmek istemedi! Anında ayağa fırladığımda Ahmet Karahanlı kolumdan tuttu beni.

"Bora'ya gitmem lazım!"

"Hayır kızım. Otur. Beni dinle..."

"Anlamıyorsunuz, Bora bunları hak etmedi! O beni üzmek istemedi!"

"Ben de oğlumu üzmek istemiyorum! Otur şimdi! Beni dinle!" Onu ilk defa bu kadar ısrarcı görüyordum. Başımı salladım. Oturdum. Ama aklım Bora'daydı... O kadar mahvolmuş görünüyordu ki...

"Oğlum bu zamana kadar bir kez bile insan gibi davranmadı kimseye. Kimseyi sevmedi, kimse için başını öne eğmedi, kimse için perişan olmadı. İnsan olmasını istiyorsak ona bunları yaptırmak zorundayız! Onu perişan etmek zorundayız. Son oyunumuz bu. Bir iki gün. Sadece bu kadar... Senden tek istediğim bir iki gün sessiz kalman. Aramalarını açma. Odandan çıkma, hatta annenlere git! Ya da bir otele! Toparlanmaya çalışıyormuşsun gibi görün. Üzüldüğünü bilsin. Kahrolsun. Perişan olsun. Üzülmek onu insan yapacak. Ancak üzülürse birilerini üzmeyi keser. Ona zorla empati yaptıracağız, bunu yaptırmak zorundayız kızım. Sen sadece sessiz kal... Sahneden çekil ve sahneyi Bora'ya bırak." diye mırıldandı ve elini omzuma koyup sessizce devam etti. "Arkana yaslan ve izle onu."

45. Bölüm
Beni Üzdün

Depodan çıkışımın üstünden yarım saat geçti. Bora'nın babasının adamlarından birinin arabasında bir yere doğru ilerliyorum. Nereye gitmek istediğim defalarca soruldu, bilmiyorum dedim. Bilmiyordum. Nereye gidebilirdim, nereye gitmek isteyebilirdim? Aklım Bora'daydı. Aklım, kalbim, ellerim bile Bora'daydı. Vücudumun her bir yanı Bora'yla doluydu. İçim onunla doluyken dışımı onsuz bırakmaya nasıl cesaret edebilirdim?

"Sana senin üstüne yemin ediyorum..." demişti bana. Bastıra bastıra, üstüne basa basa söylemişti bunu. Ama ben ona inanmamıştım. Kahretsin... Gözlerindeki çaresizlik aklımdan çıkmıyordu. Nasıl inanmam, nasıl inanmam?

"Nehir Hanım, isterseniz şirkete götüreyim sizi." Omuz silktim. Derin bir nefes aldım. Artık bir karar vermem, artık bir sonuca vardırmam gerekiyordu. Bir sona yaklaştığımızı hissediyordum. Planlar, oyunlar, her şey... bir sona yaklaşıyordu artık. Ne olacaksa olacaktı. Görevim neyse yapacaktım. Kalbim acı çeke çeke istenen adımı atacaktım. Buna hazır mıydım bilmiyorum. Ama yapacaktım.

"Size vereceğim adrese götürün beni. Sonra bu adresi Ahmet Bey'e bildirin ki bir şekilde Bora'ya ulaştırabilsin."

"Tabii Nehir Hanım."

Nazlı'nın öğrencilik yıllarında tek başına yaşadığı bir daire vardı. Şu an annesiyle babasının yanında yaşıyor olmasına rağmen bana anahtarını vermişti o dairenin. İstediğim zaman gidip kalabileceğimi söylemişti. Oraya gidecektim. Kimse olmadan, tek başıma orada kalacaktım bir süre. Ne olacaksa olacaktı. Dedim ya, artık sona geliyorduk. Olanlar olsundu, bitsindi her şey.

Adresi vermemin üstünden yirmi dakika kadar geçtiğinde dairenin olduğu binanın önündeydik. Arabadan dikkatlice indim. Binaya şöyle bir göz attıktan sonra çantamdan anahtarı çıkardım. Zaten iki anahtar taşıyordum, biri de buranındı. Bulmam zor olmadı.

"Tamam," dedim şoföre doğru, "teşekkürler."

"Ne demek Nehir Hanım. Görüşmek üzere."

Binaya doğru birkaç adım attım. Geniş ve lüks bina kapısının anahtar deliğine anahtarımı soktum ve yana doğru çevirdim. Kapı anında açıldı. Kapıyla beraber merdivenlerin ışıkları da açıldı. Kapıyı arkamdan kapatmadım. Yavaşça bıraktım ve hafifçe aralık kalmasını sağladım. Yavaş yavaş merdivenlerden çıktım. Asansörü kullanmak istemiyordum. Asansör bana Bora'yı hatırlatıyordu. Hatta merdivenler de hatırlatıyordu. Duvarlar bile. Şu karşıdaki kapı ne kadar da Bora'ya benziyordu. Deliriyor muydum? Evet.

Yedinci kata zar zor çıktığımda bacaklarımı hissetmiyordum. Yorulmuştum, bacaklarımı yormuştum ve bu umurumda bile değildi. Anahtarlıktaki ikinci anahtarı dört daireli katın Nazlı'nın dairesi olan dairenin kapısına taktığım gibi kapıyı açtım ve içeri attım kendimi. Ayakkabılarımı çıkarıp koridordaki ışıkları açtım. Oturma odasına daldım. Bu sefer ışıkları yakmadım. Tülün ardından sokaktan gelen turuncu ışığa karşı koltuğa oturdum kaldım. Öylece boş boş oturuyordum. Hava iyice kararmıştı. Bu da umurumda değildi. Açıkçası şu an hiçbir şey umurumda değildi.

Saatlerce. Saatlerce oturdum burada. Saatlerdir oturuyorum. Kalkacak gibi de değilim. Oturmaktan yorulmadım da. Boş boş oturuyor, tülün arkasından yansıyan turuncu ışığı ve karanlığı izliyorum. Ses yok, kokular yok, renkler yok. Karanlık, yalnızlık, sessizlik. Düşünüyorum yalnızca.

"Sana senin üstüne yemin ediyorum..." deyişi aklımdan çıkmıyordu. Bu ne demekti? Bana benden daha değerli bir şey sunamıyordu üstüne yemin edebilmek için. En sevdiği miydim ben onun? En değer verdiği miydim? Neydim? Neden bana benim üstüme yemin ediyordu? Bu kadar mı ya, bu kadar mı değer veriyordu aslında?

Beynimdeki düşünceleri salıvereceğim buraya sırayla, aklımdan geçen her şeyi:

Onu kaybettim

"Sana senin üstüne yemin ediyorum..." dedi.

Nasıl inanmam ona? Nasıl inanmadım?

Keşke dinleseydim onu!

O kadına nasıl inandım?

"Sana senin üstüne yemin ediyorum..." dedi.

Her şey Ahmet Karahanlı'nın yüzünden. Ya her şey daha kötü olursa?

Ya her şey daha iyi olursa? Ya daha kötü olursa?

Onu nasıl kaybettim...

"Sana senin üstüne yemin ediyorum..." dedi.

Acaba şu an ne yapıyor? Acaba nasıl?

Kahrolmuştur.

Acaba aklına geliyor muyum? Acaba beni düşünüyor mu?

Tükenmiştir.

Ben delireceğim. Delireceğim kesin. Delirmek üzereyim.

Ya o da deliriyorsa?

İzimi kaybedince delirmiştir...

Acaba buranın adresini buldu mu?

Bence beni unuttu. Umurunda değilim.

Yok yok umursamıyordur artık kesin. Atlatmıştır.

Beni sevmiyor artık... Ona inanmadım, beni artık istemeyecek.

Buraya gelmeyecek bile.

"Sana senin üstüne yemin ediyorum..." dedi.

Gelmeyecek ama.

Sevmiyor.

İstemiyor.

"NEHİR!" Kapıdan gelen boğuk, sert, gürültülü sesle birlikte olduğum yerde sıçradım. Sesi tanıyışım, o ilk anladığım an gözlerimi anında yaşlarla doldurdu. Ayağa fırladım. Bu oydu. Buradaydı. Gelmişti. Kapıdaydı. Son gücüyle kapıya vuruyordu. Ama bu kapıya değil, başka kapıya! Koşarak geçtim koridordan. Kapının önüne geldiğim anda kapının deliğine yapıştım. Tam karşı kapıdaydı. Ona vuruyordu. Tanrım... Dağılmıştı... Dağılmıştı... Mahvolmuştu... Görmeniz lazımdı. Üstü başı darmadağın olmuştu, saçları günlerdir taranmamış gibiydi. Ayakta zor duruyordu. Sarhoş muydu o?

Kendimi o kadar kötü hissediyordum ki delirecektim o an. Bora Karahanlı'yı nasıl böyle bir hale düşürdüm? Nasıl düşürdüm? Adam mahvolmuş!

"Nehir... aç kapıyı... yalvarırım aç... yalvarırım..." Gözlerimden akan yaşlarla birlikte kapıya dayandım. Ağzımdan büyük bir hıçkırık çıktı.

Başkasının kapısındaydı, başkasının kapısında bana yalvarıyordu. Sesi titriyordu. En azından başkasının kapısında yalvarmamalıydı. En azından bu olmamalıydı. Hıçkırıklarımın arasında aralık bırakarak açtım kapıyı, üst kilidini taktım ki kapı daha fazla açılmasın.

"Git buradan..." diye fısıldadım hıçkırarak. Birden olduğu yerde kaldı, ağır ağır döndü bana.

"Nehir..." Sendeleyerek geldi bana doğru. "D-dikkat et! Düşecek-s-sin..." Ağlamaktan konuşamıyordum. Ondan nefret eder gibi davranmam gerekirken bile sever gibi konuşuyordum onunla. Kapıya dayadı ellerini. Elleriyle itti kapıyı çaresizce. Ama kapı açılmıyordu.

"Git buradan." dedim acımasızca. Ama acıyordum, canım çok yanıyordu. O benden çok daha kötü bir haldeydi. Ben şu an ona çok acıyordum...

"Nehir..." Alnını kapıya dayadı. Elleri zaten kapıdaydı. Başını yavaşça kaldırıp tekrar kapıya vurdu başıyla.

"Nehir..." dedi tekrar. Sarhoştu, çok sarhoştu.

"İyi değilsin Karahanlı. Git, uyu. Artık bensizsin... artık..." Nasıl konuşurdum onunla böyle? Nasıl üzerdim onu daha fazla?

"Tamam seni üzdüm..." dedi çaresizce, konuşmaya bile hali yoktu. "Tamam ağlattım, tamam lan çok üzdüm tamam ama bir şey yapmadım! Aldatmadım seni! Ben... ben... tamam hatalıyım, ama çok pişman oldum... Nehir... Nehir sen bana neden inanmadın? Ben sana edebileceğim en büyük yemini ettim sen bana neden inanmadın Nehir neden inanmadın neden, neden inanmadın, neden..." Artık sayıklıyordu. Söyledikleri anlaşılmıyordu bile. Mecali olmayan bir halde kafasını ağır ağır kapıya vura vura sayıklıyordu. Elimi ağzıma götürdüm, ısırabildiğim kadar ısırdım elimi. Ağlamaktan ölecektim kapının arkasında.

"Canım gidiyor... sen oradasın ben burada benim canım gidiyor sen bana neden inanmadın nasıl inanmazsın neden..."

"Lütfen!" diye yalvardım. "Git buradan Bora git! Lütfen git artık seni görmek sesini duymak istemiyorum!" Çünkü dayanamıyordum. Mahvoluyordum.

"Gideyim mi..." diye mırıldandı kapıya iyice yaslandığında.

"Git!"

"Buradan giderim... bu binadan çıkarım ama bu semtten gidemem sen varsın. Bu sokaktan çıkamam sen buradasın... kapının önünde beklerim. Hep beklerim."

"Bora lütfen git! Artık sana inanmıyorum! Artık aynı semtte olmak bile istemiyorum seninle! Çık hayatımdan! Beni üzdün!" Hafifçe doğruldu. Sendeleyerek ayakta durmaya çalıştığı sırada refleks olarak kapının aralık kısmından anında kolumu uzatıp tuttum onu. Durdu, elime baktı. Elini kaldırdı, elimi tuttu...

"Seni üzdüm mü?" dedi sarhoş ağzıyla dağılmış gibi. Anında elimi çektim elinin altından.

"Üzdün!" dedim acımasızca. "Git! Git de artık üzeme beni!" Başını salladı. Elini uzatıp gözünden akmak üzere olan bir damla yaşı sildiğinde şoka girdim. Bora Karahanlı'nın gözünden bir damla yaş mı çıkıyordu? Kalbimin hızının kat ve kat arttığını hissettim. Canım yandı o an. Canım yanıyordu.

"Tamam..." dedi sadece. Sendeleyerek arkasını döndü. Birkaç adım attı, yürüyemiyordu bile.

"Allah kahretsin ne kadar içtin sen?" dedim arkasından hıçkırıklarımın arasında,

"Umurunda mı?" diye yanıtladı sersemlemiş bir sesle. İçime doğan çok kötü bir hisle birlikte elim kapının kilidine gitti, kilidi açtım... Bora merdivenlere doğru bir adım atıyordu... Kapıyı açtım... ve Bora'nın merdivenlere yığılıp kalması bir oldu...

O an gözümün önünden bazı anlar geçti. Kaza anım. Sakat kaldığım an. İlk yürüdüğüm an. Şirketin önünde bacaklarımın hissini kaybetmek üzere olduğumu sandığım an. Tüm korkularım. Tüm telaşlarım. Ve bu an. Bu en büyüğü. Kaza anımdan bile büyük. Belki saçma gelecek, ama çok büyük.

Kalbim gitti. Kalbim onunla birlikte yığıldı kaldı oraya. Çok kötüydü. Mahvolmuştu, tükenmişti. Benim yüzümden, bizim yüzümüzden, belki de kendi yüzünden...

Şimdi ben korkuyorum. Bir ara nefret ettiğim adamın gözlerimin önünde tükenişini izliyorum. Korkuyorum. Kapıyı açışımı hatırlıyorum sadece, koşuşumu, onu tutmaya çalışışımı, ismini haykırışımı, binada açılan kapıların seslerini...

Çaresizdim. Başı bacaklarımın üstünde çaresizce ağlıyordum sadece. Yüzüne dokunuyordum, kollarına, ellerine. Hiçbir şey yapamıyordum. Şifa yoktu benim ellerimde, ellerimde şifa olsaydı şu an ruhunun her miline dokunurdum. Şu an tek yapabildiğim korkmaktı. Sadece korkuyordum. **Hiç acı çekmemiş bir adamı, acıyla yıkmıştık.**

"Lütfen..." diyebildim sadece o an, "Bora... lütfen..."

46. Bölüm
Ben Sana Âşığım

Her şey nasıl oldu hatırlamıyorum. Nasıl ilerledi, nasıl gelişti, nasıl devam etti, şu an nasıl buradayım, hatırlamıyorum. Hatırladığım tek bir şey var, Bora'nın başının bacaklarımın üstünde olduğu, uyanması için yalvararak ağladığım.

Bora Karahanlı, haftalar önce "gördüğüm en sağlam bina" diye anlattığım adamdı. Gözlerimin önünde yıkıldı o bina. Katları, merdivenleri, pencereleri, tek tek gözlerimin önünde yerle bir oldu. Sağlam duramadı, tek bir sebebi vardı bunun, depreme dayanıklı değildi ve biz adamın hayatının depremini yarattık. Benim ona inanmadığımı düşündü, bir oyuna geldiğini ve benim ona değil başkasına inandığımı düşündü. Bana benim üstüme yemin etti ve ben buna bile inanmadım. Bir insanın yeminine bile inanmamak nasıl bir güvensizlik göstergesidir bilir misiniz? Güvenmiyormuşum gibi görüne görüne yıktım. Babasıyla konuşa konuşa yıktım. Mahvettim. Mahvettik. Bu hale getirdik onu. Kelimenin tam anlamıyla mahvoldu.

Bora Karahanlı mahvoldu...

Şimdi buradayım, hastane koridorunda, "ACİL" yazan kapının hemen önünde çaresizce bekliyorum. İçeri bile almadılar beni. Koşturarak yanına giden doktorların peşinde bile giremedim içeri. Tek yapabildiğim beklemek. Onu bekliyorum, sevdiğim adamı.

Gözyaşlarım nasıl daha hızlı terk ederiz Nehir'in gözlerini diye yarışıyorlar sanki. Buharlaşıp içinde bulundukları nehri terk eden su damlaları gibi, terk ediyor gözyaşlarım beni. Yorulduğumu hissediyorum, eylemsizlikten yorulduğumu. Bir şey söylesinler, gelsinler kan vermeniz lazım desinler vereyim, sizi öldürmemiz gerekiyor desinler öleyim, vursunlar hatta beni izin vereyim ama söylesinler de bir şey yapayım artık! Çünkü yoruldum. Elimde Bora'nın ceketi onu beklemekten yoruldum...

"Nehir! Kızım!" Hastane koridorunda adamlarıyla birlikte belirip telaşla yanıma doğru ilerleyen Ahmet Karahanlı'yı, Bora'nın annesini ve Bora'nın minik kız kardeşi Asya Karahanlı'yı gördüğümde anında ayağa kalktım. Ahmet Karahanlı'nın yüzüne bakmak istemiyordum. Şu anki durumun sebebi oydu. Benden çok oydu! Annesinin ve Asya'nın da yüzüne bakmamalıydım belki de, utanıyordum. Asya'ya abin benim ve babanın yüzünden bu hale geldi diyemezdim. Annesine durumu açıklayamazdım.

"Oğlum nerede?"

"İçeride... Yarım saat oldu. Hiçbir şey söylemediler." Ahmet Bey anında Acil'in kapısına yöneldi. Acil'in kapısındaki güvenlik görevlisi Ahmet Karahanlı'nın önüne geçtiğinde Ahmet Bey'in adamları da anında güvenlik görevlisine yöneldiler.

"İçeri giremezsiniz beyefendi!"

"Oğlum içeride!"

"Giremezsiniz, doktorlarımız içeride kimseyi istemiyorlar. Birazdan çıkıp haber vereceklerdir." Ahmet Bey sinirden deliye dönmüş gibiydi. "O benim ilk evladım! O benim ilk göz ağrım! O benim her şeyim! Bana evladımı göstereceksiniz, içeri gireceğim, gerekirse bu hastaneyi satın alırım öyle girerim!" Karşısına geçip bağırmak istedim. Madem bu kadar düşünüyordunuz neden bu hale getirdiniz demek istedim. Ama kıpırdayacak halim yoktu. Tam o sırada Acil'in kapısı açılınca anında ayağa fırladım. Doktorlardan biri çıkıyordu, neredeyse ayaklarına kapanacaktım.

"Oğlum!" diye atıldı Bora'nın babası, "oğlum nasıl?" Yeşilçam filmlerini andıran bir sahneydi. Şu anda içimde Ahmet Karahanlı'ya karşı büyüyen bir nefret vardı ve söylediği her şey yapmacık geliyordu! Yine de üzüldüğü belliydi.

"Bora Bey gayet iyi. Alkolü fazla kaçırmış, vücudunun alabileceği alkol sınırlarını zorlamış. Midesini temizledik. Şimdi odaya alacağız, arkadaşlar serum takacaklar. Serum takıldıktan sonra yavaş yavaş kendine gelir. Endişelenilecek bir şey yok."

Doktor cümlelerini kurarken ömrümden ömür gittiğini anladım. O an rahatlayıncaya kadar ne kadar korktuğumu tam olarak idrak edememiştim, şimdi mutluluktan kendimi yere atıp ağlamaya başlayacaktım. Cidden, kendimi tamamen serbest bırakmak istiyordum. İyiydi, Bora iyiydi... Babası doktorla konuşurken doktorun "basit bir alkol koması" diye açıkladığını duydum, "sürekli bir alkol sorunu varsa bir psikiyatristle görüştürmenizi tavsiye ederim." diye ekledi. Anında öne doğru bir adım attım. "Hiçbir sorunu yok. Her şey üst üste geldi. Sorun onda değil, başkalarında." diye açıkladığımda Ahmet Karahanlı'nın yüzünü görmeliydiniz. Pişman olduğu, utandığı çok belliydi.

"O zaman sorun da yok. Endişelenmeyin artık, her şey yolunda."

"Ne zaman çıkaracaklar oğlumu?" Bu sefer soran annesiydi. Elimi destek vermek ister gibi koluna koyduğum an elini elimin üstüne koydu sıcak bir ifadeyle.

"Şimdi," diyerek Acil'in kapısını açtı doktor. İçeri göz attığım sırada lüks bir sedyenin kapıya doğru ilerlediğini gördüm. O an, otomatik olarak direkt ağlamaya başladım. Bora derin bir uykudaymış gibi yatıyordu o sedyenin üzerinde. Ama rahatlamış görünüyordu, daha iyi görünüyordu. Anında öne doğru atıldım ve uzanıp elini tuttum.

"Ben de bakacağım abime ben de bakacağım!" Asya ısrarla eteğimi çekiştirirken gözyaşlarımı sildim ve onu kucağıma almak için eğildim. Tam o sırada Ahmet Karahanlı adamlarından birine işaret etti.

"Asya'yı kucağına al abisini görsün. Nehir, kızım sen yorma kendini." Başımı sallayıp Bora'ya döndüm. Sedye ilerledikçe elini bırakmadan onunla beraber ilerliyordum. Birlikte koridoru geçtik ve koridorun hemen sonundaki odaya girdik. Görevliler sedyeye doğru eğilince Bora'nın elini bıraktım. Görevliler Bora'yı yatağa yerleştirirlerken derin bir nefes aldım.

İyiydi, iyi olacaktı. İkimiz de iyi olacaktık...

Yaklaşık yarım saattir Bora'nın başında bekliyoruz. Ahmet Karahanlı bir koltukta, eşi bir diğer koltukta, Asya'yla ben yatağın hemen dibindeki koltukta...

"Nehir Nehir!" diyerek kolumu çekiştirdi Asya. Elimdeki çay bardağını masaya bırakıp ona döndüm.

"Efendim tatlım?"

"Abimin çok uykusu gelmiş değil mi?" Gülerek başımı salladım.

"Evet. Çok yorulmuş, uykusu gelmiş." Yanaklarını şişirip derin bir nefes bıraktı.

"Offf... Bu çocuk niye böyle yapıyor? Ne güzel oynayacaktık! Sen ben o. Çok güzel bir oyun bulmuştum ben. Hem de kafamdan bulmuştum kafamdan!" Kendimi tutamayıp kıkırdayarak eğildim ve saçlarından öptüm onu. Tam konuşacaktım ki birden bir başkası cevap verdi fısıltılı bir sesle,

"Nasıl... nasıl bir oyunmuş o?"

"BORA!" Ayağa fırlayışım, kendimi onun başında buluşum, gözyaşlarımın gözlerime hücum edişi... Uyandı. Bora uyandı!

"Abim uyandı abim!"

"Bora, oğlum!"

"Oğlum!"

Hepimiz başındayız. Asya yatağa tırmandı bile. Keşke hepsi gitseler, keşke gitseler de biraz yalnız kalabilsek. Şu an ona sarılmak istiyorum, öpmek istiyorum, her şeyi bir bir anlatmak istiyorum. O da bunları istiyor farkındayım. Gözleri bende.

"Durun, durun... öldüreceksiniz..." Bora hafifçe öksürüp boğazını temizleyince anında komodinde duran bir bardak suyu elime aldım.

"Gel, su iç..." diyerek kolundan tuttuğumda bana çok garip baktığını gördüm. Soru sorar gibi bakıyordu, burada oluşumu anlamıyormuş gibi... Haklıydı. Adama neler neler söylemiştim şimdi başındaydım. Beni gerçekten aldatsaydı, sonra yine bu hale gelseydi yine başında olur muydum? Olurdum. Onu terk ederdim, ama iyileşene kadar yanında olurdum. Çünkü aşk gurur dinlemiyor. Tamam, onu affedecek kadar gurursuz olmazdım ama en azından iyi olana kadar yanında olurdum.

İyi olması önemliydi. Benim iyi olmam için onun iyi olması gerekiyordu, biliyordum.

"Su istemiyorum." deyip gözlerini gözlerime dikince gözlerimi ayıramadım. Ben de ona baktım. Masmavi gözleri öyle güzeldi ki görseydiniz gözyaşlarında ıslanmak isterdiniz, ama hiç ağlamasın isterdiniz. Ağlamasın, ama bıraksınlar gözyaşlarına dokunabileyim.

"Ne istersin oğlum gidip yemek getirmelerini söyleyeyim mi?"

Bora gözlerini benden ayırmadan babasının sorusuna cevap verdi. "Sadece eve gitmek istiyorum. İyiyim ben. Söyleyin çıkarsınlar beni."

"Ama oğlum..."

"Söyle beni buradan çıkarsınlar baba. Daha fazla kalmak istemiyorum."

"İyi değ..."

"İyiyim." Ahmet Karahanlı sıkıntılı bir nefes verdikten sonra adamlarından ikisini alıp çıktı odadan. Bora beni izlerken başımı kaldırıp Bora'nın annesine göz attım. Gözyaşları içinde Bora'nın saçlarını okşuyordu. Asya da yatağın kenarına oturmuş abisinin parmaklarını tutuyordu.

"Abi sana süt getireyim mi çok uyuyanlar bebektir yani süt içer haha!" Kendimi tutamayıp güldüğüm sırada Bora'nın da güldüğünü gördüm. Karnını tutuyordu ve canı yandığı için gülmemeye çalışıyordu belli ki. Asya'da resmen kendi küçüklüğümü görüyordum. Daha bu yaşta laf sokmalara başlamıştı!

"İçine votka koyacaksan getir."

Bora'nın cevabı karşısında gözlerimi deviriyordum ki Asya şaşkınlıkla kaşlarını çattı. "O ne?"

"Meyve suyu canım." diyerek açıkladım. Asya daha çok şaşırdı.

"Aaa Nehir süte meyve suyu konur mu ki? Renkli süt olur!" diyerek annesine döndü ve ekledi, "anne ben votka istiyorum." Şaşkınlıkla gülerken elimle ağzımı kapattım ve Bora'nın gülen düşünceli halini sıkıntıyla izledim. Gülüyordu ama içinde binlerce şey düşündüğü belliydi.

"Kızım saçmalama! Bora, beğendin mi yaptığını?"

Bora sıkıntıyla bir nefes vererek doğruldu. "Meyve suyu değil o. Tavşan zehri. Sen de tavşan olduğun için içersen zehirlenirsin." diye açıkladı Asya'ya. Onu böyle küçük bir çocukla, kardeşiyle konuşurken görmek beni hayaller kurmaya itmişti. Çocuğumuz olduğunu düşünsenize. Tamamen Bora'ya benzeyen minik bir bebek. Her ne kadar hayatımızın iğrenç bir döneminde olsak da düzelecekti. **Her şey düzelecekti...**

"Tamamdır!" diyerek içeri girdi Ahmet Karahanlı, "Zor oldu, bu gece burada kalmanı istediler ama hallettim. Çıkabiliriz.

"Baba ben az kalsın votka içiyordum!" Asya'nın birden babasına kurduğu cümleyle birlikte şok içinde gözlerimi açtım. Bu küçük çocuklar hep böyle miydi?

"Ne votkası?"

"Yani zehir. Tavşan zehri!"

"Kızım ne diyorsun sen?" Bora bu olaya bile gülmüyordu. Doğrulmuş gömleğinin açık düğmelerini iliklemiyordu. Aklı başka bir yerdeydi. Aklı yaşadığımız olaydaydı. Mutsuzdu.

"Ahmet çocuk işte saçmalıyor! Hadi çıkalım, Bora üstüne ceketini giy oğlum." Bora'nın annesi anında olaya müdahale edince masada duran ceketi aldım ve giymesi için açıp Bora'ya doğru tuttum. Başını kaldırıp bunu yaptığıma inanamıyormuş gibi baktı. Ama birkaç saniye sonra şoku atlatıp ceketini giydi.

"Yürüyebilecek misin oğlum?" Ahmet Bey endişeli bir şekilde Bora'nın kolunu tuttuğunda Bora ayağa kalktı ve başını salladı.

"İyiyim ben. Gerçekten." Birlikte ağır ağır çıktık odadan. Hastane koridorunu geçerken Asya bir eliyle benim elimi bir eliyle Bora'nın elini tutunca derin bir nefes aldım. Sanki Bora'yla el ele yürüyor gibiydik. İlk defa...

"Bu akşam bizde kalıyorsunuz!" diye açıkladı Ahmet Bey. Bora anında itiraz eder gibi başını kaldırdı.

"Hayır. Gelmeyeceğim." Kullandığı fiili birinci tekil şahısla çekimleyince kaşlarımı çattım. Gelmeyecekmiş. Tek başına. Benim onunla gitmeyeceğimi düşünüyor. Onun yanında olmak istemeyeceğimi düşünüyor.

"Evet, biz evimize gidelim." cümlesini kurduğum anda Bora'nın yüzünü görebilseydiniz keşke. İnanamıyormuş gibi baktı. Kaşları çatık, gözleri açıktı, düşünüyordu. Neden yanında olduğumu düşünüyordu.

"Olmaz öyle şey, hastasın sen!"

"Israr etme baba. Bizim ev buraya on dakika, bir saatlik yol gidemem. O kadar iyi değilim." Ahmet Karahanlı sinirlense de belli etmedi. Başını salladı.

"İyi tamam. Arabalardan birini alın, Kerim bıraksın sizi." Bora başını salladı.

"Bora Bey buyurun, arkadaki arabaya geçelim." Kerim bizi bir arabaya yönlendirirken eğildim ve aceleyle Asya'yı öptüm.

"Görüşürüz Nehir! Görüşürüz abi! Sakın votka içmeyin!" Gülerek başımı salladım.

"Görüşürüz ufaklık." Bora Asya'ya el sallarken birlikte arabaya doğru ilerledik. Kerim bizim için arka kapıyı açtığında Bora benim binmemi bekledi. Aceleyle bindim, Bora da yanıma oturunca kapı kapandı ve iki dakika sonra yoldaydık. Konuşmadık. Yol boyunca tek kelime bile etmedik birbirimize. Ne diyebilirdik? Ben ona ne diyebilirdim? O bana ne diyebilirdi? Belki de artık konuşmamalıydık. Belki de artık sorunlarımızı çözecek şey konuşmak değildi.

Evin bahçesinde arabadan indiğimiz gibi içeri girdik. Hizmetçilerin hepsi yatmıştı. Sessizce merdivenlerden çıktık. Merdivenlerin karşısındaki odamın kapısına kısaca baktım. Her şeyi başlatan o odanın kapısına. Bora'nın da arkamdan benim o odaya bakışıma baktığını görebiliyordum. Derin bir nefes aldım ve arkamı döndüm. Ne yapacaktık şimdi? Hangi oda, birlikte mi, ayrı ayrı mı? Ne yapacaktık, ne yapabilirdik? Bora bir karar verebilecek gibi değildi. Benim adım atmam gerekiyordu. Bir adım attım, uzandım, elini tuttum. Parmaklarımı parmaklarına geçirdim o beni şaşkınlıkla izlerken. Tuttuğum elini çekerek koridora soktum onu. Peşimden geliyordu eli elimde. Yürüdük, yürüdük... Koridorun en sonundaki odanın kapısını açtım. Bora'nın odasının. Bora içeri girip kapıyı kapattığı gibi ışığı açmak için elini uzatınca diğer elimi uzatıp o elini de tuttum.

"Karanlık aydınlıktan daha güzel..." diye fısıldadım.

"Ama konuşmamız gerekiyor?" dedi tereddüt eder gibi.

"Susmak konuşmaktan daha güzel..." dedim.

Öyleydi, yokluklar varlıklardan daha güzeldi bazen. Işığın yokluğu, kelimelerin, konuşmaların, seslerin yokluğu, renklerin, kokuların, varlıkların yokluğu her zaman daha güzeldi. Biz, "biz" olabilmek istiyorsak görmeden de olacaktık, duymadan da. Çünkü "biz" olmak, varlıkta da yoklukta da olunabiliyorsa mümkündü. Konuşarak herkes "biz" olurdu, asıl mesele konuşmadan da olmaktı.

Ellerinden tutarak odanın içine doğru yürüttüm onu. Odayı sadece bahçeden yansıyan turuncu bir ışık milim milim aydınlatıyordu. Onun dışında karanlıktı. Büyük kahverengi nevresimi olan yatağın başına geldiğimizde Bora anlam veremiyormuş gibi yüzüme baktı. "Nehir..." Açıklamayı hak ediyordu. Birkaç kelimeyi hak ediyordu. Konuşmaya başladım.

"Sana inanmamakla hata yaptım. Sana inanmalıydım. Sana güvenmeliydim. Ama o an aynı şeyleri tekrar yaşıyorum sandım. Ama hatamı anladım, sen benim üstüme yemin ettin. Ve ben artık o yemine inanıyorum Bora Karahanlı. Senin üstüne yemin ediyorum ki artık söylediğin en ufak cümleye bile inanacağım." Bora'nın gözlerinin karanlıkta parladığını gördüm. Derin bir nefes aldı ama hâlâ inanamıyormuş gibiydi.

"Sen bana inanacaksan ben hep alkol komasına girerim." Gülümsemeye çalışıyordu. Anında gözlerimi devirdim.

"Yok öyle bir şey! Alkol komasına girdin diye değil zaten..." diye mırıldandım,

"O zaman neden inandın bana? Birden ne oldu?" Ona gerçeği söyleyemezdim. Her şey babanın bir planıydı diyemezdim. Gider babasını vururdu.

"Bir şeyi fark ettim."

"Neyi?"

"İnancın ve güvenin bir yerden geçtiğini."

"Nereden?" Derin bir nefes aldım. Tamam. Zamanı gelmişti. Zamanı buydu. Size bir sona yaklaştığımızı hissediyorum demiştim, sona geliyorduk işte. Güzel sona...

"Aşktan." deyiverdim tek nefeste. Bora inanamıyor gibi baktı. Kaşları öyle bir şekil aldı ki yüzünde şaka yaptığımı düşünen, hayretler içinde ama bunun gerçek olduğuna inanmaya muhtaç bir ifade vardı.

"Sen..." diye mırıldandığı anda parmaklarım üstünde yükselip dudaklarımla kapattım dudaklarını. Kollarımı boynuna doladığımda konuşmaya çalışmadı bile. Elleri hemen belimi buldu, sıkıca sardı kolları belimi. Kendimi hiç güvende hissetmediğim kadar güvende hissediyordu. Yatağın olduğu geriye doğru bir adım attığımda Bora'nın da aynı hamleyi yapmasıyla birlikte bacaklarım yatağa çarptı. Bora beni dikkatlice yatağa doğru yatırırken tek elim Bora'nın ceketini omzundan düşürmeye uğraşıyordu. Ceketini dikkatlice geriye doğru çekip çıkardım ve gömlek düğmelerine yöneldim. Tek tek çözdüm gömleğinin düğmelerini onun dudakları benim dudaklarımda, boynumda, omzumda dolaşırken. Tek eli elbisemin üstünden göğüslerimde, karnımda geziniyordu. Gömleğini çıkarıp attığımda diğer elinin elbisemin kenarındaki fermuarda olduğunu fark ettim. Fermuarımı yavaşça aşağı doğru indirdi ve elini elbisemin içine soktu. Kemerini çözmeye çalıştığım sırada bir an eli göğüslerimden biriyle buluştuğunda nefesimin kesildiğini hissettim. Daha önce biriyle zar zor el ele tutuşmuş biri için fazlaydı bunlar. Elleri o kadar ustaca vücudumda dolaşıyordu ki delirecektim... Pantolonunun kemerini, hemen ardından da pantolonunu çekip ayaklarımla çıkardığımda o da elbisemin kollarını kolaylıkla çıkardı üstümden. Elbisemi çekiştirirken başı göğüslerimin arasındaydı. Boynumu, göğüslerimi öperken elleri bacaklarımda dolaşıyordu. Kendini kolları üstüne yerleştirip başını kaldırdı. Gözlerimin içine baktığında tamamen çıplak olan bedenlerimizin birbirine yaslanışı, her miliminin her milimime değişi kalbimi delicesine attırırken gözlerine bakmakta zorlanıyordum. Ama bakmak zorundaydım. Hiçbir şey sormadı bana, ama sormak istediği sorunun "hazır mısın?" olduğunu biliyordum. Hazır olduğumu, korkmadığımı anlatmak için gözlerimi gözlerine diktim. Ayırmadan, saniyelerce baktım... Ve iki beden, bedenlerimiz arada hiçbir engel olmadan birbirlerine kavuştu. Canımın yandığını bile hissetmedim o an. Kalbimin gürültüsünden acımı bile duymuyordum. Dudaklarının kapattığı dudaklarımın altından hafif hafif inliyordum yalnızca. Dakikalarca, dakikalarca ayrılmadı bedenlerimiz birbirinden. Dudaklarını dudaklarımdan ayırıp gözlerini tekrar gözlerime çevirdiğinde ikimiz de nefes nefeseydik, sert nefesi dudaklarıma çarptığında hayatım boyunca unutmayacağım, unutamayacağım o cümleyi söyledi,

"Ben de sana..." dedi nefes nefese, "ben de sana âşığım Nehir Karahanlı. Sahip olduğum her şeyimle, sahip olduğun her şeyine âşık olunabilecek en derin halde âşığım. Ben... sana... âşığım..."

47. Bölüm
Sen

(FİNAL)

Âşık olmak. İki kelime, dokuz harf, iki insan, milyonlarca gözyaşı, saatler, günler, haftalar, umutsuz bekleyişler, hastalanışlar, iyileşişler, bitişler, başlangıçlar. Âşık olmak bu kadar uzun. A harfinden K harfine giden yol kadar kısa değil, âşık olmak günlerce uzunlukta. Biz bir zaman geçirdik. Bir zaman dilimi atlattık birlikte. İçinde neler olduğunu biliyor ve hayretle hatırlıyorum. Yıllar öncesine dayanıyor, ilk tanışmamıza, beni en yakın arkadaşımla birlikte o partiye almadığı o güne. Beni evime yollamak istediği, ama bana bilmeden ve istemeyerek kaza yaptırdığı o güne... Haberi yok, haberi olmayacak, ama benden bacaklarımı alan da, bana bacaklarımı geri veren de o. Ona bunu söylemeyeceğim, çünkü aynı şekilde benden kalbimi alan da, bana kalbimi kendi kalbiyle birlikte veren de o.

Bora Karahanlı. Hayatımda gördüğüm en sağlam bina. Üst üste dizilmiş en sağlam taşlardan oluşan, deprem ne kadar güçlü olursa oluşsun kıpırdamayacak en sağlam bina. Biz o binayı bir kez yıktık. Çok iyi hatırlıyorum. Bora Karahanlı benim kapımın önünde yığıldı kaldı. Beni mahvettiği günler de oldu, bunu da unutuyor değilim. Ama intikam alındı, acı iki kişi arasında dönüştü ve artık sonuçlanmak zorundaydı. Sonucu güzel oldu.

İki binayız biz aslında, o yirmi katlı lüks bir şirket binası, ben iki katlı balkonlu bir pansiyon binasıyım. İkimiz de yıkıldık ve birbirimizi inşa ettik yeniden. Aşk bu. Aşk dedikleri bu. Yıkmak ve yapmak. Daha fazlası değil, daha azı değil. Aşk ne beklenenden fazla ne düşünülenden az. Aşk var değil, aşk yok değil. Aşk mutlu etmez, aşk mutsuz da etmez. Aşk hep ortadadır. Âşıklar hep orta yolu bulmaya uğraşır. Ve biz bulduk. Orta yol Bora'nın kalbinden çıkıp benim kalbime doğru inen aşağı dönük yamuk çizginin ortasıydı işte. Biz o çizgiyi de o noktayı da bulduk. Ellerimiz geçti o çizgiden, çünkü ellerimiz birbirimizin kalplerine ulaşmaya çalışıyordu. Bir kapıya giderken, o kapıya giden yoldan geçmek zorundasınızdır. Biz de geçtik. Artık oradayım, onun kalbinde.

Artık evimdeyim...

Basit değil. Evde olmak fiili sanıldığı kadar basit değil, çok defa evde oldum. Koltukların üstünde, yatakların üstünde, mutfak tezgâhının üstünde bile koşuşturdum çocukluğumda çok defa. Ama şimdi anlıyorum, evde olmak bir başkaymış. Mekân olarak değil, artık ruh olarak da evimdeyim. Onun kollarının arasında uyuyorum ve o benim evim.

Derin bir nefes aldım. Bora'nın beni bırakmaya niyetli olmayan sert kolları arasında kıpırdanmaya çalıştım. Beni sıkıca tutup uyku haliyle kendine doğru çekince utanarak gülümsedim. Başımı kolunun altından çıkardım ve yüzüne baktım. Uyuyordu, uyunabilecek en derin halde uyuyordu ve bu beni mutlu ediyordu. O hiç bu kadar derin uyumazdı, hep aklı bir yerde olurdu. Şimdi huzurlu görünüyordu ve huzurlu olması bana huzur veriyordu.

Bugün, şirkette bir tören yapılacaktı. Şirketin kırkıncı yılının kutlaması. Ve bunu saat gecenin 4'üne gelirken Bora'nın babasından aldığımız bir telefonla öğrenmiştik. Kutlama çalışma saatleri aksamasın diye öğlene doğru 12 gibi başlayacaktı ve aileye mensup herkesin kısa da olsa bir konuşma yapması gerekiyordu. Bora'nın da benim de. Ben sadece teşekkürler deyip oturacaktım. Bu kadar. Ama şimdi uyanmak zorundaydık.

"Bora..." diye fısıldadım yüzüne doğru, yüzü yavaşça kıpırdandı.

"Hmm..." diye bir ses çıkarınca gülümsedim ve göğüslerimi bedenine yaslayarak üstüne çıktım. Yutkunarak kollarıyla sıkıca sardı beni.

"Bora, uyan!" Hafifçe eğildim ve yanağına bir öpücük kondurdum.

"Uyan... uyan..." Dudağına, burnuna, çenesine...

"Karahanlı! Sana diyorum!" Eğildim ve dudaklarımı tekrar dudaklarının üstüne kapattım. Alt dudağını dudaklarım arasına aldım ve tepkisini izledim gülmemeye çalışarak. Gülümser gibi olacağı an birdenbire hiç beklemediğim bir şekilde kendimi yatağın üstünde Bora'nın altında buldum! Beni tuttuğu gibi sırtımın üstüne yatırdı ve üstüme çıktı!

"Sen uyumuyor muydun?" dedim şok içinde. Tek kaşını havaya kaldırdı gülmemeye çalışarak.

"Öperek uyandırıldım." Acaba öpmese miydim? En azından o son öpüşü yapmasaydım, şu an utandım çünkü.

"Aaa öyle mi? Kim uyandırdı?" diye sordum anlamazlıktan gelerek,

"Zeynep. Tanımazsın." Şok içinde bakakaldım yüzüne. Kaşlarım çatılı bir şekilde havada öylece anlam vermeye çalışıyordum.

"Yalancı."

"Yoo yalan söylemiyorum."

"Yalan söylüyorsun Karahanlı!"

"O zaman kim öptü?"

"Ben!" Ve sırıtıyor. Olayı anladım, bana itiraf ettirmek için yaptı ve ben de yedim. Harika, cidden harika, nasıl bu kadar kolay yedim? Kolları arasından kurtulmak için hamle yaptığımda dirseklerini yatağa dayadı üstümde, iki yanıma doğru.

"Sen öptün demek..." dediği anda aklıma gelen fikirle gülümsedim,

"Evet, ama seni değil. Kerem'i!" Bora'nın bakışları anında değişti. Midesi bulanmış gibi baktı yüzüme. "Başlatma Kerem'ine. Beni öptün. Konu kapandı." Ooo, sinirli Bora Karahanlı. Başımı salladım.

"Tamam, ben öptüm. Seni öptüm. Bu kadar basit. Baksana... bu Zeynep'le Kerem'i de birbirlerine mi ayarlasak?" Bora saçmalıyormuşum gibi sessizce baktı yüzüme. "Sevgilim, sen iyi uyuyamamışsın. Gel seni biraz yorayım da sonra güzelce uyu." Dudaklarıma yöneldiği sırada anında kendimi geri çektim.

"Olmaz Bora saçmalama! Saat geliyor!"

"Ne saati?"

"Biraz sonra törene gideceğiz, şirkette... Hadi kalk. Hazırlanmamız lazım." Bora sıkıntıyla kendini üstümden çekip yanıma attı.

"Gitmeyelim." diye mırıldandı sıkıntıdan ölecek gibi.

"Zorundayız. Hem sen konuşma yapacaksın." Gözlerini devirip sıkıntıyla oflayarak yatakta doğruldu. Elini bana uzattı.

"Haklısın, hadi gel banyo yapalım önce." Kaşlarımı çattım ve üstümü çarşafla kapattım.

"Beraber mi?"

"Evet," gülüşü yaramaz bir çocuk gibiydi, "az vaktimiz var ayrı ayrı yaparsak yetişemeyiz, buna mecburuz."

"Yalan. Bunu kendin istiyorsun!" Bana döndü tek kaşı havada gülerek. "Evet ben istiyorum. Bir problem mi var?" Bunu ben de istiyordum. Omuz silktim gülmemeye çalışarak. Ama bir sorun vardı, ben utanırdım. Yani gece karanlıkta yanında soyunmak başkaydı, şimdi bu saatte böyle... yani...

"Ciddiyim Nehir, bir problem mi var?" Başımı salladım. Kaşlarını çatıp bana doğru eğildi.

"Sorun ne?"

"Ben..."

"Sen ne? Hamile misin?" dedi gülerek. Gözlerimi devirdim, "Evet, bir gecede hamile kaldım! Sperm mucizesi."

Bora büyük bir kahkaha atarak iyice bana döndü ve kollarımı tuttu. "Tamam söyle o zaman. Sorun ne?"

"Ben utanıyorum..." diye mırıldandım başım önde. Bora hayretler içinde gülerek baktı yüzüme. Başını öne doğru eğdi ve görüş alanıma girmeye çalıştı.

"Kimden?" Ondan utanabileceğim aklının ucundan bile geçmiyordu, değil mi?

"Senden tabii ki!"

"Şaka mı yapıyorsun?" dedi gülerek, "Dün gece seviştik." Utançla ellerimle yüzümü kapattım.

"Susar mısın, utanıyorum." Bora'nın yüzü gülmekten kızarmıştı.

"Seviştik ama. Seni tuttum, yatağa yatırdım, kıyafetlerini çıkardım, dudaklarını öptüm, boynunu, göğüslerini..."

"Bora!" diyerek sözünü kestim anında, "susar mısın?!" Eğleniyordu. Ve ben utançtan ölmek üzereydim.

"Tamam tamam, gel bakayım, sen benden utanıyor musun?" diyerek üstümdeki çarşafı çekiştirerek attı ve ben tamamen çıplak kaldığımda kollarıyla üstüne çekti beni.

"Bırak beni!" Beni kucağına alıp ayağa kalktığında utançtan ölecektim. Onun ne halde olduğuna bakamıyordum bile. Beni tutmuş banyoya götürüyordu kucağında!

"Bırakmam. Artık benimsin."

Sesimi çıkarmadım. Utanmamalıydım. Utanamazdım. Hayatımın geri kalanı böyle geçecekti ve utanmak çözüm değildi.

Birlikte banyoya ulaştığımızda beni büyük, kare küvetin içine bıraktı ve kapıyı kapattı. Sıcak suyu açtığı an boğazımı temizledim. Ne yapmam gerekiyordu, beni daha önce de yıkamıştı ama o zaman çıplak değildim. O zaman o da çıplak değildi. Of şu an delireceğim! Bora küvet dolunca içine karışık duş jelleri sıkarak köpürttü küveti. Küvet doldukça utanmam azalıyordu çünkü köpüklerden görünmüyordum bile. Bora da nihayet küvete girince yutkundum. Şimdi daha iyiydim. Yüzüme baktı uzun uzun.

"Bu kadar utangaç olduğunu bilmiyordum," dedi gülerek.

"Ben de bilmiyordum. Sen beni çırılçıplak buraya getirdiğinde öğrendim, çok sağ ol." Bora keyifle uzandı ve suyun içinde kendine doğru çekti beni. İtiraz etmek yerine bozulmuş gibi bakarak ona izin verdim ve kendimi kucağında buldum.

"Güzelim..." dedi ben yüzüne bakmazken, "Ben senin kocanım. Her şeyini bilecek, görecek tek insan. Kendini bana bırak. Artık ben seninim, sen de benim." Başımı kaldırdım. Haklıydı, utanacak hiçbir şey yoktu. O da bana aitti. Utanarak neden yaşayacağımız güzel anları azaltsaydım ki?

"Gerçekten benim misin?" diye mırıldandım gözlerine bakarak. Şefkatle gülümsedi.

"Gerçekten seninim..." Dudaklarım ağır ağır dudaklarına yaklaşıp dudaklarını bulduğunda elleri sırtımda, kalçalarımda dolaşıyordu. Ellerim suyun altında onun karın kaslarını gezerken dudaklarıyla dudaklarımı emiyordu. Utanmaya gerek yoktu, bir saniyemizi bile ayrı geçirmemeliydik.

Banyodan üstümde kısa-mor bornozumla koşturarak çıktım. Bora'dan kaçıyordum. Çünkü beni bu lanet banyodan çıkarmaya niyetli değildi! Ona kalsa saatlerce su altında oynaşırdık! En son dudaklarını omzumu öpmek için dudaklarımdan çektiğinde koşarak çıktım küvetten. Şimdi de peşimden geliyor yüzünde bozulmuş bir ifadeyle, belinden aşağısına bağladığı havlu her an açılacak gibi, o yüzden bakmamaya çalışıyorum.

"Bu sefer kaçtın, ama bir dahakine kaçamazsın." Başımı salladım anında.

"Çok beklersin." diyerek utancımı tamamen bir saniyeliğine yendim ve onu şoka sokacak bir şekilde bornozumu karşısında açıp yere düşürdüm. Yatağın üstündeki mavi elbisemi aldım ve üstüme geçirmek için eğildim. Bora'nın yüz ifadesini görmeliydiniz.

"Sen böyle karşımda bu şekildeyken kapıyı kilitleyesim geliyor. Yapsam mı acaba?" dedi saçını kaşırken. Belli etmeden gülümsedim.

"Gitmek zorundayız! Sonra eve dönünce uyuruz..."

Bora keyifle güldü. "Uyur muyuz?" dedi pantolonunu üstüne geçirirken.

"Evet. Uyuruz. Sessiz, sakin, sarılıp... Bir problem mi var?" dedim tek kaşım havada. Gömleğini üstüne geçirdikten sonra bana doğru yaklaştı. Kollarımı tuttu ve yutkundu.

"Yok. Hiçbir problem yok. Yanımda sen olduktan sonra her şey güzel. Uyuyalım, oturalım, konuşalım, hatta konuşmasak bile, her şey güzel..." Gözlerinin içine baktım. Ne güzel bir adam yaratmıştık biz böyle. Şaheserime baktım uzun uzun.

"Sen varsın diye güzel." diye mırıldandım.

"Hayır. Sen varsın diye. Konu kapandı." Gülerek başımı salladım ve ondan uzaklaşıp aynanın karşısına geçtim.

Hazırlığımız tamamlandıktan sonra birlikte evden çıktık. Yol boyunca Bora'nın törende yapacağı konuşmadan bahsettik. Şirkete olan katkılarından bahsedecekti, şirketin ona olan katkılarından, babasının emeklerinden. Sıradan ama etkileyici bir konuşma olacaktı.

Birlikte şirkete girdiğimizde Bora elimi tutunca gülmeye başladım. Şirketteki bütün bakışlar üzerimizdeydi ve bu hoşuma gidiyordu. Bora'nın bakışlarını üzerimde hissettim o an.

"Çok mu eğleniyorsun?" deyince başımı salladım,

"Evet çok hoşuma gitti. Bir daha yapsana." Sırıtarak elimi bıraktı ve bir daha tuttu, kendi kendime kıkırdadım ve elini sıkıp ona biraz daha yanaştım. Şu an çok huzurluydum ve herkesin bu halimizi görmesini istiyordum. Gerçi görüyorlardı, yüzüne ışık tutulmuş balık gibi bakıyorlardı.

"Tören nerede?" diye mırıldandım boğazımı temizleyip.

"Konferans salonunda. Bu katta. Gerçi seni oraya götürmek istemiyorum."

"Neden?" Onaylamaz bir tavırla baktı yüzüme. "Çok güzelsin." Gözlerimi devirdim ve derin bir nefes aldım. Bana diyene bakın, adam Matt Bomer'ın yerli versiyonu ve bana çok güzelsin diyor. Buna hakkı yok.

"Asıl ben seni oraya götürmek istemiyorum!" dedim,

"Neden?"

"Çünkü sen Matt Bomer'sın." Bora kaşlarını çattı,

"O kim?" Şaka yapıyordu, değil mi? Matt Bomer'ı tanımıyor olamazdı. Benim kocam Matt Bomer'ı tanımak zorundaydı. Henry Cavill'ı, Francisco Lachowski'yi, Jamie Dornan'ı, Theo James'i, Garrett Hedlund'ı, Sam Claflin'i... hepsini tanımak zorundaydı çünkü hepsine âşıktım.

"Tanımıyor musun? Dünyanın en yakışıklı oyuncularından." Bora bir an durdu ve yüzüme baktı kızar gibi,

"Bir daha o adamın adını ağzına almayacaksın." deyince kıkırdadım. Kocam beni Matt Bomer'dan kıskanıyordu. Gülerek başımı salladım.

"Tamam. Almam. O zaman Henry Cavill'den bahsedelim." Başını sağa sola doğru salladı gözlerini devirdiği sırada.

"Hiçbirinden bahsetmeyeceksin. Hepsi yasak. Şimdi konuyu kapatıyoruz ve törene gidiyoruz, içeride hiçbir erkekle konuşmayacaksın, anlaşıldı mı?"

"Tabii ki." dedim yalandan.

Birlikte içeri girdik, şirket çalışanlarının yarısından fazlası buradaydı ve peşimizden gelenler de vardı. İçerisi oldukça güzel hazırlanmıştı, geceden beri uğraştıkları belliydi. Yemekler, içecekler, müzikler... her şey tam ayarındaydı. Bora, beni ailesinin oturduğu masaya götürdüğünde Asya'nın masada olduğunu gördüğüm an yüzümde parlak bir gülümseme belirdi.

"Abi! Nehir!" Asya anında bacağıma yapıştı! Eğilip ona sıkıca sarıldım ve alnından öptüm onu.

"Hoş geldiniz!"

"Hoş bulduk canımın içi. Gel, oturalım."

Ahmet Karahanlı kalabalığın yanından ayrılıp yanımıza geldiği sırada Bora babasına doğru döndü. "Oğlum nerede kaldınız, konuşma sırası sende!" Bora'nın yüzünde "banyo yapıyorduk" demek ister gibi bir ifade vardı. Kendi kendime güldüm.

"Geldik işte baba. Şimdi mi çıkıyorum?"

"Evet, şimdi sen. Sonra da Nehir kızım çıkacak. Hadi." Ben de ciddi ciddi çıkacaktım yani. Ne diyebilirdim ki? Beraber çıksaydık? Bora'ya döndüğümde o da bana bakıyordu. Bana göz kırpınca gülümsedim. Sahneye doğru ilerlediği sırada onu izliyordum. Sahneye ulaşınca salonda büyük bir alkış koptu.

"Nehir en çok biz alkışlayalım! Biz ikimiz!" Asya'nın garip isteğiyle gülümsedim, ellerini acıtacak bir şekilde alkışlıyordu Bora'yı. Ben de ona katıldım gülerek.

"Beyler, bayanlar..." Bora konuşmasına başlayınca alkışlar sustu. Hepimiz pür dikkat onu dinlemeye başladık.

"Ben bugün, size şirketimizden bahsetmek yerine bir başka meseleden bahsedeceğim." Kaşlarımı çattım. Daha biraz önce yolda şirket hakkında söyleyeceklerinin provasını yapıyorduk. Ne diyecekti ki?

"Bugün size aşktan bahsedeceğim. Beni çoğunuz tanıyorsunuz, şahsi olarak ve genel olarak. Ben, aylar öncesinin uslanmaz çapkını, duygusuz, ruh sömürücü varis, bazı kadınların deyimiyle 'şerefsiz' Bora Karahanlı." Salondan şok içinde mırıldanmalar yükselirken ben de şok içindeydim. Ne diyordu bu adam?

"Öyleydim. Dedikleri gibiydim, duygudan yoksun bir bitki gibi yaşıyordum. Sadece ihtiyaçlarımı karşılıyordum. Sonra bir gün şirketimizin şu anki yöneticisi saygıdeğer Ahmet Karahanlı bana geldi ve hayatımı cehenneme çevireceğini söyledi. Bana, beni evlendireceğini söyledi. O gün emin oldum, o günden sonraki hayatım cehenneme çevrilecekti. Evet, yüzlerinizdeki ifadeleri görebiliyorum. Nehir'le, hepinizin hayranlıkla baktığı karımla zorla evlendim. Sevmeden, ilgilenmeden hatta nefret ede ede evlendim. Ama karşılıklıydı. O da beni sevmiyordu, o da benden nefret ediyordu. Bizi aldılar, bir kutunun içine koyup kutunun kapaklarını kapattılar ve birbirimize muhtaç bıraktılar. Ben, Bora Karahanlı... Kutunun çıkışını görebiliyordum. Ama o kutudan çıkmadım. Evlendiğimiz saniyeden itibaren, o öyle oldu sansa da tek bir kadına bile elimi sürmedim. Hiçbirine başka gözle bakmadım. Bakamadım. Onunla olmak zorunda değildim, onunla aynı evde yaşamak zorunda da değildim, onunla aynı yatakta yattım, onunla aynı odada saatlerce oturdum, bazen yanında uyudum. Bunların hiçbirini yapmak zorunda değildim. Dedim ya, bir kutudaydık, kutuyu gerekirse yırtıp çıkabilirdim içinden ama ben çıkmadım. Çünkü onun gözlerine ilk kez baktığımda, bana olan ihtiyacını hissettim. Ve o an, içimden garip bir ses benim de ona ihtiyacım olduğunu söyledi. Ben, duygusuz taştan yapılma bir binaydım. Ona karşı dimdik, sert durmaya çalıştım. Olmadı. Ona baktıkça, onunla oldukça bir bir azaldı taşlarım. Çünkü ben onu üstünde oturduğu tekerlekli sandalyesinden bile kıskanmaya başladım. Anlam veremedim ilk başta, onu kırmak istedim, onu üzmek istedim, ona yasaklar koydum ve yasağıma uymadığı için ona dünyanın en büyük cezalarından birini verdim, onu mahvettim. Ama kalbimin içinde bir yerlerde ona ait bir yer oluşmaya başladığını sonradan anladım. Onu ağlarken gördüğümde... Saatlerce aklımdan çıkmadı, o ağladı ve ben ona bağlandım. Ben onu sevmeye başladım. Her şey değişti. O an oyun taraf değiştirdi. O günden sonra hayranı olduğum yeşil gözlerin sahibi ipleri eline aldı, beni darmadağın etti, yıktı beni. Bu binayı yıktı. Beni yıka yıka, taşlarıma vura vura, katlarımı eze eze âşık etti kendine. Evet... doğru duydunuz, ben âşık oldum. Ben âşığım. Bunu defalarca söyleyebilirim. Ben, ona âşığım. Onu her riski göze alabilecek kadar, her şeyi yapabilecek kadar seviyorum. Gözlerinizdeki şaşkınlığı görüyorum. Ben insan oldum, değerli arkadaşlar. Sevgi, aşk, kıskançlık, bunlar beni insan yaptı. Bu yüzden bugün size çıkıp şirketten bahsetmek istemedim. Bugün size kendi içimdeki binadan bahsetmek istedim. Size çalışma tavsiyesi vermek isterdim, ama tek yapabileceğim hayat tavsiyesi vermek. Gözlerinizi açın, sevebileceğiniz insanlar orada bir yerde sizi bekliyor. Bırakın en güçsüz halinizi görsünler. Sonra güçlenmenize yardım edecek insanlar onlar çünkü. O bana yardım etti. Beni önce düşürdü, sonra ayağa kaldırdı. Şimdi, onsuz bir hayat düşünemiyorum. Ve olmayacak da zaten. Bundan sonra benim hayatım o. Artık koridorda bizim hakkımızda dedikodu yapmanıza gerek kalmadı hanımlar. Zaten açıklıyorum, ben ona deliler gibi âşığım."

Salonda alkışlar koparken ben ne yapacağımın bilinçsizliğiyle gözyaşlarımı siliyordum, şaşkınlığım o kadar uç seviyedeydi ki tahmin edemezdiniz. Bu olmuştu, bu oluyordu. Bora Karahanlı, yüzlerce insanın gözü önünde her şeyi, ama her şeyi anlatmıştı, beni sevdiğini söylemişti.

"Şimdi söz hakkı onda." Eliyle beni işaret ettiğinde bütün bakışlar bana döndü, titrek bacaklarla ayağa kalktım.

"Hadi Nehir hadi göster onlara!" diye bağırdı Asya. Kendimi gülmeye zorlayarak sahneye doğru ilerledim. Bora gururla beni izliyordu. Elini uzatıp elimi tuttu ve beni sahneye doğru çekti.

Gözlerinin içine baktım. "Bunu neden yaptın?" diye fısıldadım dolu gözlerle. Tereddüt bile etmeden, tekdüze bir sesle konuştu. "Çünkü seni seviyorum." Hıçkıra hıçkıra ağlamamak için zor tutuyordum kendimi. Bora'nın elini bıraktım ve mikrofonun önüne, yüzlerce insanın karşısına çıktım.

"Merhaba," dedim titrek bir sesle. O sırada Bora'nın kulağımın dibinde durduğunu fark ettim, bana doğru eğildi.

"Sen bir kaza geçirdin. Bacaklarını kaybettin. Buna rağmen ayaktasın. Şu haline bak Nehir Karahanlı, yürüyorsun. Korkma, titrek konuşma, kim olduğunu anlat onlara."

O an, içime doğan güneşle birlikte duruşumu dikleştirdim. Gözlerimden akıp giden yaşlar umurumda değildi. İçim güçlüydü benim. Ayağa kalktığım gibi, bunu nasıl yaptığımı anlatmamın vakti de gelmişti.

"Ben Nehir Karahanlı." diye başladım... "Bir trafik kazasında bacaklarını kaybetmiş, hayata küsmüş, babasının şirketinin kurtuluşu için hayatında en nefret ettiği insanlardan biriyle evlenmek zorunda kalmış zavallı bir kız. Yürüyemeyen, susasa kalkıp su içemeyecek, tuvalete gidemeyecek, tek başına banyo yapamayacak, kumanda uzaktaysa tek başına kanalı bile değiştiremeyecek zavallı bir kız. Öyle olduğunu düşünürdüm, yürüyememek demek hiçbir şey yapamamak demek diye düşünürdüm. Ama öyle değilmiş. Ben çok üzüldüm, çok zor zamanlar yaşadım. Sevmeye başladığım adamı kendi yatağımda bir başka kadınla gördüm. Benden böyle bir intikam alındı. Günlerce ağladım, ne yapacağımı bilemez bir haldeydim. Sonra kendime dedim ki... bir mekândan gitmek istiyorsan yürüyeceksin Nehir! Nehir dediğin akar gider. Sen de akacaksın. Ve öyle de yaptım. Bütün yaşanmışlıklarımı aldım yanıma yürümeye gittim. Haftalarca uğraştım, çabaladım. Yapamıyorum diye kendimi yere atıp ağladığım zamanlar da oldu, yapabiliyorum deyip mutluluktan ağladığım zamanlar da. Ama en sonunda ne oldu biliyor musunuz? Yaptım. Yürüdüm. O ilk adımı attım. Bacaklarımı hissettim. Hissetmek öyle güzel ki, hissettiğiniz şey acı olsa bile, hissetmek çok güzel. Öyle güzel, çok güzel, en güzel. Acı hissi bile, fazla güzel. Ben güçlü olduktan sonra gelişti her şey.

Ben sapasağlam Bora Karahanlı'nın karşısında durduğumda, ona artık her şey değişti dediğimde fark ettim onun ne halde olduğunu. Ben güçlü olunca kuşlar bile farklı uçmaya başladı. Çünkü her şey buradan geçiyor. Yürümekten değil, koşmaktan ya da oturmaktan değil. Her şey güçlü olmaktan geçiyor. Bacaklarınız yürüyemese bile kalbiniz ayakta dursun yeter. Pes etmedim. Son birkaç ayda bir kez bile olsun pes etmedim. Bir akşam Bora'ya dediğim gibi, **'yürümek istiyorsam kendime bir asfalt dökmek zorundayım'** kendime bir yol çizdim, kendi asfaltımı döktüm, yolumu yarattım. Etrafımdaki herkesin yolu öyle doluydu ki, kendi yoluma ihtiyacım vardı ve dediğimi yaptım. Şimdi bakın. Dimdik ayaktayım. Bana bakın, yürüyorum, gülüyorum, mutluyum. Ne sorununuz vardır bilmiyorum. Hasta mısınız, sakat mısınız, âşık mısınız, ailenizde mi sorunlar var, parmağınıza bıçak mı değdi yanlışlıkla, kolunuzu kapıya mı çarptınız... bilmiyorum. Ama hiçbiri, hiçbiri basit değil. Ne parmağınızın kesilmesi basit ne kanser olmanız ne kapıya kolunuzu çarpmanız ne âşık olmanız, hiçbiri basit değil. En ufacık bir sorun bile birini milyonlarca kez üzebilir. Sorun ne olursa olsun, sorun ölüm de olsa ufak bir kesik de, sizi anlıyorum. Tek yapmanız gereken kendinize gelmeniz. Ağlayın, yerlere atın kendinizi gerekirse, mutsuzluğunuzu yaşayın ama bitirin! Çünkü hepimiz ayakta olmak zorundayız. Bizi bekleyen, bizi gülerken görmek isteyen birileri var. Belki bu kişi kendimiziz. Siz farkında değilsiniz, ama, her insan içinde bir yerlerde kendini mutlu görmek ister. Kendisi mutsuz oldukça üzülür insan ve bu durum mutsuzluğunu arttırmaktan başka bir yola sokmaz insanı. Kendinizi mutsuz etmeyin. Mutsuzluğunuza mutsuzluk katmayın. Bir gün hepimiz iyileşeceğiz, bir gün hepimiz iyi olacağız. Şimdi ne kadar kötü hissetsek de, bizi iyi edecek tek şey kendimize gelmemiz. Siz kendinizde olun yeter... Siz adım atın, gerekirse yolunuzu yaratın ama adım atın, ulaşacağınız yerdeki kapılar size açılacaktır. Dik durun mesela! Şu an, görüyorum, eğilmişsiniz, kendinize güvensiz bir şekilde beni dinliyorsunuz. Neden dik durmuyorsunuz? Kendinize güvenin, daha yaşayacak, başaracak o kadar çok şey var ki hayatımızda! Seveceğiz, sevileceğiz, mutlu olacağız. Çünkü... Çünkü hak ettik."

Sustuğumda, alkışlar salonda yankılandığında, herkes birer birer ayağa kalkıp karşımda öylece beni alkışladığında hayatımda ilk defa ne yapacağımı bilir bir haldeydim. Dimdik duracaktım. Tek yapmam gereken buydu. Sevdiğim adam yanımdaydı, elimi tutuyordu. Bana bakıyordu gururla.

"Nehir Karahanlı, seni seviyorum." Ona baktım. Gözlerine, hayatımın geri kalanını mavisinin güzel tonunda kaybedeceğim gözlerine baktım.

"Bora Karahanlı," dedim, "seni seviyorum."

Hepimizin bir hikâyesi var, benim hikâyem bir kazayla başladı. Bazılarımızın hikâyesi çok daha kötü başlıyor, bazılarımızınki çok daha iyi. Ama en önemlisi hikâyenin nereye gideceği. Ben hikâyemi tuttum, zorla çeke çeke mutlu sona taşıdım. Sen mesela? Öyle eğilmiş beni dinlerken, ya da pardon, beni okurken, neden dimdik durmuyorsun mesela? Her şey senin elinde. Mutlu olmak da mesela, mutsuz olmak da mesela...

Sen mesela,

mutlu ol mesela...

Haftalar Sonra

Ellerim titriyordu. Ellerim aralarında tuttukları o beyaz aleti kavramışken, küçük ekranına korkuyla bakarken titriyorlardı. Korkudan bembeyazdım, heyecandan tutuk kalmıştım, vücudum kıpırdayamazken ellerim titriyordu. Buz gibiydi tüm vücudum bunu hissedebiliyordum ama karnımın içinde ufak bir bölge yanıyordu. İçimin ufacık bir kısmı, fasulye kadar ufak bir bölgesi cayır cayır yanıyordu.

Ellerimin arasında beyaz uzun bir şey tutuyordum, ismini söylemeye dilim varmıyor. Üstünde küçücük camla kaplı bir ekran vardı. O ekranın içine odaklandı gözlerim nefesimi tuttuğum sırada. Banyoda klozetin kapalı kapağının üzerinde oturmuş heyecandan kusmak üzereydim. Gözlerim kısıldı... ve kısılı gözlerim yan yana duran iki kırmızı çizgiye baktı. Evet, bu bir hamilelik testiydi... Evet, ben... hamileydim.

Hamileydim. Hamile. Ben hamileydim. Hamileydim. Bakın birkaç kez tekrarlayın, söyledikçe garipleşiyor. Ben hamileydim. İçimde bir bebek vardı. İçimde Bora'nın ve benim birlikte oluşturduğumuz, birlikte yaptığımız, bizim karışımımız olan minicik bir bebek vardı. Sevdiğim adama benzeyeceğine emin olduğum ufacık bir bebek. Ya bir kız, ya bir erkek... içimde bir canlı vardı.

Gözlerimden akan bir damla yaş hamilelik testinin çift çizgisinin tam ortasına düştüğünde ağzımdan ufak bir gülme sesi çıktı. Ağlıyordum ve gülüyordum. Ne yapacağımı bilmiyordum. Ne yapmalıydım? Kalkıp Bora'ya mı gitmeliydim? Telefonda mı söylemeliydim? Ne yapmalıydım? Nazlı'yı mı arasaydım? Kime haber verseydim? Telaşla ayağa kalktım. Hamilelik testini sıkıca kavrayarak banyodan çıktım. Mutfağa daldım, testi mutfak tezgahına koydum ve telefonumu elime alıp Bora'yı aradım. Telefon çaldı, çaldı... üçüncü çalışta o âşık olduğum ses konuşmaya başladı.

"Hayatım?" Ona karşı hislerimin yoğunluğu öyle en üst tepedeydi ki bunca zaman sonra bile hayatım deyişi içimi titretiyordu. İçim titredikçe minik bebeğimiz de titriyor muydu acaba?

"Bora..." Söyleme, tut kendini Nehir.

"Aşkım?" Derin ve titrek bir nefes verdim.

"Bora..." Konuşamıyordum. Resmen tutulmuş kalmıştım, isminden başka bir söz çıkmıyordu ağzımdan.

Bora'nın güldüğünü duydum. "Bitanem?" Ondan romantik, mutlu, güzel bir adam yaratmıştım resmen. Ve şimdi meydana getirdiğim bu adam benim cümlelerimi bekliyordu. Benimse yapabildiğim tek şey onun ismini kullanmaktı. Kullanmak da değil, söylemek bile değil, sayıklıyordum ben. Bora'nın ismini sayıklıyordum.

"Bora..." Konuşamıyordum. Belki inanmayacaksınız ama ben gerçekten konuşamıyordum. Yüzümün yandığını hissediyordum, ateş içinde yanıyordum, kalbim deli gibi atıyordu! Bora'nın daha çok güldüğünü duydum.

"Nehir? İyi misin?" Kendime gelmek zorundaydım. Derin bir nefes alıp görmediğini bile bile başımı salladım.

"İyiyim. İyiyim... Seninle konuşmam gereken bir şey var da. Akşam kaçta gelirsin?"

"Acil bir toplantı olma ihtimali var. Ama en geç dokuz gibi gelirim. Ne oldu, ne konuşacakmışız bakalım?" Yutkundum ve elimi karnıma götürdüm. Bebeğimizi konuşacağız babası...

"Çok önemli bir şey değil. Ama yemeğe seni bekleyeceğim. Geç kalma, tamam mı?"

"Tamam. Sana yeterince geç kaldım zaten, bu gece kalmam." Sesinde mutluluk vardı, umut vardı ama sanki benim sesimdeki ufak bir tını onu rahatsız ediyordu. Öyle gergin öyle heyecanlıydım ki beni yanlış anladığını biliyordum. Belki olumsuz bir şeyler konuşacağımı bile düşünüyor olabilirdi, ama öyle değildi. Ona bunu şimdi açıklayacak da değildim. Akşamı beklemek zorundaydım.

"Nehir?"

"Efendim?"

"Bir sorun mu var?" Kendi kendime gülümsedim. Bir sorun olmasından korkuyordu, birlikte geçirdiğimiz haftalar boyunca defalarca bir sorun mu var demişti bana. Hiçbir zaman bir sorun yoktu. Bundan sonra da olmayacaktı.

"Akşam öğreneceksin!" dedim, çünkü onu merakta bırakmak istiyordum. Sorun olduğunu düşünmesini bile tercih edebilirdim, sadece merak etmeliydi. Hem olumsuz düşüncelerin üstüne bir bebek haberi alması çok daha iyi olmaz mıydı? Sorun var diye gelir, oysa olan şey sorun değil bebektir!

"Öyle olsun bakalım. Bak eğer bir sorun varsa..." derken gülerek sözünü kestim.

"Bora Karahanlı. Bu kadar sabırsız mısın?"

"Sadece sorun istemiyorum. Seni buldum, kalbine girdim, en ufacık bir sorun istemiyorum." Sırıtışım öyle büyüktü ki görseniz inanamazdınız.

"Bunları akşam konuşalım. Olur mu?" Bora derin bir nefes aldı. Sıkıntıyla nefesini bıraktığında telefonun başında başını salladığını görür gibi oldum.

"Olur."

"Tamam o zaman! Kapatıyorum, akşam görüşürüz."

"Akşam görüşürüz ne?"

"Ne ne?"

"Akşam görüşürüz cümlesinin sonuna bir kelime daha eklemeyecek misin?" Neredeyse kahkaha atacaktım. Cidden bir sorun olduğunu ve aramızın bozulduğunu, bozulmak üzere olduğunu düşünüyordu, değil mi?

"Akşam görüşürüz sevgilim." diye mırıldandım ağır ağır.

"Görüşeceğiz sevgilim."

Telefonu kapattığım gibi koşa koşa yatak odasına ulaştım. O an öyle hevesli öyle mutluydum ki üç yaşıma dönmüş gibiydim. Aynanın karşısına geçip karnımı açtım ve elimi yavaşça karnımın üstüne koydum. Ağzımdan ufak bir kıkırdama çıktı. Burası doluydu, değil mi? İçimde bir bebek vardı... bizim bebeğimiz...

"Bebeğim..." diye mırıldandım, "seni çok seveceğiz..."

Bir süre öylece aynayı izledim. Bebeğimizi izliyor gibiydim. Elimle karnımı okşuyordum sanki onun minik kollarını bacaklarını okşar gibi. Gözümde canlanan görüntüler öyle güzeldi ki... Bora bebeğimizi kucağında tutuyor. Bora bebeğimizin altını değiştirmeye çalışıyor. Bora bebeğimize mama yedirmeye çalışıyor. Bora uykusundan uyanıp ağlayan bebeğimizi susturmaya çalışıyor. Dünyanın en güzel görüntüleri... Koskoca Bora Karahanlı. Duvar dediğim adam. Şimdi baba oluyor... Ve bizi çok güzel günler bekliyor!

Yatak odasından çıkıp heyecanla mutfağa daldım. Bu gece için planım belliydi. Bora'nın en sevdiği yemekleri yapacak ve onu bekleyecektim. Bekleyecektik. Bebeğimiz ve ben bekleyecektik.

22.30. Bir buçuk saat oldu. Bora'nın eve gelirim dediği saatin üzerinden tam bir buçuk saat geçti. Ne eve geldi. Ne arayıp haber verdi. Bir salak gibi bir buçuk saattir camın önündeki koltukta oturmuş Bora'nın gelmesini bekliyorum. Hafif hafif başımın döndüğünü hissettiğim an Bora'ya evde hiçbir yardımcı olmasını istemediğimi, sadece ikimizin küçük bir evde yaşamasını istediğimi söylediğim güne lanet ettim. İçimde ya bir şey olursa, ya bayılırsam korkusu, bir yandan kızgınlığımı hissediyorum. Onunla önemli bir şey konuşacağımı bastıra bastıra söyledim ona. En geç dokuzda geleceğini söyledi. Ve yok. Öfkeme yenik düşüp birden ayağa kalktım. Kesik kesik soluyarak şile bezinden yapılmış marjinal sayılabilecek hırkamı ve bordo çantamı aldığım gibi kapıyı açtım, evden çıktım. Hızlı adımlarla ilerleyerek arabama bindim. Nazlı'ya gidecektim. Beni anlayabilecek tek insan oydu.

Yol boyunca bilmediğim bir radyoda akustik şarkılar dinledim. Her şarkıda aklım Bora'daydı. Her şarkının her cümlesi onu hatırlatıyordu bana... Teoman "zaman nefes almakla geçen günler değil, birinin aklında olmakla ilgili biraz" derken aklımda o vardı. Onun zamanı öyle çoktu ki, bunun kanıtı aklımdan çıkmayışıydı... Oysa ben onun aklında olup olmadığımdan emin değildim. Bu akşama kadar emin olduğum şey tam şu an sallantıdaydı.

Nazlı'nın zilini çaldığım sırada midemin bulandığını hissediyordum. Elimi ağzıma götürdüğüm sırada Nazlı kapıyı açtı.

"Nehir senin bu sa..." derken öğürerek içeri dalıp banyoya koştuğum sırada Nazlı'nın şok içinde bakakaldığını gördüm.

Banyoya daldım klozetin kapağını açtığım gibi öğürmeye başladım. Kusamıyordum. Ama öğürüyordum. Nazlı koşarak peşimden gelip saçlarımı arkama doğru çektiği sırada bitkin bir şekilde başımı kaldırdım ve banyoda yere otururken buldum kendimi.

"Nehir? Neyin var?" Öksürdüm. Nazlı o sırada küvetin çeşmesini açmış ellerini ıslatıp yüzümü yıkamaya çalışıyordu.

"Bir şeyim var..."

"Neyin?" Gözlerimden bir iki damla yaş akarken elimi karnıma götürdüm.

"Hamileyim." Nazlı'nın gözlerinin şok içinde üç katına çıkış anını görmeliydiniz. Bora'dan beklediğim bakış Nazlı'dan geliyordu. Belki de Nazlı'yla evlenmeliydim.

"Ne demek hamileyim?" Sinir bozukluğuyla güldüm.

"Hamileyim işte. İçimde bebek var." Nazlı elini ağzına götürdü. Büyük bir kahkaha attı şaşkınlıkla.

"Ben şimdi... ben şimdi teyze mi oluyorum? Sen şimdi anne mi oluyorsun?" Gözyaşlarımın arasında başımı salladım gülerek. Nazlı eğildi ve bana sıkı sıkı sarıldı. Bana sarıldıkça bebeğime sarılıyor gibiydi. Teyzesi bebeğime sarılıyordu. Babasından önce o mutlu olmuştu, babasından önce o öğrenmişti.

Ben de isterdim herkesten hatta mümkün olmasa da benden bile önce Bora öğrensin bebeğimizin olacağını. Ama olmadı. Bana aşk dolu cümleler fısıldadığı gecelerimizden biri bize bir hediye getirdi, kapıyı çaldı, ben açtım ama Bora evin içinde bile yok ki hediyemizi ona gösterebileyim.

"Yüzüme bak bakayım! Sen neden mutsuzsun?" Yeşil gözlerimi Nazlı'nın kocaman açılmış gözlerine çevirdim.

"Bora... geleceğini söyledi, saatler oldu gelmedi... Sadece bir bebeğimizin olacağını söyleyecektim... sadece bunu..."

"Belki şu an gelmiştir? Evdedir? Kesin bir işi çıkmıştır hayatım Bora Karahanlı'nın sana öldüğünü biliyoruz! Arasan mı acaba?"

Yutkundum. Belki de cidden eve gelmişti. Ama öyle olsa beni aramaz mıydı? Ondan da öte bana geç kalacağını haber bile vermedi. Kahretsin ki onun düşüncelerini duyamıyorum. Şu an nerede ne yapıyor bilmiyorum. Tanıştığımız ilk günden beri onun düşüncelerini tam olarak bir türlü anlayamadım, duyamadım onu. Yaptıklarındaki sebepleri, amaçları, duygularını, hislerini bir türlü çözemedim. Keşke bir imkânı olsa... Keşke bir imkânı olsa da onu duyabilsem. İçini, kalbini duyabilsem. İnanın bana, insanların dudaklarının arasından çıkandan çok daha fazlasını anlatıyor kalbi...

Bora'nın Anlatımıyla

Nehir'in çok sevdiği bir şarkı diyor ki "Derler ki ev dediğin kalbinin güvende olduğu yerdir, yalnızken gittiğin, kemiklerini bile dinlendirdiğin, başını yasladığın, yatağını hazırladığın yerdir. Sen ve ben, ikimiz birlikte olduğumuz sürece nereye gittiğimizin bir önemi var mı?"

Her akşam eve adımımı attığımda aklımın bir köşesinde bu şarkı çalıyor. 28 yaşındayım. Hayatım boyunca ev denildiğinde aklıma duvarlar geldi, kapılar, camlar. Önünde bekleyen arabalar, kocaman bahçeler, havuzlar, merdivenler. Ev denince metrekare sorasım geldi hep. Fiyat sorasım geldi. Oysa bir gün hayatıma kızıl saçlı, yeşil gözlü sıcacık gencecik bir kız girdi. Ona "ufaklık" dedim önce, sonra o ufaklık bana evin sayısal verilerle tanımlanmayacağını, evimin aşkımı nerede yaşayacaksın orası olacağını öğretti. O ufaklık bana sevmeyi öğretti, bana tutulacak bir el verdi, bakılacak hem de baktığında bırakılamayacak yemyeşil gözler verdi, tarçın gibi kokan kıpkırmızı saçlar verdi. O ufaklık bana bir hayat verdi. Gözlerimin önünde bütün imkânsızlıkları gerçekleştirdi. Yürüyemem dedi yürüdü, koşamam dedi koştu, sana kendimi sevdiremem dedi, bana kendini âşık etti...

Çok da övmeyelim tabii, işten eve geç kalınca başımın etini yiyor. Şimdi de buna hazırlanıyorum. 9'da gelirim dedim.

Toplantı iki saat uzadı, toplantının ortasında şarjım bitince haber bile veremedim. Arabayı son sürat kullanarak toplantı biter bitmez çıktım geldim eve. Zile basmaya korkuyorum, bassam bile kapıyı açmayacağına eminim çünkü muhtemelen sinirinden deliriyordur. Anahtarı deliğe soktum, kapıyı açtım, içeri girdim ve muhteşem bir yemek kokusuyla karşılaştım. Mantı kokusu. En sevdiğim yemeğin kokusu. Şu dünyada sevdiğim iki kokuyu zirvede sıralayacaksam Nehir'in kokusuyla mantının kokusu kıyasıya yarışır. Nehir'e sorduğumda ise benim için tek güzel koku var diyor, hangi koku diyorum, "Bora Karahanlı kokusu..." diyor. Bilindik tıraş losyonumla yıllardır kullandığım parfümümün karışımı. Bana sıradan gelse de Nehir evin içinde sürekli olarak bana yapışık bir halde beni kokluyor.

"Aşkım?" Eve girip kapıyı kapattığımda tereddütle durdum. İçeriden herhangi bir kıpırdanma, herhangi bir ses gelmiyordu. Ağır adımlarla salona girdim. Salondaki yemek masamız beni şaşırtacak şekilde sevdiğim bütün yemeklerle doluydu. Kaşlarımı çattım. Özel bir gündü de ben mi unutmuştum?

"Nehir?" Yatak odamıza doğru ilerledim. O sırada oturma odamıza, misafir odamıza, giysi ve ütü odamıza da ayrı ayrı baktım. Kütüphaneye girdikten hemen sonra yatak odamıza baktım ama Nehir yoktu. Telefonumu çıkardım. Lanet telefonun şarjının bittiği aklıma gelince telefonu hemen şarja taktım ve banyoya girdim. Gömleğimin kollarını sıyırdığım sırada banyo tezgâhının üzerinde, aynanın tam önünde garip bir şey çarptı gözüme... Uzun, beyaz ateş ölçer gibi bir alet. Elime alıp baktığımda ortasında bir camın olduğunu, camın içinde ise iki kırmızı çizgi ol... bir dakika. Bir dakika.

Bir dakika.

Uzun, beyaz bir alet. İki kırmızı çizgi. Banyoda. Hazırlanmış bir masa. Bir dakika...

Hayatımızda şok yaşadığımız anlar vardır. Bazı şeylere şaşırırız, ama bazı şeylere karşı hissettiğimiz şeyin adı tam olarak "şok"tur. Ben şu an kısa çaplı, ya da yalan söyleyemeyeceğim oldukça uzun çaplı bir şokun içindeyim. Doğru mu anladım bilmiyorum, elimde tuttuğum şeyin ne olduğundan tam olarak emin değilim, sonucunun ne anlama geldiğini de bilmiyorum. Ama içimden bir ses bas bas bağırıyor, Nehir hamile! İçimden bir ses aynen böyle diyor. Nehir hamile...

Elimdeki çubukla birlikte hızlı adımlarla sık sık nefes alıp vererek çıktım banyodan. Şarjda olan telefonumu anında açtım, Google'a girdim ve "hamilelik testi" yazdım. Çıkan resimlere göz attığımda yutkundum. Bu bir hamilelik testiydi. Hemen sonra "hamilelik testi çift çizgi ne demek" yazdım ve açılırken alnımda beliren damarla birlikte beklemeye başladım. Kendimi sıkıyordum. Şu an yerimde durabilecek halde değildim. Sonuçlar açıldığında nefesimi tuttum.

"Hamilelik testinde çift çizgi sonucun pozitif olduğu anlamına gelir. Tebrikler."

Ekrana baktım. Hamilelik testine baktım. Tekrar ekrana baktım. Bakışlarım o iki cümle üzerinde dolaştı. En sonundaki "tebrikler." yazısına bakakaldım. Uzun uzun baktım, derin bir nefes aldım.

"Teşekkürler." diye fısıldadım şaşkınlıkla kan ter içinde. Şu an bir web sitesiyle konuşuyordum. Delirmek üzereydim! Nehir hamileydi. Karım hamileydi. Âşık olduğum kadının karnında bir bebek vardı. Bizim bebeğimiz. Bora ve Nehir'in bebeği.

Bilinçsizce ceketimi üstümden çıkarıp yere bıraktım. Telefonumu şarjda bırakıp elimde sadece hamilelik testi ve cebimde arabanın anahtarlarıyla fırladım evden. Asansörü bekleyemedim, merdivenlerden koşa koşa indim. Bu zamana kadar kendimi hep ağır adam sıfatına yerleştirirdim. Merdivenlerden iniyorsam yavaş yavaş başım dik inerdim. Ki genelde asansörü kullanır ceketimi kırıştırmazdım bile. Biraz önce ceketimi yere fırlattım, bütün sıfatlarımı ayakaltına aldım ezdim geçtim koşa koşa merdivenlerden iniyorum. Gözünüzde canlandırın, yıllarca soğuk duruşuna, ağır hareketlerine şahit olduğunuz ben, Bora Karahanlı elinde bir hamilelik testiyle koşa koşa merdivenlerden iniyor. Delirdim mi? Delirdim. Önce aşkımdan şimdi mutluluğumdan delirdim. Nehir'i aramayı bile düşünmedim, nerede olduğunu gayet iyi biliyorum ve ona gideceğim. Onlara, karıma ve bebeğime...

Arabaya atladım. Telaşla arabayı çalıştırdım ve biraz önce kapatmayı unuttuğum radyodan Crazy in Love sesleri gelirken şevkimi içimde tutmaya çalıştım. Bağırmak istiyordum. Araba son sürat giderken bağıra bağıra mutluluğumu herkese anlatmak istiyordum.

"Baba oluyorum." diye fısıldadım kendi kendime. Yetmedi, camı araladım.

"Baba oluyorum!" dedim gülerek. Yetmiyordu, bu yetmezdi ki! Gökyüzüne bile yazmak istiyordum bunu. Camı sonuna kadar açtım.

"BABA OLUYORUM!" diye bağırdım kocaman bir caddenin ortasında bir süre insanın ve arabanın arasından geçerken.

İnsanların başlarının bana çevrildiğini gördüm. Kahkaha atarak beni gösterdi bir kadın, yanımdan geçen bir arabanın şoförünün "tebrikler" diye bağırdığını duydum. Hayatımın en güzel anlarından birini yaşıyordum. Hayatımın zaferini yaşıyordum. Tüm hayatımı bir yarış gibi gördüm ve şu an, tam şu an bu yarışı kazandığım andı. Ben kazanmıştım. Hem bu dünyadaki en güzel kadını kazanmıştım, hem de onun bebeğini.

Arabamı Nazlı'nın evinin önünde durdurduğumda içindekilerin çalınacak olması, hatta komple arabanın çalınacak olması bile umurumda değildi. Elimde hamilelik testiyle atladım arabadan, kapıları bile kapatmadan koşa koşa binaya girdim. Merdivenleri hızla çıktım ve kapıya dayandım. Yüzümde dünyanın en mutlu insanı ifadesiyle zile bastım. Zil sesi bile öyle güzel geliyordu ki eğilip zili öpecektim neredeyse.

"Sen geç otur hayatım ben geliyorum." Nazlı'nın sesi geldiğinde heyecanlandığımı hissettim. Nehir de içeride olmalıydı. Bebeğimiz de içinde olmalıydı, hem evin içinde, hem sevdiğim kadının karnının içinde. Mutluluğumu tarif edemiyordum... Kapı açıldığında Nazlı'nın yüzüne salak bir sırıtışla baktım. Beni ilk defa böyle gördüğüne emindim, normalde sert oluşumdan çekinen Nazlı bana kaşlarını çatarak baktı.

"Bora..." derken eğilip Nazlı'ya sıkı sıkı sarıldım. Nazlı şok içinde kalakaldığında doğruldum ve gülerek yüzüne baktım.

"Nehir nerede?"

"Anlaşılan öğrenmişsin... İçeride."

Hiçbir şey söyleyemeden içeri daldım. İçimde kelebek değil kuş uçuyordu, mutlu hislerim birbirine karışmıştı ve asla yorulmuyordum. Oturma odasının kapısını açıp koltukta uzanan Nehir'i gördüğümde gözlerimin dolduğunu hissettim. Nehir şaşkınlıkla bana bakarken hızla ilerledim. Önünde diz çöktüm.

"Sevgilim..." diye mırıldandım, "sevgilim... üç kişi olmuşuz..." Uzandım, elini öptüm. Diğer elimi Nehir'in karnına koydum ve bakışlarımı ona çevirdim.

"Neredeydin?" Sorusu soğuk ve netti. Şu durumda bile trip atabiliyordu ama haklıydı. Şu andan itibaren ne dese haklıydı, ne dese gülerdim, ne dese kabul ederdim.

"Özür dilerim. Toplantı çok uzadı, şarjım bitti, toplantı biter bitmez eve geldim ama sen yoktun. Sonra bunu buldum..." Elimde sıkıca tuttuğum hamilelik testini ona doğru kaldırınca Nehir'in yüzündeki kızgın ifade birden gülümsemeye döndü. Kıkırdamaya başladı.

"Bora," dedi inanamayarak, "elinde bununla mı geldin?"

Nehir'in sinirini geçirmek bu kadar kolaydı işte. Elimde gördüğü tek bir şeyle o muhteşem gülüşü beliriveriyordu yüzünde. O an, gülerek elimdeki hamilelik testine bakarken gülüşüne baktım hayranlıkla. Ona bir kez daha âşık olduğumu anladım. Ona hayatımız boyunca defalarca âşık olacaktım, her gün hem ona hem bebeğimize baktıkça aşkım büyüyecekti. Aşktan öte hayranlık duyuyordum ben Nehir'e. Ben Nehir'e hayrandım.

"Mutluluktan ne yaptığımın farkında değilim ki. Nasıl oldu, nasıl anladın, ne zaman anladın? Kaç aylık? Cinsiyeti ne zaman belli olacak? Doktora gittin mi? Kalp atışlarını ne zaman duyacağız?" Çok daha fazla soru sormak istiyordum. Soracağım bir sürü şey vardı. Dünyaya yeni bir insan gelecekti ve bu insan, bu bebek bizim karışımımız olacaktı! Belki onun gözlerini alacaktı, benim saçlarımı... ama bana kalsa her şeyini annesinden almasını isterdim. Bana kalsa dünyaya bir Nehir daha getirmek isterdim. Nazlı arkamızda kahkahalarla gülerken Nehir yavaş

yavaş doğruldu. Ayağa kalkarken elleriyle tutup beni de kaldırdı. Tepesinden baktım ona, ellerim ellerindeydi.

"Bugün öğrendim... doktora bile gidemedim. Sana da bu akşam söyleyecektim, ama..."

"Ama her şeyi mahvettim. Değil mi?" Bakışlarındaki kızgınlığı hâlâ görebiliyordum ama mutluydu da. Bana kızgın kalamayacağını biliyordum. Ben de ona kızgın kalamazdım. Aramızda birbirimizi sonsuza kadar affetmemize sebep olacak kadar güçlü bağlar vardı.

"Keşke haber verseydin. Sabaha kadar bile beklerdim. Ama sana anlatma heyecanıyla saatlerce bekledikten sonra gelmediğini, haber bile vermediğini görmek beni üzdü..." Ellerini kaldırdım defalarca öptüm.

"Özür dilerim sevgilim... Bilseydim toplantıya girmezdim bile! Aslında iyi ki söylememişsin, o an heyecandan toplantıya girmemeyi bırak istifa bile edebilirdim." dedikten sonra Nehir'in gülüşünü izlerken devam ettim. "Aslında istifa mı etsem? Hayatımı tamamen sana ve ona adayayım... Kızımıza, ya da oğlumuza?"

"Saçmalama Bora Karahanlı! Ben seni işkolikken sevdim. Ayrıca oğlumuz olacak, hissediyorum." Böyle konuşurken o kadar tatlıydı ki içimdeki sevgi neredeyse taşacaktı.

"Hmm," dedim, "nasıl hissediyormuşsun?"

Utanarak gülümsedi. "Anneler hisseder." Yüzümde söndürülemeyecek bir gülümseme oluştu o an. Benim ufaklığım anne mi oluyordu? Ellerini bıraktım, eğildim kollarımla sıkı sıkı sardım onu.

"Bana önce İngilizceyi, sonra Türkçeyi, hatta bana komple konuşmayı unutturan kadın... Şimdi bana konuşmayı öğretmem için bir bebek verecek. Bizi öyle bir işin içine soktun ki... konuşmayı, yürümeyi, yemek yemeyi bilmeyen minik bir insanımız minicik bir bebeğimiz olacak." Nehir benden ayrılıp kollarını boynuma dolayarak gözleri dolu dolu baktı yüzüme. Gözleri öyle güzel bir renge sahipti ki sanki ağlasa gözyaşları yeşil akacaktı.

"Aslında çok korkuyorum..." dedi titreyen dudaklarıyla, "nasıl yapacağız?" Burnumu çektim, gülümsedim.

"Korkma sevgilim. Sen kendine bile yürümeyi öğrettin, bebeğimize mi öğretemeyeceksin? Seninle beraber yepyeni bir hayat inşa edeceğiz, yaşamak için tek sebebimiz birbirimize olan aşkımız olmayacak artık. Yaşamak için bir sebep var karnında. Artık onu mutlu etmek için yaşayacağız..."

"Ama... ya mutlu edemezsek?"

"Edeceğiz. Ben seni mutlu edebiliyor muyum?" diye sordum anlamlı anlamlı.

"Çok." dedi gözyaşlarının arasından.

"Sen de beni mutlu ediyorsun. Şimdi bir de bebeğimizi mutlu edeceğiz. Çok basit. Ama sen şimdiden bu kadar duygusalsan işimiz var seninle..." Gözyaşlarının arasında gülmeye başladı.

"Bora! Güldürme beni ağlıyorum!" Keyifle güldüm ve eğilip yanaklarındaki gözyaşlarını sildim.

"Ağla sevgilim, ağla... Ağlamanın tek sebebi bebeklerimiz olsun." Kaşlarını çattı birden ağlamayı kesip.

"Bebekler?"

"Şu mutluluğu bana tek seferlik yaşatacak değilsindir umarım? Şu an karar verdim. Bir sürü bebek istiyorum! Bir sürü

Nehir istiyorum!" Nazlı arkada kahkahalarla gülerken Nehir gözlerini devirdi. Tam o an aklına bir şey gelmiş gibi durdu.

"Bora..." dedi, "sana ikinci bir çocuk sözü verirsem... bana ilk bebeğimizin ismine karar verme iznini verir misin?" Bunun için ikinci bir çocuğa bile gerek yoktu. O ne isterse o olurdu.

"Üç çocuğu kabul edersen bebeğimizin ismini istediğin gibi seçebilirsin." Nehir'in gözleri sevinçle parladı. Resmen yemişti!

"Tamam! Ben ilk bebeğimizin adı özel olsun istiyorum... Hani sana geçen gün dedim ya, benim yürümem için umuda ihtiyacım vardı ve sen bana umut oldun diye..."

"Eee?"

"Bu işte. Bebeğimizin adı bu olacak." Kaşlarımı çattım.

"Ne olacak?"

"Umut." İsmi duyduğum an içimde büyük bir umut ışığı yanmıştı bile, Nehir devam etti. "Kız da olsa erkek de olsa Umut olsun adı. Sen benim umudum oldun. Ben senin umudun oldum. Şimdi bir de umudumuz olsun. Olmaz mı?" Gülümsedim. Eğilip gözlerimi kapattım ve Nehir'in dudaklarına masum ama sıcacık bir öpücük bıraktım.

"Olur..." dedim. Olurdu. O benim umudum olmuştu, ben onun umudu olmuştum, şimdi ikimizin ortak bir Umut'u olacaktı. Başını başımdan ayırdı, gözlerimin içine bakarken eğilip boynuna değdirdim dudaklarımı, uzun uzun öptüm boynunu. Derin bir nefes aldığını duydum.

"Mis gibi Bora Karahanlı kokusu..." diye mırıldandı. Gülümsedim.

Mutluydum. Hayatım aşksız, sevgisiz ve mutsuz geçmişti. Ama şimdi aşkım da vardı, sevgim de vardı, kalbim de mutluluk doluydu. Hayatımı tutkularımla, zevklerimle ve hırslarımla yönettim bu zamana kadar. Hiçbir konuda sınırım da engelim de yoktu. Ama ben kendime hep sınır koymayı seçtim. İnsanlarla aramda hep kalın bir sınır vardı. Sonra hayatıma Nehir girdi, o nehrin suları benim sınırıma çarptı aldı götürdü sınırımı. Hayatıma değen nehrin suları sınır çizgimi kaybettirdi bana. Ve ben, yüzme biliyordum ama buna rağmen ne eski beni ne de eski sınırlarımı aramak için daldım o nehre. Ben o nehrin tam ortasına bıraktım kendimi. Ondan çıkmaya değil, daha da derine dalmaya çabaladım. Çünkü hayatıma geldiler, beni kollarımdan tutup bir nehrin içine attılar ve ben o nehre âşık oldum...

Kör kütük, dönüşü olmayan bir şekilde, en derin halde âşık oldum...

Ben Nehir'e âşığım.

Nehir'den Veda

Hayatım boyunca imkânsız mutsuzluklar hazırladım kendime. Balıklarım suda boğuldu, kuşlarım uçarken vuruldu, hayat hep beklemediğim yerden mutsuz etti beni. En kırılmaz yerimden kırıldım. Hayatımı sırf sonunda ışık görüyorum diye yürüye yürüye bitirdiğim bir tünelde geçirdim sanki. Sonunda ışık var diye karanlıkta yürüdüm hayatım boyunca. Kırıldım, parça parça oldum ama kendi parçalarım yine kendi içime döküldü. Aldığım her nefesi bir mutsuzluk böldü. Bütün nefeslerim yarım kaldı. Bütün konuşmalarım başlamadan bitti. Ne zaman üşüsem yağmur yağdı ıslandım, ne zaman ne güzel yağıyor desem durdu yağmur. Beni mutlu eden her şey tek tek bıraktı gitti beni. Her şeyin sonunda, sessiz sakin, tek başıma, kendimle kaldım.

Hayatıma giren insanlar avuçlarıma umutlarını bırakıp çekip gittiler, öylece kalakaldım. Ne için umut etsem gerçekleşmediğini kendi gözlerimle izlemek zorunda kaldım. Kimseyle berabere bile kalamadım, ben hep yenildim, tek başıma kaldım. Yavaş yavaş eridi hayatım insanların gözlerinin önünde, bakıp güldüler. Her gittiğim yerde mutsuz oldum, her gittiğim yerde mutsuz ettiler beni. Sonra bana iki seçenek sundular, ya zigon sehpasından farkın kalmayacak ve gördüğün muameleye rağmen burada kalacaksın, ya da kalkıp gideceksin. Kalkamadım. Gidemedim. Beni mutsuz eden neresi varsa oraya kendi ayaklarımla gittim, orada kalmayı seçtim. Mutsuzluklarım birikti kocaman bir dağ oldu kimseye beni bu dağdan düzlüğe indir diyemedim. Kimi iyi etsem beni kötü etti. Kime su uzatsam beni susuz bıraktı. Kime elimi uzatsam çekti aldı elini benden. Düştüm ben. Hayatımın tam orta yerinde herkes gibi yürürken birdenbire düştüm, kimse düştüğüm yerden kaldırmadı beni. Ellerini uzatanlar oldu, ama insanlara güvenimi öyle kaybetmiştim ki tuttuğum anda geri çekerler diye kimsenin elini tutamadım. Ayağa kalkmak için tek yol vardı, kendi kollarıma dayanmak, öyle de yaptım. Bir gün beni öyle hassas bir yerimden kırdılar ki bir daha kırılmamaya yemin ettim. Bir gün sizi de öyle çok kıracaklar ki güçlenmeye karar vereceksiniz. Mutsuz olmadan mutlu olmaya karar veremez insan, düşmeden ayağa kalkamaz. Oturdum düştüğüm yerde, ayağa kalkacağım dedim kendime. Yolum yoktu yol yaptım kendime, ellerimi yere dayadım, başka hiçbir yere değil kendime tutunarak kalktım ayağa. Yükselmem gerekti kendi üstüme bastım da yükseldim.

Bu benim hikâyem değil. Bu hikâyede bir karakter yok, bir cinsiyet yok. Bu, her şeyi elinden alınmış, güçsüz bırakılmış, mutsuz edilmiş, tek başına kalmış bir insanın hikâyesi. Bu sizin hikâyeniz. Ve orada saat kaçı kaç geçiyor bilmiyorum, takvim hangi ayın hangi günü bilmiyorum, tek bildiğim ayağa kalkma vaktinizin geldiği. Ben düştüm, siz de düştünüz, daha da düşeriz ama şimdi kendi elinizi uzatın kendinize, kimseye ihtiyacınız yok, kendi elinizi tutun kalkın ayağa. Çünkü çok güzel günler kaldı yaşanacak. Çok güzel aşklar var tadılacak. Her şeyden öte siz varsınız, kimse için değil ama kendiniz için, tam şimdi, şu an, kalkın ayağa. Adım atmaktan korktuğunuz her yerin dibine kadar gidin. Yaşamak ne kadar süreceğini bilmediğiniz bir filmi izlemek gibi, her an bitebilir. İşte bu yüzden, "şimdi olmaz" demek yok. Şimdi olur. Şimdi çok güzel olur. Şimdi en güzel olur.

Siz yeter ki kalkın ayağa.

Bir yaşam istiyorsanız, gidin alın onu.